Originaltitel: *Voices in the Night*
© 2015 by Steven Millhauser

Die zwei Zitate auf Seite 380 stammen von William
Shakespeare in Übersetzung nach Schlegel-Tieck von
Max J. Wolff sowie von Sir Walter Raleigh in
Übersetzung von Willi Schantel.

Lektorat: Christie Jagenteufel
Umschlag und Satz: Jürgen Schütz
Druck und Bindung: Christian Theiss GmbH
Printed in Austria

ISBN: 978-3-902711-70-0
www.septime-verlag.at
www.facebook.com/septimeverlag | www.twitter.com/septimeverlag

Steven Millhauser

Stimmen in der Nacht

Erzählungen

Aus dem Englischen von Sabrina Gmeiner

Inhalt

Wunderpolitur

Ich hätte Nein sagen sollen, zu dem Fremden an der Tür, mit dem dünnen Hals und dem schwarzen Musterkoffer, der eine Körperhälfte leicht nach unten zog, sodass ein Ärmelaufschlag höher lag als der andere, ein höfliches Nein hätte gereicht, nein danke, es tut mir leid, nicht heute, dann das Schließen der Tür und das laute Klicken, wenn sie ins Schloss fällt, doch ich hatte den Schmutz in den Runzeln der schwarzen Schuhe bemerkt, die abgetragenen Absätze, die speckigen Jackettärmel, die aufflackernde Verzweiflung in seinen Augen. Und gerade deshalb sollte ich ihn fortschicken, sagte ich mir, als ich beiseitetrat und zusah, wie er in mein Wohnzimmer ging. Er sah sich rasch um, bevor er seinen Koffer schließlich auf dem kleinen Couchtisch abstellte. Ich hatte den Entschluss gefasst, ihm etwas abzukaufen, irgendetwas, eine Haarbürste, die Brooklyn Bridge, kauf es und raus mit ihm, ich wusste Besseres mit meiner Zeit anzufangen. Doch er ließ sich nicht aus der Ruhe bringen, als er mit seinen knochigen Fingern langsam jede Schnalle einzeln öffnete und dabei in betrübtem Tonfall erklärte, dass heute mein Glückstag sei. Mit einem Mal war der Koffer offen und ich konnte darin sechs Reihen identischer dunkelbrauner Glasfläschchen sehen, jedes eine Spur kleiner als eine Hustensaftflasche. Zwei Gedanken gingen mir durch den Kopf: Der Koffer musste sehr schwer sein, und er musste schon sehr lange Zeit nichts mehr verkauft haben. Das Produkt nannte sich Wunderpolitur. Es reinigte Spiegel mit einem einfachen Wisch. Er schien überrascht, sogar misstrauisch, als ich sagte, ich würde eine Flasche nehmen, ganz so, als hätte er die Welt seit Jahren mit genau diesem, zum Bersten mit unverkauften Fläschchen gefüllten Koffer durchstreift. Ich wollte mir gar nicht vorstellen, was einen Mann dazu bewog, in einem Wohnviertel wie diesem von Haus zu Haus zu gehen, einem Viertel mit Veranden und alten Ahornbäumen, mit Kindern, die in der Auffahrt Basketball spielen, einem Viertel, in dem Pfadfinderinnen Kekse verkaufen und die Frau von Gegenüber Geld für die Leukämie-Spendenaktion sammelt, aber ohne Fremde, die mit kaputten Schuhen und verzweifeltem Blick von Tür zu Tür ziehen und dabei schwere Koffer mit braunen Flaschen eines Mittels herumschleppen, das sich Wunderpolitur nennt. Der Name ärgerte mich, sogar einem kleinen Kind wäre etwas Besseres eingefallen, wenngleich es durchaus etwas für sich hatte, wie stolz er den Betrug zur Schau stellte. »Vertrau mir nicht!«, rief er für alle laut hörbar. »Lass dich nicht für dumm verkaufen!«

Als er versuchte, mir eine zweite Flasche zu verkaufen, sah er an meinem Blick, dass es Zeit war zu gehen. »Sie haben eine weise Entscheidung getroffen«, sagte er feierlich und sah mich kurz an, bevor er abrupt wegblickte. Dann schloss er seinen Koffer mit einem Klick und eilte schnell aus der Tür, als hätte er Angst, ich könnte meine Meinung noch ändern. Ich schob eine Lamelle der halb geschlossenen Jalousie nach oben und beobachtete, wie er den Weg vor meinem Haus entlangging, eine Körperhälfte vom Musterkoffer nach unten gezogen. Auf dem Bürgersteig hielt er inne, stellte den Koffer neben einem Zuckerahorn ab, wischte sich mit dem Jackettärmel über die Stirn und warf einen Blick auf den Häuserblock, als wäre er der Neue in der Schule und bereitete sich darauf vor, den Schulhof zu überqueren, während sich die Ersten bereits nach ihm umdrehen, um ihn anzustarren. Einen Augenblick lang sah er zu meinem Haus zurück. Als er bemerkte, dass ich ihn beobachtete, grinste er jäh, runzelte die Stirn und wandte sich ab. Mit einem lauten Schnalzen ließ ich die Lamelle der Jalousie los.

Ich hatte kein Interesse an Spiegelpolitur. Ich legte die Flasche in eine Schublade des Geschirrschranks, in der ich Taschenlampenbatterien, Glühbirnen und ein unbenutztes Fotoalbum aufbewahrte, und dachte nicht länger daran.

Eines Morgens, es war etwa eine Woche später, trat ich vor den ovalen Spiegel im Flur in der oberen Etage, so wie jeden Morgen, bevor ich zur Arbeit ging. Als ich die Ärmel meines Jacketts nach unten zupfte und die Krawatte glatt strich, bemerkte ich nahe meiner linken Schulter einen kleinen Fleck auf dem Glas. Vermutlich war er schon jahrelang dort gewesen, seit dem Tag, an dem ich den Spiegel, gemeinsam mit einem ausgeblichenen Lehnsessel und dem abgenutzten Sofa meiner Großmutter, vom Dachboden meiner Eltern hierhergebracht hatte. Ich versuchte mich zu erinnern, ob ich den ovalen Spiegel jemals gereinigt hatte, ob ich mir je die Mühe gemacht hatte, den alten, mit geschnitzten Blättern und Blumen verzierten Mahagonirahmen abzustauben. Mir war bewusst, diese Gedanken nur wegen des Fremden mit den knochigen Fingern und den abgetragenen Absätzen zu haben, und während ich nach unten zum Schrank ging, überkam mich ein Anflug von Unmut, als ich ihn sagen hörte: »Heute ist Ihr Glückstag.«

Wieder oben angekommen, zog ich ein Tuch aus der Box im Badezimmer und schraubte den Verschluss der braunen Flasche auf. Auf dem dunklen Glas stand in weißen Groß-buchstaben das Wort WUNDERPOLITUR. Die Flüssigkeit war dick, zäh und grünlich weiß. Ich benetzte das Tuch und wischte über den Fleck. Als ich meine Hand zurückzog, war ich fast enttäuscht zu sehen, dass der Fleck verschwunden war. Ich bemerkte noch etwas anderes: Der restliche Spiegel sah aus, als wäre er blind oder beschlagen. War mir das vor-her tatsächlich nie aufgefallen? Mit einem weiteren Klecks Politur machte ich mich daran, die komplette Oberfläche bis zum Rand des Spiegels zu reinigen. Das war schnell er-ledigt. Ich trat einen Schritt zurück, um das Ergebnis zu begutachten. Im Licht der Deckenlampe mit dem alten Glasschirm, das sich mit dem durch das Fenster im nahen Flur einfallenden Sonnenlicht vermengte, sah ich mein Spiegelbild ganz deutlich. Doch es war mehr als das. Da lag eine Frische in meinem Abbild, eine Art sanftes Strahlen, das ich nie zuvor gesehen hatte. Neugierig betrachtete ich mich. Allein das war bemerkenswert, denn ich war nicht die Sorte Mann, die sich selbst im Spiegel betrachtet. Ich war ein Mann, der so wenig Zeit wie möglich vor dem Spiegel verbrachte, der eine flüchtige und pragmatische Be-ziehung zu seinem Spiegelbild mit den müden Augen, den enttäuschten Schultern und der Aura der Niederlage hatte. Nun stand ich vor einem Mann, der meinem alten Spiegel-bild fast exakt entsprach, der jedoch in gewisser Weise ver-ändert war, so wie sich ein Rasen unter bewölktem Himmel verändert, sobald die Sonne hervorkommt. Was ich sah, war ein Mann, der Grund zu Optimismus hatte, ein Mann, der etwas vom Leben erwartete.

Als ich an jenem Nachmittag von der Arbeit nach Hause kam, ging ich hoch zum ovalen Spiegel. Wieder war ich von dem Eindruck der Frische, den ich in dem polierten Glas wahrnahm, überwältigt. Hatte der Spiegel die Reinigung wirklich so nötig gehabt? Es waren drei weitere Spiegel im Haus: der Spiegel über dem Waschbecken im oberen Badezimmer, der Spiegel über dem Waschbecken in der unteren Toilette und der kleine, runde Handspiegel mit Holzgriff, der oben im Badezimmer an einem Haken neben dem Fenster hing. Keiner davon hatte bisher den Eindruck erweckt, als bedurfte er einer Reinigung, doch als ich mit ihnen fertig war, leuchtete mir mein neues Spiegelbild aus allen dreien entgegen. Ich betrachtete die braune Flasche Wunderpolitur in meiner Hand. Sie sah aus wie eine gewöhnliche Flasche, eine Flasche wie jede andere. Hätte mich die Politur jünger erscheinen lassen, hätte sie mich gut aussehen lassen, hätte sie meine Haut geglättet, meine Zähne begradigt oder die Form meiner Nase geändert, so hätte ich gewusst, dass es sich um irgendeinen abscheulichen mechanischen Trick handelte, und hätte diese Spiegel eher mit meinen Fäusten zertrümmert als zuzulassen, dass man mich für dumm verkaufte. Doch das Bild im Spiegel war zweifellos ich – nicht jung, nicht gut aussehend, unspektakulär, leicht gebeugt, beleibt, mit Tränensäcken unter den Augen, nicht die Sorte Mann, die irgendjemand freiwillig sein möchte. Und doch sah *er* mich auf eine Weise an, wie ich es schon lange Zeit nicht mehr erlebt hatte, eine Weise, die alles andere wettmachte. Er sah mich an wie – der Gedanke schoss mir plötzlich durch den Kopf – ein Mann, der an etwas glaubte.

Am nächsten Morgen erwachte ich, noch bevor mein Wecker klingelte, und ging rasch zu dem ovalen Spiegel im Flur. Mein Bild strahlte mir entgegen; sogar mein zerknitterter Pyjama sah schneidig aus. In dem polierten Glas wirkten die tristen Wände heller, die Schlafzimmertür war von einem satteren Braun. Im Badezimmerspiegel schien ich zu leuchten; das Weiß des Waschbeckens blendete im Spiegel; die Handtücher sahen flauschiger aus. Im Erdgeschoss gab die Reflexion des Toilettenfensters den Blick auf ein Stück eines glänzenden Vorhangs frei, und dahinter lag das grüne Gras aus den Sommertagen meiner Kindheit. In der Arbeit dachte ich den ganzen Tag lang nur an jene strahlenden Oberflächen, die das Sonnenlicht einfingen wie Münzen, und als ich nach Hause kam, ging ich von Spiegel zu Spiegel, nahm Posen ein und drehte den Kopf von einer Seite zur anderen.

Da ich mich dafür rühmte, niemals falsche Hoffnungen zu hegen, mir nie einzubilden, die Dinge seien besser, als sie tatsächlich waren, fragte ich mich, ob ich zuließ, dass mich diese Spiegel in die Irre führten. Vielleicht beinhaltete die grünlich weiße Politur eine Chemikalie, die bei Kontakt mit Glas eine optische Verzerrung hervorrief. Vielleicht hatte das Wort *Wunderpolitur* die Zellen in meinem Gehirn dazu veranlasst, eine Reihe von Assoziationen abzufeuern, die meine Wahrnehmung der mich umgebenden Welt beeinträchtigten. Was auch immer hier geschah, ich wusste, dass ich eine zweite Meinung von jemandem benötigte, dem ich vertraute. Monica würde mir den Kopf zurechtrücken, Monica würde es wissen – Monica, die die Welt durch große, gütige, skeptische Augen betrachtete, die von vielen Enttäuschungen verdunkelt waren.

Monica kam zweimal die Woche nach der Arbeit, dienstags und freitags, mit ihrer kleinen Reisetasche, und wie gewöhnlich war ich auch dieses Mal darauf bedacht, sie bei der Begrüßung nicht allzu lange anzusehen, denn sonst wäre Monica zurückgewichen und hätte gefragt: »Stimmt etwas nicht?« und hätte dabei die Hand verunsichert an ihr Haar geführt. Sie hatte die Angewohnheit, ihr Aussehen gnadenlos zu beurteilen: Sie fand ihre Augen ganz in Ordnung, mochte die Form ihrer Handgelenke und ihre langen Finger, hatte sich mit ihren Waden abgefunden, doch sie war unversöhnlich, was ihre Oberschenkel, ihr Kinn, ihre ziemlich dicken Knie, ihre Hüften und ihre Oberarme anbelangte. Sie ärgerte sich über die kleinste Hautunreinheit, einen Mückenstich etwa oder Rötungen oder einen winzigen Pickel, und oft klebte auf der Schulter oder dem Schenkel versteckt, ein Pflaster mit irgendeiner Salbe. Sie trug Röcke, die ihr bis zu den Knöcheln reichten, dazu schlichte Blusen über schlichten weißen BHs; sie kombinierte gerne dunkle Grün- mit dunklen Braun- und Grautönen. Ihr schulterlanges braunes Haar war für gewöhnlich glatt und in der Mitte gescheitelt, manchmal band sie es auch mit einer großen dunklen Spange zurück, die aussah wie ein riesiges Insekt. Sie begutachtete sich in jedem Spiegel, suchte nach Makeln wie ein junges Mädchen vor einer großen Party. Doch sie war vierzig und arbeitete als Verwaltungsassistentin in der hiesigen Highschool. Seit Jahren bewegten wir uns langsam aufeinander zu, ohne aufs Ganze zu gehen. Ich mochte ihre Art zu zögern, bevor sie lächelte; mochte die Schwere ihres Körpers, die leichte Unbeholfenheit, den Hauch einer sanften Müdigkeit; mochte es, wie sie, nachdem sie die Schuhe ausgezogen und die Füße auf den Schemel gelegt hatte, langsam mit den Zehen wackelte und mit zusammengekniffenen Augen sagte: »Das fühlt sich sehr, sehr gut an.« Manchmal, in einem ganz bestimmten Licht, wenn ihr Körper eine ganz bestimmte Haltung einnahm, sah ich in ihr eine Frau, für die die Dinge nicht so gelaufen waren, wie sie es sich erhofft hatte, eine Frau, die sich langsam der Niederlage ergab. Dann überkam mich eine Welle der Verbundenheit, denn ich wusste genau, wie schwierig es war, auf etwas Besseres zu warten, auf etwas, das niemals geschehen würde.

Ich führte sie zu dem ovalen Spiegel und schaltete das Licht ein. »Sieh dir das an!«, sagte ich und streckte meinen Arm theatralisch aus. Die Geste sollte vermitteln, dass das, was ich ihr zeigen wollte, nichts Großartiges war, wirklich nichts, was man ernst nehmen müsste. Ich hatte gehofft, das Spiegelbild in dem polierten Glas würde ihr auf eine gewisse Weise gefallen, doch ich hatte nicht mit dem gerechnet, was ich sah – denn hier war sie, ohne jeden Anschein der Ermüdung, eine frische Monica, eine dynamische Monica, eine Monica, deren Gesicht Zufriedenheit ausstrahlte. Die Kleidung, die sie trug, erschien nicht mehr etwas zu eintönig, etwas zu matronenhaft, sondern auf anziehende Art bescheiden, verführerisch zurückhaltend. Nicht einen Augenblick lang ließ sie der Spiegel jung oder schön wirken, denn sie war weder jung noch war sie schön. Doch es war, als hätte sich eine innere Spannung gelöst, dieses Gefühl, als würde sie nach und nach in Traurigkeit abdriften. In dem Spiegel strahlte sie eine erhabene psychische Widerstandskraft aus. Monica sah es; ich sah, dass sie es sah; und dann drehte sie sich von einer Seite zur anderen, streifte dabei den langen Rock über den Hüften glatt, zog die Schultern nach hinten, korrigierte ihre Frisur.

Seither stand ich morgens geradezu mit Vorfreude auf und ging unverzüglich zu dem Spiegel im Flur, wo mir sogar mein zerzaustes Haar eine Aura lässiger Selbstsicherheit verlieh und die dunklen Ringe unter den Augen für jemanden sprachen, der es gewohnt war, Hindernissen aktiv zu begegnen und sie zu überwinden. In meiner Arbeitskoje im Büro arbeitete ich konzentriert und mit einer ungewohnten Leichtigkeit im Herzen, und wenn ich am späten Nachmittag nach Hause kam, betrachtete ich mich in allen vier Spiegeln. Mit einem Mal fiel mir auf, dass ich, um zu dem ovalen Spiegel im oberen Flur zu gelangen, die Diele und das schummrige Wohnzimmer mit dem durchgesessenen Sofa durchqueren, die komplette Länge der Küche entlanggehen und zwei knarzende Treppen – die lange bis zum Treppenabsatz und die kurze zum Flur hinauf – hochsteigen musste. Eines Abends nach dem Essen fuhr ich an den Stadtrand, wo sich das alte Shoppingcenter und das neue Kaufhaus im Kampf um die niedrigsten Preise gegenüberstanden. Im Gang nach den Mixern und Entsaftern gelangte ich zu ihnen. Ich sah hohe, schmale Spiegel, quadratische Spiegel mit Rahmen aus Eichen- und dunklem Walnussholz, runde Spiegel, die aussahen wie riesige Brillengläser, Drehspiegel, in verkupferte Bronze eingefasste Spiegel, Spiegel mit mehreren Haken am unteren Rand. Während ich meinem Spiegelbild tunlichst auswich, da die Spiegel nur einen müden Mann mit kummervollen Augen zeigten, entschied ich mich für einen rechteckigen Spiegel mit einem Rahmen aus Kirschholz. Zu Hause öffnete ich die Schublade des Schranks und entnahm die braune Flasche. Mit einem Tuch und vorsichtigen Wischbewegungen polierte ich den Spiegel. Ich hängte ihn in die Diele, gegenüber dem

Kleiderschrank, gleich neben das Schuhregal mit den alten Pantoffeln und Gartenschuhen, und trat einen Schritt zurück. Im Licht der Deckenlampe sah ich mein Spiegelbild. *Er* stand mit einem Tuch über der Schulter vor mir und sah mich mit einem Blick an, als wäre er bereit, sich mit Freude in alles zu stürzen, was der Tag auch bereithalten mochte. Ihn so dastehen zu sehen, mit den hochgekrempelten Ärmeln, dem Tuch über der Schulter und dem entschlossenen Blick – all das brachte mich zum Lächeln, und das Lächeln, das zurückgeworfen wurde, schien aus dem Glas heraus und direkt in meine Arme, meine Brust, mein Gesicht, mein Blut zu strömen.

Am nächsten Tag machte ich nach der Arbeit bei einem Möbelladen halt und kaufte einen weiteren Spiegel. Zu Hause polierte ich ihn und hängte ihn in der Küche, gegenüber dem Esstisch, auf. Wenn ich beim Abendessen saß, konnte ich, wann immer ich wollte, aufblicken und den Eichentisch, den strahlenden Teller mit der Hühnerkeule und der Ofenkartoffel darauf, das im Licht blitzende Silberbesteck und mein eigenes Spiegelbild sehen, das wachsam aufblickte, wie jemand, dessen Aufmerksamkeit gerade auf eine wichtige Sache gelenkt worden war.

Am Freitag kam Monica ins Haus und hielt in der Diele abrupt inne, als sie den Spiegel sah. Sie warf mir einen Blick zu und schien kurz davor, etwas zu sagen, wandte sich dann jedoch ab. Einige Zeit lang betrachtete sie sich nachdenklich im Spiegel. Ohne sich abzuwenden, sagte sie, sie nehme an, es sei keine schlechte Idee, ihre Frisur und ihre Bluse noch einmal überprüfen zu können, bevor sie das Wohnzimmer betrete, besonders wenn es draußen in Strömen regnete oder sehr windig war. Ich sagte nichts und beobachtete ihr Spiegelbild dabei, wie *sie* ihr Haar kühn aus dem Gesicht strich. Gemeinsam mit Monica bewegte sie sich zum Rand des Spiegels und beide verschwanden ins Wohnzimmer.

In der Küche sah ich, wie sich Monicas Lippen zu einem kleinen, festen Kreis verengten. Es war ein Gesichtsausdruck, für den ich nie viel übrig hatte, eine Kombination aus Gereiztheit und verbissener Strenge, doch in dem neuen Spiegel sah ich lediglich einen koketten Schmollmund. »Es ist nur ein Experiment«, sagte ich. »Wenn du es wirklich nicht magst –« »Es ist dein Haus«, sagte sie. »Aber darum geht es nicht«, sagte ich. Sie warf mir einen dieser Blicke zu und wandte sich dann ab; es war ihre Art des stillen Protests. Sie nahm mit dem Rücken zum Spiegel Platz, während ich eine Kanne Kräutertee für sie aufbrühte. Als ich mich ihr gegenüber setzte, konnte ich an ihrem angespannten Gesicht vorbei auf ihren Hinterkopf sehen, auf den hinteren Teil ihres Blusenkragens, der unter ihrem Haar hervorblitzte, auf den oberen Teil ihrer Schulterblätter. All das schien sich wohlzufühlen, während sie mir von ihren Problemen mit dem Gärtner erzählte. Einmal, als sie den Kopf zur Seite drehte, um aus dem Fenster zu blicken, sah ich im Spiegel die Wölbung ihrer Stirn, ihre leicht nach oben geschwungene Nasenspitze, die kleine Furche zwischen Nase und Oberlippe, und ich war überwältigt, wie elegant und voller Lebensfreude ihr Profil war.

Ich ließ einen Tag verstreichen, doch am übernächsten kaufte ich einen großen Spiegel mit dunklem Rahmen für das Wohnzimmer und hängte ihn gegenüber dem Sofa auf. Ich kramte mein braunes Fläschchen hervor, polierte ihn gründlich, und als ich zurücktrat, bewunderte ich den neuen Raum, der in den glänzenden Tiefen des Glases auftauchte. Natürlich würde Monica die Lippen zusammenkneifen, doch sie würde einsehen, dass es das Beste wäre. Die Spiegel in meinem Haus erfüllten mich mit solch einer Freude, dass mir ein Raum ohne sie wie eine dunkle Zelle erschien. Ich besorgte einen Standspiegel für das Fernsehzimmer, einen rechteckigen Spiegel mit schlichtem Rahmen für das Schlafzimmer in der oberen Etage, einen identischen für das Gästezimmer am Ende des Flurs. Bei einem Garagenflohmarkt erstand ich einen alten schildförmigen Spiegel, den ich in den Keller hinter Waschmaschine und Trockner hängte. Eines Abends überkam mich beim Betreten der Küche eine Unruhe, und als ich von der Fahrt zum Kaufhaus zurückkam, hängte ich einen zweiten Spiegel in die Küche, genau zwischen die beiden Fenster.

Monica sagte nichts. Ich konnte spüren, wie der Widerstand in ihr wuchs wie eine Mauer. Es entging mir nicht, dass ich mich seltsam benahm, wie ein Mann, der von etwas besessen war. Gleichzeitig fühlte sich das, was ich tat, vollkommen natürlich und notwendig an. Einige Leute zogen Fenster ein, um ihr Heim freundlicher zu gestalten – ich kaufte Spiegel. War das so schlimm? Ich sah sie weiterhin überall, bei Garagenflohmärkten, wo sie an klapprigen Tischen lehnten, auf denen sich rosafarbenes Geschirr türmte, oder bei Haushaltsauflösungen im Nobelviertel der Stadt, wo sie in den Fluren und Schlafzimmern hingen. Ich erstand einen zweiten für das Wohnzimmer, einen dritten für das Badezimmer in der oberen Etage. In der Diele hängte ich auf die Rückseite der Haustür einen Spiegel mit dunklem Holzrahmen, der farblich zum Schirmständer passte. Wenn ich an meinen Spiegeln vorbeiging, sobald ich auch nur einen

Blick darauf erhaschte, wenn ich einen Raum betrat, durchströmte mich pures Wohlbehagen. Was war falsch daran? Von Zeit zu Zeit versuchte Monica das Ganze mit Humor zu nehmen. »Was?«, sagte sie etwa. »Nur ein einziger Spiegel am Treppenabsatz?« Doch wenn sie sah, wie nachdenklich es mich stimmte, änderte sich ihr Gesichtsausdruck. »Weißt du, manchmal glaube ich, dass du mich dort« – sie zeigte auf den Spiegel – »mehr magst als hier«, – sie zeigte auf sich selbst. Sie sagte es scherzhaft und lächelte leicht, doch ihr Gesichtsausdruck spiegelte eine ängstliche Frage wider. Als wollte ich ihr das Gegenteil beweisen, richtete ich meine volle Aufmerksamkeit auf sie. Vor mir sah ich eine Frau mit sorgenvoller Stirn und unglücklichen Augen. Ich stellte mir vor, wie sie mir aus all den Spiegeln in meinem Haus entgegensah, mit gelassenen und hoffnungsvollen Augen, und eine Ungeduld überkam mich, als ich ihren dunkelbraunen Pullover betrachtete, ihre Hand, die nervös über den dunkelgrünen Rock strich, die Falten um ihren angespannten Mund.

Um Monica zu zeigen, dass zwischen uns alles in Ordnung war, dass sich nichts geändert hatte, dass ich den Spiegeln nicht vollkommen verfallen war, schlug ich vor, am Samstag ein Picknick zu machen. Wir packten einen Picknickkorb und fuhren an den See. Monica trug einen Strohhut mit breiter Krempe, den ich noch nie zuvor an ihr gesehen hatte, und eine neue, zart schimmernde, hellgrüne Bluse. Im Auto nahm sie den Hut ab, legte ihn in den Schoß, lehnte sich dann mit halb geschlossenen Augen zurück und reckte das Gesicht der Sonne entgegen. An ihrem Ohrläppchen funkelte ein winziger grüner Edelstein. Am Picknickplatz angekommen, nahmen wir an einem der im Halbschatten stehenden Tische unter den hohen Kiefern, die am Rand des kleinen Strandabschnitts wuchsen, Platz. Es war ein heißer, drückender Tag. Der Rauch von den Grillplätzen stieg zu den Ästen empor. Ein Mann stand mit einem Fuß auf der Tischbank da, den Arm auf den Schenkel gestützt, während er eine Bierdose in der Hand hielt und auf den Strand und das Wasser blickte. Zwischen den Tischen liefen Kinder auf und ab. Auf dem Strand machten drei Jungs in knielangen Badehosen mit riesigen Baseballhandschuhen und einem neongrünen Tennisball Wurfübungen. Eine dicke Mutter und ihr magerer Teenagersohn spielten Volleyball. Junge Frauen in Bikinis und Männer mit weißem Brusthaar spazierten durch den Sand. Einige Menschen plantschten und lachten im Wasser. Ein schwarzer Hund mit aufgestellten Ohren schwamm mit einem nassen Stock im Maul auf das Ufer zu. Weiter draußen konnte man vorbeiziehende Kanus und sich hebende Ruder erkennen, die das Wasser zum Spritzen und Funkeln brachten. Und als ich mich zu Monica umdrehte, sah ich den ganzen Nachmittag in ihr Gesicht und ihre Augen strömen. Nach dem Picknick wanderten wir einen Pfad entlang, der um den halben See führte. Auf den schmalen Sandstreifen am Uferrand lagen hie und da einige Menschen auf ihren Handtüchern auf dem Rücken in der Sonne. Durch dornige Büsche gingen wir zum Strand hinunter. Im Sand zog Monica die Sandalen aus, hob den langen Rock an und ging dann einige Schritte ins Wasser, wo sie den Kopf in den Nacken legte, um mit geschlossenen Augen die Sonne zu genießen. In diesem Moment schien für Monica und mich alles möglich zu sein, und während ich auf sie zuging, sagte ich: »Ich habe dich noch nie so gesehen!« Die Augen noch immer geschlossen, sagte sie: »Ich bin heute nicht ich selbst!« Sie lachte. Dann lachte ich, wegen unserer Worte und wegen ihres Lachens und der Sonne und des Himmels und des Sees.

Auf der Heimfahrt schlief sie mit dem Kopf an meiner Schulter ein. Dieser lange Ausflug hatte mich ebenfalls ermüdet, wenn auch nicht auf die gleiche Weise. Im Laufe des Nachmittags hatte sich ein Gefühl von Unbehagen eingeschlichen. Das Leuchten des Sonnenlichts auf dem Wasser hatte mir in den Augen geschmerzt. Die Hitze hatte mich niedergedrückt. Es lag eine Trägheit in allem, eine Schwerfälligkeit. Monica schien das Gehen mehr Anstrengung zu kosten, als wäre die Luft eine heiße Masse, durch die sie sich kämpfen musste. Wir beide, sie mit ihrem Strohhut und ich mit meinen Cargo-Shorts, kamen mir vor wie zwei Schauspieler, die ganz gewöhnliche Leute spielten, die einen Tag am See genossen. In Wirklichkeit war ich ein Mann, der von Enttäuschung niedergedrückt wurde, ein Mann, für den die Dinge nicht so gelaufen waren, wie er es sich einst ausgemalt hatte, ein stiller Mann, vorsichtig in seinem Leben, schüchtern, wenn es darauf ankam, aber dennoch zufrieden genug, um sich durch die kleinen Rituale des Alltags treiben zu lassen. Und Monica? Ich streifte sie mit meinem Blick. Ihr Handrücken ruhte auf ihrem Bein, vier Finger zeigten in eine Richtung, der Daumen in die andere – und etwas an diesen Fingern und diesem Daumen schien Verzweiflung auszudrücken.

Doch als ich die Haustür öffnete und nach Monica das Haus betrat, kehrte das gute Gefühl zurück. Da standen wir im Spiegel, sie in ihrer schimmernden grünen Bluse und ich mit meinem von der Sonne geröteten, glühenden Gesicht.

Tief drinnen im Leuchten des polierten Glases hob sich ihre Hand in einem anmutigen Bogen, um den Strohhut abzusetzen.

Im Wohnzimmer erhaschte ich in beiden Spiegeln einen kurzen Blick auf sie, wie sie beschwingt in Richtung Küche ging. In der sonnigen Küche hob ihr fröhliches Spiegelbild einen Wasserkrug hoch, der das Sonnenlicht einfing. Ich blickte in den zweiten Spiegel, in dem sie ihr schimmerndes Wasserglas anhob, plötzlich innehielt und den Mund zu einem herzhaften Gähnen öffnete. »Ich würde mich gerne hinlegen«, sagte Monica. Ich wandte mich ihr zu und sah ihre zusammengepressten Lippen und ihre schweren Lider. Ich folgte ihr, als sie langsam die Stiegen hinauf und an dem neuen Spiegel am Treppenabsatz vorüberging. Einen Moment lang leuchtete mir ihr Haar aus dem Glas entgegen. Oben angekommen, ging sie ernst und ohne einen Blick hineinzuwerfen, an dem ovalen Spiegel vorbei ins Schlafzimmer, wo ich ihr heiteres Spiegelbild dabei beobachtete, wie sie sich auf das Bett legte und die Augen schloss. Auch ich war müde. Ich war mehr als müde, aber allein das Vergnügen, zu Hause zu sein, erfüllte mich mit einer Rastlosigkeit, einer Energie, die mich dazu antrieb, alle Zimmer des Hauses zu durchschreiten. Ab und an blieb ich vor einem polierten Spiegel stehen und drehte den Kopf von einer Seite zur anderen. Es war, als vertriebe mein Haus mit den vielen Spiegeln die gewohnte Schwere und den Überdruss aus meinem Körper, und einer plötzlichen Eingebung folgend, holte ich die Wunderpolitur hervor, die noch immer zu zwei Dritteln voll war, und ging in den Keller, wo ich sie auf den neuen Spiegel auftrug, der an die Waschmaschine gelehnt noch auf meine Entscheidung gewartet hatte, wo ich ihn aufhängen würde.

Als wir später am selben Abend gemeinsam im Wohnzimmer saßen, wirkte Monica noch immer müde und etwas
launisch. Ich hatte sie zum Sofa geführt und versucht, sie
so zu positionieren, dass sie ihr gut gelauntes Spiegelbild
sehen konnte, doch sie weigerte sich, es anzusehen. Ich
spürte ihren Widerwillen genauso deutlich, als würde sie
mich mit der Hand wegstoßen. Im Spiegel bewunderte ich
den Schulterteil ihrer Bluse. Dann warf ich einen Blick auf
die andere Monica, die Monica, die steif und sehr still auf
dem Sofa saß. Ich musste an einen Himmel denken, der
sich vor einem Sturm verdunkelte. Ich bildete mir ein zu
hören, wie sie »Kann nicht« sagte, so leise, dass ich mich
fragte, ob sie überhaupt etwas gesagt hatte; oder vielleicht
hatte sie »Kann ich« gesagt.

»Was hast du …«, stieß ich hervor, kaum in der Lage,
meine eigenen Worte zu hören.

»Ich kann nicht«, sagte sie, und nun gab es keinen Zweifel
daran. »So ein perfekter Tag. Und jetzt … das.« Sie hob den
Arm in einer ausladenden Geste, die den gesamten Raum,
das gesamte Universum einzuschließen schien. Im Spiegel
machte ihr Abbild eine neckische Armbewegung. »Ich kann
nicht. Ich habe es versucht, aber ich kann das nicht. Ich
kann das nicht. Du wirst dich … du wirst dich entscheiden
müssen.«

»Entscheiden?«

Ihre Antwort war so leise, dass es kaum mehr war als ein
Ausatmen. »Zwischen mir und … ihr.«

»Du meinst … ihr?«

»Ich hasse sie«, flüsterte sie und brach in Tränen aus. Sofort hörte sie wieder auf, atmete tief ein und brach erneut
in Tränen aus. »Du siehst mich nicht an«, sagte sie. »Aber

das ist nicht –«, sagte ich. »Ich muss gehen«, sagte sie und stand auf. Sie hatte aufgehört zu weinen. Sie atmete erneut tief ein und rieb sich mit dem Fingerrücken über die Nase. Sie griff in ihre Rocktasche und zog ein Taschentuch hervor, das in Stücke zerbröselte. »Hier«, sagte ich und reichte ihr mein Stofftaschentuch. Nach kurzem Zögern nahm sie es und trocknete sich damit die Nase. Sie gab mir das Taschentuch zurück, sah mich an und wandte sich zum Gehen um. »Nicht«, sagte ich. »Sie oder ich«, flüsterte sie und verschwand durch die Tür.

In der darauffolgenden Woche stürzte ich mich in die Arbeit, die gerade kompliziert genug war, um meine volle Aufmerksamkeit zu verlangen, ohne mich jedoch im Geringsten zu interessieren. Um fünf Uhr nachmittags ging ich direkt nach Hause, wo ich mich in jedem Raum besänftigt fühlte. Doch ich war kein Kind, kein naiver Selbsttäuscher, der sich aus einer misslichen Lage einfach davonstehlen wollte. Ich wollte die Dinge verstehen, ich wollte einen Entschluss fassen. Von Anfang an hatte zwischen Monica und mir eine tiefe Verbundenheit bestanden. Sie war misstrauisch, hatte gelernt, wenig vom Leben zu erwarten, war dankbar für die kleinen Freuden, auf der Hut vor Versprechungen, daran gewöhnt, aus allem das Beste zu machen, neigte dazu, mehr zu wollen, wagte jedoch gleichzeitig nicht, mehr zu wollen. Dann war plötzlich die Wunderpolitur aufgetaucht, mit ihrer prahlerischen Art, und flüsterte uns verführerische Versprechungen ein. Wieso nicht?, schien sie zu fragen. Zum Teufel, wieso nicht? Doch die Spiegel, die mir Stärke verliehen, die mich mit neuem Leben erfüllten, machten Monica zornig. Hatte sie den Eindruck, ich würde eine falsche Version ihrer selbst bevorzugen? Eine funkelnde

Monica der Monica aus Fleisch und Blut mit den Pflastern und den dicken Knien und den vielen Sorgen vorziehen? Was mich anzog, war genau das Gegenteil. In den leuchtenden Spiegeln sah ich die wahre Monica, die verborgene Monica, jene Monica, die unter Jahren der Enttäuschung begraben war. Weit davon entfernt, mich in eine Welt der aufpolierten Illusionen zu flüchten, konnte ich in den Tiefen dieser Spiegel vielmehr eine Welt sehen, die nicht länger von schwindenden Hoffnungen und verblassenden Träumen verdunkelt war. Dort war alles eindeutig, alles möglich. Monica würde die Dinge nie so sehen wie ich, das war mir völlig klar. Wenn sie in die Spiegel sah, sah sie nur einen Ort, der mich immer weiter von ihr fortzog, und in diesem Ort eine Konkurrenz, der sie tiefe Eifersucht entgegenbrachte.

Ich fühlte, wie ich langsam auf eine gefährliche Entscheidung zusteuerte, die ich nicht treffen wollte, genau wie jemand, der auf einer vereisten Straße auf einen Abhang zuschlittert.

Es musste eine weitere Woche verstreichen, bevor ich wusste, was zu tun war. Der Sommer hatte seinen Höhepunkt erreicht. Auf den Veranden fächelten sich die Nachbarn mit Zeitungen Luft zu. In hohem Bogen bestäubten Rasensprenger Grünflächen und Einfahrten, die in der Sonne glänzten wie schwarze Lakritze. Ein Mann mit Baseballmütze bewegte an der Spitze einer Leiter träge einen Pinsel hin und her. Es war Samstagnachmittag. Ich hatte Monica an jenem Morgen angerufen und ihr gesagt, ich müsse ihr etwas Wichtiges zeigen. Sie solle mich auf der Veranda treffen. Wir saßen draußen, tranken Limonade wie ein altes Ehepaar, beobachteten Kinder, die auf ihren

Fahrrädern vorüberfuhren, ein Eichhörnchen, das eine Telefonleitung entlangflitzte. Ein Rotkehlchen pickte ohne Unterlass auf das Gras am Straßenrand ein. Nach einer Weile sagte ich: »Lass uns hineingehen.« Sie wandte sich mir zu, als wollte sie etwas fragen. »Wenn du das willst«, sagte sie schließlich und kehrte beide Handflächen nach oben.

Als wir ins Haus traten, blieb Monica stehen. Sie blieb so plötzlich stehen, als hätte ihr jemand seine schwere Hand auf die Schulter gelegt. Ich sah ihr zu, wie sie an die Stelle starrte, wo der Spiegel gehangen hatte. Sie sah mich an, sah wieder die Wand an. Dann drehte sie sich um und sah zur Rückseite der Haustür. Die dunkle Verkleidung schimmerte matt im Licht des Raumes. Monica streckte die Hand aus und berührte mit den Fingerspitzen meinen Arm.

Ich führte sie in jedes Zimmer des Hauses und machte vor vertrauten Wänden halt. Im Wohnzimmer blickten uns meine Eltern von einer Fotografie an jener Wand entgegen, wo einer der Spiegel gehangen hatte. Die andere Stelle war kahl, mit Ausnahme zweier kleiner Löcher in der ausgeblichenen Mustertapete, die hohe, mit blassen Blumen gefüllte Vasen zeigte. In der Küche waren auf einem neuen Poster verschiedene Teesorten abgebildet. Anstelle des ovalen Spiegels im oberen Flur hing dort ein gerahmtes Gemälde einer alten Mühle neben einem braunen Teich mit zwei Enten. In den Badezimmern auf beiden Etagen hingen über den Waschbecken neue Schränkchen samt Spiegeln mit geschliffenen Rändern. Ich konnte sehen, wie sich Monicas Gesicht mit Dankbarkeit füllte. Als der Rundgang zu Ende war, führte ich sie zur Schublade im Schrank und nahm die braune Flasche heraus. In der Küche sah sie mir dabei zu, wie ich die zähe, grünlich weiße Flüssigkeit ins

Waschbecken kippte. Ich wusch die leere Flasche aus und warf sie in den Mülleimer neben dem Herd. Sie wandte sich mir zu und sagte: »Das ist das schönste Geschenk, das du –«

»Wir sind noch nicht fertig«, sagte ich mit einem Anflug von Aufregung in der Stimme. Ich führte sie durch die Küchentür und über die vier hölzernen Stufen in den Garten hinter dem Haus.

An der Rückseite des Hauses standen alle Spiegel in einer Reihe, in den verschiedensten Neigungen an die Mauer gelehnt. Da war er, der ovale Spiegel aus dem oberen Flur, und verdeckte ein Kellerfenster. Da waren sie, die beiden Spiegel aus der Diele, die Küchenspiegel mit den Holzrahmen, der schildförmige Spiegel aus dem Keller, die Wohnzimmerspiegel, die Schlafzimmerspiegel, die Standspiegel aus dem Fernsehzimmer, zwei Gästezimmerspiegel, der aus dem Schrank gelöste Spiegel aus dem oberen Badezimmer, der Spiegel aus dem unteren Badezimmer, der Spiegel vom Treppenabsatz, ebenso wie andere Spiegel, die ich gekauft, poliert und dann, zum Aufhängen bereit, in Schränken aufbewahrt hatte: quadratische Spiegel und runde Spiegel, Drehspiegel auf hölzernen Gestellen, ein Spiegel in Form eines vierblättrigen Kleeblatts. Im hellen Licht der Sonne glitzerten die Spiegel wie Juwelen.

»Da sind sie!«, sagte ich und machte eine ausladende Handbewegung. Ich begann vor ihnen auf und ab zu gehen, von einem Ende zum anderen. Während ich von Spiegel zu Spiegel ging, die an das Haus gelehnt waren, konnte ich unterschiedliche Teile von mir sehen: meine Schuhe und den Hosenaufschlag, meinen Gürtel und den unteren Teil meines Hemds, plötzlich meine vollständige Gestalt in dem hohen Spiegel, meine schwingende Hand. Hie und da erhaschte ich einen Blick auf Monicas Rivalin, die abseits auf dem unglaublich grünen Gras stand. »Und jetzt«, sagte ich, als richtete ich mich an ein Publikum – und hielt um des dramatischen Effekts willen inne. Ich blickte zu Monica, die mit einem Gesichtsausdruck dastand, der schwer zu deuten war. Ein besorgter Ausdruck, wie mir schien, und ich wollte ihr versichern, dass es keinen Grund zur Sorge gab, dass ich all das hier für sie tat, bald würde alles in Ordnung sein. Hinter einem breiten Spiegel am Ende der Reihe bückte ich mich, zog einen Hammer hervor, und nachdem ich den Hammer hochgehoben hatte, ließ ich ihn auf das Glas niederschmettern. Dann ging ich mit schwingendem Hammer die gesamte Spiegelreihe zurück und sandte glänzende Glassplitter durch die Sommerluft. »Da!«, schrie ich und zerschmetterte einen weiteren. »Schau!«, rief ich. Ich holte aus. Ich zerschmetterte. Feuchte Rinnsale liefen über mein Gesicht. Spiegelsplitter klebten an meinem Hemd.

Es war schneller vorüber, als ich es für möglich gehalten hätte. An der gesamten Rückseite des Hauses lag zerbrochenes Spiegelglas funkelnd im Gras. Vereinzelt wiesen leere Rahmen dreieckige Glasstücke auf, die am Holz festhielten. Ich betrachtete den Hammer in meiner Hand. Dann warf ich ihn quer durch den Garten, warf ihn in hohem Bogen in die Reihe von Fichten im hinteren Teil. Ich konnte hören, wie der Hammer langsam durch die Nadeläste fiel.

»Da!«, sagte ich zu Monica. Machte eine wegwerfende Geste mit beiden Händen, so wie man es tut, wenn man mit etwas fertig ist. Dann ging ich vor ihr auf und ab. Eine schreckliche Aufregung brannte in mir. Ich konnte fühlen, wie das Blut in meiner Halsschlagader pulsierte. Ich stellte mir vor, wie es in einer leuchtend roten Fontäne die Haut durchbrach. »Sie ist weg! Das ist es doch, was du wolltest! Oder etwa nicht? Nicht? Weg! Auf Nimmerwiedersehen! Bist du jetzt glücklich? Na?« Ich blieb vor ihr stehen. »Na? Na?« Ich lehnte mich näher zu ihr. »Na? Na? Na?« Ich lehnte mich noch näher. Ich lehnte mich so nahe, dass ich sie nicht mehr sehen konnte. »Na? Na? Na? Na? Na?«

Monica tat das Einzige, was sie tun konnte: Sie floh. Doch zuerst stand sie da, als wollte sie etwas sagen. Sie sah mich mit dem Blick einer Frau an, der wiederholt ins Gesicht geschlagen worden war. Schmerz lag darin, in diesem Gesichtsausdruck, und Müdigkeit, und eine Art schmerzerfüllte Sanftheit. Und all das wurde begleitet von der stillen Entschlossenheit einer Person, die eine Entscheidung getroffen hatte. Dann wandte sie sich um und ging.

Es gibt eine Form der Rastlosigkeit, die so extrem ist, dass man es nicht mehr ertragen kann, in seinem Haus zu sitzen. Man wandert von Raum zu Raum wie jemand, der eine Geisterstadt besucht. Jeden Tag trauerte ich um meine Spiegel mit ihrem der Wunderpolitur zu verdankenden Glanz. Dort, wo sie früher gehangen hatten, sah ich nur Tapetenmuster, gerahmte Bilder, Türverkleidungen, Staubspuren. Eines Tages fuhr ich zum Einkaufszentrum und kehrte mit einem ovalen Spiegel mit schlichtem, dunklem Rahmen zurück, den ich oben in den Flur hängte. Ich benutzte ihn ausnahmslos, um die Passform meines Jacketts zu überprüfen. Einmal, als die Türglocke läutete, rannte ich nach unten zur Haustür, doch es war nur ein Junge, der in einer Büchse Spenden für die neue Pfadfindergruppe sammelte. Ich spürte das Trübsal auf mich herabrieseln wie Staub. Eine Flasche Wunderpolitur – war das zu viel verlangt? Eines Tages musste der Fremde zurückkommen.

Er wird mit seinem schweren Koffer, der eine Körperhälfte weiter nach unten zog, auf mein Haus zugehen. In meinem Wohnzimmer wird er den Koffer aufklappen und mir die Reihen brauner Fläschchen zeigen. Betrübt wird er verkünden, dass heute mein Glückstag ist. Mit ruhiger, aber bestimmter und selbstbewusster Stimme werde ich ihm sagen, dass ich alle Flaschen will, jede einzelne. Wenn ich meine Augen schließe, kann ich den misstrauischen Ausdruck in seinen Augen sehen, der von einem verschlagenen Blick, einem Hauch von Verachtung und dem Aufflackern unerträglicher Hoffnung begleitet wird.

Phantome

Das Phänomen

Die Phantome unserer Stadt tauchen nicht, wie einige denken, nur nachts auf. Einmal begegneten wir ihnen am helllichten Tag, als die Schatten scharf auf unseren Rasen und Straßen lagen. Die Begegnungen sind kurz, dauern von zwei bis drei Sekunden bis zu womöglich einer Minute, obwohl manchmal von längeren Zeiträumen berichtet wird. So viele von uns haben sie gesehen, dass es ungewöhnlich ist, jemanden zu treffen, der es nicht hat. Von dieser Minderheit leugnet nur ein kleiner Teil, dass Phantome existieren. Manchmal kommt es während eines einzigen Tages zu mehr als einer Begegnung, manchmal vergehen sechs Monate oder ein Jahr. Die Phantome, die einige auch Präsenzen nennen, sind nicht leicht von gewöhnlichen Einwohnern zu unterscheiden. Sie sind nicht durchsichtig, nebelig oder verschwommen, sie erscheinen auch nicht wie Hitzeflimmern noch sind sie in ihrer Statur und Kleidung in irgendeiner Weise ungewöhnlich. Tatsächlich gleichen sie uns so sehr, dass wir sie manchmal für jemanden halten, den wir kennen. Solche Irrtümer sind selten und dauern nie länger als einen kurzen Moment an. Sie selbst scheinen während einer Begegnung unsicher zu sein und ziehen sich rasch zurück. Sie sehen uns immer an, bevor sie sich abwenden. Sie sprechen niemals. Sie sind wachsam, ausweichend, verschlossen, hochmütig, unfreundlich, distanziert.

Erklärung #1

Eine Erklärung besagt, unsere Phantome seien die Auren oder unsichtbaren Spuren von früheren Einwohnern unserer Stadt, die 1636 besiedelt wurde. Unsere Atmosphäre, getränkt mit der Energie all jener, die uns vorangingen, erhalte sie und erlaube ihnen unter bestimmten Umständen, für uns sichtbar zu werden. Diese Erklärung, die oft mit pseudowissenschaftlichem Vokabular ausgeschmückt wird, erscheint den meisten von uns nicht überzeugend. Die Phantome erscheinen immer in zeitgenössischer Kleidung, ihr Verhalten lässt nie auf eine frühere Epoche schließen und es gibt nicht den geringsten Beweis, der die Behauptung stützt, dass die Toten sichtbare Spuren in der Luft hinterließen.

Geschichte

Als Kinder erfuhren wir von unseren Vätern und Müttern von den Phantomen. Sie wiederum erfuhren es von ihren eigenen Vätern und Müttern, die sich daran erinnern, es als Kinder von ihren Eltern – unseren Urgroßeltern – erfahren zu haben. Somit sind die Phantome unserer Stadt nicht neu, sie stellen keine plötzliche Störung unseres Lebens, keine abrupte Veränderung in unserer Wahrnehmung dar. Wir haben keine offiziellen Aufzeichnungen, welche die Anwesenheit von Phantomen während diverser Perioden unserer Geschichte bestätigen, keine wissenschaftlichen Gutachten oder Abschriften von Gerichtsverfahren, doch einige von uns sind mit dem Archiv im Obergeschoss unserer Bibliothek vertraut, in dem wir in Tagebüchern aus dem neunzehnten Jahrhundert gelegentlich Verweise auf »die anderen« oder »sie« ohne nähere Ausführungen finden. Kirchenregister aus dem siebzehnten Jahrhundert enthalten mehrere Erwähnungen der »Kinder des Teufels«, was einige als Beweis für die Abstammungslinie unserer Phantome sehen. Andere halten dagegen, dass der Begriff so allgemein sei, dass er nicht als Beweis für irgendetwas angeführt werden könne. Die offizielle Stadtgeschichte, veröffentlicht 1936, am dreihundertsten Geburtstag unserer Gründung, überarbeitet 1986 und aktualisiert 2006, erwähnt die Phantome nicht. Eine Anmerkung des Herausgebers vermerkt, die Autoren »haben sich auf die belegbaren Fakten beschränkt«.

Woher wir es wissen

Wir wissen es wegen eines Prickelns auf der Haut unserer Unterarme, begleitet von einer Anspannung im Inneren des Körpers. Wir wissen es, weil sie uns ansehen und sich sofort zurückziehen. Wir wissen es, weil wir versuchen, ihnen zu folgen, und sehen, dass sie verschwunden sind. Wir wissen es, weil wir es wissen.

Fallbeispiel #1

Richard Moore erhebt sich neben dem Bett, wo er soeben den zweiundvierzigsten Teil einer unendlichen Geschichte beendet hat, die er seiner vierjährigen Tochter jede Nacht erzählt, er beugt sich für einen Gutenachtkuss über sie und geht leise aus dem Raum. Er liebt es, eine Tochter zu haben, er liebt es, eine Frau zu haben, eine Familie. Obwohl er spät geheiratet hat, mit neununddreißig, weiß er, dass er nicht bereit war, als er jünger war, nicht in seinen drogenreichen Zwanzigern, nicht in seinen dämlichen, vergeudeten Dreißigern, in denen er sich noch immer benahm wie ein wütender Teenager, der alle Erwachsenen hasst. Und jetzt ist er dankbar für alles, wie jemand, der kaum glauben kann, dass er in seinem eigenen Haus leben darf. Er geht den Flur entlang zum Wohnzimmer, wo seine Frau auf einem Ende des Sofas sitzt und im Licht der Tischlampe ein Buch liest, während der Fernseher bei einer Werbung für Außenwandverkleidung aus Vinyl auf stumm geschaltet ist. Er liebt es, dass sie sich keine Werbung ansieht, dass sie sich weigert, diese Minuten zu verschwenden, dass sie Bücher liest, dort sitzt, auf ihn wartet, dass das Licht vom Fernseher auf ihrer Hand und ihrem Oberarm flackert. Irgendetwas beschäftigt ihn, obwohl er nicht sicher ist, was es ist, doch als er das Wohnzimmer betritt, fällt es ihm ein, es fällt ihm ein: der Tisch im Garten neben dem Haus, die beiden Klappstühle, die Sonnenbrille auf dem Tisch. Er hat nach dem Abendessen mit ihr dort draußen gesessen und seine Sonnenbrille vergessen. »Gleich wieder zurück«, sagt er und macht kehrt, geht in die Küche, öffnet die Tür, die zur kleinen, durch Fliegengitter geschützten Veranda hinter dem Haus führt, und geht von der Veranda über die Treppe in den Garten, ein schmaler Streifen zwischen dem Haus und einem Zedernzaun. Es ist neun Uhr dreißig an einem Sommerabend. Der Himmel ist dunkelblau, der Zaun vom Licht des Küchenfensters beleuchtet, das Gras mal schwarz, mal grün. Er biegt um die Ecke des

Hauses und kommt an dem abgeschiedenen Ort an. Es ist jener Teil des Gartens, der durch den Zaun, die Hecke neben dem Haus und die Reihe aus drei Kiefern begrenzt wird, wo er zwei Klappstühle und einen schmiedeeisernen weißen Tisch mit Glasplatte aufgestellt hatte. Auf dem Tisch liegt die Sonnenbrille. Der Anblick gefällt ihm: die zwei Stühle, einander leicht zugewandt, die vergessene Brille, der abgetrennte Bereich, abgekapselt vom Rest der Welt. Er geht zum Tisch und nimmt die Brille: ein gutes Stück, teure Gläser, nichts Auffälliges, auf dezente Weise stilvoll. Als er sie vom Tisch nimmt, spürt er etwas auf seinen Armen und sieht eine Gestalt neben der dritten Kiefer stehen. Hier ist es dunkler als hinter dem Haus und er kann sie nicht so gut sehen: eine hochgewachsene, aufgerichtete Frau in den Vierzigern, längliches Gesicht, dunkles Kleid. Ihr Gesichtsausdruck, den er kaum ausmachen kann, wirkt ernst. Sie sieht ihn einen Augenblick lang an und wendet sich dann ab – nicht hastig, als hätte sie Angst, sondern entschlossen, wie jemand, der allein sein will. Hinter der Kiefer ist sie nicht länger zu sehen. Er zögert, geht zum Baum, sieht nichts. Sein erster Impuls ist es, sie anzuschreien, ihr zu sagen, dass er sie umbringen werde, sollte sie sich seiner Tochter nähern. Sofort zwingt er sich, sich zu beruhigen. Alles wird gut. Es besteht keine Gefahr. Er hat jene schon früher gesehen. Dennoch kehrt er schnell ins Haus zurück, verschließt die Verandatür hinter sich, verschließt die Küchentür, hängt die Kette ein und geht zügig ins Wohnzimmer, wo im Fernsehen ein Mann in einem Smoking zu einer Frau mit hochgebundenem Haar hinübersieht, die am anderen Ende des Zimmers am Klavier sitzt. Seine Frau sieht zu. Als er auf sie zugeht, bemerkt er eine Sonnenbrille in seiner Hand.

Der Blick

Die meisten von uns sind mit dem Blick, den sie uns zuwerfen, bevor sie sich zurückziehen, vertraut. Der Blick
wurde verschiedenartig beschrieben, als stolz, feindselig,
argwöhnisch, mokant, verächtlich, unsicher. Nie wird er
als einladend empfunden. Einige Zeugen behaupten, die
Phantome ließen eine kaum wahrnehmbare Bewegung in
unsere Richtung erkennen, bevor sie sich entschieden abwenden. Andere, die derartige Behauptungen anzweifeln,
werfen ein, dass wir den Gedanken ihrer Ablehnung uns gegenüber nicht ertragen könnten und ihre Bewegungen auf
eine Weise falsch deuteten, die unserem Ego schmeichle.

Höchst fragwürdig

Hin und wieder hören wir Berichte fragwürdigerer Natur.
Die Phantome, so sagt man, hätten gräuliche Flügel, die
hinter dem Rücken gefaltet seien, die Phantome hätten
sich kräuselnden Rauch anstelle von Augen, und am Ende
ihrer Füße pressten sich gekrümmte Krallen ins Gras. Solche Beschreibungen sind, wenn auch selten, hartnäckig,
womöglich unvermeidbar und unmöglich zu widerlegen.
Den meisten von uns erscheinen sie kindisch und unverantwortlich, als das Ergebnis unaufmerksamer Beobachtung, voreiliger Schlussfolgerungen und übersteigerter
Einbildungskraft, die durch typische Bilder aus Film und
Fernsehen beeinträchtigt war. Wann immer wir derartige
Beschreibungen hören, hinterfragen wir sie schnell und
liefern Argumente zugunsten der gesammelten Beweise

vertrauenswürdiger Zeugen. Eine paradoxe Auswirkung unserer heftigen Fürsprache ist, dass die Phantome, die vor dem Fantastischen gerettet wurden, uns einen Augenblick lang normal erscheinen, alltäglich, so vertraut wie Eichhörnchen oder Löwenzahn.

Fallbeispiel #2

Vor Jahren, im Alter von acht oder neun Jahren, hatte Karen Carsten eine einzelne Begegnung. Ihre Erinnerung an diesen Moment ist zugleich lebendig und vage: Sie kann sich nicht erinnern, wie viele von ihnen es waren oder wie sie genau aussahen, aber sie erinnert sich an den genauen Moment, in dem sie auf sie traf, eines Sommernachmittags, als sie auf der Suche nach einem Fußball hinter die Garage ging und sie sie still im Gras sitzen sah. Sie erinnert sich noch immer an ihr Erstaunen, als sie sich umdrehten, um sie anzusehen, bevor sie sich erhoben und weggingen. Jetzt, im Alter von sechsundfünfzig Jahren, lebt Karen Carsten allein mit ihrer Katze in einem Haus voll gerahmter Fotografien ihrer Eltern, ihrer Nichten und ihres verstorbenen Ehemanns, der vor siebzehn Jahren bei einem Autounfall ums Leben kam. Karen ist eine Highschool-Bibliothekarin mit einem starren Tagesablauf: die TV-Sender, der Hausputz am Wochenende, die Besuche bei der Familie ihrer Schwester in Youngstown, Ohio, zweimal im Jahr im August und Dezember, der Chor am Sonntag, alle zwei Wochen Abendessen im selben Restaurant mit einer Freundin, die nie anruft, um zu fragen, wie es ihr gehe. An einem Samstagnachmittag ist sie soeben damit fertig, den

Wäscheschrank im Obergeschoss aufzuräumen, und betritt die Treppe zum Dachboden. Sie hat vor, Kartons mit alter Kleidung durchzusehen, von dem sie einiges der Wohlfahrt spenden und einiges für ihre Nichten aufheben würde, die die Kragenblusen und die Kleider mit Blumenmuster als hoffnungslos altmodisch betrachten würden, sie aber womöglich eines Tages doch zu schätzen wissen, vielleicht. Als sie oben an der Treppe ankommt, hält sie so plötzlich und vollständig inne, dass ihr eigener Körper ihr wie ein Hindernis erscheint, das ihr den Weg versperrt. In drei Metern Entfernung sitzen zwei Kinder auf dem alten Sofa beim Puppenhaus. Ein drittes Kind sitzt in dem Lehnsessel mit dem wackeligen Bein. Im bräunlichen Licht des Dachbodens mit dem kleinen Fenster kann sie sie deutlich sehen: zwei barfüßige Mädchen, etwa zehn Jahre alt, in Jeans und T-Shirt, und einen Jungen, etwas älter, vielleicht zwölf, mit blonden Haaren, in einem Anzughemd und Khakihosen, der tief im Sessel versunken sitzt, den Nacken in die Lehne gedrückt. Die drei drehen sich zu ihr um, stehen sofort auf und gehen in den dunkleren Teil des Dachbodens, wo sie nicht mehr sichtbar sind. Karen steht reglos am oberen Treppenabsatz, ihre Hand umklammert den Handlauf. Ihre Lippen sind trocken und sie ist mit einer Aufregung erfüllt, die so intensiv ist, dass sie das Gefühl hat, gleich in Tränen auszubrechen. Sie folgt den Kindern nicht in den Schatten, zum einen, weil sie sie nicht verärgern will, zum anderen, weil sie weiß, dass sie nicht mehr dort sind. Sie macht kehrt und geht die Treppe hinunter. Im Wohnzimmer sitzt sie bis zum Einbruch der Nacht im Lehnsessel. Freude erfüllt ihr Herz. Sie kann spüren, wir ihr Gesicht davon strahlt. In dieser Nacht kehrt sie auf den Dachboden zurück, rückt die Kissen auf dem Sofa zurecht, streicht die Spitzendeckchen auf dem Lehnsessel glatt, stellt einen kleinen Korbtisch dazu und drei Untersetzer und drei Teetassen darauf. Sie rückt einige ausgebeulte Kartons zur Seite, die neben dem Sofa stehen, trägt eine alte Schreibmaschine weg und wischt den Boden. Unten im Wohnzimmer schaltet sie den Fernseher ein, doch sie hält die Lautstärke leise, obwohl sie weiß, dass ihre Besucher keine Geräusche machen. Sie stellt sich vor, wie sie dort oben stumm beisammensitzen, sich über den Tisch, die Teetassen und die ordentliche Umgebung freuen. Von nun an steigt sie jeden Tag die Treppe zum Dachboden hinauf, wo sie das leere Sofa, den leeren Sessel und den Korbtisch mit den drei Teetassen sieht. Trotz der bitteren Enttäuschung ist sie glücklich. Sie ist glücklich, weil sie weiß, dass sie sie jeden Tag besuchen, sie weiß, dass sie gerne dort oben sind, auf den alten Möbeln sitzen, um den Korbtisch, sie weiß es, sie weiß es.

Erklärung #2

Eine Erklärung ist, dass die Phantome *nicht da sind*, dass jene von uns, die sie sehen, an Wahnvorstellungen oder Halluzinationen leiden, die durch Überzeugungen hervorgerufen werden, die man uns als kleine Kinder eingeimpft hatte. Eine kleine Bewegung oder ein unerwartetes Geräusch wird sofort in eine visuelle Präsenz umgewandelt, die nur im Kopf des Wahrnehmenden existiert. Diese Erklärung hat drei Makel. Erstens wird davon ausgegangen, dass die Bevölkerung einer gesamten Stadt mehrdeutige Zeichen auf genau dieselbe Weise interpretiert. Zweitens wird die Tatsache ignoriert, dass die meisten von uns beim Übergang ins Erwachsenenalter die Geschichten und falschen Überzeugungen unserer Kindheit hinter uns lassen, wir die Phantome aber weiterhin sehen. Drittens werden die zahlreichen Fälle außer Acht gelassen, in denen mehrere Zeugen dasselbe Phantom sahen. Selbst wenn wir uns darauf einigen könnten, dass diese Einwände nicht maßgeblich sind und dass es unsere Phantome in Wahrheit gar nicht gibt, würde uns durch diese Erklärung nur gesagt, dass wir verrückt sind, ohne die Bedeutung unserer Verrücktheit aufzuzeigen.

Unsere Kinder

Was sollen wir unseren Kindern sagen? Wenn wir uns, wie die meisten Eltern in unserer Stadt, dazu entschließen, ihnen schon in jungen Jahren von den Phantomen zu erzählen, machen wir uns Sorgen, dass wir ihre Nächte mit Grauen erfüllen oder vielleicht eine Hoffnung in ihnen schüren, eine Sehnsucht nach einer Begegnung, die womöglich niemals stattfindet. Jene von uns, die die Existenz der Phantome verheimlichen, sind nicht weniger beunruhigt, da sie sich fürchten, dass ihre Kinder entweder unzuverlässig von anderen Kindern davon erfahren könnten oder dass sie gefährlich unvorbereitet wären, falls es zu einer Begegnung kommen sollte. Selbst jene von uns, die ihre Kinder vorbereitet haben, sorgen sich um die erste Begegnung, die ein Kind manchmal auf eine Art und Weise verstört, an die sich viele von uns nur zu gut erinnern können. Obwohl wir unseren Kindern versichern, dass sie vor den Phantomen, die einfach nur in Ruhe gelassen werden möchten, nichts zu befürchten haben, sind wir besorgt: Wir fragen uns, ob die Phantome so harmlos sind, wie wir sagen, wir fragen uns, ob sie sich in Gegenwart eines unbegleiteten Kindes anders verhalten, wir fragen uns, ob sie, unter bestimmten Umständen, kühner werden könnten, als wir denken. Einige sagen, dass ein Phantom beim Zusammentreffen mit einem Erwachsenen und einem Kind nur das Kind ansehe, den Blick auf eine Weise auf ihm ruhen lasse, wie es bei den Erwachsenen nie der Fall sei. Wenn wir unsere Kinder ins Bett bringen, uns dicht zu ihnen hinabbeugen und ihre Fragen über die Phantome mit sanfter, beruhigender Stimme beantworten, bis ihre Augen sich friedlich schließen, ist uns klar, dass wir in uns selbst eine Angst herangezüchtet haben, die mit dem Fortschreiten der Nacht stärker und bedrohlicher wird.

Übertreten

Die Frage des »Übertretens« hält sich hartnäckig, obwohl es in der Vergangenheit eine Reihe von Zeugenaussagen gab, die sie, wie viele von uns meinen, verstummen hätte lassen sollen. Mit »Übertreten« meinen wir, ganz allgemein, jede Art der Vermischung zwischen uns und ihnen. Im Speziellen bezieht es sich auf angebliche Fälle, bei denen einer von ihnen, oder von uns, die eigene Gemeinschaft verlässt und der anderen beitritt. Nun, es gibt nicht nur keine Beweise für eine derartige Umschichtung, für einen derartigen Seitenwechsel; die zahlreichen Zeugenaussagen ergeben auch, dass kein Phantom jemals länger als einige Momente in Gegenwart eines Außenseiters verbracht hat und es kein irgendwie geartetes Zeichen des Grußes oder der Ermutigung gab. Gegenteilige Behauptungen waren immer schon verdächtig: ein trunksüchtiger Ehemann, der darauf beharrt, dass er seine Ehefrau mit *einem von ihnen* im Bett gesehen habe, ein von der Highschool suspendierter Teenager, der behauptet, dass eine Gruppe Phantome gedroht habe, ihm etwas anzutun, wenn er ihre Befehle nicht befolge. Abgesehen von den Aussagen, die sich als Tatsachen ausgeben, existieren Fantasien des Übertretens in Form von Phantomgeschichten, die unter unseren Kindern die Runde machen und von naiven Erwachsenen teilweise geglaubt werden. Es ist nicht schwer zu argumentieren, dass derartige Geschichten ein geheimes Verlangen nach Kontakt ausdrücken, obwohl es keinen verlässlichen Bericht über Kontakte gibt. Jene von uns, die in solchen Angelegenheiten eine strenge Objektivität zu wahren versuchen, müssen zugeben, dass die Möglichkeit einer Grenzüberschreitung, wenn auch unwahrscheinlich, nicht unmöglich ist, sodass wir, noch während wir zweifelhafte Behauptungen infrage stellen und Ammenmärchen belächeln, bemerken, wie wir uns die unverhoffte Begegnung in der Nacht vorstellen, die Köpfe, die sich uns zuwenden, der Moment des Zögerns, die Arme, die sich heben, um uns willkommen zu heißen.

Fallbeispiel #3

James Levin, sechsundzwanzig Jahre alt, war in seinem Leben in einer Sackgasse angekommen. Nach dem College nahm er ein Jahr Auszeit, hatte Gelegenheitsjobs und reiste durch das ganze Land, bevor er schließlich heimkehrte, um sich für ein weiterführendes Studium einzuschreiben. Er absolvierte seine Kurse innerhalb von zwei Jahren, während derer er einen Einführungskurs in Amerikanische Geschichte unterrichtete, und überraschte dann alle, als er um eine Freistellung ansuchte, um für seine Dissertation (*Der Einfluss der Populärkultur auf die amerikanische Hochkultur nach dem Bürgerkrieg, 1865–1900*) zu recherchieren und genauer über seinen Lebensweg nachzudenken. Er lebt bei seinen Eltern in seinem alten Zimmer, durchtränkt von Erinnerungen an die Grundschule und die Highschool. Er macht sich Sorgen, dass er das Interesse an seiner Dissertation verlieren wird, er glaubt, sein Leben überdenken zu müssen, vielleicht sollte er eine medizinische Karriere einschlagen und etwas Sinnvolles für die Welt tun, anstatt seine Zeit damit zu verschwenden, in abstrakten Spekulationen zu schwelgen, die niemandem etwas nützen. Er spricht immer weniger mit seiner Freundin, einer Jurastudentin an der Universität von Michigan, beinahe 1.600 Kilometer entfernt. Wo, fragt er sich, hat er die falsche Abzweigung genommen? Was soll er mit seinem Leben anfangen? Welchen Sinn hat all das? Das sind, wie er glaubt, Fragen, die hervorragend für einen intelligenten Sechzehnjährigen geeignet wären, Fragen, die er vor zehn Jahren selbst leidenschaftlich mit Freunden diskutiert hatte, die jetzt verheiratet sind und Hypotheken abbezahlen. Weil er in seinem Leben feststeckt, weil er von Schuldgefühlen zerfressen wird und weil er unglücklich ist, hat er es sich zur Gewohnheit gemacht, spät aufzustehen und lange Spaziergänge durch die ganze Stadt zu machen, zunächst am Nachmittag, dann in der Nacht. Einer seiner Spaziergänge untertags führt ihn zum Picknickplatz seiner Kindheit. Kiefern und vereinzelte Tische stehen neben dem Fluss, wo er früher oft ein kleines hölzernes Schleppboot ausgesetzt hat – er stolpert immer auf diese Weise über seine Vergangenheit –, und es ist die andere Seite des Flusses, wo er sie sieht, eines Nachmittags Ende September. Sie steht allein dort, zwischen zwei Eichen, und sieht zum Wasser hinunter. Die Sonne scheint auf die untere Hälfte ihres Körpers, ihr Gesicht und ihr Hals liegen im Schatten. Sie bemerkt ihn beinahe sofort, hebt den Blick und zieht sich in den Schatten zurück, wo er sie nicht mehr sehen kann. Er hat ihre Einsamkeit gestört. Jede Sekunde der Begegnung durchdringt ihn so deutlich, dass seine Erinnerung in drei Teile zerbricht, wie ein mittelalterliches Triptychon in einem Museum: der Moment des Erkennens, der Blick, das Abwenden. Im ersten Gemälde des Triptychons sind ihre Schultern angespannt, ihr gesamter Körper unnatürlich still, wie jemand, der in der Dunkelheit ein Geräusch gehört hat. Zweites Gemälde: Sie sieht hoch, als hätte er sie auf eine Weise gestört, die Vergebung verlangte. Drittes Gemälde: Ihr Körper ist halb abgewandt, nicht schüchtern, sondern in einer Art würdevollem Rückzug, der ihn für seine Störung zu tadeln schien. James verspürt ein brennendes Verlangen, den Fluss zu überqueren und sie zu suchen, doch zwei Gedanken halten ihn zurück: die Angst, dass sie sein Übertreten nicht begrüßen würde, und das Wissen, dass sie verschwunden ist. Er kehrt nach Hause zurück, sieht sie aber weiterhin am Fluss stehen. Er hat das Gefühl, dass sie in ihrer Abwesenheit plastischer wurde, als würde sie in ihm an Leben gewinnen. Die unnatürliche Reglosigkeit, der dunkle Blick, das Abwenden – er würde sie zu gerne um Verzeihung bitten. Er weiß, dass der

Wunsch sich zu entschuldigen nur den Wunsch maskiert, sie wiederzusehen. Nach zwei Tagen vergeblichen Grübelns kehrt er an den Fluss zurück, an exakt jenen Ort, an dem er gestanden hatte, als er sie zum ersten Mal sah. Vier Stunden später kehrt er nach Hause zurück, entmutigt, rastlos und gereizt. Ihm ist bewusst, dass etwas mit ihm geschehen ist, etwas, das ihm vermutlich schadet. Es ist ihm gleichgültig. Er kehrt Tag für Tag an den Fluss zurück, ohne Hoffnung, ohne Freude. Was macht er hier, an diesem trostlosen Ort? Er ist sechsundzwanzig, doch er ist bereits ein alter Mann. Die Blätter haben begonnen, die Farbe zu wechseln, die Luft wird kühl. Eines Tages, auf dem Rückweg vom Fluss, nimmt James einen anderen Weg nach Hause. Er geht an seiner alten Highschool mit den doppelreihigen hohen Fenstern vorbei und erreicht den Hügel, auf dem er früher Schlitten fuhr. Er muss raus aus dieser Stadt, in der ihm seine Kindheit und seine Jugend an jeder Ecke entgegenspringen. Er sollte irgendwohin gehen, etwas tun. Seine langen, ziellosen Spaziergänge erscheinen ihm wie der äußerliche Ausdruck einer inneren Verwirrung. Er steigt den Hügel empor, geht vorbei an kahlen Eichen, Buchen und dunklen Tannen, und an der Kuppe sieht er nach unten auf die Kiefern hinter CULLEN'S AUTOWERKSTATT. Er geht den Hang hinab, spürt die Lenkstange des Schlittens in seiner Hand, die roten Kufen, die sich in den Schnee graben, und als er bei den Kiefern ankommt, sieht er sie auf dem Stamm eines umgestürzten Baumes sitzen. Sie wendet den Kopf, um ihn anzusehen, erhebt sich und entzieht sich seinem Blickfeld. Diesmal zögert er nicht. Er läuft in das Dickicht, hinter dem er die weiß getünchte Rückseite der Autowerkstatt sehen kann, einen blitzblauen Vorderkotflügel, der an einem Reifen lehnt, und, weiter entfernt, einen Kleintransporter, der die Straße entlangfährt. Blasses Sonnenlicht fällt schräg durch die Kiefernzweige. Er sucht nach ihr, findet aber nur ein Wirrwarr aus Farnkraut, eine Bierdose, den Deckel eines Eiscremebechers. Zu Hause wirft er sich auf das Bett seiner Kindertage, wo er lange Nachmittage damit verbrachte, Geschichten über Jungs zu lesen, die später berühmte Wissenschaftler und Entdecker wurden. Er beschwört ihren Blick herauf. Die Strenge ist niederschmetternd, zieht ihn aber auch an, denn er fühlt, dass es eine Stärke ist, die ihm selbst fehlt. Er weiß, dass er in einer schlechten Verfassung ist, dass er aufhören muss, an sie zu denken, dass er nie aufhören wird, an sie zu denken, dass es kein gutes Ende nehmen wird, dass sein Leben darunter leiden wird, dass er Leid reizvoll findet, dass er niemals zur Universität zurückkehren wird, dass er seine Eltern enttäuschen und seine Freundin verlieren wird, dass ihm nichts von alldem etwas bedeutet, dass das, was etwas bedeutet, die Hoffnung ist, die Phantomdame noch einmal zu sehen, die ihn barsch ansehen und sich abwenden wird, dass er schwach, närrisch und leichtfertig ist, dass derartige Worte keine Bedeutung für ihn haben, dass er eine Welt der düsteren Liebe betreten hat, aus der es keinen Ausweg gibt.

Vermisste Kinder

Ab und zu wird ein Kind vermisst. Es geschieht in anderen Städten, es geschieht in Ihrer: das vermisste Kind, das sechs Stunden später verirrt im Wald entdeckt wird, das vermisste Kind, das nie zurückkehrt, das für immer verschwindet, womöglich in Gesellschaft eines Fremden mit einer Baseball-mütze, der zuletzt gesehen wurde, als er seinen Van gegenüber der Grundschule parkte. In unserer Stadt gibt es immer solche, die den Phantomen die Schuld geben. Sie stehlen unsere Kinder, heißt es, um sie in ihre eigenen Reihen aufzunehmen. Sie warten immer auf den richtigen Moment, wenn wir achtlos sind, wenn unsere Aufmerksamkeit nachgelassen hat. Jene von uns, die die Phantome verteidigen, weisen geduldig darauf hin, dass sie sich immer vor uns zurückziehen, dass es keinen Beweis gibt, dass sie physischen Kontakt mit unserer Welt herstellen können, dass kein menschliches Kind jemals in ihrer Gesellschaft gesehen wurde. Derartige Argumente überzeugen die Ankläger nie. Sogar wenn ein vermisstes Kind in den Wäldern entdeckt wird, weil es einem Eichhörnchen nachgelaufen ist, sogar wenn das vermisste Kind vergraben im Garten eines gestörten Einzelgängers in einer dreihundert Kilometer entfernten Stadt gefunden wird, bleibt das Misstrauen, dass die Phantome etwas damit zu tun hatten. Wir, die unsere Phantome gegen falsche Anschuldigungen und verrückte Erfindungen verteidigen, sind gezwungen zuzugeben, dass wir nicht wissen, was sie wirklich denken, allein unter ihresgleichen oder in dem Moment, in dem sie uns ansehen, bevor sie weggehen.

Brüche

Manchmal gibt es einen Bruch: das Phantom im Supermarkt, das Phantom im Schlafzimmer. Dann wird unser Verständnis vom Verhalten der Phantome erschüttert: Wir können nicht verstehen, weshalb Wesen, die sich vor uns zurückziehen, an

Orten auftauchen sollten, an denen Begegnungen unvermeidbar sind. Haben wir etwas über unsere Phantome missverstanden? Sicher, wenn wir ihnen im Gang eines Supermarktes oder eines Kleidungsgeschäfts begegnen, wenn wir sie auf unseren Bettkanten sitzend oder gegen ein Bettkissen gelehnt vorfinden, verhalten sie sich wie immer: Sie sehen uns an und ziehen sich schnell zurück. Und doch haben wir das Gefühl, dass sie zu nahe gekommen sind, dass sie etwas von uns wollen, was wir nicht verstehen können, und nur wenn wir ihnen an einem weniger frequentierten Ort begegnen, hinter einem stillgelegten Bahnhof oder auf der gegenüberliegenden Seite einer Wiese, entspannen wir uns ein wenig.

Erklärung #3

Eine Erklärung ist, dass wir und die Phantome einst eine einzige Rasse waren, die sich an irgendeinem Punkt weit in der Vergangenheit unserer Stadt in zwei Gesellschaften gespalten hat. Laut eines psychologischen Ablegers dieser Erklärung seien die Phantome ein ungewollter oder nicht akzeptierter Teil unserer selbst, dem wir zu entgehen versuchen, aber ständig begegnen. Sie verunsichern uns, weil wir sie kennen: Sie sind wir.

Angst

Viele von uns haben, früher oder später, diese Angst verspürt. Denn nehmen wir an, man kommt nach einem Abend bei Freunden mit seiner Frau nach Hause. Das Licht auf der

Veranda brennt, die Wohnzimmerfenster schimmern dumpf vor den geschlossenen Jalousien. Während man über den Rasen vor dem Haus geht, von der Auffahrt zur Verandatreppe, wird man sich etwas gewahr, dort drüben bei der Vogelkirsche. Dann sieht man einen von ihnen teilweise, einen Augenblick lang, bevor er sich hinter die dunklen Äste zurückzieht, auf die nur wenig Licht von der Veranda fällt. Das ist der Punkt, an dem die Angst aufkommt. Man kann sie tief in sich spüren, wie eine Infektion, die sich ausbreitet. Man kann sie in der Hand seiner Ehefrau spüren, wenn sie den eigenen Arm fester umklammert. Es ist dieser Moment, in dem man sich ihr zuwendet und, mit einem Schulterzucken und einem kurzen Lachen, das niemanden zu täuschen vermag, sagt: »Ach, es ist nur einer von denen!«

Fotografisches Beweismaterial

Das Beweismaterial von Digitalkameras, Camcordern, iPhones und altmodischen Filmkameras teilt sich in zwei Kategorien: das Betrügerische und das Zweifelhafte. Das betrügerische Beweismaterial zeigt immer Zeichen der Manipulation. Methoden der digitalen Bildbearbeitung erlauben eine Vielzahl von Effekten, von computergenerierten Gestalten bis zu digitalen Klonen, manchmal nutzt man eine leichte Unschärfe, um das Unheimliche zu suggerieren. Oft geht der Künstler zu weit und kreiert ein klischeehaftes Monster-Phantom, das sich an drittklassige Filme anlehnt. Schlauere Manipulatoren halten sich enger an das Reale, neigen jedoch dazu, sich durch die Übertreibung eines bestimmten Merkmals zu verraten, meist die Ohren oder die Nase. In solchen

Fällen erscheint die Verlockung des Grotesken unwidersteh-lich. Zelluloidbetrug nimmt allseits bekannte Formen an, die auf die Zeit der Feenfotos zurückgehen: doppelte Belich-tung, chemische Manipulation von Negativen, das Einfügen von Gaze zwischen Fotopapier und Vergrößerungsobjektiv. Die Kategorie der zweifelhaften Beweise ist schwieriger zu widerlegen. Hier finden wir vage, schemenhafte Formen, zit-ternde Linien, die dem Flimmern heißer Luft über einem Heizkörper ähneln, halb verborgene Gestalten, die von Ästen oder einem Fenster voller Reflexionen verdeckt werden. Die meisten dieser Bilder lassen sich durch natürliche Lichtef-fekte erklären, welche die leichtgläubige Person, die sie auf-nahm, getäuscht hatten. Für jene, die es nach einem visuellen Beweis für die Phantome verlangt, ist ein betrügerisches oder zweifelhaftes Foto nie vollkommen überzeugend.

Fallbeispiel #4

Eines Nachmittags zu Frühlingsende spielt Evelyn Wells, neun Jahre alt, allein im Garten hinter dem Haus. Es ist ein sonniger Tag, die Schule ist aus, es dauert noch lange bis zum Abendessen und der warme Nachmittag fühlt sich nach Sommer an. Ihre beste Freundin ist krank, Hals-schmerzen und Fieber, aber das ist in Ordnung: Evvy spielt gern allein im Garten, besonders an einem sonnigen Tag wie diesem, an dem sich die Zeit um sie herum ausdehnt. Was sie in letzter Zeit häufig übt, ist Roofball, ein Spiel, das sie von einem Jungen einige Häuser weiter gelernt hat. Der Garten wird von der Nachbarsgarage und von dichten Fichten begrenzt, die an der Rückseite und an den Seiten stehen. Die niedrigsten Fichtenzweige biegen sich bis zum Gras hinab und bilden eine Art Mauer. Man muss den Tennisball, der die Farbe von gelbem Kool-Aid hat, auf das schräge Garagendach werfen und ihn fangen, wenn er herunterfällt. Wenn Evvy zu fest wirft, wird der Ball über das Dach fliegen und im Garten nebenan landen, womöglich in dem Gemüsegarten, der von Kaninchendraht umgeben ist. Wenn sie nicht fest genug wirft, wird er direkt zu ihr zurückkommen, ohne Schwung. Der Trick dabei ist, den Ball beinahe bis ganz oben zu werfen, damit er schneller und schneller zurückkommt, dann muss sie ihn fangen, bevor er den Boden berührt, obwohl ein einmaliger Bodenkontakt nicht schlimm ist. Evvy ist ziemlich gut im Roofball – sie schafft es, dass der Ball entlang der Dachschräge weit hinaufliegt, und sie kann sich ausrechnen, wo sie stehen muss, wenn er rollend oder springend nach unten kommt. Ihr Rekord liegt bei achtmal Fangen in Serie, doch jetzt steht sie bei neun und hofft auf zehn. Der Ball hält nicht weit von der Dachspitze inne und kommt in weitem Bogen nach unten, sie bewegt sich immer weiter nach rechts, während er etwas hüpft und in die Luft springt. Diesmal hat sie einen Fehler gemacht – der Ball fliegt über ihren Kopf. Er rollt über den Rasen nach hinten und verschwindet unter den tief hängenden Fichtenzweigen unweit der Garage. Evvy spielt manchmal gerne dort unten, wo es kühl und dunkel ist. Sie schiebt einen Ast beiseite und sucht den Ball, den sie neben einer Wurzel entdeckt. In diesem Moment sieht sie zwei Gestalten, einen Mann und eine Frau, unter dem Baum stehen. Sie starren auf sie hinab, wenden dann ihre Gesichter ab und verschwinden aus ihrem Blickfeld. Evvy spürt ein Kribbeln in den Armen. Ihre Augen waren wie die Schatten auf einem Rasen. Sie tritt nach hinten in die Sonne. Der Garten beruhigt sie nicht. Die Grashalme scheinen ihren Atem anzuhalten. Die weißen Holzschindeln auf der Seite der Garage starren sie an. Evvy geht über den fremden Rasen und die Treppen hinter dem Haus hinauf in die Küche. Drinnen ist es sehr still. Einer der Griffe des Wasserhahns blitzt leuchtend auf. Sie hört ihre Mutter im Wohnzimmer. Evvy will nicht mit ihrer Mutter sprechen. Sie will mit niemandem sprechen. Oben in ihrem Zimmer lässt sie die Jalousien herunter und geht ins Bett. Die Fenster liegen über dem Garten mit Blick auf die Fichtenreihe. Während des Abendessens ist sie still. »Hast du deine Zunge verschluckt?«, fragt ihr Vater. Seine Zähne lachen. Ihre Mutter sieht sie mit gerunzelter Stirn an. In der Nacht liegt sie mit offenen Augen da. Sie sieht den Mann und die Frau unter dem Baum stehen, auf sie hinabstarren. Sie wenden sich ab. Am nächsten Tag, Samstag, weigert sich Evvy, nach draußen zu gehen. Ihre Mutter bringt Orangensaft, fühlt ihre Stirn, misst ihre Temperatur. Draußen mäht ihr Vater den Rasen. In dieser Nacht schläft sie nicht. Sie stehen unter dem Baum, sehen sie mit ihren Schattenaugen an. Sie kann ihre Gesichter nicht sehen. Sie erinnert sich nicht an ihre Kleidung. Am Sonntag bleibt sie in ihrem Zimmer. Geräusche erschrecken sie: ein Klirren im Garten, ein Schrei. In der Nacht beobachtet sie mit geschlossenen Augen: Der Ball rollt unter die Zweige, die beiden Gestalten stehen dort, sehen auf sie hinab. Am Montag bringt ihre Mutter sie zum Arzt. Er presst ihr die silberne Scheibe an die Brust. Am nächsten Tag geht sie wieder zur Schule, aber nach dem letzten Läuten kommt sie sofort nach Hause und geht in ihr Zimmer. Durch die Lamellen der Jalousien kann sie die Garage sehen, das Dach, die dunkelgrünen Fichtenäste, die sich zum Gras hinabbiegen. Eines Nachmittags sitzt Evvy am Klavier im Wohnzimmer. Sie übt Tonleitern. Es klingelt und ihre Mutter geht zur Tür. Als Evvy sich umdreht, sieht sie eine Frau und einen Mann. Sie verlässt das Klavier und geht in ihr Zimmer. Sie setzt sich auf den Teppich neben ihrem Bett und starrt auf die Tür. Nach einer Weile hört sie die Schritte ihrer Mutter auf der Treppe. Evvy steht auf und geht in den Kleiderschrank. Sie kriecht neben einen Karton voller alter Puppen, Bären und Elefanten. Sie kann die Schritte ihrer Mutter im Zimmer hören. Ihre Mutter klopft an die Schranktür. »Bitte komm raus da, Evvy. Ich weiß, dass du da drin bist.« Sie kommt nicht heraus.

Phantomfänger

Trotz überwiegender Missbilligung wird hin und wieder der Versuch unternommen, ein Phantom zu fangen. Der Wunsch entsteht meistens in Gruppen unbeschäftigter Teenager, besonders in warmen Sommernächten, doch man kennt ihn auch unter Erwachsenen, für gewöhnlich, aber nicht ausschließlich, bei männlichen, die sich von den Phantomen bedroht fühlen oder das Unbekannte nicht tolerieren wollen. Man stellt Fallen auf, gräbt Gruben, baut Käfige, alles vergebens. Die nicht physikalische Natur der Phantome scheint von derartigen Bemühungen, die manchmal von großem Einfallsreichtum zeugen, nicht abzuschrecken. Walter Hendricks, ein Maschinenbauer, lebt seit vielen Jahren in einem Wohnviertel bestehend aus Split-Level-Häusern mit

Schaukelgerüsten und Grills im Garten hinter dem Haus. Eines Tages begann er damit, seinen Garten in ein Dickicht aus Kiefern zu verwandeln, um ihn einladender für Phantome zu machen. Jeder Baum war mit einem Mechanismus ausgestattet, mit dessen Hilfe die Äste eine Reihe feinmaschiger Netze aus Stahlgewebe freigeben konnten, die schnell hinabfielen, wenn irgendetwas darunter vorbeiging. In einem anderen Teil der Stadt mietete Charles Reese einen Bagger und hob in seinem Garten ein kellergroßes Loch aus. Er bedeckte die Grube, die als Kerker bekannt wurde, mit einem Stahlschiebedach, das unter einem Rasenstück versteckt war. Eines Nachts, als ein Phantom auf seinem Rasen auftauchte, drückte Reese einen Schalter, der den unechten Rasen zur Seite schob. Als er mit einem Fernlicht in den Kerker hinabstieg, entdeckte er ein verängstigtes Streifenhörnchen. Andere griffen zu chemischen Sprays, die temporäre Lähmung verursachen, leeren Geräteschuppen mit Schiebetüren, die sich automatisch schließen, wenn ein Bewegungsmelder anspringt, sogar zu einer Maschine, die Lichtblitze erzeugt. Die Leute, die davon träumen, Phantomfänger zu werden, verstehen nicht, dass die Phantome nicht gefangen werden können. Sie zu fangen würde bedeuten, sie ihres Naturells zu berauben, sie in uns zu verwandeln.

Erklärung #4

Eine Erklärung ist, dass die Phantome immer schon da waren, lange vor der Ankunft der Indianer. Die Eindringlinge seien wir selbst. Wir besetzten ihr Land, nötigten sie dazu, sich zu verstecken, und waren seither sorgsam darauf bedacht, die Oberhand zu bewahren und sie in eine untergeordnete Stellung zu zwingen. Diese Begründung erklärt die Feindseligkeit, die viele von uns seitens der Phantome wahrnehmen, wie auch die Angst, die sie manchmal in uns wecken. Ihr Schwachpunkt, den einige von uns als vernachlässigbar abtun, ist der Mangel jeglicher Beweise.

Das Phantom Lorraine

Als Kinder hörten wir alle die Geschichte über das Phantom Lorraine, erzählt von einer Tante oder einem Babysitter oder jemandem auf dem Spielplatz oder womöglich einem unvorsichtigen Elternteil, der verzweifelt nach einer Gutenachtgeschichte gesucht hatte. Lorraine ist ein Phantomkind. Eines Tages kommt sie zu einer hohen Hecke im hinteren Teil des Gartens, wo ein Junge und ein Mädchen spielen. Die Kinder laufen durch einen Rasensprenger, spielen Ball oder üben Hula-Hoop. In der Nähe kniet ihre Mutter vor einer Reihe Stockrosen auf einem Kissen und jätet Unkraut. Das Phantom Lorraine ist durch diese Szene ergriffen, auf eine Art und Weise, die sie nicht versteht. Tag für Tag kehrt sie zu der Hecke zurück und sieht den Kindern beim Spielen zu. Eines Tages, als die Kinder allein sind, tritt sie schüchtern aus ihrem Versteck. Die Kinder laden sie ein, mitzuspielen. Obwohl sie anders ist, obwohl sie nichts aufheben oder halten kann, erfinden die Kinder Laufspiele, die alle drei spielen können. Von nun an spielt das Phantom Lorraine jeden Tag mit ihnen im Garten hinter dem Haus, wo sie glücklich ist. Eines Nachmittags laden die Kinder sie ins Haus ein. Sie blickt staunend in die sonnige Küche, auf die teppichbelegte Treppe, die ins Obergeschoss führt, in das Kinderzimmer mit den zwei Fenstern mit Blick auf den Garten. Die Mutter und der Vater sind nett zu dem Phantom Lorraine. Eines Tages laden sie sie ein, bei ihnen zu übernachten. Das kleine Phantommädchen verbringt immer mehr Zeit mit der Menschenfamilie, die sie wie eine der ihren lieben. Schließlich adoptieren die Eltern sie. Sie alle leben glücklich und zufrieden bis ans Ende ihrer Tage.

Analyse

Als Erwachsene sehen wir diese Geschichte, die uns einst so viel Vergnügen bereitet hat, skeptischer. Wir verstehen, dass ihr Zweck der sein soll, den Kindern die Angst vor den Phantomen zu nehmen, indem sie zeigt, was die Phantome wirklich begehren, nämlich zu uns zu gehören. Das ist natürlich völlig unzutreffend, da die realen Phantome keinen Anflug von Neugier zeigen und jeder Form des Kontakts strikt ausweichen. Doch für viele von uns scheint die Geschichte eine tiefere Bedeutung zu haben. Die Geschichte, so glauben wir, enthüllt unser eigenes Begehren: die Phantome zu kennen, ihnen das Geheimnisvolle zu nehmen. Angstvoll ob ihrer Differenz, außerstande, ihre Andersartigkeit zu ertragen, stellen wir uns, in Gestalt des Phantoms Lorraine, ihre insgeheime Gleichartigkeit vor. Einige gehen noch weiter. Die Geschichte des Phantoms Lorraine, so sagen sie, sei eine schlecht getarnte Geschichte über unseren Hass auf die Phantome, unseren Wunsch, ihren Untergang herbeizuführen. Durch den Eintritt in eine Familie hört das Phantom Lorraine letztendlich auf, ein Phantom zu sein. Sie wirft ihr eigenes Wesen ab und wird als menschliches Kind wiedergeboren. Auf diese Weise drückt die Geschichte unsere Sehnsucht aus, die Phantome auszulöschen, sie zu verschlingen, sie in unseresgleichen zu verwandeln. Unter ihrer sentimentalen Fassade ist die Geschichte des Phantoms Lorraine eine Traumgeschichte von Invasion und Mord.

Andere Städte

Wenn wir andere Städte besuchen, in denen es keine Phantome gibt, haben wir oft das Gefühl, eine Last würde von uns abfallen. Einige von uns schmieden Pläne, in solch eine Stadt zu ziehen, einen Ort, der uns an großformatige Bilderbücher aus unserer Kindheit erinnert. Dort kann man friedlich die Straße entlanggehen und öffentliche Parks besuchen, ohne sich zu fragen, ob ein Kribbeln über die Unterarme laufen wird. Wir denken an unsere Kinder, die glücklich in grünen Gärten spielen, wo Sonnenblumen und Geißblatt vor weißen Zäunen wachsen. Doch bald kommt eine Rastlosigkeit auf. Eine Stadt ohne Phantome erscheint uns wie eine Stadt ohne Geschichte, eine Stadt ohne Schatten. Die Gärten sind leer, die Straßen erstrecken sich trostlos in die Ferne. Wenn wir in unsere Stadt zurückgekehrt sind, warten wir ungeduldig auf das Kribbeln in unseren Armen, wir fürchten, dass unsere Phantome nicht länger dort sein könnten. Wenn wir, manchmal nach vielen Wochen, endlich einem von ihnen begegnen, in einer Ecke des Gartens oder neben einer Autowaschanlage, wo uns ein Blick zugeworfen wird, bevor das Phantom sich abwendet, denken wir: Jetzt sind die Dinge so, wie sie sein sollten, jetzt können wir uns eine Weile ausruhen. Es ist ein Gefühl, das beinahe an Dankbarkeit grenzt.

Erklärung #5

Einige behaupten, alle Städte hätten Phantome, aber wir könnten sie als Einzige sehen. Dieser Gedanke ist besonders reizvoll für jene, die nicht verstehen können, warum unsere Stadt Phantome haben sollte und die anderen Städte nicht, warum unsere Stadt, kurz gesagt, eine Ausnahme sein sollte. Ein Widerspruch zu dieser Erklärung ist, dass sie nichts anderes bewirkt als eine Verschiebung der Aufmerksamkeit von der Stadt an sich zu den Menschen unserer Stadt: Es ist unsere Fähigkeit, die Phantome wahrzunehmen, die jetzt das Rätselhafte ist, nicht die Phantome selbst. Ein zweiter Widerspruch, den einige maßgeblich finden, ist, dass sich diese Erklärung vollständig auf eine Welt gründet, die unsichtbare Wesen als gegeben voraussetzt, deren Existenz weder bewiesen noch widerlegt werden kann.

Fallbeispiel #5

Nachmittags, nach dem Mittagessen, bevor ich nach oben ins Arbeitszimmer zurückkehre, mache ich gerne einen Spaziergang über die mir vertrauten Bürgersteige meines Wohnviertels. Gedanken steigen in mir hoch, schlagen eine seltsame Richtung ein, lösen sich auf wie Rauchschwaden.

Gleichzeitig bin ich vollkommen offen für interessante Eindrücke – jene Leiter, die dort an der Hausmauer lehnt, ihr Schatten scharf und akkurat auf den weißen Schindeln, die ein klein wenig überstehen, sodass die Unterseiten der Schindeln die geraden Schattenlinien in ein leichtes Zickzack-Muster verwandeln. Jener knallrote Regenschirm, der schräg auf dem Recycling-Container auf einer Veranda neben der Eingangstür liegt. Jener Jogger mit rasiertem Kopf, schwarzen Nylon-Shorts und einem orangefarbenen Sweatshirt, auf dem über drei Zeilen in schwarzen Großbuchstaben steht: ISS GESUND / BLEIB FIT / STIRB TROTZDEM. Ein einziger Grashalm sprießt aus einem Riss in einer Hauseinfahrt. Ich komme an einem weitläufigen alten Haus an der Ecke vorbei, nicht weit vom Bürgersteig entfernt. Seine dunkelrote Farbe könnte eine kleine Auffrischung vertragen. Am Fuße der hoch gelegenen Veranda vor dem Haus, zu beiden Seiten der Treppe, gibt es diese weiß bemalten Diagonalgitter. Aus den karoförmigen Zwischenräumen wachsen dornige Äste und die Spitzen von Farnen. Vom Bürgersteig aus kann ich den Griff eines alten Rasenmähers sehen, dort hinten, zwischen dem dunklen Blattwerk. Ich kann noch etwas anderes sehen: eine leichte Bewegung. Ich trete an die Veranda heran, beuge mich hinab, um durch das Gitter zu spähen. Drei von ihnen sitzen auf dem Boden. Sie wenden den Kopf in meine Richtung, sehen weg und erheben sich. Einen Augenblick später sind sie verschwunden. Meine Arme kribbeln, als ich auf den Bürgersteig zurückkehre und meinen Weg fortsetze. Sie interessieren mich, diese Kreaturen, die immer verschwinden. Diesmal war ich in der Lage, einen Mann im Alter von etwa fünfzig Jahren und zwei jüngere Frauen auszumachen. Eine Frau trug ihr Haar hochgesteckt, die andere hatte einen Zweig kleiner blauer Wildblumen im Haar. Der Mann hatte eine lange, gerade Nase und einen breiten Mund. Sie hatten sich langsam, aber ohne zu zögern erhoben und sich in die Dunkelheit zurückgezogen. Selbst als Kind hatte ich Phantome als Teil der Welt akzeptiert, wie Spinnen und Regenbogen. Ich sah sie auf dem leeren Grundstück auf der anderen Seite der Hecke im Garten hinter unserem Haus oder hinter Garagen und Geräteschuppen. Einmal sah ich eines in der Küche. Ich beobachte sie genau, wann immer ich kann, versuche, ihre Gesichter zu sehen. Ich will nichts von ihnen. Es ist ein sonniger Tag Anfang September. Als ich meinen Weg fortsetze, sehe ich mich interessiert um. Neben einer Einfahrt, bei einem mit Stuck verzierten Haus, ruht die gelbe Düse eines Gartenschlauchs auf dem Deckel einer grünen Mülltonne. Weiter hinten kann ich den Teil eines Schaukelgerüsts sehen. Neben einer Unkrautharke mit drei Zinken und rotem Griff liegt ein Kissen im Gras.

Die Ungläubigen

Die Ungläubigen bestehen darauf, dass jede Begegnung unwahr ist. Wenn ich mich vorbeuge, um durch die Lücken des Gitters zu spähen, nehme ich eine kleine Bewegung wahr, die von einem Streifenhörnchen oder einer Maus im dunklen Blattwerk rührt, und schon springt meine Fantasie an: Es wirkt, als würde ich einen Mann und zwei Frauen sehen, eine lange Nase, das Aufstehen, das Verschwinden. Die wenigen Details sind verdächtig präzise. Wie kann es sein, dass man sich an die Gesichter kaum erinnert, während der Wildblumenzweig so deutlich hervorsticht? Derartige Kritik hat mich, selbst wenn sie mit einem Hauch der Verachtung vorgebracht wurde, nie getroffen. Die Argumentation ist schlüssig, die Intention lobenswert: die Wahrheit herauszufinden, das Reale vom Irrealen zu unterscheiden. Ich versuche, es aus ihrer Perspektive zu sehen: die Bewegung eines Streifenhörnchens hinter dem sonnenbeschienenen Gitter, die dämmrigen Formen, die von den dunklen Blättern heraufbeschworen werden. Es ist nicht unmöglich. Ich strenge all meine Vorstellungskraft an: Ich stelle mich auf ihre Seite, gegen mich selbst. Es ist nichts dort, hinter dem Gitter. Es ist alles eine Illusion. Exzellent! Ich besiege mich selbst. Ich erkläre mich selbst für null und nichtig. Eine derartige Übung lässt mich frohlocken.

Sie

Sie, die Sie keine Phantome in Ihrer Stadt haben und unsere Berichte verspotten oder verachten: Machen Sie sich nicht selbst etwas vor? Denn nehmen wir an, Sie fahren ins Einkaufszentrum, an einem schönen Nachmittag. Plötzlich – es ist immer plötzlich – erinnern Sie sich an Ihren toten Vater, der in Ihrem Elternhaus im Wohnzimmer sitzt. Er liest eine Zeitung im Lehnsessel neben dem Lampentisch. Sie können seine in Konzentration gerunzelte Stirn sehen, die Ränder der Zeitung, den Mokassin, der von seinem Fuß baumelt. Das Lenkrad ist warm in der Sonne. Morgen werden Sie im Haus eines Freundes zu Abend essen – Sie sollten eine Flasche Wein mitbringen.

Sie sehen Ihren Freund bei Tisch lachen, seine Frau, die etwas vom Herd nimmt. Die Schatten von Telefonkabeln liegen in weiten Kurven auf der Straße. Ihre Mutter liegt in einem Pflegeheim, ihre Augen sind immer geschlossen. Ihr Foto steht auf Ihrem Bücherregal: eine junge, lächelnde Frau unter einem Baum. Sie liegen mit einer Erkältung im Bett und sie liest Ihnen ein Buch vor, das Sie auswendig kennen. Jetzt ist sie selbst ein Kind und Sie lesen ihr vor, während sie dort liegt. Ihre Schwester wird in zwei Wochen zu Besuch kommen. Ihre Tochter spielt im Garten hinter dem Haus, Ihre Frau steht am Fenster. Phantome der Erinnerung, Phantome des Begehrens. Sie bewegen sich durch eine Welt, die so dicht von Phantomen bevölkert ist, dass es kaum genügend Platz für irgendetwas anderes gibt. Die Sonne scheint auf einen Hydranten, wirft einen langen Schatten.

Erklärung #6

Eine Erklärung besagt, wir selbst seien Phantome. Mit Argumenten, die der kognitiven Wissenschaft entliehen sind, wird behauptet, dass unsere Körper nichts anderes seien als künstlich erschaffene Gebilde unseres Gehirns: Wir sind die Traumkreationen elektrisch aufgeladener Neuronen. Die Welt selbst ist ein großer Schein. Ein Vorteil dieser Theorie ist, dass sie das Verhalten unserer Phantome erklärt: Sie wenden sich von uns ab, weil sie es nicht ertragen können, unsere Selbsttäuschung mitanzusehen.

Vergessen

Es gibt Momente, in denen wir unsere Phantome vergessen. An Sommernachmittagen glühen die Telefonkabel in der Sonne wie Feuer. Die Schatten von Ästen erstrecken sich über die weißen Schindeln. Kinder kreischen auf der Straße. Die Luft ist warm, das Gras ist grün, wir werden niemals sterben. Dann kommt eine Unsicherheit auf, in der blauen Luft. Inmitten des Kreischens hören wir eine Stille. Es ist, als würde bald etwas geschehen, wovon wir wissen sollten, wenn wir uns nur daran erinnern könnten.

Wie die Dinge sind

Für die meisten von uns sind die Phantome schlichtweg hier. Wir denken nicht ständig an sie, manchmal vergessen wir sie völlig, aber wenn wir ihnen begegnen, spüren wir, dass etwas Bedeutsames passiert ist, bevor wir ins Vergessen zurücksinken. Jemand sagte einst, unsere Phantome seien wie die Gedanken über den Tod: Sie sind immer da, tauchen aber nur hie und da auf. Es ist schwierig, genau zu wissen, was wir unseren Phantomen gegenüber empfinden, aber man kann, denke ich, ruhigen Gewissens sagen, dass wir in dem Augenblick, in dem wir sie sehen, bevor wir von einem vertrauten Gefühl wie Angst, Ärger oder Neugier ergriffen werden, von einem Gefühl der Fremdartigkeit erfasst werden, als hätten wir plötzlich einen Raum betreten, den wir nie zuvor gesehen haben, einen Raum, der dennoch vertraut erscheint. Dann nimmt die Welt wieder ihren gewohnten Lauf und wir machen weiter. Denn obwohl wir unsere Phantome haben, ist unsere Stadt wie Ihre Stadt: Die Sonne scheint auf Häuserfronten, wir wachen nachts mit sorgenschwerem Herzen auf, Autos schieben aus Einfahrten zurück und biegen in die Straße ein. Es stimmt, dass wegen der Phantome eine Frage durch unsere Stadt läuft, aber wir glauben, dass wir nicht die Einzigen sind, die mit unbeantworteten Fragen leben. Die meisten von uns würden sagen, dass wir nicht anders sind als alle anderen. Wenn Sie, bei Gelegenheit, noch mal genauer über uns nachdenken, werden Sie erkennen, dass wir genauso sind wie Sie.

Söhne und Mütter

I

Ich hatte meine Mutter eine Zeit lang nicht gesehen, eine ziemlich lange Zeit, wenn man es recht bedenkt, eine so lange Zeit, um vollkommen ehrlich zu sein, dass es mir schwerfiel, mich daran zu erinnern, wann ich das letzte Mal dort draußen gewesen war. Und das war seltsam, wirklich, da wir uns immer nahe gestanden hatten, meine Mutter und ich. Daher war ich erfreut, wenn auch etwas angespannt, als es mich im Zuge einer Geschäftsreise in diesen Teil des Landes, zufällig sogar in eine Nachbarstadt verschlug. Mein Terminkalender war voll, den ganzen Tag Meetings, unmöglich, mal durchzuatmen, aber ich war entschlossen, dort hinauszufahren, wenn auch nur für einen Kurzbesuch, schließlich war es das Mindeste, was ich tun konnte, sagte ich mir, nach all dieser Zeit.

Das alte Viertel beunruhigte mich. Alles hatte sich verändert, was konnte man anderes erwarten, und doch war alles gleich geblieben, als wäre die Veränderung nichts anderes als eine neue Art, die Gleichförmigkeit hervorzukehren. Ein alter Ahornbaum war verschwunden und durch einen Schössling ersetzt worden. Die Bäume aus meiner Erinnerung waren höher und dichter geworden, auf dem leeren Grundstück, auf dem ich einst *Der Kaiser schickt Soldaten aus* gespielt hatte, stand ein gelbes Haus mit einem grün gedeckten Dach, in einem Garten war das Gemüsebeet mit den Stangenbohnen jetzt ein Rasen, auf dem weiße Korbstühle und eine Vogeltränke, auf deren Rand ein Steinvogel saß, zu sehen waren. Aber da war die alte Trauerweide an der Ecke, dort das schwarze Dach, gefolgt von dem roten Dach, hier das Haus mit der Stuckfassade und der Schaukelbank auf der Veranda, daneben das braune Haus mit den beiden Briefkästen und den beiden Eingangstüren. Das Haus meiner Mutter, das Haus, das immer wieder in meinen Träumen vorkam, war noch immer dort, wo es immer gewesen war, eingeschmiegt zwischen zwei größere Häuser, beinahe am Ende der Straße, und einen Augenblick lang war ich erschüttert, nicht weil ich mich meinem alten Haus näherte, nach all dieser Zeit, sondern weil es überhaupt da war, als wäre ich zu der Überzeugung gekommen, es könne physisch nicht mehr existieren, dort draußen, in der ungeträumten Welt.

Noch bevor ich in die Einfahrt einbog, sah ich, dass das Gras hoch war, die Schindeln schmutzig, der Weg vor dem Haus teilweise vom wild wuchernden Rasen verborgen. Die Äste ungetrimmter Sträucher ragten bis über die Fensterbretter empor. Meine Mutter hatte sich immer gut um den Ort gekümmert, und einen Augenblick lang hatte ich den Eindruck, dass das Haus schon lange nicht mehr bewohnt war. Eine der kleinen Stufen vor dem Haus bröckelte an der Seite ab, der Glasschirm der Verandalampe war dunkel vom Staub. Ich drückte auf die vertraute Türklingel, ein gelblicher Knopf in einem braunen Oval, und hörte den Doppelton. Bevor ich den Klang hörte, war mir nicht in den Sinn gekommen, dass meine Mutter ausgegangen sein könnte, an diesem schönen Nachmittag, an dem die Sonne schien und der Himmel blau war, die Sorte Sommertag, an dem man zum Strand geht, wenn man Lust dazu hat, oder aus irgendeinem Grund in die Stadt fährt. Falls meine Mutter ausgegangen wäre, wie es den Anschein hatte, würde es wohl das Beste für uns beide sein, denn es war wie gesagt ziemlich lange her, seit ich das letzte Mal nach Hause gekommen war, eine zu lange Zeit eigentlich, für die Art von Besuch, den ich vorhatte. Ich drückte erneut auf die Türklingel, spielte mit dem Kleingeld in meiner Tasche, sah über die Brüstung neben mir hinweg auf einen Azaleenstrauch. Niemand war zu Hause, auch gut. Ich wandte mich ab, drehte mich dann schwungvoll wieder um, öffnete die Fliegengittertür und versuchte es auch an der Holztür. Sie ließ sich leicht öffnen. Ich zögerte, die Hand auf dem Türknauf, bevor ich eintrat.

In der Diele hielt ich inne. Da war das Bücherregal aus Mahagoni mit der Glasschale darauf. Dort war das alte rote Wörterbuch, das ich in der Highschool verwendet hatte, hier die Buchstützen, geschnitzt wie sich aufbäumende Pferde, der Elfenbeinwal mit dem fehlenden Auge. Auf einem Regal war ein Buch etwas herausgezogen. Ich versuchte mich daran zu erinnern, ob es immer so gewesen war.

Von der Diele aus betrat ich das dämmrige Wohnzimmer. Hinter den schweren Vorhängen waren die Jalousien geschlossen. Das alte Sofa war noch immer da, der alte Lehnsessel, in dem mein Vater gerne gesessen hatte, das Klavier, auf dem ich einst Mozart-Sonaten und Boogie-Woogie-Blues spielen gelernt hatte. Neben dem Klavier gab es eine Stelle, an der früher eine hohe Vase gestanden hatte, zwischen der Klavierbank und dem Schaukelstuhl. Meine Mutter stand dort ganz in der Nähe, im hinteren Teil des

Zimmers. Ich konnte nicht verstehen, weshalb sie dort stand, in diesem abgedunkelten Raum, an einem so sonnigen Tag. Dann sah ich, dass sie sich sehr langsam in meine Richtung bewegte. Sie näherte sich über den Blumenteppich, als würde sie über den Grund eines Sees wandeln. Sie trug ein adrettes Kleid, dessen Ärmel ihr bis zur Mitte der Unterarme fielen, und sie machte kein Geräusch, als sie im Zwielicht steif vorwärtskam.

Schnell ging ich zu ihr. »Ich bin's«, sagte ich und streckte die Arme aus, doch ihr Kopf war gebeugt, ganz offenbar beanspruchte das Gehen ihre ganze Aufmerksamkeit, und ich stand unbeholfen da, die Arme ausgestreckt, wie ein Bittsteller.

Langsam hob meine Mutter den Kopf und sah zu mir hoch. Es war, als würde jemand zu einem Gebäude hochsehen. Im Schatten hatte ihr Gesicht einen Ausdruck, der mir ernst vorkam. Ich konnte spüren, wie meine Arme wie Faltflügel an meinen Seiten hinabsanken.

»Ich kenne dich«, sagte sie. Sie starrte mich durchdringend an, als versuchte sie, eine Verkleidung zu durchschauen.

»Das ist eine Erleichterung«, zwang ich mich zu sagen.

»Ich weiß, wer du bist«, sagte sie. Sie lachte verschmitzt, als wäre es ein Spiel. »Oh, ich weiß, wer du bist.«

»Das hoffe ich!«, sagte ich mit einem leichten, kurzen Lachen. Mein Lachen beunruhigte mich, wie das Lachen eines Mannes, der allein ins Kino geht. Leise sagte ich: »Es ist lange her.« Und obwohl ich die Wahrheit gesagt hatte, gefiel mir der Klang meiner Worte nicht, als würde ich versuchen, sie auf irgendeine Art zu täuschen.

Meine Mutter starrte mich noch immer an. »Ich habe die Klingel gehört.«

»Ich wollte dich nicht erschrecken.«

Sie schien darüber nachzudenken. »Jemand hat geklingelt. Ich bin zur Tür gegangen.« Sie warf einen Blick in Richtung Diele, dann sah sie wieder zu mir. »Wann möchtest du zu Abend essen?«

»Abendessen? Oh, nein, nein, nein. Ich kann nicht bleiben, diesmal nicht. Ich bin nur – ich bin nur –«

»Entschuldige«, sagte meine Mutter, hob eine Hand und berührte ihr Gesicht. »Du weißt, ich vergesse es immer.«

Nachdem sie die Hand gesenkt hatte, sagte sie: »Was willst du?«

Sie sprach die Worte leise, in einem Ton ratloser Neugier. Es war keine Frage, auf die ich eine Antwort wusste. Was wollte ich? Ich wollte, dass alles so war wie früher, ich wollte Familienausflüge und Geburtstagskerzen, eine kühle Hand auf meiner warmen Stirn, ich wollte kein höflicher Mann mittleren Alters sein, der in einem dunklen Wohnzimmer stand und versuchte, das Gesicht seiner Mutter zu erkennen.

»Ich wollte dich sehen«, sagte ich.

Sie sah mich prüfend an. Ich sah sie prüfend an. Sie war blasser, als ich es in Erinnerung hatte. Ihr gräuliches Haar, das von einem kräftigen Weiß durchzogen war, wie ich es nie zuvor gesehen hatte, war in sanften, hübschen Wellen zurückgekämmt. Ein Taschentuch ragte oben aus ihrem Kleid. Sie trug keine Armbanduhr.

»Möchtest du eine Tasse Tee?«, fragte sie plötzlich und hob die Augenbrauen auf eine Weise, die ich nur zu gut kannte, eine Weise, bei der sie die Augenbrauen hochzog und die Augen sich weiteten. Ich erinnerte mich daran, wie meine Mutter, wann immer ich vom College nach Hause kam, und in den Jahren danach, als ich immer seltener kam, mit hochgezogenen Augenbrauen und zufrieden strahlenden Augen zu mir hochzusehen und zu sagen pflegte: »Möchtest du eine Tasse Tee?«

»Genau das ist es, was ich will!«, sagte ich, wobei ich meinen Tonfall sofort hasste, und nahm meine Mutter am Arm, der so dünn geworden war, dass ich Angst hatte, blaue Flecken auf ihrer Haut zu hinterlassen. Ich führte sie langsam zur Schwingtür neben der geschnitzten Kommode mit der Marmorplatte.

Die Küche war so hell, dass ich einen Moment lang die Augen schließen musste. Als ich sie öffnete, sah ich, dass auch meine Mutter die Augen geschlossen hatte. Ich dachte an uns beide, wie wir mit geschlossenen Augen hier standen, in der sonnigen Küche, wie Kinder, die ein Spiel spielen. Doch niemand hatte mir die Spielregeln erklärt, vielleicht war es ein Fehler gewesen, in die Küche zu gehen, und als ich in der Helligkeit neben meiner schweigenden Mutter stand, deren Augen noch immer fest geschlossen waren, fragte ich mich, was ich tun sollte. Ich dachte an unsere seltenen Telefongespräche, die aus einigen Sätzen und immer länger werdendem Schweigen bestanden hatten. Am Kühlschrank hing eine verblasste Zeichnung eines Baumes. Ich hatte sie in der dritten Klasse gemalt. Die Küchentheke sah halbwegs sauber aus, nur ein paar Krümel da und dort, der Herd hatte keine Flecken, außer einem bräunlichen Rand rund um eine einzige Herdplatte. Als ich mich zu meiner Mutter umdrehte, stand sie noch exakt an derselben Stelle. Ihre Augen waren geöffnet.

»Ist alles in Ordnung?«, fragte ich, irritiert von meinen Worten, weil nicht alles in Ordnung war, doch beim Klang meiner Stimme wandte sich meine Mutter zu mir um.

»Ach, jetzt erinnere ich mich«, sagte meine Mutter. Ihr Gesicht war so voller Fröhlichkeit, dass sie jung und hoffnungsvoll aussah, wie ein Mädchen, das eben zum Tanzen eingeladen worden war. Obwohl ich gerührt war, dass das Gesicht meiner Mutter voll Fröhlichkeit war, als wäre sie eben zum Tanzen eingeladen worden, konnte ich noch immer nicht sicher sein, dass das, woran sie sich erinnerte, die Tatsache war, dass ihr Sohn vor ihr stand, in der hellen Küche, nach all dieser Zeit, oder ob sie sich an etwas anderes erinnerte.

Sie ging langsam zum Herd, hob den kleinen roten Teekessel hoch und trug ihn zur Spüle. Sie verzog vor Anstrengung das Gesicht, als würde sie etwas sehr Schweres heben.

»Hier, lass mich dir damit helfen«, sagte ich und griff nach dem Teekessel. Meine Hand berührte ihre Hand und ich zog meine schnell zurück, als hätte ich sie mit einem Messer geschnitten.

Meine Mutter stand still an der Spüle, blickte auf den Teekessel in ihrer Hand und runzelte einen Augenblick lang die Stirn. Sie kämpfte mit dem Deckel, der plötzlich abging. Sie stellte den Kessel in das Spülbecken und drehte das kalte Wasser auf, das geräuschvoll in den leeren Kessel strömte. Sie drehte das Wasser ab, setzte den Deckel wieder auf den Teekessel und trug ihn zum Herd, wo sie ihn vorsichtig auf die Herdplatte stellte. Sie stand da, sah den Kessel auf der Herdplatte an und ging dann langsam zum Küchentisch. Ich zog einen Stuhl zurück, und sie setzte sich steif darauf. Sie blieb kerzengerade, die Schultern zurückgezogen, die Hände im Schoß verschränkt.

Ich ging zum Herd und drehte den silbernen Knopf. Unter meinen Fingern fühlte es sich vertraut an – die gezahnten Kreise und das Wort MAX in verblassten schwarzen Lettern.

Als ich mich an den Tisch setzte, sah meine Mutter, die in Richtung Waschmaschine gestarrt hatte, langsam zu mir herüber. »Ich weiß nicht, wie lange es dauern wird«, sagte sie. Es könnte am Zustand meiner Nerven gelegen haben oder an ihrer steifen Haltung oder an dem Ernst in ihrer Stimme, aber ich konnte nicht sagen, ob sie vom Wasser im Teekessel sprach oder darüber, wie viel Zeit ihr noch auf Erden blieb.

»Du siehst jünger aus denn je«, sagte ich mit dieser falschen Stimme.

Da lächelte sie mich zärtlich an, so wie sie mich immer angelächelt hatte. Und ich war dankbar, denn wenn sie mich noch immer so anlächelte, nach all dieser Zeit, dann musste zwischen uns alles gut sein, auf die eine oder andere Art, nach all dieser Zeit.

»Möchtest du dich auf die Veranda setzen?«, fragte sie und blickte zur Tür mit den vier eingelassenen Fenstern. Dann fiel mir ein, wie gerne sie im Sommer immer auf der Veranda gesessen hatte. Sie pflegte mit einem Buch aus der Bücherei und einem Glas Eistee mit zwei Eiswürfeln und einer Zitronenscheibe auf der Veranda zu sitzen.

Ich schaltete den Herd aus und führte meine Mutter zur verglasten Küchentür. Die dunkelrote Farbe und die Streifen zwischen den Fenstern hatten begonnen abzublättern, und ich erinnerte mich daran, wie ich vor langer Zeit einen Meißel genommen und die neue Farbe, die das Glas beschmutzt hatte, abgekratzt hatte.

Ich schob die Türkette beiseite und führte meine Mutter über zwei Stufen auf die heiße Veranda hinauf. Unter den halb hochgerollten Bambusjalousien, durch die das Sonnenlicht in Streifen hereinfiel, funkelte der Staub auf den Fenstern.

»Du solltest mich die Jalousien schließen lassen«, sagte ich.

»Weißt du«, sagte sie, »da gibt es etwas, das ich sagen wollte. Es liegt mir auf der Zunge.« Sie berührte ihr Gesicht mit leicht angewinkelten Fingern. »Ich werde so vergesslich!«

Meine Mutter lehnte sich auf der Chaiselongue zurück, während ich ihre Füße hinaufhob. »Es ist so schön hier draußen«, sagte sie und sah sich müde lächelnd um. »Man hört nicht einen Mucks.« Sie schloss die Augen halb. »Ich könnte den ganzen Tag hier sitzen.« Sie hielt inne. »Oh, jetzt erinnere ich mich.«

Ich wartete. »Du erinnerst dich?«

»Natürlich erinnere ich mich«, sie sah mich neckisch an.

»Ich bin mir nicht sicher –«

»Das Zimmer.«

»Ich bin mir noch immer nicht – Ich –«

»Ich muss das Zimmer fertigmachen. Das ist es, was ich tun muss. Das Zimmer. Erinnerst du dich?«

»Oh, das Zimmer, oh, nein, nein, nein, nicht heute, ich bin nur auf der Durchreise. Lass uns einfach – können wir einfach hier sitzen und reden?«

»Das wäre sehr schön«, sagte meine Mutter und legte die Hände in den Schoß, eine über die andere. Sie sah mich an, als würde sie darauf warten, dass ich als Nächster spreche. »Wenn du etwas siehst, das dir gefällt«, sagte sie, hob eine Hand etwas an und zeigte auf die Möbel, die Bambusjalousien, die gerahmten Zeichnungen aus der

Highschool, die an der Wand hingen. »Egal was.« Ihre Hand kehrte in ihren Schoß zurück. Langsam schloss sie die Augen.

Ich saß auf der heißen Veranda mit den staubigen Fenstern, neben dem alten Korbtisch mit den zwei Korkuntersetzern mit Holzrand. Ich hatte das Gefühl, dass ich etwas zu meiner Mutter sagen wollte, etwas, das sie dazu bringen würde, zu verstehen, obwohl mir nicht ganz klar war, was ich ihr verständig machen wollte. Und wir hatten nicht den ganzen Tag, die Zeit verging, ich war nur für einen kurzen Besuch hier. »Mom«, hörte ich mich sagen, leise. Der klare Klang dieses Wortes auf der ruhigen Veranda beunruhigte mich, als hätte man mir eine Hand auf das Gesicht gelegt. »Kannst du mich hören?« Meine Mutter bewegte sich ein wenig in ihrem Korbstuhl. »Ich weiß, ich war eine Weile nicht hier, es kam immer was dazwischen, du kennst das ja, aber du weißt −« Es war wirklich zu warm auf der Veranda. Die Sonne schien herein, aber die Fenster waren geschlossen. Ich überlegte, eines der Fenster zu öffnen und die Jalousien herunterzulassen, aber ich wollte meine Mutter nicht stören, die offenbar eingeschlafen war. In einem hellen Lichtstreifen sah ihr Unterarm so schrecklich blass aus, dass er schemenhaft und verschwommen wirkte, als würde er in der Hitze verdunsten. Ich warf einen Blick auf meine glänzende Uhr. Der Nachmittag schritt voran. Nun ja, ich konnte meine Mutter wohl kaum schlafend auf der Veranda zurücklassen, wie ein verstoßenes Kind, es gab noch so vieles, was ich meiner Mutter sagen wollte, Dinge, die ich ihr schon immer sagen wollte, bevor es zu spät war. Im drückenden Sonnenlicht, das sich an mich schmiegte wie warmer Sand, lehnte ich mich zurück und schloss die Augen.

II

Oft träumte ich davon, durch die Zimmer meines alten Hauses zu gehen, auf der Suche nach meiner Mutter, und wachte dann in einer weit entfernten Stadt auf. Als ich jetzt in meinem alten Haus aufwachte, auf der vertrauten Veranda, hatte ich das verwirrende Gefühl, eine Traumwelt zu betreten. Denn wie wahrscheinlich war es schließlich, dass ich auf der Veranda meiner Kindheit saß, an einem Sommertag, wie ein Junge, der nichts anderes zu tun hat? Ich sah sofort, dass sich das Licht verändert hatte. Obwohl das Sonnenlicht noch immer durch die staubigen Fenster fiel, war die Helligkeit aus der Luft gewichen. Schwer wirkende Äste drückten gegen die Scheiben. Ich sah noch etwas: Meine Mutter war nicht da. Spinnweben spannten sich zwischen der Oberkante des Fensters und der Rückenlehne der Chaiselongue. Wie konnte mir das bisher entgangen sein? Ich fühlte eine Angst in mir aufwallen, als wäre ich auf eine unverzeihliche Weise unachtsam gewesen, stand schwungvoll auf, sodass die Stuhlbeine über den Holzboden scharrten, warf einen Blick auf die verstaubten Äste und eilte in die Küche.

Sie war nicht dort. Auf dem Herd stand ein verbeulter Teekessel, rötlich schwarz, auf der kalten Herdplatte. In dem veränderten Licht sah ich dicke, fettige Schlieren auf dem Herd, Spinnweben in den Ecken, einen gelblichen Fleck auf dem Tisch. Auf dem Sockel des Kühlschranks rollte sich eine Linoleumfliese auf. Vor dem dreckigen Fenster streiften große Blätter am Glas. Die Scheibe hatte einen Sprung, der die Form eines Flusses auf einer Landkarte hatte.

Ich stieß die knarzende Tür auf und betrat das Wohnzimmer. Es war viel dunkler als zuvor, ich stellte mir vor, dass das Sonnenlicht gegen die Hausfront drängte, einen Weg ins Innere suchte. Meine Mutter stand mit dem Rücken zu mir, mitten im Raum, wie jemand, der sich im Wald verirrt hatte.

»Ach, hier bist du!«, sagte ich mit nachdrücklicher Fröhlichkeit. Sie blieb dort stehen, den Rücken mir zugewandt. In dem sich verdunkelnden Zimmer schien sie zu keiner Bewegung fähig, als wäre die Luft eine spinnwebartige Masse, die sich um sie herum verdichtete. Ich ging zu meiner Mutter und um sie herum, wie man es bei einer Straßenlaterne tun würde, und wandte ihr das Gesicht zu.

»Ich habe mir Sorgen um dich gemacht«, sagte ich.

Sie hob langsam den Kopf, um zu meinem Gesicht hochzusehen. Sie schien sehr lange dafür zu brauchen. Als sie es geschafft hatte, runzelte sie ratlos die Stirn. »Entschuldige«, sagte sie, während sie mich ansah und dabei die Augen zusammenkniff, als würde sie in ein grelles Licht blicken. »Es fällt mir schwer, mir Gesichter zu merken.«

Ich beugte mich näher an sie heran, tippte mit einem Finger auf meine Brust. »Ich bin's! Ich! Wie kannst du – hör zu, ich weiß, ich war eine Weile nicht hier draußen, es lässt sich schwer erklären, immer kam irgendetwas dazwischen, aber jetzt bin ich hier und ich –«

»Schon gut«, sagte sie, streckte die Hand aus und tätschelte meinen Arm, als wollte sie mich trösten.

Ich stand vor ihr und war nicht sicher, was ich tun sollte. Es könnte an dem schwindenden Licht in diesem Raum mit den schweren Vorhängen und den geschlossenen Jalousien gelegen haben, doch ihr Haar wirkte dünner als zuvor, einige wirre Strähnen fielen nach unten, ein Auge war beinahe geschlossen. Ein weißer Zipfel ihres Unterrocks ragte unter ihrem schiefen Kleid hervor. Ihr Gesicht kam mir jetzt eingefallen und scharfkantig vor, als würden die Knochen ihrer Nase und ihrer Wangen durch die Haut pressen. Ich sah mich im Zimmer um. Die Kanten des Kamins schienen abzubröckeln, das Sofa war unter dem Gewicht des schweren Nachmittags eingesackt, die Tasten des Klaviers waren gelb wie Herbstlaub.

»Möchtest du dich setzen?«, fragte ich.

Meine Mutter sah mich mit gerunzelter Stirn verwirrt an. Ihre Augen wirkten matt und trüb. »Das wäre sehr schön«, sagte sie. Sie streckte ihre Hand aus und berührte die meine. »Ich bin nicht mehr so jung wie früher, weißt du.« Sie lachte leise und ließ die Hand sinken. Sie sah mich erneut an. »Es ist so lieb, dass du gekommen bist.« Sie blickte nach unten, als würde sie auf dem Teppich nach etwas suchen. Ich folgte ihrem Blick, fragte mich, ob sie einen Ring oder eine Münze fallen gelassen hatte. In der dunkleren Dämmerung des Zimmers war das Muster der umherwirbelnden Blumen zerronnen.

Als ich den Blick hob, sah sie mich an. »So ein lieber Junge«, sagte sie und berührte mit zwei Fingern meinen Handrücken.

Wieder nahm ich sie am Oberarm, so dünn, als umfasste man ein Handgelenk, und führte sie langsam zum Lehnsessel neben dem Lampentisch. Sie kam so langsam voran, dass es schien, als bewegte sie die Beine überhaupt nicht, und erlaubte mir stattdessen, sie über den Teppich zu schieben. Meine Hand, von Adern überzogen, kam mir vor wie ein hässliches Gesicht. Als wir uns dem Sessel näherten, konnte ich nicht länger sagen, ob wir uns vorwärtsbewegten, Zentimeter für Zentimeter, oder einfach nur dastanden, wie Menschen, die versuchen, gegen einen Sturm anzukommen. Ich drängte sie mit sanftem Zug weiter, doch ich konnte spüren, wie sie sich meinen Fingern entzog. Dann bemerkte ich, dass ihr Mund ganz schmal war, ihr Arm angespannt, ihre Augenbrauen zusammengezogen. »Alles gut«, flüsterte ich, »Wir können einfach —« »Nein!«, rief sie, mit einer derart scharfen Stimme, dass ich meinen Arm sinken ließ und erschrocken zurücktrat. »Gibt es irgendetwas —«, setzte ich an, und mit einem Mal fiel es mir wieder ein, ihre Weigerung, jemals wieder im Sessel meines Vaters zu sitzen, vor all den Jahren, nach der Beerdigung. Und wieder nahm ich sie am Arm, dieses Mal führte ich sie in Richtung Sofa. Als wir uns auf Höhe des schemenhaften Couchtisches befanden, sah ich eine Gestalt, die mir bekannt vorkam, und ich beugte mich hinunter, um den blauen Mann mit dem blauen Bündel auf dem Rücken zu betrachten. Staub lag auf seinem blauen Haar. Eine seiner blauen Schultern hatte einen Sprung. »Sieh dir das an!«, sagte ich, nahm die Figur und drehte sie von einer Seite zur anderen. »Old Man Blue. Erinnerst du dich, dass ich früher dachte, er sei der älteste Mann der Welt?«

»Älter und älter«, sagte meine Mutter.

Beim Sofa angekommen, setzte sie sich so steif hin, als wäre ihr Körper nicht mehr in der Lage, sich an den richtigen Stellen zu biegen. Obwohl es im Zimmer warm war, zog ich die rot-graue Wolldecke über ihre Beine. »So«, sagte ich und knipste die Tischlampe an. Die matte Glühbirne flackerte, erlosch aber nicht. Auf dem Lampenschirm sah ich eine verblasste Frau mit einem verblassten Sonnenschirm, die sich über eine verblasste Brücke beugte. »Jetzt können wir hier sitzen und uns schön unterhalten.«

»Das kannst du nicht machen«, sagte sie kraftlos. Ihre Augen schlossen sich langsam. Ich versuchte zu verstehen, weshalb wir hier nicht eine Weile sitzen und plaudern konnten, es gab Dinge, die ich meiner Mutter sagen musste, obwohl ich nicht wusste welche, und wenn wir redeten, würde ich wahrscheinlich finden, wonach ich suchte. Dann sah ich, wie meine Mutter langsam die Hand hob, als würde sie nach etwas greifen, obwohl ihre Augen geschlossen waren. Sie hob die Hand auf Höhe ihrer Schulter und noch höher, bis sie schließlich zwischen ihrem Gesicht und der Lampe innehielt. Ihre Hand war so dünn, dass das Licht durchzuscheinen schien.

»Möchtest du –«, sagte ich, und als ich plötzlich verstand, beugte ich mich vor und machte die Lampe aus. Langsam sank die Hand meiner Mutter in ihren Schoß, wo sie zur Ruhe kam.

Ich kehrte zum eingesunkenen Sessel meines Vaters zurück, im stillen Wohnzimmer, saß da und sah meine Mutter an, die aufrecht und reglos auf dem Sofa verweilte. Trotz der Veränderung, die ich seit unserem Beisammensein auf der Veranda an ihr wahrgenommen hatte, erschien sie mir ruhig, auf ihre eigene Art, wie sie mit der Wolldecke auf dem Schoß dasaß. Es war wie früher, wenn ich, von wo auch immer ich war, nach Hause kam und meine Mutter genau hier auf dem Sofa Position bezog, auf ihrem Platz, mit einem Buch und ihrer Lesebrille, während mein Vater in seinem Arbeitszimmer Klausuren benotete und ich mit einem Buch im Lehnsessel saß. Ich mochte es, nach Hause zu kommen, mochte es, in diesem Lehnsessel zu sitzen, beim Klang umblätternder Seiten und der Kinder, die in der Straße spielten, mochte ganz besonders das Gefühl, dass noch immer etwas Friedliches aus meiner Kindheit durch das Haus strömte, und ich fragte mich, wie ich zulassen konnte, dass es verschwand. Und als ich dort saß, in der einschläfernden Wärme, schien ich ein Summen zu hören, eine geisterhafte Melodie, die aus meiner Kindheit hierher tönte. Es war etwas, das meine Mutter früher gesungen hatte, ein Lied aus ihrer eigenen Kindheit. »Ich erinnere mich«, sagte ich, weil ich mit meiner Mutter sprechen wollte, ihr erzählen wollte, dass ich mich an eine Melodie erinnerte, die sie einst gesummt hatte, als ich ein kleiner Junge war, doch der Klang des Summens mischte sich in meine Worte, und erst dann bemerkte ich, dass meine Mutter dort saß und diese Melodie summte. Und ich war gerührt, dass sie eine Melodie unserer beider Kindheiten summte, während sie mit geschlossenen Augen in dem sich verdunkelnden Raum saß, eine Melodie, die in drei Wellen anstieg und dann langsam abfiel, wie eine zu Boden schwebende Feder, doch zur selben Zeit wollte ich, dass sie aufhört, diese Melodie zu summen, damit ich mit ihr sprechen konnte, solange ich noch hier war. Immerhin war es nur ein kurzer Besuch. Als meine Mutter mit dem Summen aufhörte, sagte ich: »Ich weiß, ich bin eine Weile nicht hier gewesen, aber wenn wir uns einfach ein wenig unterhalten könnten, eine kurze Unterhaltung, unterhalte dich mit mir –« Die Worte klangen lauter als geplant, als hätte ich sie durch ein leeres Haus gerufen.

Beim Klang meiner Stimme schien meine Mutter hochzuschrecken. Sie schob die Wolldecke von ihrem Schoß und machte sich daran, schwerfällig aufzustehen. Als wäre auch ich aus dem Schlaf erwacht, stand ich auf, um sie auffangen zu können, falls sie fiel, und einen Augenblick lang waren wir beide halb erhoben und nach vorn gelehnt, als hätten wir in der dämmrigen Finsternis etwas Gefährliches gesehen. Reglos in ihrer halb erhobenen Position sagte meine Mutter mit kratziger, flüsternder Stimme, die vom Zimmer selbst zu stammen schien: »Warum bist du hier?« Die Frage war wie eine Windböe. Ich hatte das Gefühl, wenn ich diese Frage bloß beantworten könnte, würde ein Teil dieses Tages gerettet sein, und ich suchte nach den Worten, die tief in mir lagen, wie Blut. Doch schon hatte sich meine Mutter wieder auf das Sofa gesetzt, als wäre sie von zwei Händen zurückgezogen worden. In dem trüben Raum überkam mich eine Mattigkeit, wie die Müdigkeit der Kindheit, und ich sank für einen Moment in den Lehnsessel, um Kraft für das Aufstehen zu sammeln.

III

Als ich meine Augen öffnete, war der Raum in noch tiefere Dunkelheit gesunken, es hätte Sonnenuntergang sein können, oder Mitternacht, oder Winter, oder irgendeine andere Zeit, und ich hatte das Gefühl, wenn ich jetzt nicht sofort vom Sessel meines Vaters aufstünde und in die Welt da draußen zurückkehrte, würde ich Teil des sterbenden Zimmers werden, wie Old Man Blue oder die verblasste Frau auf dem Lampenschirm. Auf dem kaum sichtbaren Sofa konnte ich ein Häufchen der Wolldecke erkennen. Meine Mutter schien nicht hier zu sein. Ich stemmte mich hoch und ging durch die Dunkelheit zum Sofa, wo ich die Wolldecke abklopfte, als hätte meine Mutter darunterschlüpfen können wie eine Katze. Dann hob ich sie hoch, nur um sicherzugehen. Unter der Decke spürte ich etwas Glattes, Hartes. Ich begriff nicht, was es war, unter der Wolldecke, meine Finger drückten dort und da, dann stellte es sich als Brillenetui heraus. Einen Augenblick lang hatte ich das seltsame Gefühl, das Brillenetui wäre meine Mutter, die geschrumpft war und eine neue Form angenommen hatte. Und ich fühlte einen Schwall schuldbewusster Erleichterung bei dem Gedanken, meine Mutter wäre zu einem Brillenetui geworden, weil ich dann einfach bedenkenlos hätte gehen können, da ich dann gewusst hätte, es wäre unwahrscheinlich, dass ihr etwas zustieß.

Doch noch während ich diesen Gedanken nachhing, sah ich mich weiter um. Vielleicht war sie zum Klavier gewandelt oder vielleicht saß sie ruhig in der Küche und wartete darauf, bis das Wasser kochte. Als ich den Raum durchschritt, der lediglich eine Ansammlung von Dunkelheit zu sein schien, bemerkte ich nicht weit vom Schaukelstuhl eine Gestalt. Ich fragte mich, wo sie hinwollte, auf ihre fast bewegungslose Art, doch als ich näher an sie herantrat, sah ich, dass sie zu der Ecke sah, in der einst die Vase gestanden hatte. Sie stand zwischen dem Schaukelstuhl und dem Klavier, als würde sie überlegen, in die Wand hineinzugehen.

»Möchtest du dich setzen?«, fragte ich, mit einer Stimme, die ein Flüstern oder ein Schrei hätte sein können, doch sie stand starr und unbeweglich da. »Ich sollte wirklich los«, sagte ich, verärgert über die Ungeduld in meiner Stimme, denn welches Recht hatte ich, ungeduldig zu sein, ich, der ich länger nicht hier draußen gewesen war, als ich denken konnte. Dann streckte ich die Hand aus, um meine Mutter zu berühren, die aussah, als würde sie auf dem Sofa liegen, obwohl sie aufrecht vor mir stand. Meine Hand kam auf ihrem Oberarm zu liegen. Er fühlte sich hölzern an. Meine Mutter schien härter zu werden, hier in der Dunkelheit. In der schwarzen Luft schienen sich ihre Haarsträhnen an den Schädel zu schmiegen, die Haut ihres Gesichts war weiß wie Wachs. »Was erwartest du von mir?«, fragte ich und nahm in meiner Stimme eine Gereiztheit wahr, als hätte man mir irgendetwas vorenthalten.

»Kannst du mich hören?«, fragte ich. »Ich bin genau hier«, sagte ich. Meine Mutter sagte nichts. Ich stand da wie ein Mann vor einem Baum auf einem großen Feld. Sie war so reglos, es war, als hätte sie das Ende aller Bewegung erreicht. Ich versuchte auf meine Armbanduhr zu sehen, doch der Großteil meines Arms war verschwunden. In der Dunkelheit begann ich angespannt auf und ab zu gehen, mit einer Art grimmiger Vorsicht, besorgt, gegen eine Möbelkante zu laufen. Die Beherrschung, die in meinem grimmigen Auf und Ab lag, weckte in mir das Gefühl, ich würde mich durch ein weiches Hindernis hindurchkämpfen, als wären die Blumen des Teppichs bis zu meinen Oberschenkeln in die Höhe geschnellt. Ich stellte mir vor, wie die Sträucher draußen bis über die Oberkante der Fenster hinauswuchsen, durch die Scheiben brachen. Durch die aufgesprungenen Straßen bohrte sich Unkraut. Knochendürre Katzen streiften durch die verlassenen Häuser. Wenn ich meine Mutter bloß dazu bewegen könnte, sich an einer Stelle niederzulassen, anstatt durch das Haus zu wandern wie jemand, der von einer furchtbaren Rastlosigkeit getrieben wird, so dachte ich, wenn ich bloß sicher sein könnte, dass sie ruhig und reglos ist, dann wäre es mir eventuell möglich, mit einer gewissen Erleichterung zu gehen. Denn obwohl ich ihr nicht alles gesagt hatte, was zu sagen ich während dieses Besuches gehofft hatte, hatten wir immerhin auf der Veranda gesessen, wie früher, wir hatten im Wohnzimmer gesessen, nur wir beide, und das war doch ganz gewiss etwas wert.

Mir kam der Gedanke, dass sie auf der sonnigen Veranda besser dran wäre, auf der Chaiselongue liegend, neben einem Glas Eistee auf dem Korbtisch, anstatt hier im dunklen Wohnzimmer zu stehen, und mit diesem Gedanken im Kopf hörte ich auf, hin und her zu gehen, und bewegte mich auf sie zu. Sie war noch immer reglos, doch ich hatte den Eindruck, ihre Haltung habe sich irgendwie geändert. Als ich näher kam, schien es mir, als würde sie sich etwas zur Seite lehnen. Ich versuchte mir einen Reim auf ihre rätselhafte Haltung zu machen, die von jemandem stammen könnte, der sich gerade umdrehen möchte. Dann wurde mir klar, auf langsame und verwirrende Weise, dass meine Mutter umfiel. Ich sprang auf sie zu, aber es war zu spät. Sie fiel mit einem lauten Rums auf die Armlehne des Schaukelstuhls. Ich schnappte sie mit beiden Händen. Ihre Arme fühlten sich steinhart an. Irgendetwas rumpelte, als ich sie hochhob. Der leere Schaukelstuhl wippte vor und zurück.

»Alles in Ordnung mit dir?«, rief ich, aber sie war in einem Traum gefangen. Ihre Hand schien dort, wo sie gegen den Sessel geschlagen war, wie ausgehöhlt, als wäre ein Stück abgesplittert. Ich sah mich verzweifelt um. In ihrem starren Zustand konnte ich sie nicht auf einen Stuhl setzen. Einen verrückten Augenblick lang dachte ich daran, sie auf die Klavierbank zu legen.

Ich hob meine Mutter hoch und trug sie auf den Armen, als wäre sie eine junge Ehefrau oder ein zusammengerollter

Teppich, und stieß mit dem Fuß die Tür zur Küche auf. Das Licht war verblasst. Gigantische Blätter pressten sich gegen die Fenster wie Hände. Mit meinem Fuß zog ich zwei Stühle vom Küchentisch heran und positionierte sie nebeneinander. Ich legte meine Mutter über die Sitzflächen, sodass sie sicher an die Rückenlehnen geschmiegt war, dann eilte ich zu dem alten Telefon auf der Küchentheke. Die Leitung war tot. Verstaubte Spinnweben spannten sich über die Wählscheibe.

Mir war klar, dass es unumgänglich war, Ruhe zu bewahren, eine Lösung würde sich darbieten, doch es fiel mir schwer, mich zu konzentrieren. Die Position meiner Mutter auf den Stühlen wirkte gefährlich. Als ich mich über sie beugte, um mich zu vergewissern, dass sie sicher lag, sah ich, dass ihr Kleid verdreht war und die oberen Knöpfe aufgegangen waren. Ein Knubbel des Schlüsselbeins stand wie ein Knöchel hervor.

Vorsichtig, zärtlich, nahm ich sie auf die Arme. Ihr Gesicht war glatt und ruhig. In ihrem starren Zustand schien sie zufrieden zu sein. Ich sah mich in der Küche um, die sich langsam meiner Sicht entzog. Es war, als würde draußen plötzlich ein Wald in die Höhe schießen.

Während ich meine Mutter fest in meinen angewinkelten Armen hielt, kehrte ich in die Dunkelheit des Wohnzimmers zurück. Ich konnte nichts sehen. Ihr Bett war weit weg. Ich dachte an das Sofa, das hinter gewaltigen Flecken Dunkelheit verborgen lag. Selbst wenn ich es dorthin schaffen würde, selbst wenn ich sie sanft hinlegen würde, stellte ich mir vor, wie sie langsam von den Kissen rollt und gegen die Kante des Couchtisches kracht. Vielleicht konnte ich nicht klar denken, vielleicht dachte ich überhaupt nicht, doch während ich mich verzweifelt im Raum umsah, fiel mir die Ecke neben dem Klavier ein, wo einst die große Vase gestanden hatte. Sie hatte diese Vase immer geliebt.

Mit meiner Mutter auf den Armen, so als würde ich sie über einen Fluss tragen, ging ich über den Teppich zu der Stelle zwischen dem Klavier und dem Schaukelstuhl. Beide erhoben sich dunkler als die Dunkelheit selbst. »Alles in Ordnung mit dir?«, flüsterte ich. Meine Mutter sagte nichts. Ich senkte meine Arme, bis ich spürte, wie ihre Füße den Teppich berührten. Vorsichtig richtete ich sie auf. Behutsam lehnte ich sie schräg gegen die Seite des Klaviers. »So«, sagte ich. Ich zog den Schaukelstuhl heran, bis er ihren Fuß berührte, dann trat ich schnell zurück.

In der Stille des Wohnzimmers stand meine Mutter an das Klavier gelehnt, als hörte sie gebannt zu, wie jemand die langsamen Klänge einer Sonate spielte. Sie wirkte friedlich, hier in ihrem Lieblingszimmer, auf das alte Klavier gestützt, so wie sie es früher getan hatte. Sie war es, die mir Klavierspielen beigebracht hatte, als ich sieben Jahre alt war, und häufig hatte sie gerne reglos so dagestanden und mir beim Spielen zugehört. Hier war sie sicherer, so schien mir, als irgendwo sonst, sagte ich mir selbst, zumindest für den Moment, dachte ich. Eine Weile stand ich in der Dunkelheit und beobachtete meine Mutter, die in der Ecke ruhte. Dann trat ich vor und küsste ihre steinige Schulter. »Es war schön, dich wiederzusehen«, sagte ich. Ich würde die nötigen Anrufe machen, ich würde dafür sorgen, dass man sich angemessen um sie kümmerte. Ich trat zurück und winkte kurz.

In der Diele wandte ich mich um, um einen Blick ins Wohnzimmer zu werfen, das nicht mehr da war. Mein

Besuch hatte seine Höhen und Tiefen gehabt, nicht alles war so glatt gelaufen, wie ich es mir gewünscht hätte, aber wir hatten ein wenig geredet, meine Mutter und ich, wir hatten an den alten Plätzen gesessen. Jetzt ruhte sie in einem sicheren Winkel an der Seite des Klaviers. Es würde ihr gut gehen, so dachte ich, auf ihre Weise. Ich warf zum Abschied einen Blick in ihre Richtung, winkte ein letztes Mal in die Dunkelheit, und als ich mich umwandte zu dem, was vom Tag oder der Nacht übrig war, tröstete ich mich mit dem Bewusstsein, dass wir ein nettes Wiedersehen gehabt hatten, alles in allem, und dass ich gewiss wieder hierherkommen würde, ein weiteres Mal, in einiger Zeit.

Meerjungfrauenfieber

Die Meerjungfrau wurde – den verlässlichsten Schätzungen zufolge – in den frühen Morgenstunden des 19. Juni um etwa 4:30 Uhr an unseren öffentlichen Strand gespült. Um 5:06 Uhr wurde ihre Leiche von George Caldwell entdeckt, einem vierzigjährigen Postbeamten, der zwei Häuserblocks vom Strand entfernt lebt und morgens gerne seine Bahnen schwimmt. Caldwell fand sie knapp unter der Flutlinie. Er dachte, sie sei ein ertrunkener Teenager. Der Körper lag auf der Seite, inmitten von Algenfäden und verstreuten Muscheln. Caldwell trat einen Schritt zurück. Er wollte keinen Ärger. Er wählte mit seinem Mobiltelefon sofort den Notruf und wartete im Halbdunkel stehend, etwa drei Meter vom ertrunkenen Mädchen entfernt, bis zwei Polizeiautos und ein Krankenwagen auf dem Strandparkplatz eintrafen. Die Sonne war noch nicht aufgegangen, aber ein Streifen des Himmels über dem Wasser verwandelte sich in ein schimmerndes Grau. »Ich dachte, sie wäre ein Highschool-Mädchen«, erzählte Caldwell später einem Reporter – wir lasen es im *Listener*. »Es war noch dunkel dort draußen. Ich dachte, sie würde irgendein Kleid mit heruntergerissenem Oberteil tragen. Ich konnte sehen, dass mit ihr etwas nicht stimmte. Ich wollte nicht zu nahe rangehen.« Die Leiche wurde zum Vanderhorn Bestattungsinstitut in der Broadbridge Avenue gebracht und vom Gerichtsmediziner und drei hiesigen Ärzten untersucht. Der erste Bericht besagte, dass der Körper »das Aussehen einer Meerjungfrau hat«, aber weitere Tests nötig seien, bevor eine endgültige Stellungnahme abgegeben werden könne. Zwei Meeresbiologen einer nahe gelegenen Universität trafen einige Stunden später ein und bestätigten die Ergebnisse der ersten Untersuchung. In ihrem vertraulichen Bericht schrieben sie, dass es keinen Zweifel über die Echtheit der Meerjungfrau gebe.

Von Anfang an war unsere Stadt hin- und hergerissen zwischen dem Impuls, alles offenzulegen, und dem Wunsch, unsere Stadt vor einer Reporterinvasion zu schützen. Die Behörden kooperierten so gut wie möglich mit externen Ermittlern, weigerten sich allerdings, Fotoaufnahmen unserer Meerjungfrau zu genehmigen. Sie weigerten sich außerdem, die Eigentumsansprüche an der Leiche abzutreten, die zum Stadtbesitz ernannt wurde. Ein spezielles Komitee, das für Meerjungfrauenangelegenheiten bestellt wurde, stimmte dafür, die Leiche vierundzwanzig Stunden lang in die Obhut des Krankenhauses in Hartford zu geben, wo weitere Tests durchgeführt und Gewebeproben entnommen wurden.

Es hieß, die Meerjungfrau sei sechzehn Jahre alt und bei ausgezeichneter Gesundheit gewesen. Die Todesursache war Blutverlust durch eine massive Wunde im unteren Fischkörper, der offenbar von einem Hai attackiert worden war. Wir erfuhren, dass sie menschliche Lungen, ein menschliches Herz, einen menschlichen Magen und Teile eines menschlichen Verdauungssystems hatte. Von der Hüfte abwärts, wo die Haut nahtlos in Schuppen überging, glichen die inneren Organe, inklusive der Fortpflanzungsorgane, jenen eines großen Salzwasserfisches. Sie hatte grüne Augen, eine kleine, gerade Nase, kleine, flach am Kopf anliegende

Ohren und wohlgeformte Zähne. Ihr Haar war üppig und glänzend, eine Mischung aus Strohblond und Blond, und fiel ihr in langen Locken bis zur Hüfte hinab. Die Schuppen waren graugrün, mit braunen und schwarzen Akzenten. Sie erstreckten sich über die Rückseite des Fischkörpers und trafen an der Vorderseite wieder aufeinander, wobei auf dem Bauch ein weißer Streifen blieb, etwa fünfundzwanzig Zentimeter breit, der sich zum Schwanzende hin auf zehn Zentimeter verjüngte. Die gespaltene Schwanzflosse wuchs parallel zu den menschlichen Schultern. Eine solche Form legte nahe, dass die Meerjungfrau auf dem Bauch schwamm, mit horizontal gestellter Flosse, wie ein Delfin oder ein Wal, obwohl ein Wissenschaftler nachdrücklich darauf hinwies, dass sie lediglich bestmögliche Vermutungen anstellten, da überhaupt nichts über die Angewohnheiten von Meerjungfrauen bekannt war und sie manchmal auch in seitlicher Lage geschwommen sein könnte, mit der Flosse in vertikaler Position.

Eine wichtige Frage drängte sich auf: Was sollte mit unserer Meerjungfrau geschehen? Der Körper wurde im Bestattungsinstitut aufbewahrt, wo Experten dazu eingeladen waren, Wege zur Verhinderung des Verwesungsprozesses zu finden. Das Komitee stimmte in einer Notfallsitzung geschlossen dafür, dass eine derartige Entdeckung zu wichtig sei, um sie von den Einwohnern unserer Stadt fernzuhalten, die verdienten, das Wunder der Natur mit eigenen Augen zu sehen. Die Lage war dringlich. Schon jetzt sprach man von einem unangenehmen Geruch. Ein Biologenteam aus einem Forschungslabor in New Haven schlug eine Methode vor, bei der eine neu entwickelte formaldehydfreie Lösung in die Venen injiziert wird, die

die Organe konserviert und ein Schrumpfen verhindert. Auf diese Weise könne die Meerjungfrau mehrere Wochen oder länger ausgestellt werden. Es entbrannte eine Debatte um eine angemessene Räumlichkeit für ein derartiges Ausstellungsobjekt. Einige schlugen den Stadtsaal vor, andere die Bibliothek, doch abgesehen von der Platzfrage war es nicht schwer, Argumente gegen die Zurschaustellung eines halb nackten Mädchens in einer öffentlichen Einrichtung zu finden, die für die Abwicklung von Geschäften oder zum Lernen gedacht waren. Letztendlich beschloss man, dass die Historische Gesellschaft, die einen kleinen Raum für temporäre Ausstellungen besaß, dies übernehmen sollte. Es gab Einwände von jenen, die meinten, der Körper einer angespülten Meerjungfrau habe in einem Gebäude, das der Geschichte unserer Stadt gewidmet ist, nichts verloren, doch sie wurden schnell überstimmt von anderen, die argumentierten, die Historische Gesellschaft komme einem Museum am nächsten.

Man beauftragte einen Experten für Maßvitrinen damit, eine temperierte Glasvitrine zu bauen, zweieinhalb Meter hoch, in der der Körper der Meerjungfrau in einem klaren flüssigen Konservierungsmittel aufbewahrt wurde, um das Austrocknen zu verhindern und eine gute Sicht zu ermöglichen. Im Inneren der Vitrine platzierte der Konstrukteur einen großen Felsbrocken, der den schwarzen Basaltsteinen unserer Mole sehr ähnlich sah. Darauf setzte man die Meerjungfrau. Ihr Oberkörper war aufrecht und ihr Fischkörper lag ausgestreckt auf dem Fels, wo er mit unsichtbaren Klemmen fixiert wurde. Auf dem Boden der Vitrine wuchsen mehrere Wasserpflanzen mit langen, stacheligen Blättern.

Die Ausstellung wurde am 26. Juni um neun Uhr morgens eröffnet. Innerhalb kürzester Zeit erwies sie sich als die größte Attraktion in der vierundachtzigjährigen Geschichte unserer Historischen Gesellschaft. Autos mit Kennzeichen anderer Bundesstaaten säumten die von Platanen überschattete Straße mit den verlassenen Häusern aus dem achtzehnten Jahrhundert und dem neuen Freizeitzentrum aus Stahl und Glas. Mütter und Töchter, Gruppen Sprüche klopfender Highschool-Schüler, Pfadfinderinnengruppen und über Gehstöcke gebeugte Großeltern warteten beinahe eine Stunde lang in der Schlange, bevor sie der Meerjungfrau in ihrem Glaskasten von Angesicht zu Angesicht gegenüberstanden. So viele Menschen streckten die Hand aus, um das Glas zu berühren, bis eines Morgens eine violette Kordel auftauchte, die etwa einen halben Meter vor der Vitrine zwischen Messingpfosten hing.

Sie saß auf ihrem Fels, eine Hand lag neben ihr, der andere Arm ruhte leicht erhöht mit dem Unterarm auf einem Fleckchen grünen Netz, das sich zwischen kleinen Stahlstiften spannte, die in den Stein gehauen waren. Ihr langes Haar war sorgfältig über jede Brust drapiert, sodass die Brustwarze und der Großteil der Brüste verdeckt wurden, wobei nicht alles versteckt werden konnte, und so gingen regelmäßig Beschwerden ein, dass die Ausstellung für die Öffentlichkeit nicht geeignet sei. Ihre grünen Augen waren geöffnet, ihre Lippen geschlossen, in einem Ausdruck, den viele für den Anflug eines Lächelns hielten. Ihre Wangenknochen waren hoch, ihre Aura nachdenklich. Sie hätte ein Mädchen aus unserer Stadt sein können, das in der Eisdiele sitzt, wenn da nicht ein Hauch von etwas Fremdländischem in ihrem Aussehen gelegen hätte, womöglich die etwas zu schmalen Ohren, oder irgendetwas an der Stirn, schwer zu sagen. Kinder zeigten auf sie und flüsterten, ältere Jungs machten ungehobelte Witze – all das war zu erwarten gewesen. Was niemand vorhergesehen hatte, war, wie lange sie uns beschäftigen sollte. Tag für Tag kehrten wir zurück, um vor der Vitrine zu stehen und unsere Meerjungfrau anzusehen. Aus unserer Perspektive sah sie einfach nach rechts oder nach links, oder ein wenig nach oben, als blickte sie zu einem Ort, den wir niemals sehen würden.

Nicht lange nach ihrem Erscheinen erzählte Rick Halsey, der Kapitän unserer Highschool-Schwimmmannschaft, einem neben der Vitrine stehenden Reporter, dass die Meerjungfrau das Beste sei, was unserer Stadt jemals passiert war, und er eine Poolparty zu ihren Ehren geben werde. Im Garten hinter dem Haus seiner Eltern war ein großer, in den Boden eingelassener Swimmingpool, in dem er und sein Schwimmteam nachts gerne trainierten.

Halsey war ein unbeschwerter junger Mann mit einem großen Freundeskreis, die Party war gut besucht. Die Mädchen erschienen in Meerjungfrauen-Bikinis, bestehend aus einem Bikinioberteil und einem langen, rockähnlichen Unterteil, das sich an den Knöcheln verengte. Auf vielen Unterkörpern funkelten angenähte Schuppen aus Pailletten. Später hieß es, einige weibliche Gäste hätten die Oberteile ausgezogen und ihre Brüste lediglich mit ihrem langen Haar verhüllt. Über die Party wurde in der »Freunde und Nachbarn«-Rubrik des *Listeners* berichtet, begleitet von einem Farbfoto, das zwei lachende Meerjungfrauen in Lounge-Stühlen neben dem Pool zeigt. Die Idee machte schnell Schule: Überall in der Stadt gab es Meerjungfrauen-Partys. Diana Barone, eine hiesige Schneiderin, entwarf für ihre Tochter das erste Unterteil, das die Füße verhüllte und sich unten wie eine Schwanzflosse ausbreitete. Die Trägerin musste mit auswärts gedrehten Füßen gehen. Die neuartige, eingeschränkte Art der Fortbewegung, die in kleinen Trippelschritten resultierte, erwies sich bei Highschool-Schülerinnen und College-Studentinnen als überraschend beliebt.

Nur wenige Tage darauf tauchten an unserem Strand Meerjungfrauen-Badeanzüge auf. Man sah Mädchen, die ihre T-Shirts und Jeans auszogen und darunter die Triangel-Oberteile und String-Bikinihöschen der letzten Saison trugen – nur um anschließend in ihre Taschen zu langen und die neuen Fischschwanz-Unterteile, dekoriert mit funkelnden Schuppen in vielen Farben, hervorzuholen. Ein Laden in der Stadt bot eine Vielzahl neuer Badeanzüge an, von denen der Mermaidini der beliebteste war: ein hautenges, schuppiges Unterteil mit einer Schwanzflosse, die sich abzippen ließ, und ein gewagtes Bikinioberteil, auf dessen Körbchen jeweils eine realistische Brust samt Brustwarze gedruckt war. Noch gewagter war das Cheveux-Top, auch Mermette genannt, das aus Haarteilen bestand, die ganz unkompliziert ins Haar geklippt wurden, um die nackte Brust zu verdecken. Überall am Strand konnte man sie sehen, die Meerjungfrauen unserer Stadt: Sie lagen bäuchlings auf Strandtüchern, die Schuppen auf ihrem Unterkörper funkelten in der Sonne, saßen auf den Felsen der Mole und kämmten ihr langes Haar, lachten laut auf, wenn Jungs sie hochhoben und sie, zappelnd, zu den seichten Wellen trugen, wo sie die Meerjungfrauen hoch hinaus ins Wasser warfen – einen Moment lang konnte man sie dort, in der blauen Luft, schweben sehen, die schimmernden Meermädchen des Sommers.

Derartige Veränderungen des kollektiven Modege-
schmacks bleiben in unserer Stadt nicht unbemerkt. Vom
ersten Tag an wurden Proteste gegen die Kreatur in der Vitrine laut. Was immer sie sonst sein mochte, sie war auch ein
nacktes Mädchen, das ihre Brüste in der Öffentlichkeit auf
unanständige Weise zur Schau stellte. Die Proteste wurden
lauter, als die neue Mode an unserem Strand Einzug hielt.
Meerjungfrauen-Badeanzüge, so sagte man, würden Frauen
dazu ermutigen, ihre Brüste zur Ergötzung männlicher Beobachter zur Schau zu stellen. Die Einschränkungen durch
die Fischunterteile würden dazu führen, dass Frauen in einer
neuen, provokativen Art gingen, die mehr für das Schlafzimmer als für den Strand geeignet war. Der enge, an den
Knöcheln zusammenlaufende Modetrend würde Frauen auf
rückschrittliche Weise behindern, ähnlich wie einst das Kor-
sett und der Humpelrock. Die Verfechter der neuen Mode
wiesen darauf hin, dass die schuppigen Unterteile den gesamten Körper bedeckten und daher viel anständiger seien als
die String- und Tanga-Bikinihöschen, die sie ablösten. Die
aufgemalten Brüste, die einige anstößig fanden, verhüllten
die echten Brüste weit mehr als die knappen Oberteile der
bisherigen Mode. Sogar die stark kritisierten Cheveux-Tops
waren breit und dicht und schützten die Brüste vor fremden
Blicken, zumindest wenn die Frauen nicht im Wasser waren. Was das Problem der Behinderung betraf, so ließen die
Verfechter es nicht gelten. Die engen Fischschwänze, so behaupteten sie, würden aus Spaß, aus purem Vergnügen, sogar
voll Stolz getragen, was engstirnige Ideologen, die in ihren
lähmenden Dogmen gefangen waren, nie begreifen würden.

Während in den Bürgerversammlungen und in der Stadt-
zeitung Anschuldigungen und Gegenanschuldigungen

vorgebracht wurden, tauchten am Strand immer mehr junge Mütter mit Kleinkindern in der neuen Bademode auf. Kinder sprangen in farbenfrohen Fischschwanzkostümen aus Autos, und sogar ältere Frauen trugen schon bald modifizierte, lockerer sitzende Varianten, die man, trotz des wie auch immer eingeschränkten Ganges, als praktische Methode begrüßte, um den Unterkörper vor der schädlichen Sonneneinstrahlung zu schützen und – in einigen Fällen – Krampfadern oder Fettpölsterchen an Hüften und Oberschenkeln zu verstecken.

Doch so eindrucksvoll die neue Strandmode auch war, sie war lediglich der sichtbarste Ausdruck einer Faszination, die viel tiefer reichte. Wir wussten, dass eine Meerjungfrau an unseren Strand gespült worden war. War es nicht wahrscheinlich, war es nicht mehr als wahrscheinlich, dass andere ganz in der Nähe waren? Seit der ersten Meldung ihres Erscheinens bei uns gingen täglich Berichte von Meerjungfrauensichtungen ein. Jede Behauptung wurde umgehend und genauestens überprüft. Eine Lehrerin der zweiten Schulstufe, Martha Lloyd, saß in der Dämmerung auf einer Decke am Strand, als sie sah, wie sich eine Meerjungfrau unweit vom Strand aus dem Wasser erhob. Die Meerjungfrau sah sie direkt an, bevor sie wieder abtauchte. Was Mrs. Llyod verblüffte, war die frappierende Ähnlichkeit zwischen der jungen Meerjungfrau und jener in unserer Vitrine – das Gesicht war älter, aber die Wangenknochen und Augenbrauen wirkten so vertraut, dass Mrs. Lloyd überzeugt war, die Mutter des Mädchens gesehen zu haben. In der Nacht darauf berichteten zwei Zeugen, sie hätten eine Meerjungfrau auf dem letzten Felsen der Mole sitzen gesehen. Im Mondlicht konnten sie ihr leicht geneigtes Haupt erkennen, ihre dunkel glänzenden Schuppen. Es gab weitere ungewöhnliche Sichtungen: eine Meerjungfrau, die bei Einbruch der Nacht im Stadtpark auf dem Steinrondeau des Ententeichs saß, eine Meerjungfrau in einem Garten unter einer Fichte. Joseph Ernst, ein pensionierter Bauunternehmer, sah eines Nachts eine Meerjungfrau in seinem Schlafzimmer, doch sie verschwand, als er sich ihr näherte. Die achtjährige Jenny Wheeler flüchtete schreiend aus ihrem Schaumbad, als sie sah, wie am anderen Ende der Wanne ein Meerjungfrauenkind auftauchte, doch als sie mit ihrer Mutter ins Badezimmer zurückkam, war das Meerkind nicht mehr da.

Um die Berichte der Meerjungfrauensichtungen überprüfen zu können und die Beweise präziser sicherzustellen, gründeten besorgte Bürger eine Organisation, die als *Nächtliche Beobachter* bekannt wurde. Die Mitglieder – von Kellnerinnen und Gärtnern bis zu Ärzten und Finanzberatern – wechselten sich darin ab, die Orte zu besuchen, an denen Meerjungfrauen gesichtet wurden, und nachts rund um die Uhr am Strand zu patrouillieren. Mit um den Hals hängenden Ferngläsern, Notizbüchern und Kugelschreibern ausgestattet, gingen sie den Strand entlang, saßen weit draußen auf der Mole, kletterten auf die Hochstühle der Rettungsschwimmer und beobachteten das Gewässer der Bucht. Vom öffentlichen Strand und dem angrenzenden Privatstrand sammelten sie lange Haare, Fischschuppen, zerbrochene Spiegel, Haarspangen, Fragmente von Kämmen, Knochensplitter und übergaben es der Historischen Gesellschaft, die alles zur Überprüfung in ein Labor schickte. Die Proben wurden ausnahmslos als gewöhnliche Strandfundstücke identifiziert, mit Ausnahme zweier Knochen, die von einer toten Katze stammten. Eine Gruppe der Beobachter machte es sich zur Aufgabe, einige Hundert Meter vor dem Strand im Meer Netze aufzuspannen, um Meerjungfrauen zu fangen, die sich in Richtung Strand verirren.

Neben den Sichtungen, die zu gleichen Teilen auf Glauben wie auf Skepsis stießen, gab es Berichte zweifelhafterer Natur. Diese Erzählungen waren kaum mehr als Gerüchte oder Geschichten, die in der Luft hingen wie der Duft exotischer Blumen. Es hieß, wenn man in die Augen unserer Meerjungfrau sieht, könne man Dinge sehen, die nicht real waren. Es hieß, Richie Gorham, der im dritten College-Jahr war und viele Stunden vor der Vitrine verbracht hatte, habe eines Nachts sein Haus verlassen, um an den Strand zu gehen. Am Ende der Mole sah er eine Meerjungfrau, die ihn hinaus auf die Felsen und dann in die Bucht lockte, wo sie ihn in eine Unterwasser-Grotte zog. Gorham wurde am nächsten Tag mit dem Gesicht nach unten in den nördlichen Wäldern gefunden. Er litt an einer furchtbaren Migräne und war nicht in der Lage, sich an irgendetwas vom Vortag oder der Nacht zu erinnern. Eine Frau, die im letzten Licht der Dämmerung allein im Wasser geschwommen war, sagte, eine Meerjungfrau sei direkt in sie hinein geschwommen und habe versucht, sie fortzuziehen. Sie wehrte sich heftig und rettete sich, mit einem blutenden Kratzer, der den Unterarm entlang verlief, an den Strand. Menschen, die in Strandnähe lebten, berichteten, sie könnten die Meerjungfrauen in der Nacht singen hören – es sei eine hohe, eindringliche, tieftraurige Melodie, mit nichts auf dieser Welt vergleichbar. Der Gesang erfülle den Zuhörer mit einer Rastlosigkeit, einem Verlangen und einer Art schwerer, träger Verzückung. Ein junger Mann, der eines Nachts eine Meerjungfrau erspähte, war von einer solchen Sehnsucht erfüllt, dass er ins Bett ging und tagelang nichts aß. Seine Gelenke schmerzten, sein Herz war schwer, er hörte immerzu Seufzer und Geflüster. Ab und zu traf es ein Mädchen oder eine Frau: Das Opfer hörte mitten in der Nacht eine Meerjungfrau nach ihr rufen. Sie erhob sich aus dem Bett und ging hinunter ans Wasser, wo sie lange Zeit dastand und hinausblickte, während sich kleine Wellen an ihren Füßen brachen.

Eine der seltsameren Episoden dieses Sommers war der Fall Melanie Lautenbach, dessen Verlauf wir teilweise rekonstruieren mussten. Melanie war sechzehn Jahre alt, im Herbst hätte ihr letztes Jahr an der William Warren Highschool begonnen. Sie war ruhig, dunkelhaarig, ziemlich klein, ziemlich schüchtern und hatte einen leicht düsteren Gesichtsausdruck, der sich in dankbare Offenheit verwandelte, wann immer jemand sie ansprach. Sie wirkte angespannt und etwas misstrauisch, als ob sie mit einer Zurückweisung rechnete, die es jedoch nie gab. Sie trug Jeans und enge Oberteile aus Stretch, die einen schemenhaften Blick auf ihre Büstenhalter erlaubten, mit den glatten weißen Schalen, die scheinbar dafür gemacht worden waren, ihre schweren Brüste zu verbergen. Vom allerersten Tag an war Melanie zur Historischen Gesellschaft gegangen, um die Meerjungfrau in der Vitrine zu betrachten. Dort beobachtete sie sehr lange das Mädchen mit den grünen Augen und den perfekten Haaren, dem perfekten Körper, die sie von ihrem Platz auf dem Fels anblickte, durch sie hindurch und an ihr vorbei. Jeden Tag nach der Schule legte Melanie die rund zwei Kilometer zur Historischen Gesellschaft zurück, wo sie das Mädchen in der Vitrine ansah, das Mädchen, das sich nie den Kopf darüber zerbrechen musste, den Flur entlangzugehen, vorbei an den prüfenden Blicken der Jungs und den großgewachsenen Mädchen mit straffen Brüsten, die ihre Hüften schwangen und lachten und ihre weißen Zähne zeigten, die wie kleine blanke Teller glänzten. Sie konnte spüren, wie die Meerjungfrau in sie hineinblickte, sie verstand, auch sie verstand die Meerjungfrau. Bei diesen Zusammentreffen überkam sie eine große Gelassenheit, eine Ruhe, der eine stille Verzückung innewohnte. Zu Hause pflegte sie dann sehr lange auf ihrem Bett zu sitzen, sie dachte an die Meerjungfrau, spürte das Wasser auf ihrer eigenen Haut. Vor dem Spiegel posierte sie mit einem langen Rock und ohne Oberteil, das Haar vorn über die Schultern drapiert, und starrte auf ihre allzu weißen Brüste mit den wie purpurrote Wunden wirkenden Brustwarzen.

Ihr Plan nahm langsam Gestalt an. Eines Tages kaufte sie in einem Meerjungfrauen-Laden ein Cheveux-Top, eine Woche später kehrte sie zurück und kaufte das Unterteil des Kostüms. Eines Nachts gegen zwei Uhr verließ sie das Haus und legte die knapp zweieinhalb Kilometer bis zum Strand zurück. Neben einem umgedrehten Ruderboot, nicht weit von einem Rettungsschwimmerstuhl entfernt, zog sie ihr Cheveux-Top und ihren Fischschwanz an. Das schwere Haar lag wie Hände auf ihren Brüsten. Unten am Wasser brachen kleine Wellen, die auf dem nassen Sand ausliefen. Sie stand einen Augenblick lang da, bevor sie bis zum Brustkorb hineinging. Sie hielt erneut inne, blickte nicht zurück und begann zu schwimmen. Sie schwamm schnurstracks in das tiefe, wogende Wasser hinaus, mal auf der Seite, mal auf dem Bauch. In der Nachricht, die sie ihren Eltern hinterließ, hieß es, sie sei losgezogen, um bei ihren Schwestern zu sein. Denn sie war eine von ihnen und sie riefen ihr zu, weit über das Wasser hinweg. Sie ging fort, um bei ihnen zu sein, an diesem friedlichen Ort, an dem jeder Blick ungetrübt war. Melanie wurde am darauffolgenden Tag als vermisst gemeldet. In jener Nacht wurde sie an den Strand einer benachbarten Stadt gespült, wo es anfangs große Aufregung um die neue Meerjungfrau gab, bevor schließlich die Wahrheit ans Licht kam.

Der Fall Melanie Lautenbach hielt uns die Gefahr vor Augen, die ein Besuch bei unserer Meerjungfrau mit sich brachte, aber hatten wir das nicht immer schon gewusst? Das nackte Mädchen auf ihrem Fels in der gläsernen Festung, die Besucherin aus einer anderen Welt, die über unsere Schultern hinweg irgendetwas ansah – was könnte sie anderes sein als gefährlich? Melanies Tod schien uns keinesfalls zu bremsen, sondern spornte uns, ganz im Gegenteil, zu tiefgründigeren Schlussfolgerungen an. Natürlich gab es jene, die unsere Leidenschaft missbilligten, die ihren Finger erhoben und vor Ärger warnten, doch im Großen und Ganzen ignorierten wir sie, denn wir wussten, dass wir uns dahin vortasten mussten, wo auch immer unsere Meerjungfrau uns hinführte.

Nun hörten wir von immer extremeren Beispielen der Meerjungfrauenmanie. In einem neuen Tattoo-Studio in einer Seitengasse der Hauptstraße legten sich Mädchen auf einen strahlend weißen Tisch, zogen ihre Hosen und Unterhosen aus und erhielten unter dem prüfenden Auge und der scharfen Nadel eines kleinen, alten Mannes, der angeblich ein großer Künstler aus Tokio war, langsam und schmerzhaft, auf jeden Zentimeter ihres Unterkörpers, von der Stelle direkt unter dem Nabel ausgehend, hinab über das Gesäß, die Oberschenkel, die Knie, die Unterschenkel, die Knöchel und die gesamten Fußsohlen, eine Serie perfekt nachgebildeter, einander überlappender Fischschuppen. Wir hörten Gerüchte über sexuelle Praktiken, die so bizarr waren, dass sie wahr sein mussten. Wir hörten von fieberhaften, unvollzogenen Sexualakten, die von Ehemännern und Liebhabern ausgingen, die angeblich nicht mehr erregt waren von weiblichen Beinen, die ihnen schlaksig und spinnenartig vorkamen, und nun von ihren Frauen verlangten, den Unterkörper vor dem Liebesspiel fest einzuwickeln. Eine frisch verheiratete Frau, die sich von einer kleinen Operation erholte, flehte den Chirurgen an, ihre Beine zusammenzunähen, um sie schön zu machen.

Tatsächlich verschwanden die Beine der Frauen aus unserer Stadt. Am Strand gab es Fischschwänze, so weit das Auge reichte. Auf unseren Straßen und in unseren Gärten trugen Frauen jeden Alters lange, spitz zulaufende Röcke, die Beine und Füße verhüllten. In sämtlichen Schlafzimmern der Umgebung war Meerjungfrauenreizwäsche der letzte Schrei. Es kam sogar so weit, dass einige Frauen – erbost über die Forderung der Männer, sie sollten Meerjungfrauen ähneln, aber gleichzeitig erfüllt vom Gefühl der Seelenverwandtschaft mit dieser Besucherin, die sie sich wie besessen vorstellten – ihren ganz eigenen Standpunkt klarmachten: Der männliche Unterkörper wurde im Vergleich zum unteren Fischkörper, glatt, kräftig und biegsam, als minderwertig deklariert. Die Männer widersetzten sich, begannen dann aber, die neue Mode zu akzeptieren. Und überall an unserem Strand und auf den Felsen unserer Mole sahen wir die neuen Meermänner, die im Sommerlicht schimmerten.

Zu jener Zeit wurde die zweite Meerjungfrau an unseren Strand gespült. Der *Listener* brachte die komplette Geschichte: der aufgeregte Telefonanruf, das Eintreffen der Polizei um vier Uhr morgens, die Körperhälfte, die in Sand und Algen vergraben war, das dichte goldgelbe Haar, die blauen Augen mit den langen Wimpern, der graziöse Hals, die Entdeckung des Schwindels. Drei College-Studenten gestanden. Sie hatten im Internet eine aufblasbare Puppe bestellt, die untere Hälfte des Körpers mit einem Meerjungfrauenschwanz bedeckt und sie morgens um halb drei zur Hälfte vergraben am Strand zurückgelassen.

Die Täuschung machte uns wütend, feuerte uns aber auch an – es war, als hätte der Schwindel die tiefere Wahrheit hinter unserer ungestillten Sehnsucht aufgedeckt. Im Laufe der kommenden Tage wurde eine Welle neuer Sichtungen gemeldet. Man sagte, eine Meerjungfrauengruppe habe sich in unserer Bucht niedergelassen, direkt hinter der Mole. Sie wurden dabei gesichtet, wie sie nur drei Meter vom Strand entfernt in den Wellen schwammen. Während die Gerüchte florierten und Kinder in der Nacht von grünen Meeresträumen erwachten, fühlten wir, dass noch mehr auf uns wartete, etwas, das uns mit dem erfüllen würde, was uns fehlte.

Währenddessen veränderte sich unsere Meerjungfrau in ihrer Vitrine. Ihre Haut war fleckig geworden, ihre Fischschuppen stumpf. Das Weiß ihres Fischbauches wirkte etwas gelblich. Sogar ihr Haar schien irgendwie anders, ein wenig dünner und weniger leuchtend. Eines ihrer Augenlider hatte zu hängen begonnen, ihr Blick war jetzt leer. Wir fragten uns, ob wir sie so oft angesehen hatten, dass die Intensität unserer Blicke sie abgenutzt hatte. Selbst die

Flüssigkeit, die sie umgab, schien trüber als früher. Wir wussten, dass ihre Tage gezählt waren.

Womöglich war es das Gefühl, dass sie uns verlassen würde, womöglich war es das Wissen, dass wir sie auf irgendeine Weise enttäuscht hatten, doch als der Sommer dem Ende zuging, gaben wir uns unseren Meerjungfrauenträumen hemmungslos hin, als wüssten wir, dass es bereits zu spät war. Etwas Gewaltsames schien in der Luft zu liegen. Bei einer Tanzveranstaltung in der Linden Lane zogen einige Highschool-Mädchen der vierzehnjährigen Mindy Nelson die Kleider aus, bemalten ihre nackten Hüften, ihr Gesäß und ihre Beine knallgrün, schnürten ihre Knöchel mit Klebeband zusammen und trugen das zappelnde, kreischende Mädchen aus dem Haus in den dahinterliegenden Wald, wo sie sie in einen seichten Bach warfen. Ihre hysterischen Schreie zogen die Aufmerksamkeit eines Nachbarn auf sich. Bei einer Meerjungfrauenparty für Erwachsene in einem Viertel bestehend aus Farmhäusern, führte eine Variation des Kostüms zu einer Beschwerde bei der Polizei: Durch die vorhanglosen Fenster hatten die Menschen in den Nachbarhäusern in abgedunkelten, nur mit Kerzen beleuchteten Räumen Männer und Frauen gesehen, die schuppige Fischoberteile trugen, die ihre Gesichter verhüllten und bis zur Taille hinabreichten. Von der Hüfte abwärts waren sie völlig nackt. In den blauen Augustnächten durchstreiften Jungs ohne T-Shirt die Gärten ruhiger Wohngebiete und blickten zu den Fenstern im Obergeschoss, wo ab und zu eine Meerjungfrau saß, die mit vom Fensterbrett hängendem Fischschwanz im gedämpften roten Licht ihres Zimmers ihr Haar kämmte.

Sogar die Kinder unserer Stadt konnten der allgemeinen Unruhe nicht entkommen. Auf der Party zu Norman

Sugarmans siebtem Geburtstag ging Mrs. Sugarman nach oben, um einen Kamm aus ihrem Schlafzimmer zu holen. Dort fand sie zwei Sechsjährige vor, ein Mädchen und einen Jungen, die nackt auf dem Bett saßen. Beide hatten die Beine in einen schwarzen Nylonstrumpf gezwängt, das Strumpfende schlängelte sich um ihre Füße. Ihre Lider waren grün, ihre Wangen rot mit Rouge, und auf ihrer Brust waren knallrote Kreise als Brüste mit hellgrünen Brustwarzen aufgemalt.

So geschmacklos sie auch waren, schienen derartige Verzerrungen und Entgleisungen für viele von uns die Manifestation eines verzweifelten Strebens zu sein, denn wir wussten tief in unserem Inneren, dass sich die Ära der Meerjungfrauen dem Ende zuneigte. Was war es, wonach wir suchten? Manchmal überkam uns eine leichte Ungeduld mit unserer Meerjungfrau, weil sie einfach nur dasaß, weil sie überhaupt nichts tat. Was wollte sie von uns? Konnte sie nicht sehen, dass wir an unsere Grenzen gingen? Es war die Zeit der übertriebenen Gerüchte, der unmöglichen Geschichten, die wir selbst erfanden, um zu sehen, wie viel wir ertragen konnten. Wir behaupteten, wer die Schuppen einer Meerjungfrau berühre, würde erblinden. Wir behaupteten, dass bestimmte Frauen unserer Stadt Meerjungfrauen seien, die sich als Menschen verkleideten, um die Männer aus dem sicheren Mittelschicht-Dasein in ihr Unterwasserreich voller Gefahren und Wahnsinn zu locken. Wir sprachen davon, dass die Frauen und Töchter unserer Stadt im Geheimen Meerjungfrauen auf die Welt brächten. Wir flüsterten, wenn eine Meerjungfrau einen auserwählt und mit ins Meer nimmt, würde man leben wie ein Gott. Wir erschufen in uns neue Visionen, eine neue

Leichtgläubigkeit – wir wollten Kinder oder Seher werden. Wir konnten spüren, wie wir die Grenzen des Möglichen ausreizten. Wir wollten glauben, dass die Zeit der Meerjungfrauen gekommen war, dass sich unser Leben bald für immer verändern würde. Es war, als würden wir auf etwas von unserer Meerjungfrau warten, die von dort draußen zu uns gekommen war, aber wir wussten nicht, was es war.

In warmen Sommernächten, wenn Meeresduft in der Luft lag, konnte man uns an offenen Fenstern sehen, von wo wir auf das Meer hinausblickten.

In dieser angespannten Atmosphäre unmöglicher Erwartungen tat unsere Meerjungfrau schließlich doch etwas, etwas, wodurch wir sie in einem neuen Licht betrachteten: Sie verschwand. Eines Morgens war die Vitrine fort. Ein Schild auf einem Pfosten teilte uns mit, dass die Historische Gesellschaft nicht länger in der Lage war, sie angemessen zu konservieren. Wir erfuhren, dass man sie an ein Labor für Meereskunde in New Haven und von dort nach Washington, D.C. gesendet hatte, wo sie von einem Team von Wissenschaftlern untersucht und anschließend für weitere Studien an das Smithsonian übergeben werden sollte. Selbst als man uns die Fakten mitteilte, selbst als wir zugaben, dass es vermutlich das Beste sei, wurde dieser Glaube von einer Skepsis überschattet, als wollte man uns mit Worten von dem ablenken, was wir wissen wollten. Vor unseren Augen war dort, wo die Vitrine gestanden hatte, lediglich das Schild. Bald nicht einmal mehr das.

Inmitten unserer Enttäuschung nahmen wir die Gegenwart einer anderen Emotion wahr, eine, die uns überraschte, wenngleich auch nicht völlig. Es war das Sich-Aufhellen unserer Stimmung, beinahe eine Heiterkeit. Wir verstanden, dass der Weggang unserer Meerjungfrau uns irgendwie freute. Hatten wir sie insgeheim missbilligt? Ihre Abwesenheit hatte überschwängliche Abschiede zur Folge. Einige sagten, sie sei nachts von ihresgleichen davongetragen worden, die geschworen hatten, sie ins Meer zurückzubringen. Andere behaupteten, sie hätten kleine Bewegungen in ihren Lidern und Lippen bemerkt. Nach einem langen Schlaf sei unsere Meerjungfrau nach und nach erwacht. Ob sie das Glas zerschlagen und allein ins Wasser geflohen war oder ob ihr unbekannte Kräfte in der Nacht geholfen hatten – wer wusste das schon? Das Wichtige war, dass sie nicht mehr in Menschenhand war, sie war zurück in ihrem wahren Element. Das Verschwinden kam ihr zugute. Als die Partys ein Ende fanden und die Kostüme in Schubladen und Kartons verschwanden, um nie wieder angesehen zu werden, als Beine wieder auftauchten und Brüste sich zurückzogen, als wir zum gewohnten Alltag zurückkehrten, machte unsere verlorene Meerjungfrau einen entscheidenden Wandel durch: Ihre fleckige Haut wurde frisch und attraktiv, ihre Schuppen glitzerten, ihr goldenes Haar reflektierte das Licht, und wie eine Königin, die nach der Rückkehr aus dem Exil ihren Thron wiedererlangt, nahm sie ihren rechtmäßigen Platz ein, in ihrem eigenen Land, weit in der Ferne, auf ewig außerhalb unserer Reichweite, dort draußen, jenseits unseres Verständnisses.

Die Ehefrau und der Dieb

Sie ist die Ehefrau, deren Mann schläft. Sie ist die Ehefrau, die wach liegt, den Schritten unten lauscht. Der Dieb bahnt sich unbeirrt seinen Weg durch das Wohnzimmer, hält da und dort inne, womöglich, um sich zu den Objekten hinabzubeugen, sie hochzuheben und ihr Gewicht zu prüfen, bevor er sie in seinen Sack steckt. Haben Diebe Säcke? Sie weiß, sie sollte ihren Ehemann aufwecken, es ist keine Zeit zu verlieren, aber sie muss sicher sein, sehr sicher, bevor sie seinen Schlaf stört. Ihr Ehemann kann nicht mehr einschlafen, wenn man ihn nachts weckt, am nächsten Tag im Büro ist er der Schatten eines Mannes, sein Tag ruiniert, sein Leben die Hölle auf Erden, und obwohl er sich nie beschwert, nie direkt, dass er lieber tot wäre, gelingt es ihm, sie beim Frühstück frühmorgens, und dann nochmals beim Abendessen, die Müdigkeit in seinen Augen sehen zu lassen, die Traurigkeit eines Körpers, der auf unfaire Weise des Schlafes beraubt wurde. Und nichts davon würde auch nur die geringste Rolle spielen, wenn sie doch nur sicher sein könnte. Sie ist sicher, aber ist sie sicher, dass sie sicher ist? Es ist möglich, dass die Schritte gar keine Schritte sind, sondern lediglich die Geräusche, die ein Haus mitten in der Nacht macht, das Knarzen der Dielen, das leise Knacken des Holzes einer Tür. Aber sie ist sicher, dass die Geräusche, die sie hört, nicht solche Geräusche sind, zumindest soweit sie das beurteilen kann. Die Geräusche, die sie hört, sind viel gleichmäßiger, es sind Geräusche, sie schwört, dass sie sicher ist, die Füße machen, wenn sich jemand durch das eigene Haus bewegt, die eigene Existenz bedroht. Doch selbst wenn sie sicher ist, dass sie sicher ist, oder so sicher, wie sie mit Sicherheit sicher sein kann, dass die Geräusche, die sie hört, nicht die Geräusche sind, die ein Haus macht, sondern Geräusche, die Füße machen, wenn ein Dieb ins Haus einbricht und herumschleicht, Dinge in seinen Sack steckt, sofern Diebe Säcke haben, wie kann sie da ihren Ehemann wecken? Was zum Kuckuck soll er schon tun? Er ist ein guter Mann, ein anständiger Mann, freundlich, intelligent, etwas aufbrausend, ja, am besten hält man sich dann von ihm fern, aber kein Mann der Tat, keiner, der es mit einem Dieb aufnimmt. Er würde einfach nur daliegen, so wie sie daliegt, und sich fragen, was in Gottes Namen zu tun ist, jetzt, wo ein Dieb in das Haus eingedrungen ist, mitten in der Nacht, und sie nach Strich und Faden ausnimmt, oder schlimmer, er würde denken, es sei seine Pflicht, nach unten zu gehen und den Dieb zu stellen, der ihm den Schädel einschlagen, ihn fesseln, ihn in den Kofferraum stecken würde, sie muss sich wieder beruhigen. Am besten nichts tun, einfach daliegen und warten, bis es vorbei ist. Soll der Dieb nehmen, was immer er will, den Flachbildfernseher, die silberne Taube auf dem Kaminsims, nur zu, die chinesische Lampe von ihrer Mutter zum fünften Hochzeitstag, die Schale aus Kristallglas im Wohnzimmer, er kann alles haben, bis aufs letzte Stück, nimm es, zerbrich es, betaste es, stiehl es, räum einfach ab, Mister, und lass uns in Ruhe. Besser lebendig in einem leeren Haus als neben geschmackvollen Möbeln tot auf dem Boden zu liegen. Es stimmt, er braucht lange dort unten. Er muss denken, dass sie tief und fest schlafen, wohlbehütet zugedeckt, nichts, worüber er sich Sorgen machen müsste, hey, lass dir Zeit, nimm alles mit, und was, wenn er die Treppe hochkommt, auf der Suche nach Geld, ihrer Schmuckschatulle, die auf dem Spitzendeckchen auf der Kommode steht, was dann? Sie lauscht nach Schritten auf der Treppe, einem Geräusch im Flur, doch die Schritte bleiben unten, bewegen sich jetzt, da ist sie sicher, vom Wohnzimmer ins Esszimmer, oder vom Esszimmer ins Wohnzimmer, schwer zu sagen. Sie könnte die Polizei rufen, das sollte sie tun, ihr Mobiltelefon liegt auf dem Nachttisch, fünfzehn Zentimeter entfernt, aber was, wenn der Dieb sie hört und hochkommt, was, wenn er ein Messer in der Hand hält, was, wenn das Messer eine Pistole ist, was, wenn die Polizei ankommt und ein leeres Haus vorfindet, niemand zu Hause als ein schlafender Ehemann und eine neurotische Ehefrau, die nichts Besseres zu tun hat, als in den frühen Morgenstunden verrückte Anrufe zu machen und allen alles zu verderben? Am besten still liegen bleiben und langsam atmen, versuchen, bis Tausend zu zählen, einundzwanzig, zweiundzwanzig, wem macht sie was vor, sie kann nicht einfach nur daliegen und nichts tun wie ein Stein, wenn sich unten ein Dieb herumtreibt, mitten in der Nacht, und stehen bleibt, um Dinge in seinen Sack zu stecken, sofern Diebe Säcke haben, bevor er sich mit dem gesamten Wohnzimmer aus dem Staub macht. Und was ist mit ihrem eigenen Schlaf, was ist damit? Die Uhr auf dem Nachttisch zeigt 3:10. Sie wird nie schlafen können, solange ein Dieb im Haus ist, der herumschnüffelt und alles stiehlt, morgen wird sie rasende Kopfschmerzen haben, sie wird sterben wollen vor Erschöpfung, vor Schamgefühl. Denn sie hätte etwas tun sollen, solange sie die Möglichkeit dazu hatte, sollte sofort etwas tun, in dieser Sekunde, bevor es zu spät ist, denn sie ist diejenige, die wach ist, dem Dieb lauscht, wie er durch ihr Haus streift, mitten in der Nacht, in seinem Kapuzenpullover oder seiner Skimaske.

Sie befiehlt sich, sich keinen Millimeter zu bewegen, einfach dazuliegen, wie eine hübsche Leiche, selbst als sie die Decke zurückschlägt und den Teppich unter ihren nackten Fußsohlen spürt. Sie will nur horchen, *sicher* sichergehen, bevor sie ihren Ehemann weckt. Ein Haus macht viele Geräusche mitten in der Nacht, und obwohl sie völlig sicher ist, dass die Geräusche, die sie hört, Schritte sind, wird sie sicherer sein, wenn sie die Schlafzimmertür öffnet. Sie zieht ihren seidenen Morgenrock über ihr kurzes Nachthemd und den Gürtel straff, während sie mit äußerster Vorsicht zur Tür geht. Was, wenn der Dieb das Drehen des Türknaufes hört, das Klicken des Riegels? Im Flur hält sie inne. Sie horcht, hört nichts, hört etwas, hört nichts. An der Treppe angekommen, hört sie Schritte, jetzt ist sie sicher, absolut sicher, obwohl, um ehrlich zu sein ist es schwierig, etwas anderes als das Pochen in ihrer Brust zu hören.

Die Hand auf dem Treppengeländer, steigt sie hinab, tritt auf jede Stufe zuerst mit dem linken, dann mit dem rechten Fuß. Das Letzte, was sie will, ist, dass der Dieb hört, wie sie langsam die Treppe hinabsteigt, zuerst mit dem linken, dann mit dem rechten Fuß. Gleichzeitig ist das Einzige, was sie mehr will als alles andere auf der Welt, dass der Dieb hört, wie sie langsam die Treppe hinabsteigt, zuerst mit dem linken, dann mit dem rechten Fuß, damit er mit seinem Sack voll Diebesgut flieht, sofern Diebe Säcke haben, was sollten sie sonst haben, und alle in Frieden lässt, wenn man es Frieden nennen kann, wach in einem Haus zu sein, in dem um drei Uhr morgens ein Dieb umherstreift, einen beklaut und in den Wahnsinn treibt. Es kam ihr der Gedanke, dass er plötzlich innehalten könnte, wenn er ihre Schritte auf der Treppe hört. Er würde innehalten und auf sie warten, auf die törichte Ehefrau in dem aufreizenden Morgenrock, die halb nackt die Treppe hinabsteigt, genau das wird er tun, und sie wird diejenige sein, und nicht ihr Ehemann, die auf dem Boden liegt, um die Hände und Knöchel raue Seile geschnürt, mitten in der Nacht, Klebeband über dem Mund, oder vielleicht eine Schnur um den Hals, ihr Nachthemd bis zur Hüfte hochgeschoben, Polizisten, die sich über sie beugen, ihre Schenkel inspizieren, ihren Schamhügel mit dem krausen Haar begutachten, bevor sie sie mit einem Laken zudecken. Kehr um, kehr um, bevor es zu spät ist, kehr um, kehr um, warte ab, aber sie ist bereits am unteren Treppenabsatz angekommen, ihr Blick in Richtung Eingangshalle, zu ihrer Linken das Wohnzimmer, rechts das Speisezimmer. Die Fenster ihres Hauses haben raffbare Vorhänge zu beiden Seiten, sie bedecken die Jalousien und die Fensterrahmen, doch ein zarter Lichtschimmer dringt durch, durchbricht die Nacht, vermutlich die Straßenlaterne neben dem Zuckerahorn. Sie kann die Umrisse von Dingen teilweise erkennen, eine Armlehne des Sofas, eine Ecke des Schrankes. Die Schritte sind verstummt. Der Dieb wartet. Vielleicht wartet er darauf, dass sie wieder nach oben geht, damit er flüchten kann, ohne eine Schnur um ihren Hals schlingen zu müssen, sofern Diebe Schnüre haben, und sie hinter das Sofa zu schleifen, sofern es das ist, was er vorhat, sollte sie das Zimmer betreten.

Sie geht vorsichtig ins Wohnzimmer, mit den teilweise sichtbaren Umrissen von Dingen, der undunklen

Dunkelheit. Sie ist eine Katze bei Nacht, ihr Fell aufgestellt, ihre Schnurrbarthaare zucken. Ganz plötzlich bleibt sie stehen, eine Hand auf ihrem geöffneten Mund, so wie auf dem Plakat im Foyer des Kinos, der Körper der Frau ist starr vor Angst, die lange Robe halb geöffnet, aber es war nur ein Geräusch von draußen, eine zufallende Autotür, das Kind der Kellys, das von einem Date zurückkommt, oder ein anderes Geräusch, ein Eichhörnchen auf einer Mülltonne. Was, wenn der Dieb auf sie wartet? Was, wenn er auf dem Sofa sitzt? Da ist jemand auf dem Sofa, sie kann ihn dort sehen, ein dunkler Dieb, der wartet, oder ist es ein Zierkissen, sie muss sich beruhigen. Drei Uhr am verdammten Morgen und sie schleicht in der Dunkelheit herum wie eine Verrückte, einen Arm ausgestreckt, ihr Haar fällt ihr über die Wangen. Sie hätte ihre Haare hochstecken oder eine Spange nehmen sollen, als würde irgendjemand sie sehen können, in der beinahe schwarzen Dunkelheit. Er muss hier irgendwo sein, sie hat die Schritte gehört, falls es Schritte waren, was hätte es sonst sein sollen. Sie geht vom Sofa zum Lehnsessel, vom Lehnsessel zur Tischleuchte, von der Tischleuchte zum 6-fach CD-Wechsler, späht, tastet, eine Hand hält den dünnen Morgenrock fest geschlossen an ihrer Kehle. Der neue Flachbildfernseher ist noch immer auf dem Sockel, die Taube aus Silber auf dem Kaminsims, nichts fehlt, alles ist an seinem Platz. Ist er immer noch im Haus? Sie bewegt sich jetzt schnell in das dunkle Speisezimmer, wo die Schale aus Kristallglas noch immer auf dem Tisch steht, in die Küche, wo die Schränke noch immer verschlossen sind. Der Dieb muss sie auf der Treppe gehört haben. Er ist geflüchtet, hat sich aus dem Staub gemacht, sie hat das Haus gerettet. Sie hat gewonnen.

Wieder im Wohnzimmer, überprüft sie die Vordertür, fest verschlossen, und dreht sich um. Sie lauscht. Er könnte durch ein Fenster ins Haus gekommen sein. Könnte hier, dort, wer weiß wo hereingekommen sein. Sie geht durch die Zimmer im Erdgeschoss, prüft sämtliche Fenster, alle geschlossen, prüft die Tür in der Küche, die hinaus auf die Veranda führt, fest verschlossen. Im Wohnzimmer lässt sie sich auf das Sofa fallen, den Kopf zurück auf ein Kissen geworfen. Sie muss sicher sein, sicherer als sicher, bevor sie wieder ins Bett gehen kann. Was, wenn er sich in einer Ecke versteckt? Was, wenn er sie findet? Sie aufspürt, sie fest-schnürt, sie verhaut und dann beklaut, schhh. Was, wenn er draußen ist, wartet? Besser sie findet ein zerschlagenes Fenster, geöffnete Schubladen, Untersetzer und gefaltete Karten auf dem Boden verstreut, Fernseher futsch, Kristall-glasschale futsch. Ihre Arme sind angespannt, als versuchte sie, einen schweren Karton zu heben. Ihr gesamter Körper ist eine Faust.

Nach einer Weile schwingt sie sich vom Sofa und geht zur Vordertür. Hinter der Tür liegt der Vorgarten, der Zu-ckerahorn, die Nacht. Sie steht einige Momente lang da und schiebt den Türriegel zurück. Sie öffnet die Tür und sieht durch das Fliegengitter auf den dunklen Weg, den Rasen. Durch die Blätter des Ahorns scheint das Licht der Straßenlampe ein wenig zu zittern. Die Ehefrau schließt die Tür und starrt auf den Riegel. Sie schließt ihn nicht. Wenn er kommt, kommt er. Soll er es hinter sich brin-gen. Sie erträgt es nicht mehr. Sie geht die Treppe hoch, schlüpft ins Bett neben ihren schlafenden Ehemann, der sich nicht gerührt hat. In der Dunkelheit liegt sie da, wach, lauscht auf die Eingangstür, lauscht nach Schritten, die verstummt sein könnten, obwohl sie nicht sicher sein kann.

Am Morgen, nachdem ihr Ehemann zur Arbeit gegangen ist, geht die Ehefrau durch das Haus, öffnet Schubladen, sieht in Küchenschränke, überprüft Wandschränke. Ihr Ehemann hat ihr von der offenen Eingangstür erzählt, er muss vergessen haben, sie abzuschließen, Einbrüche in ihrem Viertel, man kann nie vorsichtig genug sein. Es ist möglich, denkt sie, dass sich der Dieb in einer Ecke versteckte und sich aus dem Haus stahl, nachdem sie in ihr Schlafzimmer zurückgekehrt war. Er war im Wohnzimmer, weiß, was es dort gibt, die chinesische Lampe auf dem Tisch, die Taube aus Silber auf dem Kaminsims, ganz gewiss kommt er zurück, er kann gar nicht anders. Es ist kein großes Haus, sie sind nicht reich, ganz und gar nicht, aber sie können gut leben, wie man so sagt, sie besitzen einiges, Kameras und Mixer, zwei Koffersets und diese hübsche Pralinenschachtel, sie kann nicht klar denken. Sie ist sicher, dass sie die Schritte gehört hat, aber wie sicher kann man sein, mitten in der Nacht, und was, wenn es keine Schritte waren, sondern lediglich die Geräusche, die ein Haus macht, was bringt ihr das? Wenn sie die Schritte erfunden hat, könnte sie genauso gut auch alles erfunden haben, den Ehemann in der Arbeit, das Haus, die Ehe, diesen Augenblick in der ersten Klasse, als sie vom Stuhl fiel und John Connor auf sie zeigte und rief: »Du bist tot!« Sie berührt ihre Hand, ihre Wange. Sie ist hier. Sie ist real. Sie wartet darauf, dass ihr Ehemann aus der Arbeit kommt. Sie wartet auf die Nacht.

In der Nacht liegt die Ehefrau wach neben ihrem schlafenden Ehemann. Sein Gesicht ist etwas abgewandt und er atmet sanft, friedlich. Er hat die Türen überprüft, die Fenster verriegelt, Einbrüche in ihrem Viertel, ja, erst neulich. Träumt er, ihr friedlicher Ehemann? Träumt er von ihr? In der Dunkelheit lauscht sie den Schritten. Der Dieb geht vorsichtig durch das Wohnzimmer, hält hie und da inne und geht dann weiter. Er weiß, dass sie da ist, weiß, dass sie zuhört. Die Schritte sind nicht die Geräusche, die ein Haus macht, mitten in der Nacht, diesmal ist sie sicher, oder so sicher, wie irgendjemand unter diesen Umständen sein könnte. Er ist zurückgekehrt, um zu beenden, was er in der Nacht zuvor nicht beenden konnte, weil sie ihn davon abhielt, als er im dunklen Wohnzimmer war, sie hatte ihn in die Flucht geschlagen. Sie ist diejenige, die wach liegt, sie ist diejenige, die das Haus bewacht.

Die Ehefrau schlägt die Bettdecke zurück, schlüpft in ihren Morgenrock, geht durch das Zimmer in den Flur. Wie sonst kann sie hundertprozentig sicher sein? Sie muss dem ein Ende setzen. Sie braucht ihren Schlaf. Sie geht die Treppe hinunter, ohne zu versuchen, den Klang ihrer nackten Füße auf den Stufen zu dämpfen. Unten angekommen, flüstert sie: »Ist da jemand?« Nach einer Weile sagt sie: »Ich weiß, dass du da bist.« Die Schritte waren nicht mehr zu hören. Sie zögert nicht, als sie das Wohnzimmer betritt.

Sie bewegt sich sicheren Schrittes durch die Dunkelheit, sieht prüfend in die Ecken. Sie berührt die Armlehne des Sofas, den Rücken des Lehnsessels, den Schaukelstuhl, die Wände. Er ist nicht hier. Sie durchquert das Speisezimmer, wo die Schale aus Kristallglas auf dem Tisch wie ein Tier auf der Lauer liegt, und geht in die Küche. Durch das Küchenfenster kann sie die schemenhaften Umrisse der weißen Garagenmauer sehen, die zwei dunklen Liegestühle auf dem schwarzen Rasen. Der Dieb hat sie erneut ausgetrickst, obwohl er vor wenigen Sekunden noch hier war, ihren Schritten auf der Treppe lauschte. Jetzt ist er nicht hier. Er ist in die Nacht entschwunden, in seinem Kapuzenpullover oder seiner Skimaske. Zeit, ihn hinter sich zu lassen, alles hinter sich zu lassen, Zeit, die Treppe hochzugehen und neben ihrem Ehemann einzuschlafen, der friedlich dort oben liegt und seine Träume träumt. Aber wie kann sie, in einer Nacht wie dieser, die Treppe hochgehen und neben ihrem Ehemann einschlafen und friedlich daliegen? Schlaf ist etwas für Ehemänner, Schlaf ist etwas für die guten Menschen dieser Welt. Diebe und Ehefrauen durchstreifen die Nacht.

Es ist warm in der Küche, eine warme Sommernacht. Er muss durch die Hintertür gekommen sein, die sie aufgeschlossen hat, nachdem ihr Ehemann ins Bett gegangen war. Ist er auf demselben Weg entkommen? Sie öffnet die Tür und betritt die schwarze Veranda hinter dem Haus – keine Veranda, nicht wirklich, nur vier Stufen und eine Plattform, mit Pfosten und einem kleinen Dach. Die Luft ist warm, mit einem kühlen Windhauch. Eine warmkühle Nacht, der dunkle Himmel von Sternen erhellt, eine Mondsichel, wie ein nach hinten geneigter Schaukelstuhl.

Sie steigt die Treppe hinab und spürt das Gras kühl, weich und spitz unter ihren Füßen. Sie geht zügig an der Fichtenreihe vorbei, die ihren Garten von dem Ehemann und der Ehefrau nebenan trennt, die in ihrem Bett schlafen, geht vorbei am Pinienzaun hinter dem Haus, vorbei an der Garagenmauer. Der Dieb muss irgendwo im dunklen Garten gestanden haben, das Haus genau beobachtet, seinen Weg hinein geplant haben. Eine sichere Welt aus Gärten und Zäunen, aus Menschen, die nachts schlafen, hinter verschlossenen Türen, unter dem nach hinten geneigten Mond. Der Dieb muss irgendwo sein. Wo ist irgendwo? Irgendwo ist nirgendwo. Sie lässt sich auf einen der Liegestühle fallen und lehnt sich mit leicht angewinkelten Beinen zurück, die Knöchel überkreuzt, ihr schlüpfriger Morgenrock von den Knien abwärts geöffnet. Eine warme Nacht im Sommer, der sanfte Schein der Straßenlaternen über den Dächern, eine gute Nacht, um herumzustreifen. Er muss die Treppe hinter dem Haus hochgekommen sein, sein Glück an der Tür probiert haben, Überraschung! Sie hört etwas in den Bäumen. Eine Katze? Waschbär? Wenn sich der Dieb unter den Bäumen versteckt, wird er herauskommen, er muss einfach, nach einer Weile. Er wartet lediglich darauf, dass sie wieder nach oben geht, falls er dort ist, damit er die Arbeit beenden kann, die sie unterbrochen hat.

Dann sieht sie zu dem Liegestuhl neben ihr. Er ist nicht dort. Sie blickt hinter sich. Er ist nicht dort. Er ist nicht dort und er ist nicht dort und er ist nicht dort und er ist nicht dort. Er ist fortgegangen, ihr Dieb in der Nacht, er will sie nicht mehr bestehlen. Sie dreht sich zum Haus um. In der warm-kühlen Nacht, unter dem nach hinten geneigten Mond, wartet sie, beobachtet sie, ist rastlos, ist bereit. Sie beugt und streckt ihre Zehen, stemmt sich gegen die Armlehnen des Stuhls, streift mit Schwung eine Haarsträhne aus dem Gesicht. Etwas steigt in ihr hoch, eine Welle Nachtsorgen, jeden Moment wird sie laut in Tränen ausbrechen, sie wird unter bitterem Gelächter losheulen. Lichter werden angehen, Menschen werden aus den Fenstern blicken, der Mond wird in seinem Stuhl nach hinten kippen und vom Himmel fallen. Ihre Fußsohlen jucken.

Sie muss aufspringen, sich aufrütteln. Es gibt nur einen bestimmten Punkt, bis zu dem man das innerliche Warten ertragen kann.

Während die Ehefrau die Verandatreppe hochgeht, wirft sie hastig einen Blick über die Schulter. Sie betritt die Küche und versperrt die Tür, die ihr Ehemann vor dem Zubettgehen verschlossen hat. Aus einer Box unter dem Waschbecken nimmt sie einen großen Plastikbeutel mit Griff. Sie öffnet einen zweiten Beutel und legt den ersten damit aus. Sie hält inne, lauscht, dann öffnet sie die Kellertür. Vom Haken an der Rückseite der Tür nimmt seine Baseballmütze und zieht den Schirm tief ins Gesicht. Sie schließt die Tür und geht durch die Küche. Im dunklen Wohnzimmer nimmt sie die aufziehbare Uhr mit den vier Glaswänden und legt sie in den Beutel. Vom Lampentisch nimmt sie ein bemaltes Glastablett aus Italien und die Elfenbeinstatuette eines Mädchens mit Sonnenschirm und legt beides in den Beutel. Sie bewegt sich flink und zielsicher durch den Raum, nimmt die Porzellanvase mit den Straußenfedern, die silberne Taube auf dem Kaminsims, das Fotoalbum von ihrer Kalifornienreise, die spiralförmigen Glühbirnen aus der untersten Schublade im Eckschrank, die beiden Fernbedienungen, das Wörterbuch, das gerahmte Foto, auf dem sie mit einem Strohhut neben einem Fluss steht, das kleine Gemälde, das eine lesende Frau neben einer Scheune zeigt, Briefe aus Schubladen, die Holzeule. Aus dem Speisezimmer nimmt sie die Kristallglasschale und ein blaues Weinglas-Set, aus der Küche den silbernen Serviettenhalter, die Kaffeemaschine, die Uhr. Mithilfe einer Taschenlampe schleppt sie den schweren Beutel die Kellertreppe hinunter und trägt ihn am Ofen und dem Boiler vorbei zu den aufgetürmten Kartons und Möbeln in der Ecke. Die Kartons enthalten ausgedientes Geschirr, Ordner mit alten Krankenakten, aussortierte Handschuhe und Hüte. Sie wirft den Beutel mit dem Diebesgut in den Spalt zwischen den Kartons. Über dem Spalt platziert sie einen umgedrehten dreibeinigen Tisch.

Oben an der Treppe angekommen, hängt sie die Mütze an den Haken. Sie schließt die Kellertür. In der Küche legt sie die Taschenlampe zurück in die Schublade. Sie geht durch das Wohnzimmer, steigt die Treppe nach oben, öffnet die Schlafzimmertür. Ihr Ehemann liegt auf dem Rücken und schläft. Er hat die Nase eines kleinen Jungen. Sie zieht den Morgenrock aus und schlüpft unter die Bettdecke. Sie kann fühlen, wie sie eine dunkle Zufriedenheit durchflutet, wie das Wasser eines steinigen Baches. Sie schließt die Augen und schläft wie ein Baby.

Ein Bericht über unsere jüngsten Probleme

Wir haben unsere vorläufigen Untersuchungen abgeschlossen und legen dem Komitee hiermit unseren Bericht vor.

Beinahe sechs Monate lang musste unsere Stadt Vorkommnisse erdulden, die nicht weniger als ihre Existenz bedroht hatten. Ganze Familien zogen fort, in der Hoffnung, in anderen Städten Zuflucht zu finden, nur um zu erkennen, dass es kein Entrinnen gibt vor dem, was einige einen Fluch, andere ein Unglück nannten. Wir selbst bevorzugen eine weniger blumige Ausdrucksweise. Diejenigen, die von uns übrig sind, haben versucht, ihr Leben weiterzuleben, als hätte sich nichts geändert, wissend, dass sich alles geändert hat. Selbst unser Gesichtsausdruck ist jetzt anders. Sogar das Lächeln unserer Kinder ist nicht länger das alte Lächeln, es lässt eine Übertreibung erkennen, eine gezwungene Fröhlichkeit. Straßenblock um Straßenblock sehen wir die leeren Häuser, die ungepflegten Rasen. Katzen kratzen an Fliegengittertüren, die sich niemals öffnen. Die Stadtbewohner versammeln sich in der Dämmerung in großen Gruppen auf freien Grundstücken, als gäbe es einen bestimmten Grund, nur um sich dann wieder aufzulösen. Unter diesen Umständen, wer kann da sprechen? Wir, die wir zu hoffen wagen, wir, die wir mittendrin stecken, aber versuchen, uns herauszuhalten, um das Unbegreifbare zu begreifen – wir haben es auf uns genommen, der Geschichte dieser Anomalien nachzuspüren und ihre geheime Ursache aufzudecken.

So lange man sich erinnern kann, war unsere Stadt ein Ort, an dem man sehr gerne lebte. Ganz am Ende der Vorortbahn gelegen, genießen wir das Gefühl einer lebensnotwendigen Verbindung mit der restlichen Welt wie auch das befriedigende Gefühl des Ausschlusses von dieser Welt, der kommunalen Trennung zum Wohle unseres eigenen Lebensstils. Hier wahren wir die Züge eines älteren, ländlicheren Amerikas. Die Wälder im Norden, der Fluss mit der Holzbrücke mit Handlauf, der Indianerfriedhof – derartige abgelegene Orte koexistieren friedlich mit unserem Bahnhof, unserer sechsspurigen Schnellstraße und unserer neuen Mikrochipfabrik. Hier sind die Straßen schattig, die Häuser in gutem Zustand, die Gärten dahinter bunt gesprenkelt mit Schaukeln, Liegestühlen und runden Zedernholztischen unter großen Sonnenschirmen. Im Sterling Park spielen unsere Kinder Baseball auf einem Feld mit echten Bases, dem Hügel des Pitchers inklusive Rubber und einem Backstop aus Maschendrahtzaun, während unsere Hunde neben Lattenbänken liegen, in Streifen aus Sonne und Schatten. Sicher, genau wie andere Städte haben auch wir unsere Probleme, wir sind nur Menschen. Doch im Großen und Ganzen waren wir glücklich, hier zu sein, wo der Himmel schon immer ein wenig blauer gewirkt hat, die Blätter ein wenig grüner als in den anderen Städten, die wir kennen.

Gab es eine Wende, einen Stimmungswechsel? Einen bestimmten Moment herauszugreifen würde bedeuten, den Bericht zu verzerren, denn es würde eine klare Abfolge von Ursache und Wirkung nahelegen, die nur dazu führen würde, unsere Wahrnehmung der tatsächlichen Ereignisse zu verfälschen. Wir können uns nichtsdestotrotz darauf einigen, dass sich irgendetwas im März dieses Jahres offenbarte, etwa vor sechs Monaten. Zu jener Zeit kam es zu drei Vorfällen, die offenbar nichts miteinander zu tun hatten und einen starken Eindruck in der Stadt hinterließen, scheinbar ohne in eine bestimmte Richtung zu deuten. Der erste waren die Selbstmorde von Richard und Suzanne Lowry aus der Greenwood Road 451. Die Lowrys waren Anfang fünfzig, reich, gesund, glücklich verheiratet und hatten einen großen Freundeskreis. Sie hinterließen keinen Abschiedsbrief. Die Polizeiuntersuchung deckte kein Geheimnis auf, keine Mätresse oder Geliebten, keine Krankheit, keinerlei Probleme, und es war vor allem das Fehlen eines Motivs, das sehr viele von uns verstörte und schließlich verärgerte, weshalb wir den Lowrys vorhielten, nicht einfach nur ihr Leben weggeworfen, sondern uns mit einem unlösbaren Rätsel zurückgelassen zu haben. Es gab allerlei unschönes Gerede unter uns, sie hätten es getan, um uns zu ärgern, uns zu zeigen, dass sie niemanden und nichts brauchten. Obwohl diese Erklärung vielen von uns kleinkariert und boshaft erschien, nahmen wir sie als Anzeichen der Unzufriedenheit, die wir alle verspürten, ein Zeugnis unserer reizbaren Unversöhnlichkeit.

Zwei Wochen später kam die Nachricht über Carl Schneider, einen vierundsiebzigjährigen pensionierten Geometrie-Lehrer an der Highschool, der mit Leberkrebs diagnostiziert worden war. Sein Tod durch eigene Hand zog weniger Aufmerksamkeit auf sich als die Lowry-Selbstmorde, obwohl wir alle davon Wind bekamen und wir insgeheim dankbar waren, dass Mr. Schneider uns einen begründeten Selbstmord geliefert hatte, einen bewundernswerten Selbstmord, wie manche sagen würden, einen, den man ohne Weiteres nachvollziehen konnte. Somit waren die beiden Vorfälle, die nichts miteinander zu tun hatten, in unseren Köpfen miteinander verknüpft. Es fiel uns auch auf, dass Schneiders sechsundvierzigjährige Tochter in einem Interview mit dem *Town Ledger* sagte, ihr Vater habe von den Lowrys gelesen und sie während eines Besuchs erwähnt. In einer kleinen Stadt, so sagte damals jemand, sei es schwer, sich umzubringen, ohne dass es die Runde macht.

Vier Tage nach Carl Schneiders Tod wurden zwei Highschool-Schüler im dritten Jahr, Ryan Whittaker und Diane Grabowski, im Hobbyraum im Keller der Whittakers gefunden, wie sie Seite an Seite auf dem Bettsofa in der Nähe des Tischtennistisches lagen. Die Todesursache waren Schussverletzungen in den Kopf durch zwei Handfeuerwaffen, die beide dem Vater des Jungen gehörten. Man fand einen Brief, befestigt an dem Polohemd des Jungen, in seiner Handschrift verfasst, aber von beiden Teenagern unterschrieben und an die Eltern der beiden adressiert. Darin entschuldigten sie sich für etwaigen Kummer, den ihre Tat zur Folge haben könnte, und erklärten, sie seien freiwillig durch eigene Hand gestorben, um ihre Liebe zu untermauern und sie im Tod auf alle Ewigkeit zu zelebrieren. Der Brief hatte einen selbstbewussten, literarischen Klang, den wir zu gleichen Teilen ärgerlich und rührend fanden, doch was uns bitter aufstieß, war die Tatsache, dass unsere Stadt in weniger als einem Monat fünf Selbstmorde zu verzeichnen hatte.

Es hätte dabei bleiben können – ein dunkler Monat, eine Pechsträhne –, wäre da nicht ein Vorfall gewesen, der sich Anfang April ereignete. George Sabol, ein Zehntklässler, und Nancy Martins aus der Neunten wurden von der

Polizei auf einer Decke im Wald hinter dem Haus der So-
bols gefunden. Diesmal gab es nur eine einzige Waffe – eine
halb automatische Smith & Wesson, Kaliber .38 –, doch
der Abschiedsbrief verriet, dass Nancy Martins den ersten
Schuss abfeuern sollte, in ihre linke Schläfe, und George
Sabol danach einen Schuss in seine linke Schläfe abfeuern
würde. Der Brief, ausgedruckt auf Sabols Computer und
von beiden Schülern mit Tinte unterschrieben, sprach von
ihrer unsterblichen Liebe und dem ewigen Band des Todes. Die schriftliche Stellungnahme und die Waffe zeigten
deutlich, dass Sabol und Martins ihren Tod nach dem Dop-
pelselbstmord von Whittaker und Grabowski geplant hatten, und es war diese unmissverständliche Verbindung, die
die erste Welle der Angst durch unsere Stadt sandte. Väter
begannen, ihre Waffen wegzusperren, Mütter folgten ihren
Söhnen und Töchtern angespannt von Raum zu Raum. Die
Highschool erweiterte das Seelsorgeprogramm und bat die
Menschen inständig, jegliches auffällige Verhalten zu melden. Nachts wurden wir plötzlich wach, unsere Hände ver-
krampft in die Laken gedrückt.

Kaum hatten wir die Chance gehabt, George Sabols und
Nancy Martins Tod zu begreifen, wurden wir mit einem
weiteren Vorfall konfrontiert, der noch beunruhigender war.
Die Morgenausgabe der Zeitung berichtete, dass drei Gruppen von Highschool-Schülern – jeweils zwei und drei – tot
aufgefunden wurden, in drei unterschiedlichen Häusern.
Alle drei Gruppen hinterließen Abschiedsbriefe nach dem
Vorbild jener, die wir bereits kannten. Es wurde außerdem
berichtet, dass fünf der sieben Schüler der *Schwarzen Rose*
angehörten, einer Geheimorganisation, die sich dem »be-
deutungsvollen Tod« verschrieben hatte. Ein geheftetes

Handbuch, gedruckt auf lilafarbenem Xerox-Papier, wurde im Schlafzimmer eines der toten Jungen gefunden. Daraus erfuhren wir, dass die Mitglieder der Schwarzen Rose dazu ermutigt wurden, ihrem Leben Bedeutung zu verleihen, indem sie ihren eigenen Tod wählten. Selbstmord wurde als Akt des Triumphes gefeiert, der die Ziellosigkeit und Leere des gewöhnlichen Lebens in die Gewissheit der freien Entscheidung verwandelte: Sich für den Tod zu entscheiden hieß, die Zufälligkeit in eine Richtung zu lenken. Was uns beunruhigte, war weniger die Gefahr oder die Inkohärenz derartiger Ideen als ihre Existenz an sich. Am nächsten Tag wurden zwei weitere Todesfälle gemeldet, in anderen Wohnvierteln, eine herausgerissene Seite aus einem Handbuch der Schwarzen Rose wurde im Notizbuch eines der Opfer gefunden. Jetzt war der Zeitpunkt gekommen, Autoschlüssel zu beschlagnahmen, strenge Ausgangssperren einzuführen und unsere Mobiltelefone rund um die Uhr eingeschaltet zu lassen. Von den Häusern unserer Stadt stieg die Beklemmung auf wie Rauchschwaden.

Zu diesem Zeitpunkt hatten wir das Gefühl, wir müssten lediglich der Schwarzen Rose ein Ende setzen, um auch dem widerlichen Todestrend, der unsere Söhne und Töchter erfasst hatte, ein Ende zu bereiten. Aus diesem Grund klammerten wir uns, auch wenn wir sie hassten und fürchteten, an die Schwarze Rose, waren ihr in gewisser Weise dankbar, weil sie uns den verborgenen Grund lieferte, nach dem wir verzweifelt suchten. Unsere Teenager waren Opfer einer morbiden Philosophie – eines dekadenten Dogmas –, die ein tödliches Spiel in Gang gesetzt hatte. Wir würden kämpfen, um den Verstand unserer Kinder zurückzugewinnen, wir würden uns mit den Waffen der Sonne gegen die

Mächte der Dunkelheit stellen. Es stimmte, dass nicht jeder Todesfall zur Schwarzen Rose zurückverfolgt werden konnte, es gab sogar einige Hinweise darauf, dass sich die Mitgliedschaft auf einen kleinen Kreis von Fanatikern beschränkte. Doch just als wir das Gefühl hatten, der Sache näherzukommen, erschütterte uns eine neue Entwicklung – denn es schien, als wäre die Schwarze Rose bereits Vergangenheit, während mit verstörender Leichtigkeit neue Verführungen aufkamen.

Nun packte unsere Söhne und Töchter eine Vorliebe für spektakuläre Selbstmorde. Es war, als hätten sie begonnen, um den denkwürdigsten Tod zu konkurrieren. Eine Gruppe von sechs Highschool-Schülern, die einen nahe gelegenen Vergnügungspark besuchten, fuhr mit der Achterbahn und wurde am Ende der Rundfahrt tot aufgefunden. Alle sechs hatten sich während der Fahrt eine Kaliumchlorid-Lösung injiziert. Keiner der sechs hatte in irgendeiner Weise eine Verbindung zur Schwarzen Rose. Joanne Garavaglia, ein beliebtes Mädchen mit einer Leidenschaft für Videofilme, stieg eines Nachts auf den Dachboden und filmte sich dabei, wie sie sich ein Jagdmesser mit knöchernem Griff in die Kehle rammte. Lorraine Keating erhängte sich in der Dämmerung vor einer Gruppe sie bewundernder Freunde auf dem Ast eines Hickorybaumes. Der Trend zum Abschiedsbrief war bereits durch einen Hang zu knappen, obskuren Nachrichten abgelöst worden, etwa »Niemals genug« und »Immerfort«, während der Akt des Sterbens zu einer zunehmend ausgeklügelten Kunst wurde, diskutiert und bewertet auf den Highschool-Fluren und hinter den verschlossenen Türen der von der Nachmittagssonne durchfluteten Schlafzimmer.

Junge Mädchen waren besonders empfänglich für den neuen Trend des aufsehenerregenden Todes. Er wurde als Möglichkeit gesehen, die richtige Menge Aufmerksamkeit auf sich zu lenken, sich von der Masse abzuheben. Ein beliebtes Mädchen konnte durch einen gut inszenierten Tod sogar noch beliebter werden, ein unbeliebtes Mädchen konnte im flüchtigen Augenblick einer einzigen herrlichen Geste den Fesseln der Isolation und Einsamkeit entkommen. Jane Franklin war ein stilles Mädchen, die auf den Highschool-Fluren immer allein war. Am Abend des Frühlingsballs zog sie schwarze Jeans und einen schwarzen Kapuzenpullover an, kletterte auf die Spitze des Wasserturms hinter dem Chemiewerk und setzte sich in Brand. Zwei Tage später ging Christine Jacobson, ein blonder Cheerleader und Co-Kapitän der Mädchenschwimmmannschaft, im Englischunterricht nach vorn an die Tafel, hob langsam einen dunklen Gegenstand und schoss sich in die Stirn.

Noch während die Selbstmordepidemie in unserer Highschool wütete, erkannten wir, dass ihr Effekt in zwei Richtungen spürbar war: nach oben hin, im College, wo unsere älteren Söhne und Töchter das Frühjahrssemester beendeten, und nach unten hin, in der William Barnes Unterstufe und unseren sechs Grundschulen. Ein College-Student im dritten Jahr, der den Abschluss an unserer Highschool gemacht hatte, befestigte ein Paar mit Satin überzogener Engelsflügel an seinen Schultern und sprang vom Dach des Astronomieinstituts in den Tod. Eine College-Studentin im zweiten Jahr malte in neongrünen Lettern das Wort »Leuchtkraft« an die Seite ihres Wagens, durchbrach beim Verlassen des Campus am Stadtrand eine Leitplanke und segelte über einer häufig fotografierten Schlucht durch die

Lüfte. Vier Siebtklässler wurden in einer Fichtengruppe zwischen zwei Hausgärten gefunden, nachdem sie in Kirsch-Kool-Aid aufgelöstes Rattengift getrunken hatten. Howard Dietz, ein Viertklässler, brach eines Tages nach der Schule den Waffenschrank seines Vaters auf, öffnete, auf der Kante seines Bettes sitzend, den Mund, platzierte den Lauf einer Schrotflinte Kaliber .20 zwischen seinen Zähnen, denen man kurz davor eine Zahnspange mit metallic-blauen Klammern angepasst hatte, und drückte den Abzug. Eine Gruppe von Mädchen aus der sechsten Klasse startete einen flüchtigen Modetrend: Mit Jeansshorts, Bikinioberteilen und knallrotem Lippenstift zogen sie einen Grill in einen Geräteschuppen im Garten hinter dem Haus, schlossen die Tür und inhalierten die tödlichen Gase der Kohlebriketts. Wir hielten Bürgerversammlungen ab, konsultierten Krisenberater und Familientherapeuten, führten lange Diskussionen mit unseren Kindern. Wir fürchteten uns davor, morgens die Zeitung aufzuschlagen.

Was uns verfolgte, von den Todesfällen an sich abgesehen, war die Stimmung, in der die Täter ihre eigene Zerstörung zu suchen schienen. Denn es ließ sich kaum leugnen, dass der Großteil der Tode aus der Lust nach Abenteuer, extremem Wagemut, sogar Heiterkeit hervorging. Sicherlich, hie und da schluckte ein Jugendlicher, der von seiner Freundin zurückgewiesen wurde, eine Handvoll Schlafmittel, oder ein depressives Mädchen, das sich ungeliebt fühlte, stieg in eine Wanne mit warmem Wasser und schnitt sich die Pulsadern auf. Diese Todesfälle waren in gewisser Weise beruhigend, beinahe erfreulich, denn wir konnten uns vorstellen, wie wir selbst, unter ähnlichen Umständen, zum selben Entschluss kommen könnten. Doch wie sollte man mit der Euphorie umgehen, die bei den anderen spürbar war, ihrem Drang, das Unbekannte mit einer Art Inbrunst zu begrüßen. Der Tod als schwungvolles Spiel, der Tod als Wettstreit, als eine faszinierende Kunst, ein Ausdruck von Originalität – dieser Tod war etwas, über das wir nichts wussten, wir, die wir wussten, was es hieß, nachts mit Furcht in unseren Herzen zu erwachen.

Euphorie verebbt. Trends vergehen. Obwohl wir vor Erschöpfung und Angst benommen waren, blieben wir hartnäckig hoffnungsvoll, denn wir wussten, dass die Krise des Erwachsenwerdens nicht lange anhält. Und tatsächlich nahmen die Selbstmorde in den Schulen ab, ohne wirklich je ein Ende zu finden. Gleichzeitig war es uns unmöglich, neuere Anzeichen für Probleme zu ignorieren. Es geschah hie und da – ein Selbstmord von Eheleuten, ein Selbstmord einer jungen Mutter. Wir bemerkten mit einer gewissen Wut, dass Eltern, die sich die Rockbands ihrer Söhne anhörten und mit hüftengen Jeans und Spaghettiträger-Shirts den Stil ihrer Töchter imitierten, von dem neuesten Hype nicht unberührt blieben. Als sich die Todesfälle unter den Erwachsenen unserer Stadt ausbreiteten, kam Gerede über die *Blaue Iris* auf, eine Organisation, die der Schwarzen Rose nur zu deutlich nachempfunden war, doch mit einem wesentlichen Unterschied. Während die Schwarze Rose den Selbstmord als Methode sah, der Zufälligkeit des Lebens Gestalt zu verleihen, bezeichnete die Blaue Iris den Tod als den kulminierenden Moment der Existenz – den Höhepunkt, nach dem jedes Leben strebt. Genau aus diesem Grund sollte der Tod in einem Augenblick der Erfüllung gewählt werden. Wir hörten plötzlich von Sex-Selbstmorden, raffiniert ausgeführt auf dem Gipfel des Liebesspiels. Paare begannen, den Tod als erotischen Stimulus zu betrachten, einen Mechanismus der ultimativen Befriedigung, als strebten sie durch den Akt des Selbstmordes einen kosmischen Orgasmus an. Andere wählten andere Momente des Hochgefühls: eine Hochzeitszeremonie, eine langersehnte Beförderung, einen plötzlichen Ausbruch grundloser Fröhlichkeit. Wir nahmen diese Selbstmorde mit einer gewissen Verachtung zur Kenntnis, denn sie schienen allzu genau einer verblassenden Teenager-Mode nachempfunden worden zu sein, während sie zur selben Zeit unser Blut gefrieren ließen. Die neuartigen Selbstmorde betrafen unsere Nachbarn, es betraf uns selbst.

Frank und Rita Sorensen waren ein gut aussehendes Paar Ende dreißig, mit jener Art Ehe, um die viele von uns sie beneideten. Er war Immobilienentwickler, der dem westlichen Teil der Stadt ein neues Freizeitzentrum beschert hatte, sie war Innenausstatterin, die viele unserer Küchen und Wohnzimmer verschönert hatte. Sie wirkten wie eine glücklichere, talentiertere, erfolgreichere Version von uns. Sie lebten mit ihren beiden jungen Töchtern Sigrid und Belle in einem großen Haus in Roland Terrace, wohin wir im Sommer zu Grillfesten und im Winter zu Dinnerpartys eingeladen waren. Wir kannten den Klang ihres Gelächters, die Energie ihrer Blicke, wir konnten die ungezwungene Zuneigung zwischen ihnen sehen. Obwohl sie glücklich waren, auf eine Weise, die man unmöglich anzweifeln konnte, stimmt es, dass wir, manchmal, einen Hauch der Enttäuschung, eine Welle der Ernüchterung spüren konnten, von einer uns vertrauten Art, denn ihre Leben waren, wie unsere, auf gewisse Weise vollständig, sie konnten sich auf Jahre des Vergnügens und des Erfolgs und löblicher Errungenschaften freuen, doch mehr war da nicht – es war, als

hätten sie irgendwo auf dem Weg den jugendlichen Entde-
ckergeist verloren, das Empfinden, dass das Leben ein Abenteuer ist, das zu allem Erdenklichen auf Erden führen kann.
Wie wir hatten sie ihr Glück akzeptiert, ohne viel darüber
nachzudenken, wie unseres wurde auch ihr Glück durch
ein anderes Gefühl erschwert, das nicht Kummer war, sie
aber von Zeit zu Zeit einengte. Eines Tages traten sie der
Blauen Iris bei. Wir bemerkten augenblicklich ihren neuen
Elan, ihre neue Entschlossenheit. Sie besuchten Meetings,
luden zu Grillfeiern am See und freitäglichen Poolpartys,
tranken viel, lachten mit zurückgeworfenen Köpfen, reichten den Krabbendip weiter. Eines Nachts zogen sie sich in
ihr Schlafzimmer zurück, legten sich angezogen auf das
Bett, nahmen zwei identische Pistolen mit Palisanderholz-
griff und Elfenbeineinlagen und schossen sich in den Kopf.
Eine getippte Nachricht in einem versiegelten Umschlag erklärte, sie übten ihre Tat bei klarem Verstand aus und hätten, verliebter als je zuvor, beschlossen, ihr Leben auf dem
Gipfel ihres Glücks zu beenden. Sie forderten andere dazu
auf, ihnen in diesem Akt der Erfüllung zu folgen.

Einige beschuldigten die Sorensens eines dunklen Geheimnisses, doch für die meisten von uns klang die Nachricht nur allzu vertraut. Andere gaben der Blauen Iris die
Schuld, sie attackierten sie als falsche Religion, einen sa-
tanischen Kult, der darauf abzielte, den Lebenswillen zu
korrumpieren. Jene von uns, die mit den Sorensens bis spät
in die Nacht gelacht hatten, sagten nichts, denn wir sahen
in ihrem Tod ein weiteres Zeichen dafür, dass unsere Stadt
vom Weg abgekommen war.

Tatsächlich, es fällt oft schwer, sich an eine unschuldi-
gere Zeit zu erinnern, als wir vergnügt Geburtstagsfeste

für unsere Kinder planten und uns an Familienpicknicks auf schattigen Rotholztischen neben dem Fluss erfreuten. Wir haben uns an die täglichen Selbstmordnachrichten gewöhnt, die wöchentlichen Todeszahlen – manchmal hoch, manchmal niedrig, mal eine Flaute, mal ein Aufflackern, hier ein Junggeselle in seinem ledernen Lehnsessel vor dem Flachbildfernseher, da eine Gruppe guter Freunde in gepolsterten Liegestühlen um den Swimmingpool. In beinahe jedem Straßenblock hat es ein Haus erwischt. Die Menschen, die sich einander auf dem Bürgersteig nähern, wenden plötzlich den Blick ab, denken: Wird er der Nächste sein? Trotz allem gelingt es uns, weiterzumachen, als wüssten wir nicht, was sonst zu tun wäre. Die Tageszeitung landet weiterhin auf den Veranden der Häuser, sogar bei verlassenen. Die Kinder spielen Seilhüpfen. Elektrische Heckenscheren surren. Rasenmäher ertönen in der Sommerluft.

In so einer Welt suchen die Menschen Antworten. Einige sagen, wir würden für unsere Art zu leben bestraft – der beiläufige Ehebruch, das viele Trinken, die hohe Scheidungsrate, die sexuelle Freizügigkeit unter Jugendlichen, die gewalttätige Bildkultur unserer Kinder. Andere, die die Bestrafungstheorie als Rückfall in ein überholtes theologisches System zurückweisen, behaupten dennoch, unsere Stadt hätte bestimmte Verhaltensformen zu ihrem logischen Ende ausgeführt, denn eine Kultur, die auf materiellen Genüssen basiert, müsse zwangsläufig zu einer Hinwendung zum ultimativen materiellen Fakt führen: dem Tod. Wiederum andere, die dieses Argument als säkulare Version der theologischen Kritik abtun, behaupten hartnäckig, unsere Stadt nehme eine neue, gesunde Einstellung zum Leben ein: Indem wir Ausflüchte vermeiden, stellen wir uns mutig der Wahrheit unserer Sterblichkeit.

Wir für unseren Teil glauben, obwohl wir die Ernsthaftigkeit dieser Erklärungen schätzen, dass die Wahrheit woanders liegt. Das Verhalten unserer Bürger, obwohl bei Weitem nicht perfekt, ist mit Sicherheit nicht schlimmer, als man es in anderen Vorstädten findet. Und wir sind besonders stolz darauf, dafür zu sorgen, dass unsere Stadt der ideale Ort ist, um Kinder großzuziehen. Unser Schulsystem ist erstklassig, unsere drei Parks gut gepflegt, unsere Umgebung sicher. Besucher aus anderen Städten loben unsere schattigen Wohnstraßen, die von Zuckerahornbäumen, Linden und Platanen gesäumt sind, sie bemerken unsere freundliche und einladende Hauptstraße mit den Straßencafés, den vielen Eisdielen und exotischen Restaurants in sorgfältig erhaltenen Gebäuden aus dem neunzehnten Jahrhundert, mit Bogenfenstern, die mit Steinarbeiten eingefasst sind. Selbst die älteren Häuser in unserem Arbeiterviertel südlich der Bahngleise weisen in von breiten Bänken gesäumten Straßen schön gemähte Rasen und frisch lackierte Schindeln auf. Wie erklären wir also diesen Ausbruch gewollter Tode, diese Plage der Selbstauslöschung?

Die Antwort, so unser Schluss, liegt nicht in unserem Unvermögen, hehren Verhaltensregeln zu entsprechen – hat überhaupt nichts mit Unvermögen zu tun –, sondern in genau jenen Qualitäten unserer Stadt, die unserer Meinung nach Lob verdienen. Damit wollen wir nicht andeuten, dass unsere Stadt eine Mogelpackung ist, dass unter unserer schön gepflegten Oberfläche eine Dunkelheit versteckt liegt – ein tief sitzendes Geschwür im Herzen aller Dinge. Eine derartige Erklärung halten wir für naiv, sogar kindisch. Sie legt nahe, wir könnten durch den einfachen Akt, eine Maske herunterzureißen, die schreckliche Wahrheit darunter offenbaren – eine Wahrheit, die, einmal enthüllt, nicht länger die Macht haben werde, uns zu schaden. Eine derartige Analyse kommt uns banal und tröstend vor. Unsere Stadt, so behaupten wir, ist tatsächlich der hervorragende Ort, für den wir sie immer gehalten haben. Es ist genau die Natur jener Vortrefflichkeit, die wir genauer untersuchen wollen.

Bewunderer unserer Stadt nennen sie charmant, sicher, komfortabel, attraktiv und freundlich. Sie ist all das. Doch derartige Eigenschaften, so lobenswert sie auch sind, enthalten ein Element des Fragwürdigen. Ihnen liegt ein Mangel zugrunde. Es ist ein Mangel all dessen, was nicht angenehm ist, all dessen, was unbequem ist, gefährlich, unbekannt. Das heißt, durch ihre Natur selbst verkörpert unsere Stadt eine Verbannung. Doch der Akt der Verbannung impliziert ein Bewusstsein für genau das, was verbannt wird. Es ist dieses Bewusstsein, so behaupten wir, das eine geheime Sympathie für all das hervorbringt, was nicht beruhigend ist. Übersättigt von Zufriedenheit, beschwert von Fröhlichkeit, verspüren unsere Bewohner, hin und wieder, eine jähe Sehnsucht: nach dem Ungesehenen, dem Verbotenen. Unter oder in unserer Stadt erhebt sich eine Alternativstadt – eine dunkle Stadt, die sich dem Aufbrechen von Grenzen verschrieben hat, eine Stadt, die den Tod liebt.

Ernsthafte Krankheiten verlangen nach ernsthaften Heilmitteln. Wir schlagen vor, dass das Komitee in unserer Stadt jene Dinge einführt, die wir ausgeschlossen haben. Wir raten, zu öffentlichen Hinrichtungen durch Erhängen zurückzukehren, auf dem Hügel hinter der Highschool. Wir befürworten Gladiatorenkämpfe zwischen Männern und rasenden Pitbulls. Wir empfehlen die Wiedereinführung verbotener Formen der öffentlichen Bestrafung, etwa Steinigung und Enthäuten. Wir plädieren für eine Rückkehr zu Scheiterhaufen, Feuer und Blut. Wir verlangen, dass einmal pro Jahr ein Kind ausgelost und auf der Grünfläche vor dem Stadtsaal rituell ermordet wird, um unsere Bewohner daran zu erinnern, dass wir auf den Knochen der Toten wandeln.

Unsere Stadt wurde von Dunkelheit bereinigt, des Todes beraubt. Uns bleibt nicht anderes als Helligkeit, Klarheit und Ordnung. Unsere Bürger bringen sich selbst um, weil sich ihre Leidenschaft für das, was fehlt, nirgendwo entladen kann.

Wir drängen das Komitee, unsere Empfehlungen mit äußerster Ernsthaftigkeit in Betracht zu ziehen. Alles Geringere als eine gewaltsame Antwort auf unsere Krise wird gewiss scheitern. Einige sagen, es sei bereits zu spät, unsere Stadt steuere auf ihren Untergang zu. Wir jedoch klammern uns an eine Hoffnung. Doch wir müssen handeln. Schon jetzt hat die Krankheit begonnen, sich auf andere Städte auszubreiten – hie und da lesen wir von extravaganten Selbstmorden in Orten in der Umgebung, von Todesfällen, die sich nicht auf gewöhnliche Weise erklären lassen.

Wir, die wir diese Angelegenheit untersucht haben, wir, die wir unsere Untersuchungen bis in die dunkelsten Ecken unseres Verstandes vorangetrieben haben, sind vor fehlgeleiteten Vorstellungen selbst nicht gefeit. An warmen Frühlingsabenden, wenn die Dämmerung sich über unsere Häuser legt wie ein Versprechen von etwas, an das wir uns nicht zu erinnern wagen, oder in blauen Sommernächten, wenn wir aus dem Schatten der Veranda in das helle Licht des Mondes treten, fühlen wir eine Regung, ein rastloses Verlangen, als würden wir etwas vermissen, von dem wir dachten, es wäre vorhanden. Dann reißen wir uns zusammen und wenden uns entschlossen ab, denn wir wissen, wo dieses aufflackernde Gefühl uns hinführen kann. Und womöglich ist das, was mit unserer Stadt geschieht, ganz einfach, nämlich dass man ein vertrautes Aufflackern, für sich genommen harmlos, ungehindert aufkommen ließ, dass unsere Bürger in der dunklen Kunst der mangelnden Zurückhaltung eine Begabung entwickelt hatten. Denn in diesem Moment, bevor wir uns abwenden, haben auch wir die ferne Gestalt gesehen, die uns lockt, auch wir haben die dunklen Flügel gehört, die im Hirn flattern.

Hochachtungsvoll übermittelt an das Komitee von den Unterzeichnern, am siebzehnten September.

Demnächst

Eines Samstagnachmittags im Sommer saß Levinson, ein selbsternannter Großstadtflüchtling, in seinem Lieblingscafé auf dem Bürgersteig der Main Street, trank einen Eiskaffee und genoss die Aussicht. Er verspürte, ohne jede Selbstgefälligkeit, die Zufriedenheit eines Mannes, der wusste, dass er die richtige Wahl getroffen hatte. Das hier war kein langweiliges Kaff, wie seine Freunde ihn gewarnt hatten, kein niedliches kleines Dorf mit weißem Kirchturm und zwei roten Tanksäulen, sondern eine lebhafte, blühende Stadt. Frauen in schicken Kleidern und breitkrempigen Strohhüten stolzierten direkt vor seiner Nase vorbei. Über die Brüstung des Cafés hinweg beobachtete er Ehemänner mit Baseballmützen, die mit einer Hand einen Kinderwagen schoben und an der anderen einen Hund an der Leine führten, während die Ehefrauen mit überdimensionalen Sonnenbrillen die Henkel bunter Einkaufstüten festhielten, die mit Blusen und Schnäppchenjeans vollgestopft waren. Es gab in die Jahre gekommene Biker mit schwarzen Kopftüchern und tätowierten Unterarmen, japanische Touristen in Blumenhemden, die Fotos mit ihren iPhones machten, großspurige Teenager in ärmellosen Shirts und tief sitzenden Cargohosen, einen ernsten Chassid in einem langen schwarzen Mantel und hoch sitzendem schwarzen Hut, lachende Mädchen mit wallendem Haar, engen, kurzen Hosen und Sandalen mit hohem Keilabsatz.

Selbst die Läden und Gebäude schienen sich zu bewegen, zu atmen, die Form zu verändern, während er sie beobachtete. Auf der anderen Straßenseite hoben zwei Männer hinter einem gelben Absperrband eine Glasscheibe in die renovierte Fassade von MANGIARDI'S RESTAURANT. Weiter die Straße runter, auf einem Stückchen Bürgersteig, das durch eine hölzerne Barriere abgesperrt war, trieben Arbeiter mit Schutzhelmen Brechstangen in die Fassade des VANDERHEYDEN HOTELS. Und noch weiter unten, wo die Läden und Restaurants im Stadtzentrum Mufflershops und Motels Platz machten, schwang ein großer roter Kran einen Doppel-T-Träger durch den Himmel zu einem neuen, dreistöckigen Parkhaus, das auf dem Areal einer eingerissenen Einkaufsmeile stand.

Levinson war vor beinahe einem Jahr hierhergezogen, als die Beratungsfirma, für die er tätig war, hier eine Zweigstelle eröffnete. Er hat es niemals bereut. Die Großstadt war zum Scheitern verurteilt, mit den ganzen Staus, den dreckigen U-Bahnen, den verfallenden Bezirken und abbröckelnden Fassaden. Die Zukunft lag in den Kleinstädten – in kleinen, gut organisierten Städten. Er leistete eine Anzahlung für ein schattiges Haus in einer ruhigen Straße, die von Ahornbäumen überwachsen wurde, doch er hatte der Großstadt nicht Lebewohl gesagt, um sich mit den Händen im Schoß zurückzulehnen und ein ruhiges Leben zu führen. Er arbeitete noch immer so hart wie eh und je, blieb oft bis sechs oder sieben im Büro. Am Wochenende mähte er den Rasen, dichtete die Fenster ab, reinigte die Regenrinne, schüttete den Kies der Einfahrt auf. Er traf sich mit zwei Frauen – Abendessen und ein Film, mehr nicht –, während er wartete, dass ihm die Richtige über den Weg lief. Er hatte ein annehmbares Sozialleben, die Nachbarn waren freundlich. Er war zweiundvierzig Jahre alt.

An den Wochenenden und abends, wann immer er Zeit hatte, tat Levinson nichts lieber, als die Straßen seiner Stadt zu erkunden. Die Main Street war voller Leben, aber das war nicht der einzige Teil der Stadt mit einer spürbaren Energie. In den Wohnstraßen hatten die Häuser neue Dächer, renovierte Veranden, größere Fenster, schickere Türen, am Stadtrand wurden aus leeren Parzellen medizinische Einrichtungen, Supermärkte und Familienrestaurants aus dem Boden gestampft. Bei seinen ersten Besuchen in der Stadt hatte er gesehen, wie sich ein Feld aus Dorngestrüpp mit einem trägen Bach in ein florierendes Einkaufszentrum verwandelt hatte, von dessen mit Markisen überschatteten Läden man auf einen Parkplatz gelangte, der mit Bauminseln und Blumenbeeten übersät war. Und kurz nach seinem Umzug hatte er, Tag für Tag, beobachtet, wie ein Waldstück im Westen der Stadt abgeholzt wurde, um sich in eine Ansammlung schicker Häuser entlang glatten, von Spitzahornbäumen mit violetten Blättern gesäumten Straßen zu verwandeln. Man konnte in dieser Stadt immer etwas Neues entdecken – etwas, das man nicht erwartete. Seine Großstadtfreunde, allesamt Skeptiker und Spötter, konnten über die Langeweile der Provinz, den Kleinstadt-Blues, sagen, was sie wollten, aber das hielt sie nicht davon ab, über das Wochenende herzukommen, und selbst sie schienen überrascht von der Vitalität dieses Ortes und dem sommerlichen Treiben, dem Karussell im Park, dem gut besuchten Bauernmarkt und, wohin man auch sah, am Straßenrand und an Straßenecken, auf leeren Grundstücken und eingezäunten Feldern, Menschen

140

und Maschinen bei der Arbeit: Frontlader, die Erde auf Muldenkipper luden, Bagger, die ihre gezackten Schaufeln in den Boden gruben, Autokräne, die sich aufrichteten, in die Höhe fuhren und sich immer weiter in den Himmel streckten.

Nachdem er an der Kasse gezahlt und einige Münzen in das Trinkgeldglas gesteckt hatte, brach Levinson, wie immer nach seinem Kaffee, zu einem Spaziergang entlang der Main Street auf. Obwohl er das sich über acht Blocks erstreckende Stadtzentrum mittlerweile so gut kannte wie seinen eigenen Garten, stieß er immer auf etwas, das ihn überraschte. In dem chinesischen Schnellimbiss waren die Tische in eine Ecke geschoben worden und ein Mann mit Bohrmaschine bearbeitete die Wand. Ein Schild im Schaufenster kündigte die Eröffnung eines neuen vietnamesischen Restaurants an. Von einer Plattform des Gerüsts aus, das sich an der Fassade eines nahe gelegenen Gebäudes in die Höhe streckte, verpassten Arbeiter mit Schutzhelmen einem Apartment-Balkon verschnörkelte Stützwinkel. Ein neues asiatisches Bistro, das ein indisches Restaurant abgelöst hatte, besaß jetzt eine schicke Terrasse, die über eine Granittreppe zu erreichen war. Zwei Männer auf Leitern montierten eine dunkelgrüne Markise.

Einen halben Block weiter war ein großer Bereich des Bürgersteigs durch ein orangefarbenes Kunststoffgitter abgesperrt worden, weshalb Levinson gezwungen war, auf einem schmalen Streifen der Straße zu gehen, der durch eine niedrige Mauer aus Betonblöcken begrenzt war. Hinter dem Kunststoffzaun sah er ein Fahrzeug mit Hebebühne, einige Männer in neongrünen Warnwesten und weißen Schutzhelmen, haufenweise Ziegelsteine und Bretter, einen Mann mit T-Shirt und Schutzbrille, der auf der Plattform einer Scherenarbeitsbühne stand, und einen orangefarbenen Warnkegel, in dessen Spitze eine kleine US-Flagge steckte.

Nach einem weiteren Block bog Levinson links in die West Broad ab und ging zu einem seiner Lieblingsplätze: einer umzäunten Baustelle an der Ecke Maplewood. Hier wurde das Fundament für ein Apartmentgebäude mit Geschäftsflächen im Erdgeschoss ausgehoben, auf einem Grundstück, das früher den Parkplatz eines kleinen Warenhauses beherbergt hatte. Durch eine offene Tür im Holzzaun sah Levinson auf die rötliche Erde hinunter, auf das blaue Fahrerhaus und die silberne Trommel eines Betonmischers, die Berge aus türkisen Abwasserrohren aus Kunststoff. Er beobachtete zufrieden, wie ein gelber Heckbagger eine Schaufel voll Erde und Geröll in die hoch beladene Mulde eines Sattelkippers lud, der daraufhin sogleich einen Hang hinunterfuhr, der zur Straße führte.

Eine Sache, die Levinson an seiner Wahlstadt mochte, war die Art und Weise, wie man die tägliche Entwicklung mitverfolgen, die Veränderungen erfassen, jedem Detail höchste Aufmerksamkeit schenken konnte, ohne, wie in der Großstadt, das Gefühl zu haben, dass einem gleich der Schädel platzt. Schläfrige Dörfer hatten keinen Reiz für ihn. Sein Interesse war gewachsen, als der Makler ihm erzählte, dass sich in der Stadt Hightech-Unternehmen niederließen, Gebotskriege um Spitzenstandorte entbrannten und schicke Eigentumswohnungen entstehen würden. Der Immobilienmarkt war im Aufschwung. In letzter Zeit hatte er sogar noch mehr Aktivität als gewöhnlich bemerkt. Shops und Restaurants wechselten den Besitzer, Wohnkomplexe schossen aus dem Boden, alte Gebäude wurden eingerissen.

Von mit Gestrüpp und Unkraut überwucherter Erde ließen die Schaufeln der Bulldozer braune Schmutzwolken aufsteigen.

Als Levinson die Main Street überquerte und zurück auf sein Viertel zusteuerte, spürte er die vertraute Atmosphäre der Innenstadt, die nach zwei Blocks in Bars und Restaurants auslief, und dann, scheinbar ganz plötzlich, fand man sich in einer Welt wieder, die aus von Bäumen gesäumten Straßen und zweistöckigen Häusern mit Rollläden und Veranda bestand. Einen Augenblick lang schien es, als wäre er in eine andere, ruhigere Stadt gekommen. Dieses Gefühl wich rasch einer präziseren Wahrnehmung: Ein Mann stand auf einer Leiter und klatschte Farbe an die Mauer eines Hauses, Arbeiter auf einem Dach legten die Sparren für eine neue Dachgaube, und in einem Vorgarten nach dem anderen pflanzten die Menschen Büsche, schnitten Bäume zurück, kratzten Farbe von den Fensterrahmen, stürmten los, um Lieferanten die Tür zu öffnen, die Sofas, Kühlschränke und Tische über die Wege zum Haus und die Treppen hochtrugen.

An seinem Häuserblock angekommen, winkte Levinson der alten Mrs. Breyer zu, die in ihrem Korbsofa auf der breiten Veranda vor dem Haus saß. »Gute Arbeit«, sagte er und zeigte auf die neue Decke der Veranda mit dem glänzenden Walnussanstrich und den frisch lackierten Verandapfosten. Sie setzte ihr markantes breites, mädchenhaftes Lächeln auf, bei dem die Lippen ihre Zähne bedeckten. Levinson passierte eine frisch geteerte Einfahrt, die noch immer den Duft von Teer verströmte, blieb stehen, um einen roten Steinweg zu begutachten, der vor einer Woche noch aus Betonplatten bestanden hatte, und nachdem er beiseitegetreten war, um ein Mädchen aus der Gegend mit knallpinkem Helm auf ihrem Kinderrad vorbeifahren zu lassen, stieg er die Treppe vor seinem Haus hoch und sank in einen der beiden Polstersessel neben dem runden Eisentisch.

Levinson saß mit halb geschlossenen Augen im warmen Schatten. Morgen, Sonntag, würde er für zwei Wochen nach Miami fliegen, um seine Schwester und seine Neffen zu sehen und seine Mutter im betreuten Wohnheim zu besuchen. Es würde gut sein, die Familie zu sehen, gut, eine Weile wegzukommen. Wenn man einen Ort mag, verlässt man ihn gerne, damit man sich auf die Rückkehr freuen kann. Das war jetzt seine Stadt, sein Zuhause. Manchmal wünschte er, er hätte eine andere Karriere eingeschlagen, etwa Hoch- und Tiefbau oder Stadtplanung. Es gefiel ihm, über weitläufige Flächen nachzudenken, darüber, ihnen etwas hinzuzufügen, alles in sinnvoller Beziehung zueinander anzuordnen. Levinson spürte, wie sich seine Nackenmuskulatur entspannte. Als er in den Schlaf sank, war er sich der Geräusche seines Viertels bewusst: das Rattern von Skateboard-Rädern, das *Vrooom Vrooom* einer Kettensäge, das dumpfe Rumpeln einer sich schließenden Garagentür, ein lautes Lachen und immerzu der Chor der Handrasen- und Aufsitzmäher, der elektrischen Heckenscheren und der Hochdruckreiniger, der Rasenkantenschneider und Akku-Hochentaster und, inmitten von oder über alldem, wie das Schlagen eines verborgenen Herzens, das Klopfen von Hämmern in der Sommerluft.

Als er die Augen öffnete, war er überrascht, nicht mehr auf seiner Veranda im Schatten zu sitzen. Aus irgendeinem Grund lag er in einem Bett, in einem Raum mit einer dunklen Kommode, über die ein Streifen Sonnenlicht

144

fiel. Als er auf die Kommode blickte, war ihm, als würde sie ihm vertrauter werden, als würde er jeden Moment dahinterkommen, weshalb sie hier war. Ah, er war in seinem Schlafzimmer – die Sonne schien durch den Spalt zwischen Rollladen und Fensterrahmen. Wie war das passiert? Levinson versuchte sich zu erinnern. Der Spaziergang über die Main Street, die Rückkehr auf die Veranda vor dem Haus, der Flug nach Miami, die zerbrechlichen Hände seiner Mutter – natürlich. Er war von Miami zurückgekehrt und hatte sich in eine hektische Arbeitswoche gestürzt, war lange im Büro geblieben und sofort nach dem Abendessen in sein Bett gefallen. Jetzt war Samstag, er hatte länger geschlafen als gewöhnlich. Es war Zeit für seine Morgenroutine – Frühstück, der Rasen, Telefonate mit seiner Schwester, seiner Mutter und seinem Bruder Murray in San Diego, die Reinigung der Garage –, bevor er für einen Bagel und einen Eiskaffee in die Stadt spazieren würde. Dann, um acht, Abendessen mit ein paar Freunden.

Als Levinson den Weg vor seinem Haus betrat, bemerkte er zu seiner Überraschung, dass das Haus der Mazowskis gegenüber größer geworden war. Es breitete sich zu beiden Seiten aus, beinahe bis zur Grundstücksgrenze. Als er nach rechts bog und sich in Richtung Stadtzentrum aufmachte, sah er, dass das Haus seiner Nachbarn, den Sandlers, statt weißen Schindeln eine Stuckfassade hatte. All das musste passiert sein, während er fort war. Als er weiterging, bemerkte er plötzlich weitere Veränderungen: Das Haus der Jorgensens hatte eine zweite Veranda über der ersten, vor dem Zuhause von Wie-war-noch-mal-sein-Name hatte eine hohe Hecke mit gitterartigem Eingangstor eine Forsythienbuschreihe abgelöst, und als Levinson Mrs. Breyer zuwinkte, die auf ihrer Veranda saß, sah er, hoch oben, ein drittes Stockwerk mit einem achteckigen Turm auf einer Seite.

Straßenblock um Straßenblock entflohen die Häuser ihren alten Formen und verwandelten sich in etwas Neues. Er kam an einer halb fertigen Veranda an der Seite eines Hauses vorüber, die von Ziegelpfeilern gestützt wurde; Männer mit Schutzhelmen gingen geschäftig über die hellen Dielen. Ein nahe gelegenes Haus hatte große Erkerfenster und einen Garagenanbau, an den Levinson sich nicht erinnern konnte. An einer Ecke war der Bürgersteig für Fußgänger gesperrt. Hinter einem tragbaren Maschendrahtzaun stand ein kleines weißes Haus mit rotem Dach, das völlig eingehüllt war von den Bolzen, Balken und Sparren eines viel größeren Hauses, das um das kleine herumgebaut wurde. Levinson versuchte sich vorzustellen, was mit dem ursprünglichen Haus geschehen würde – Würde es drinnen bleiben, ein Haus in einem Haus? –, doch das Haus daneben zog seine Aufmerksamkeit auf sich: eine neue, zweieinhalbstöckige Villa mit Steinfassade und Garten auf dem Dach, in dem ein Paar im Schatten einer Laube saß und das Abendessen einnahm.

Levinson zwang sich, den Blick zu senken – denn bei so vielen neuen Eindrücken gibt es zwangsläufig einen Punkt, an dem einen Erschöpfung überkommt – und auf den vertrauten Bürgersteig zu sehen, während er die abschüssige Straße zur Main Street ging. Als er an der Ecke ankam, sah er hoch und blieb fassungslos stehen. Vor ihm erhob sich ein fünfstöckiges Kaufhaus mit riesigen Schaufenstern. Es stand an der Stelle, an der sich früher JIMMY'S NEWS CORNER, ANTIQUE CHOICES und der Main Street Marketplace

146

befunden hatten. Neben dem neuen Gebäude befand sich ein geräumiger Innenhof voller Tische, an denen Leute saßen und Bier tranken. Ein Schild verhieß: GROSSE ERÖFF-NUNG.

Überall, wo Levinson hinblickte, sah er neue Geschäfte, neue Gebäude – eine Werbeagentur, ein marokkanisches Restaurant, einen Friseurladen, eine Eisdiele. Es gab sogar eine überdachte Einkaufspassage, zu deren beiden Seiten sich je eine Reihe Läden erstreckte. Die alte Sparkasse mit der hohen Treppe und den kannelierten Säulen war noch immer da, aber sie war jetzt zwei Etagen höher und durch einen gläsernen Übergang mit einem neuen Gebäude verbunden, das an der Stelle stand, wo vor drei Wochen noch ein Laden für Männerbekleidung und ein Weingeschäft gewesen waren. Und obwohl sich der Stadtsaal noch immer gegenüber der Bank befand, war eine Seite in Gerüste gehüllt, und die Treppe vor dem Gebäude lag hinter einem Zaun aus Sperrholzplatten, durch den er Bohren und Hämmern hören konnte.

Als Levinson weiter in Richtung seines Eiskaffees ging, tat er sein Möglichstes, um alles in sich aufzunehmen. Das vietnamesische Restaurant, das vor drei Wochen den chinesischen Schnellimbiss ersetzt hatte, war jetzt ein Laden, der sich auf außergewöhnliche Schokoladen spezialisiert hatte. Das alte VANDERHEYDEN HOTEL sah wie ein Renaissance-Palazzo aus. Das Nagelstudio war ein schwedisches Möbelhaus. Und Levinsons Straßencafé, sein samstäglicher Rückzugsort, mit der Eisenbrüstung und den fransigen Sonnenschirmen, der Ort, den er in Miami so vermisst hatte, war jetzt LOUISE'S BOUTIQUE, vor der unter einer Markise Kleiderstangen voller reduzierter Kleider und Seidenschals standen.

Kaum hatte er die Enttäuschung verspürt, da bemerkte er schon ein neues Straßencafé einige Läden weiter, wo sich dunkelroter Stoff zwischen zwei Eisenpfosten spannte. Bald saß er im Schatten eines Sonnenschirms und trank einen Eiskaffee, während er versuchte, das Ganze zu verarbeiten. Die Veränderungen waren bemerkenswert, beinahe unglaublich, doch in drei Wochen konnte viel geschehen, besonders in einer Stadt wie dieser. Nur zu gut kannte Levinson jene Leute, die sich über Veränderungen beklagen, die bei alten Gebäuden ins Schwärmen geraten und bruchstückhaft, aber ehrfürchtig von alten Zeiten erzählen, und obwohl er überrascht war und etwas benommen vom Anblick der neuen Innenstadt, angesichts dessen er sich selbst fragen musste, ob er auf seiner Veranda eingeschlafen war und all das träumte, blickte er mit äußerstem Interesse auf die Straße, denn er war vollkommen wach, er trank an einem Samstagnachmittag einen Eiskaffee in der Stadt und war nicht einer jener Leute, die bei jeder Abrissbirne, die auf eine Hausmauer trifft, das Gefühl haben, dass ein Land oder eine Zivilisation zugrunde geht.

Gestärkt durch die Rast, setzt Levinson seinen Samstagsspaziergang auf der Main Street fort – entschlossen, dass ihm nichts entgehen würde. Er betrachtete prüfend die Schaufenster der neuen Läden, registrierte die neu gestalteten Fassaden halb vertrauter Gebäude. Er passierte die Granittreppe und die breite Glastür von etwas namens XQUISICO ENTERPRISE, wo in seiner Erinnerung ein Juwelier und ein Zigarrenladen gewesen waren. Am Ende der Main bog er in die West Broad ein und ging bis zur Ecke Maplewood, um zu sehen, wie es seiner Baustelle erging.

Sie war nicht mehr da. Über die gesamte Länge der Maplewood erhoben sich zu beiden Seiten fünfstöckige Wohnkomplexe mit breiten Balkonen über neuen Läden, die im Schatten sorgfältig geschnittener Birnbäume standen. Levinson versuchte sich die Straße von früher ins Gedächtnis zu rufen – den Holzzaun mit dieser Öffnung, ein Geschäft für Bürobedarf, NAGEL'S REINIGUNG –, aber er wurde unsicher, vielleicht hatte er ein oder zwei Gebäude vergessen, er kannte die Straße nicht besonders gut. Er ging die neue Maplewood entlang, warf einen Blick in die Schaufenster, sah hinauf zu einer Familie, die auf einem Balkon mit Blumenkörben in der vierten Etage zu Mittag aß. Er kam an einem Spalt zwischen den Gebäuden vorbei, der den Blick in einen weitläufigen Innenhof freigab, in dem ein Clown mit aufgemalten Tränen im weißen Gesicht, umringt von sitzenden Kindern mit Luftballons, mit Tellern jonglierte.

An der nächsten Kreuzung bog er links in die Main ein. Er hatte eine gute Sicht auf das neue Straßencafé mit der Absperrung aus rotem Stoff. Nebenan ersetzten Arbeiter unter einem Schild mit der Aufschrift DEMNÄCHST Ziegel durch Stein. Beim Überqueren der Main Street hatte er das verwirrende Gefühl, dass die Läden nicht mehr dieselben waren, dass sich erneut alles verändert hatte, aber bestimmt irrte er sich, eine Folge der Überanstrengung in der drückenden Nachmittagshitze.

Müde machte sich Levinson auf den Heimweg. Als er die von Bäumen gesäumte Straße am Rande seines Viertels erreichte, bemerkte er, dass er irgendwo falsch abgebogen sein musste, denn er kam an Häusern vorbei, die er nie zuvor gesehen hatte, obwohl ihm einige irgendwie vertraut vorkamen. Vielleicht war es eine Straße, die er kannte, in der alle Häuser neue Windfänge, Giebel, Veranden, Anbauten erhalten hatten. Oder vielleicht waren die alten Häuser alle abgerissen und durch neue ersetzt worden.

Er war nicht weit gegangen, da blockierte eine Reihe orange-weißer Warnkegel den Weg. Hinter den Kegeln standen Leute, die den Blick auf einen Garten richteten. Levinson kam es so vor, als legte ein Straßenfertiger, der von einem Muldenkipper gefüttert wurde, Asphalt auf eine neue Straße zwischen zwei Häusern mit aneinandergrenzenden Rasen und ließe zu beiden Seiten nur schmale Grasstreifen übrig. Levinson machte kehrt. Er fand eine andere Straße, in der er eine Veranda entdeckte, an die er sich zu erinnern glaubte, obwohl er nicht mehr sicher sein konnte. Er bog rechts ab, ging an einem halb fertigen Haus mit von pinken Dämmplatten ummantelten Mauern vorüber und kam zu einer Reihe Sägeböcke, die über die Straße verteilt waren. Er bog in eine andere Straße ein. Von einer Veranda aus winkte ihm jemand zu. Es war der alte Mr. Gillon, der in Levinsons Straße, einen Block von seinem eigenen Haus entfernt wohnte.

Die Hitze hatte Levinson erschöpft. Seine Schläfen pochten, seine Unterarme glänzten. Unter vertrauten Ästen schimmerten unbekannte Häuserfassaden in der Sonne. Ein Fahrradhelm lag auf die Seite gekippt vor einem Haus auf dem Rasen, wie ein weit geöffneter Mund. Plötzlich tauchte sein Haus auf. Levinson ging auf die Veranda, die Hand auf der Eisenbrüstung. Er sank in einen der Sessel. Sein Kopf war heiß. Auf dem Rasen vor dem Haus gegenüber stand ein großer Löffelbagger und verdeckte das halbe Haus der Mazowskis. Im warmen Schatten schloss Levinson die Augen.

Als er sie wieder öffnete, regnete es leicht. Unter dem dunkelgrauen Himmel sah er die Lichter der Veranda, die Fenster schimmerten gelb. Auf dem Rasenstreifen zwischen dem Bürgersteig vor seinem Haus und der Straße stand ein Sägebock neben einem Warnkegel. Er stellte sich vor, sie würden sich ihm über den Weg, der zu seinem Haus führt, nähern. In der düsteren Atmosphäre erinnerten ihn die gegenüberliegenden Häuser an einen Ausflug, den er als Kind mit seinen Eltern gemacht hatte, an irgendeinen Ort in Arizona oder New Mexico. Durch die Fenster seines Hotelzimmers hatte er ängstlich auf die falsch wirkenden Häuser hinausgesehen, mit ihren fremd wirkenden Schornsteinen, ihren vorgetäuschten Türen. Levinson erstarrte: das Abendessen. Es war bereits 19:25. Er würde keine Zeit für eine Dusche haben – lediglich für eine Katzenwäsche und Umziehen.

Zehn Minuten später, als Levinson durch die Eingangstür nach draußen trat, hatte es aufgehört zu regnen. Durch einen Spalt in den dunklen Wolken war der blasse Himmel zu sehen. Die Straßenlaternen waren angegangen. Auf dem Rasen vor seinem Haus sah er ein glänzendes Stahlrohr. Gegenüber verlief entlang der Kante des Bürgersteigs, dem Rasen vor dem Haus und dem Löffelbagger ein Drahtzaun. Drei Männer, die sich dunkel vom Abendhimmel abhoben, standen auf dem Dach des Hauses der Mazowskis. Neben dem Haus der Sandlers erhob sich ein zweistöckiges Rollgerüst, das Levinson zuvor nicht aufgefallen war. Ein Mann mit Schutzhelm, die Fäuste in die Hüften gestemmt, stand daneben und sah zu ihm herüber.

Levinson fuhr seinen Wagen rückwärts aus der Einfahrt und bog in Richtung Main ab. Das Restaurant, in dem er seine Freunde traf, war am anderen Ende der Stadt, draußen beim neuen Einkaufszentrum.

Nach dem zweiten Häuserblock war Levinsons Straße abgesperrt. Männer mit Schutzhelmen standen über Presslufthämmer gebeugt, die die Straße aufrissen. Levinson bog rechts ab. Auf halber Höhe der Straße versperrte ein großer Lastwagen mit zwei Warnkegeln auf der Stoßstange den Weg. Ein Mann mit einem orangefarbenen Streifen auf der Weste winkte ihn nach rechts, wo eine schmale Fahrbahn zwischen den Gärten hindurchführte. Am Ende der Fahrbahn bog Levinson in eine Straße, die ihm fremd erschien, obwohl sie nicht weit von seinem Haus entfernt sein konnte. Die Sonne war hinter den Hausdächern verschwunden, ein Kran ließ vor dem sich verdunkelnden Himmel etwas auf ein Dach sinken.

An der nächsten Ecke bog er erneut ab, aber er war nicht mehr sicher, ob er Richtung Main oder in die Gegenrichtung fuhr. Er kam an einem großen Haus vorbei, wo eine Menschenmenge auf der um das Haus verlaufenden Veranda lachte. Jemand hob ein Glas, wie um ihm zuzuprosten. Im orangefarbenen Schein der Natriumdampflampen hielt Levinson noch immer nach einer Straße Ausschau, die ihn ins Stadtzentrum führen würde, aber er fand sich in einem ihm unbekannten Viertel wieder, in dem eine Reihe halb fertiger Häuser einem dunklen Feld wich. Hinter einem Maschendrahtzaun erhob sich neben einem gigantischen Konstrukt aus Stahlträgern ein Turmdrehkran.

Levinson drehte um und fuhr zurück. Es war 19:55. Er kam in eine Straße mit zweistöckigen Häusern mit Veranden davor. Es schien seine eigene Straße zu sein, aber er war sich nicht sicher. Am Ende des Blocks hoben Männer mit

Lichtern an den Helmen einen Vorgarten aus. Levinson ließ die Fensterscheibe herunter. »Wie komme ich zur Main?«, rief er. »Da lang!«, rief einer der Männer und deutete nach links. Levinson bog links ab. Im Licht einer flackernden Straßenlaterne sah er ein halb errichtetes Haus mit fertigem Dachstuhl. In der Dunkelheit des nächsten Gartens konnte er schemenhaft ein Fundament ausmachen, das von Deckenträgern bedeckt war. Die Straße hörte hier auf; ein unbefestigter Pfad führte in etwas, das ein Wald zu sein schien. Auf einem Metallschild, das an einem Baum lehnte, stand VORSICHT! BAUSTELLE. Als Levinson dem Pfad folgte, schabten Äste hörbar über die Seiten seines Wagens. Der Pfad wurde breiter, begann anzusteigen, Leitplanken tauchten auf. Er war auf einer Rampe. Plötzlich fand sich Levinson auf einer sechsspurigen Autobahn wieder, auf der rubinrote Rücklichter in die Ferne davonrasten. Auf der anderen Seite des Grünstreifens in der Mitte der Straße flossen gelbe Scheinwerfer auf ihn zu. Unter dem blauschwarzen Himmel reihte sich Levinson in die zweite Spur ein, fuhr unter einem Schild mit einem Namen und einer Ausfahrt, die er nicht wiedererkannte, hindurch und in die Nacht davon.

Rapunzel

Der Aufstieg

Eine Hand nach der anderen, ein Fuß hebt sich über den anderen, stemmt sich gegen den rauen Stein, sein Rücken angespannt, sein Hals gestreckt, das geflochtene Haar zwischen seinen Fäusten gespannt: Der Prinz ist stark, doch es ist keine einfache Aufgabe, die Mauer des Turms zu erklimmen. Das Abenteuer erfüllt ihn mit Aufregung. Er wächst an jeglichen Hindernissen, Gefahren, Schwierigkeiten. Er ist von solcher Heiterkeit erfüllt, dass er vor Freude aufschreien möchte, nur dass seine Zähne zusammengebissen und seine Lippen in einer angestrengten Grimasse verzogen sind. Er erinnert sich an den ersten flüchtigen Blick auf sie: das Fenster hoch über ihm, die dunkle Gestalt darunter, das Haar, das wie Feuerregen herabfällt. Jetzt erklimmt er dieses flammende Haar, das in der sommerlichen Dämmerung, im Schatten der hohen Kiefern und Tannen, nicht golden ist wie in seiner Erinnerung, sondern die Farbe eines Strohballens im Schatten eines Stalles hat. Es liegt Gefahr in diesem Aufstieg, denn er könnte jeden Augenblick abstürzen und sich das Genick brechen, das Rückgrat brechen. Und selbst wenn er einen sicheren Halt hätte, aus dem Wald droht eine zweite Gefahr: die plötzliche Rückkehr der Zauberin, die sehen wird, wie er versucht, den verbotenen Ort zu erreichen. Der Prinz begrüßt die Gefahr, ergötzt sich daran, denn die Gefahr lässt ihn spüren, dass er am Leben ist. In der späten Dämmerung liegt der Turm in Dunkelheit, doch oben, wo der Himmel noch immer hell ist, fängt das Flügelfenster das letzte Licht ein. Der Prinz denkt: Wenn es doch für immer so sein könnte! – Das Ziehen in seinen Armen, der Nervenkitzel des Aufstiegs, das Kratzen der Zweige an seinem Hals. Aus dem Wald ertönt der Ruf einer Eule. Der Prinz hält an, schlägt nach einem Insekt, klettert weiter. Von seiner hochgeschobenen Hüfte hängt sein Schwert senkrecht nach unten, als hätte es im Fall plötzlich innegehalten.

Der Spiegel

Während der Prinz den Turm erklimmt, kehrt die Zauberin durch den Wald zu ihrem Häuschen am Rande des sich verdunkelnden Dorfes zurück. Das Häuschen ist von einer hohen Mauer umgeben. Die Zauberin macht sich nichts aus Nachbarn. Drinnen angekommen, geht sie schnurstracks an dem Tisch und dem Schrank vorbei zu ihrer Kommode und greift nach einem ovalen Spiegel mit Elfenbeingriff. So ist es immer: Nach dem Turm der Spiegel. Im Glas sieht sie ihr Spiegelbild, das ihr mit dem vertrauten Ausdruck von Ekel entgegenblickt. Fasziniert und voller Abscheu, mit einer Art begieriger Verbitterung, starrt sie zurück. Sie hasst die dicken Augenbrauen, die kleinen, zu eng beieinanderliegenden Augen, die krumme Nase, die aussieht, als hätte ein Dorfkarikaturist eine Hexe skizziert. Ihre Lippen sind wie eine klaffende Wunde, das Kinn steht wie ein Höcker hervor. Aus einer Warze in der Furche ihres Kinns sprießen drei Haare wie Triebe aus einer alten Kartoffel. Ihre Haut ist gelb. Das schwarze Haar hängt ihr ins Gesicht wie Buschwerk, das über einen Zaun wuchert. Ihre Kräuter, ihre Wurzeln, ihre medizinischen Salben, sogar ihre Zaubersprüche, die hohe Türme aus dem Nichts erschaffen können – alles nutzlos. Sie wirft den Spiegel zur Seite. Das Grausame daran ist, dass sie seit jeher das Schöne liebt. Sofort denkt sie an Rapunzel. Und ihr Herz frohlockt: das goldene Haar, Haut wie der Flaum eines Schwans, die elegante Form ihrer Nase. Rapunzel ist in ihrem Turm in Sicherheit, schläft tief und fest unter ihrer Bettdecke. Sie wird ihren Schatz besuchen, wenn die Nacht vorüber ist.

Haar

Im Turmzimmer liegt Rapunzel und wartet auf den Prinzen. Manchmal wartet sie am Fenster, doch in dieser Nacht liegt sie in ihrem Bett, auf der anderen Seite der kleinen Kammer. Ihr geflochtenes Haar breitet sich über die Bettdecke und über den Holztisch bis zum Haken im Fensterbrett aus. Sie ist stolz auf ihr Haar, das viel länger ist als sie selbst und aus ihr hervorquillt wie Regen aus dem Himmel, auch wenn es sehr viel Platz benötigt und sehr störend sein kann, weil es über den Boden schleift und Staub mitschleppt. Manchmal wünschte sie, sie könnte es mit einem kräftigen Schnipp-Schnapp abschneiden und zusehen, wie es hübsch und tot daliegt, ohne ständig hinter ihr her zu schlängeln. Bei Sonnenuntergang, sobald sich die Zauberin daran zu Boden gelassen hatte, zog Rapunzel den dicken Zopf nach oben, winkte zum Abschied aus dem

Fenster und sah zu, wie sie zwischen den dunklen Bäumen verschwand. Nur wenig später erschien der Prinz auf der kleinen Lichtung am Fuße des Turms. Rapunzel befestigte ihren Zopf erneut an dem Haken im Fensterbrett und ließ dann nach und nach ihr Haar herunter, als ließe sie einen Eimer in einen Brunnen hinab. Als die letzte Handvoll über das Fensterbrett gefallen war, kehrte sie in ihr Bett zurück und legte sich hin. Obwohl das Haar am Haken befestigt ist, kann sie die Last des Prinzen während seines Aufstiegs spüren. Er ist wie ein kleiner Junge, ihr Prinz, neckt sie, indem er sie an den Haaren zieht. Durch das Fenster sieht sie den sich verdunkelnden Himmel. Sie weiß, dass er den schwierigen Aufstieg liebt, doch sie selbst liebt ihn nicht. Sie fürchtet jede einzelne Sekunde die Rückkehr der Zauberin, sie hat Angst, dass auch nur die kleinste Regung ihrerseits dazu führen könnte, dass er den Halt verliert und in den Tod stürzt, und sie kann das unaufhörliche Ziehen an ihrem Kopf nicht leiden. Sie wünschte, sie würden einen anderen Weg finden. Doch der Turm hat keine Tür, es gibt keine Treppe, selbst die Zauberin kann die Spitze nicht ohne das Seil aus Haaren erklimmen. Natürlich gibt es da die zur Hälfte fertiggestellte Leiter aus Seide, die unter ihrer Matratze versteckt ist, doch der Gedanke daran beunruhigt sie. Rapunzel wendet ihre Gedanken erfreulicheren Dingen zu: dem Augenblick, wenn der Prinz am Fenster auftaucht, dem Sprung, den ihr Herz macht, seine Hände auf ihrem Gesicht. Sie kann ihr Haar über dem Haken quietschen hören, und seine Füße, die weit unten gegen Stein reiben.

Schöne Frauen

Während der Prinz zur Spitze des Turms klettert, muss er plötzlich an den Palast denken, der auf der anderen Seite des Waldes liegt. Rapunzel ist so anders als die Damen am Hof, sodass es ihm manchmal schwerfällt zu sagen, was genau ihn zu ihr zieht, Nacht für Nacht. Die Hofdamen sind so wunderschön, dass es gefährlich ist, sie anzusehen. Manchmal erstarrt ein Höfling, dessen Blick zufällig auf sie fällt, ist dann wie gelähmt, als hätte man ihn in die Kehle gebissen. Jener Mann wird krank vor Liebe, als siechte er an einer Erkrankung dahin. Der Prinz, der in seinem Leben nie krank gewesen ist, bewundert die Hofdamen und steht ihren sinnlichen Blicken keinesfalls gleichgültig gegenüber. Er hatte viele Gelegenheiten für geheime Abenteuer gehabt, und für einen jungen Mann war er bereits ein erfahrener Liebhaber. Doch obwohl es bei Hof vielerlei körperliche Reize gibt, ist er sich einer leichten Eintönigkeit gewahr, denn alle Damen, von denen er umgeben ist, zeichnen sich vor allem durch etwas Nobles und Würdevolles in ihrer Schönheit aus: Das straff zurückgebundene Haar betont die feinen Konturen der Wangen und der Stirn, die schmalen Nasenlöcher, die exquisite Form ihrer Lippen. Manchmal sucht ein Höfling, gelangweilt von derlei Überfluss an Perfektion, nach dem genauen Gegenteil: ein Bauernmädchen mit rohen Gesichtszügen, eine dralle Kaufmannsfrau mit schiefen Zähnen. Auch der Prinz hatte seine Abenteuer in den Dörfern und Bauernhöfen gehabt, wenngleich er nicht nach dem Rohen sucht, sondern nach dem unerwarteten Aufblitzen von Schönheit in einer Geste oder einem Blick. Er hatte bei diesen Liebesabenteuern stets Vergnügen und noch etwas anderes empfunden: eine Distanz, ein Mangel an Überzeugung, als hätte er danebengesessen und die theatralischen Verführungsversuche des jungen Prinzen beobachtet. Mit Rapunzel ist es niemals so. Es ist, als wäre sie in ihn hineingeschlüpft und bewegte sich dann, wenn er sich bewegt. Was er sieht, wenn er sie ansieht, lässt sich schwerer in Worte fassen. Für die Hofdamen würde ihre Schönheit zu wünschen übrig lassen. Es liegt nichts Stolzes oder Hochmütiges in ihrem Gesicht noch liegt Erhabenheit in ihren Zügen. Manchmal, wenn er sich im Bett zu ihr umdreht, ist er erstaunt, etwas Kindliches, Unfertiges in ihren Zügen zu entdecken. Es ist, als hätte er sie nie zuvor gesehen, als wüsste er nicht, wie sie aussieht. Manchmal kann der Prinz, wenn er allein ist und versucht, sich ihr Bild ins Gedächtnis zu rufen, sie nicht mit vollkommener Klarheit vor sich sehen. Er sieht nur, was sie nicht ist. Woran er sich erinnern kann, immer, ist der erste Anblick ihres Haares, das vom Turm herabfällt wie Feuer. Sie scheint einzig in seinen Träumen zu existieren. Kehrt er deshalb zu ihr zurück, Nacht für Nacht? Um sich zu versichern, dass er nicht träumt? Und angenommen, sie fände den Mut, den Traumturm zu verlassen, so wie er es möchte. Würde sie sich im harten Licht der Sonne in Luft auflösen? Diese Gedanken sind dem Prinzen so lästig wie Schmeißfliegen, er schüttelt sie ab. Er greift nach oben und packt das Haar, hebt einen Fuß und stemmt ihn ein Stück weiter oben gegen die Mauer. Er blickt in den Abendhimmel. Irgendwo dort oben wartet eine unsichtbare Frau.

Warten

Auch die Zauberin wartet. Sie wartet darauf, dass die lange Nacht beginnt, um bald wieder zu enden. Beim ersten Schimmer des Morgengrauens wird sie zu ihrem Rapunzel zurückkehren. Sie kann, wann immer sie möchte, ihr Häuschen verlassen und durch den Wald zum Turm gehen, doch sie widersteht dem, was sie nicht länger als echte Versuchung betrachtet. Schließlich verbringt sie den ganzen Tag mit Rapunzel. Die Nacht gehört ihr allein. So ist es besser. Sie möchte nicht, dass Rapunzel ihrer überdrüssig wird – und außerdem gibt es zu Hause Dinge, die erledigt werden möchten. Sie hasst das grelle Licht der Sonne, das die Aufmerksamkeit auf ihr Hexengesicht lenkt, und arbeitet daher in der Dunkelheit. Sobald der Mond am Himmel steht, wird sie hinausgehen und sich um das Gemüsebeet kümmern, tote Zweige von den Birn- und Pflaumenbäumchen schneiden, die Sträucher und Blumen bewässern. Dann wird sie ihre Kleider in einem Korb hinunter zum Fluss tragen, der am Rande des Dorfes verläuft. Sie wird die Kleider im Mondlicht waschen und sie nach Hause tragen, um sie zum Trocknen auf eine Leine zu hängen. Sie wird im Ofen Brot für Rapunzel backen, Wasser aus dem Brunnen holen. Erst nach alldem wird sie sich zum Schlafengehen bereitmachen. In der Dunkelheit wird sie ihr langes schwarzes Kleid ausziehen und in ihr Nachthemd schlüpfen, das nie jemand je zu Gesicht bekommen hat. Sie wird sich in ihr bitterkaltes Bett legen und an Rapunzel denken, die weiß und golden in ihrem Turm liegt. Während sie vor der Kommode steht, wirft sie einen weiteren Blick in den Spiegel. Sie streckt die Hand danach aus, zieht sie abrupt wieder zurück. Dann beginnt sie, auf und ab zu laufen, die Hände hinter dem Rücken, den Oberkörper nach vorn geneigt, als ginge sie einen Berg hinauf.

Hilflos

Während sie darauf wartet, dass der Prinz das Fenster erreicht, überkommt Rapunzel erneut dieses Gefühl, wie immer, wenn er den Turm zur Hälfte erklommen hat: Sie ist gefangen, sie kann sich nicht bewegen, sie will vor Angst aufschreien. Sie weiß, dass dieses Gefühl der Hilflosigkeit dem langen Aufstieg geschuldet ist, ihrer Weigerung, sich zu bewegen, aus Angst, der Prinz könnte den Halt verlieren, und dem ständigen Ziehen an ihrer Kopfhaut. Was dauert denn so lange? Sie erinnert sich selbst daran, dass sie dieses Gefühl nur während des Aufstiegs befällt. Der Abstieg geht schnell, nichts könnte leichter sein, kaum ist er über das Fensterbrett gestiegen, steht er bereits weit unten am Fuße des Turms und sieht hoch. Die Zauberin klettert auf den Turm, als durchquerte sie ein Zimmer, obwohl sie einen Sack voller Gemüse und Brot auf dem Rücken trägt. Wieso, ach, wieso nur braucht der Prinz so lange? Er muss es genießen, ihr Qualen zu bereiten. Oder war es möglich, dass er nicht so lange brauchte, wie sie dachte? Dass er in Wirklichkeit zu ihr hochsaust wie ein starker Wind und dass einzig ihr heftiges Verlangen den Aufstieg so langsam erscheinen lässt? Durch das offene Fenster kann Rapunzel den oberen Teil des Hakens, die ruckartigen Bewegungen des Haares sehen. Wird er denn nie ankommen?

Enttäuschung

Das Fenster befindet sich unmittelbar über seinem Kopf, noch ein weiterer Zug und sein Gesicht wird über dem Fensterbrett erscheinen, doch als sich der Prinz an der Kante festhält, fühlt er die vertraute Enttäuschung. Er ist enttäuscht, weil der Aufstieg zu Ende geht, der Triumph ist in Reichweite, schon jetzt sehnt er eine neue Herausforderung herbei, eine größere Gefahr – eine Bestie im Wald, einen Meuchelmörder in der Kammer. Er würde gerne jede Nacht einen Drachen vor dem Eingang einer Höhle bezwingen, wenn er sich zu Rapunzel vorkämpft. Gewiss, er ist glücklich bei dem Gedanken, schon bald vereint zu sein mit seiner Geliebten, an die er in den langen Stunden dieses öden Tages unermüdlich dachte. Doch er weiß, sobald er sie sieht, wird er darüber erschrecken, in wie vielen Details sie nicht seiner Erinnerung entsprechen wird, bis das reale Rapunzel das Rapunzel in seiner Vorstellung schließlich verdrängen wird. Als er sich zum Fensterbrett hochzieht, wünscht er sich an den Fuß des Turms zurück, von wo aus er entschlossen zu seiner Geliebten emporklettert.

Verdacht

Während sich der Prinz über das Fensterbrett hochzieht, hält die Zauberin, die in dem dunklen Häuschen auf und ab gegangen ist, inne. Rapunzel kam ihr in letzter Zeit verändert vor – oder war das nur Einbildung? Wenn die Zauberin von dem Tisch im Turm aufsieht, um Rapunzel, die ihr gegenübersitzt, zu betrachten, starrt Rapunzel manchmal mit offenem Mund vor sich hin. Fragt sie, was sie gerade denke, lacht Rapunzel fröhlich und antwortet, sie denke an überhaupt nichts. Manchmal seufzt das Mädchen auf wie jemand, der einen inneren Druck ausgleichen muss. Die Zauberin, deren eigenes Elend ihre Wachsamkeit gegenüber Zeichen der Unzufriedenheit geschärft hatte, ist von diesen Hinweisen auf ein geheimes Leben beunruhigt. Sie redet sanft auf Rapunzel ein, fragt sie, ob sie müde sei, greift in die Tasche ihres Kleides und bringt ein Stück Marzipan zum Vorschein. Die Zauberin weiß nur zu gut, dass sie Rapunzel ganz oben in einen unerreichbaren Turm inmitten eines dunklen Waldes gesteckt hat, doch sie weiß auch, dass sie sich nichts sehnlicher wünscht, als das schöne Mädchen vom Leid der Welt abzuschirmen. Sollte Rapunzel unzufrieden werden, sollte sie jemals rastlos und unglücklich werden, würde sie beginnen, sich ein anderes Leben vorzustellen. Sie würde Fragen stellen, sich unmöglichen Wünschen hingeben, davon träumen, dort unten umherzuspazieren. Der Turm würde sich plötzlich wie ein Gefängnis anfühlen. Er ist kein Gefängnis. Er ist eine Zuflucht, ein Ort des Friedens. Die Welt, so ist die Zauberin mit jeder Faser ihrer selbst überzeugt, ist voller Schmerz. Sie schwört, ihrer Tochter mehr Aufmerksamkeit zu widmen, ihr jeden noch so kleinen Wunsch zu erfüllen, nach dem winzigsten Zeichen der Unzufriedenheit Ausschau zu halten.

Endlich!

Rapunzel sieht zu, wie der Prinz sich anmutig in die Kammer schwingt, sie wie verzaubert anblickt und sich mit einem

Mal umdreht, um ihr Haar aus dem Haken im Fensterbrett zu lösen. Alles an ihm lässt ihr Herz höher schlagen, doch sie ist immer enttäuscht darüber, wie er sie im Moment seiner Ankunft ansieht. Er scheint auf irgendeine Weise verwirrt zu sein, als wäre er überrascht, sie hier, an der Spitze des Turms, vorzufinden, oder als wüsste er nicht so recht, wer sie war, diese Fremde, an deren Haar er eben erst emporgeklettert war. Mit dem Rücken zu ihr zieht er das Haar von unten hoch, legt Schlinge um Schlinge ihres geflochtenen Zopfes auf den Tisch, zieht schneller und schneller, während der rutschige Haarberg vom Tisch gleitet und auf den Boden fällt, wo er zittert und zuckt wie ein langes Tier. Als sich der Prinz mit dem Zopf in den Händen zu ihr umwendet, als böte er ihr ihr eigenes Haar als Geschenk dar, zeigt sein Gesicht nicht länger Verwirrung, sondern zärtliches Wiedererkennen. Und während sie sich erhebt, um ihn zu begrüßen, durchströmt sie ekstatische Freude.

Schamlos

Der Prinz lehnt sich träge auf dem aufgewühlten Bett zurück, und während er zusieht, wie Rapunzel in ihrem Nachthemd aus wallendem, schimmerndem Haar in der Kammer umhergeht, denkt er abermals über die Abwesenheit jeglicher Scham nach. Er kennt viele Hofdamen, die in Liebesdingen schamlos sind, aber deren Schamlosigkeit ist aggressiv und herausfordernd: Für sie ist die Nacktheit eine Einladung für Verbotenes. Eine Dame besteht darauf, dass er ihr, neben ihr stehend, beim langsamen Entkleiden zusieht, wobei sie immer wieder innehält, um ihm die Möglichkeit zu geben, jeden

Teil zu bewundern, während sie sich streichelt. Am Ende hält sie ein transparentes Tuch vor ihren Körper, das sie schließlich auf den Boden gleiten lässt. Ihren Wunsch, gegen alles Sittsame zu verstoßen, die Fesseln des Anstands abzuwerfen, sieht der Prinz als Unterwerfung unter eben jene Kräfte, die sie zu überwinden suchen. Manchmal legt ein Bauernmädchen in einer Scheune eine sinnliche Direktheit an den Tag, für die der Prinz dankbar ist, doch an einem Sonntag besucht dasselbe Mädchen prüde die Kirche. Rapunzel hat keine Scham und sie überwindet die Scham auch nicht. Sie spaziert nackt umher, als wäre die Nacktheit eine Form der Bekleidung. Die Unschuld ihrer Schamlosigkeit entwaffnet den Prinzen. Es gibt nichts, was sie nicht tun würde, nichts, dem sie glaubt widerstehen zu müssen. Manchmal wünschte der Prinz, sie würde ihn mit einem raffinierten Blick necken, ihre Brüste mit einem Fächer aus Pfauenfedern bedecken, sich auf den Bauch legen und ihm einen schelmischen Blick über die Schulter zuwerfen, als wollte sie sagen: Na, wie wär's? Der Prinz ist ein unerschrockener Liebhaber, doch es gibt Momente in ihrer Gegenwart, in denen er sich schüchtern fühlt. In solchen Momenten sehnt er sich danach, dass sie sich ihm verbissen widersetzt, sodass er sie mit Gewalt unterwerfen kann. Stattdessen beugt er sich hinab, ganz weit, und küsst ganz sachte jede einzelne ihrer Zehen.

In den Wald

Vom Fenster aus sieht Rapunzel zu, wie der Prinz geschwind hinabklettert, eine Hand nach der anderen, und auf den Boden springt. Er sieht hoch, ruft ihren Namen. So weit unten scheint er kein Prinz, sondern eine kleine Kreatur des Waldes zu sein, ein Fuchs oder ein Wiesel. Er dreht sich um und verschwindet zwischen den Bäumen. Die Morgendämmerung durchbricht den dunklen Himmel. Ganz unvermittelt überkommt sie ein Verlangen: vom Turm zu springen, nach unten zu fallen, ganz nach unten. Ihr Haar steigt auf wie eine Rauchschwade, der Wind rauscht ihr entgegen, die Last der Welt ist verschwunden. Der süße Fall, der selige Tod.

Kämmen

In der heller werdenden Kammer sitzt die Zauberin am Tisch neben dem Fenster und kämmt Rapunzels offenes Haar. Rapunzel sitzt ihr gegenüber, nippt an einem Gebräu aus Kräutern. Ihre Handarbeit liegt neben ihr, sie sieht etwas müde aus. Die Zauberin befürchtet, dass sie nicht gut schlafen oder womöglich krank werden könnte. Das Kräutermittel sollte ihr wieder Kraft geben. Weil das Haar so lang ist, kämmt die Zauberin nicht vom Ansatz ausgehend nach unten. Stattdessen beginnt sie unten und kämmt, eine Handvoll Haar im Schoß, die Knoten aus den Enden. Die Haarbürste ist aus Birnbaumholz und hat dunkle Wildschweinborsten. Die Zauberin erhielt sie als Bezahlung von einer alten Frau im Dorf, deren Rückenschmerzen sie geheilt hatte. Sobald sie mit der Haarpartie in ihrem Schoß fertig ist, greift sie nach einer neuen und schiebt dabei die gekämmte Strähne sachte beiseite, die sich bauschig an ihren Beinen hinab auf den Boden ergießt. Aus der Ferne ist das Haar blond, doch aus der Nähe kann man viele Farben erkennen: Weizen, Beige, Rotgold, Buttergelb, Honigblond. Das Haar in ihrem Schoß ist eine warme Katze, die in der Sonne schläft. Wenn sie mit dem Kämmen fertig ist, wird die Zauberin das Haar mit viel Geduld zu einem einzigen dicken Zopf flechten. Die weichen Strähnen werden zunehmend schwer werden, wie ein Seil, eine sonnige Schlange, die sich auf dem Boden schlängelt. Wieder sieht sie Rapunzel an, sie wird nie müde, sie anzusehen. Das Gesicht des Mädchens ist dem Fenster zugewandt, doch sie blickt nicht hinaus. Ihre Augen sind halb geschlossen, die Morgensonne streift ihren Hals und ihre Wangen, sie blinzelt nicht. Ihr Blick geht ins Leere. Was gäbe ich dafür, deine Gedanken zu kennen!, möchte die Zauberin ausrufen, doch sie fährt fort, das Haar in ihrem Schoß zu kämmen. Plötzlich beugt sie sich vor, vergräbt das Gesicht im Haar und atmet dessen Duft ein, bedeckt es mit Küssen. Schuldbewusst sieht sie hoch, doch Rapunzel träumt vor sich hin.

Die Leiter

Während der Prinz durch die einfallenden Lichtstreifen der Morgendämmerung durch den Wald nach Hause reitet, tadelt er sich selbst für seine Schwäche. Auch dieses Mal hat er nicht nach der Leiter gefragt. Jede Nacht bringt er Rapunzel ein Band aus Seide, das sie in die wachsende Seidenleiter weben sollte, die unter ihrer Matratze versteckt ist. Es wäre ein Leichtes für ihn gewesen, ihr eine fertige Leiter zu präsentieren, als ihm die Idee zum ersten Mal gekommen war, doch er wollte, dass sie sich bei der Flucht voll und ganz beteiligte. Der Prinz fürchtet, sie sei vielleicht nicht dazu bereit, ihr behütetes Leben gegen das öffentliche Leben einer Prinzessin einzutauschen. Ja, in letzter Zeit hat sie ein Gespräch über die Leiter gänzlich vermieden. Es sollte ihn mehr beunruhigen, als es der Fall war, doch auch er selbst hat seine Zweifel. Anstatt sie nach ihrem Fortschritt zu fragen, gibt er ihr das Seidenband schweigend. Sie steckt es unter die Matratze. Sie sprechen nicht darüber.

Geheimnisse

Als die Zauberin mit dem Flechten ihres Haars fortfährt, ist Rapunzel erleichtert, einem weiteren jener bohrenden Blicke zu entgehen. War es möglich, dass die Zauberin etwas ahnte? Rapunzel war sich bewusst, dass sie die Zauberin, die auch ihre Patentante war, auf schlimmste Weise hinterging, indem sie die Existenz des Prinzen vor ihr verheimlichte. Der Gedanke schmerzt sie wie ein Holzsplitter, der sich in den Finger bohrt. Wie gerne sie ihr alles von dem Prinzen erzählen würde, denn gewiss würde die Zauberin ihn mögen, wenn sie von ihm wüsste. Rapunzel stellt sich oft vor, wie sie alle drei zusammen in der sonnigen Kammer leben. Etwas sagt ihr, sie solle es für sich behalten. Sie weiß, dass die Zauberin sie abgöttisch liebt, verwöhnt und ihr jeden Wunsch erfüllt, doch es ist genau diese intensive Zuwendung, die Rapunzel davon abhält, etwas zu erzählen. Für die Zauberin ist sie ihr Ein und Alles, doch alles lässt keinen Raum für etwas anderes. Von Zeit zu Zeit schreckt die Zauberin bei einem unerwarteten Geräusch hoch und geht zum Fenster. Ihre Augen werden hart und kalt, wenn sie den Wald absuchen. Ihr nach vorn gebeugter Körper erscheint buckelig und uralt. In Augenblicken wie diesen wendet sich Rapunzel ab und wartet darauf, dass diese Veränderung vorübergeht. Sie weiß, dass die Zauberin nach Zeichen inniger Zuneigung lechzt, die Rapunzel im Übrigen auch immer für sie empfunden hat. Die nächtlichen Besuche des Prinzen können als nichts anderes als Verrat betrachtet werden. Es stimmte außerdem, dass der Prinz, wenngleich er die Zauberin nicht direkt angreift, Rapunzels Gefangenschaft, wie er es nennt, missbilligt und möchte, dass sie mit ihm aus dem Turm an den königlichen Hof flieht. Dort würden sie heiraten und glücklich bis ans Ende ihrer Tage leben. Rapunzel wirft einen kurzen Blick auf die Matratze, unter der das neueste Seidenband neben der halb fertigen Leiter liegt, und anschließend auf die Zauberin, die vornüber gebeugt dasitzt und das Gesicht an Rapunzels Haarsträhne schmiegt.

Der Plan

Der Plan des Prinzen besteht aus zwei Teilen, der Flucht selbst und dem Ziel. Beide Teile hat er Rapunzel bis zu einem gewissen Grad mitgeteilt, doch nur bis zu einem gewissen Grad, denn jeder Teil umfasst komplexe Nebenaspekte, die er aus Zeitgründen noch nicht in der angemessenen Detailliertheit besprechen konnte. Die Flucht wird sich schwierig gestalten, zweifellos. Der Turm ist beängstigend hoch – Springen ist keine Option. Doch der Prinz hatte zwei Möglichkeiten ersonnen. Die erste ist die Leiter, die ihre vollste Mithilfe verlangt – über viele Wochen hinweg unter Beweis gestellt. Sie sprechen nicht mehr über die Leiter, die versteckt unter ihrer Matratze liegt, wie ein alter Liebesbrief, der tief in einer Schublade begraben liegt. Doch es gibt eine zweite Möglichkeit, eine, die auf die Impulsivität der menschlichen Natur setzt und Rapunzel die Gelegenheit gibt, in einem einzigen Moment alles zu riskieren. Im richtigen Moment wird der Prinz ihr von dieser zweiten Methode erzählen. Sie werden sofort zur Tat schreiten. Er wird den Zopf am Haken befestigen und sich nach unten lassen. Unverzüglich wird Rapunzel das Haar lösen und es ein zweites Mal am Haken befestigen, diesmal das Ende des Zopfes. Unten wird der Prinz den Zopf mit einer goldenen Schere abschneiden, die er sich von der Näherin seiner Mutter geliehen hat, und sie werden in den Wald fliehen, wo bereits zwei Pferde auf sie warten. Sie werden davonreiten – wohin eigentlich? Wie die Flucht an sich, ist auch die Sache mit dem Ziel gar nicht so einfach, denn auch hier war der Prinz nicht ganz ehrlich zu Rapunzel. Er hat ihr erzählt, er wolle sie an den Hof mitnehmen, und das war auch die Wahrheit. Doch er hat ihr nicht seine Befürchtung gestanden, dass es ihr schwerfallen könnte, als Prinzessin unter Höflingen und Hofdamen zu leben, die sich alle durch einen gewissen Stil und Manieren auszeichnen, welche nachzuahmen für sie unmöglich erscheinen mag. Diese wiederum, und zwar besonders die Hofdamen, werden sie genauestens beobachten und nach ihren eigenen Maßstäben beurteilen. Rapunzel ist mit den Gepflogenheiten des Hofes nicht vertraut. Ihr fehlt der für den Hof charakteristische Esprit, der Glanz, die Gabe, Dinge durch die Blume auszudrücken. Sogar ihr Name wird Belustigung hervorrufen. Der Prinz schämt sich nicht für Rapunzel, doch er weiß, dass der Druck der höflichen Missbilligung sehr wahrscheinlich Ungeduld ob ihrer Defizite in ihm aufkommen lassen wird. Selbst wenn sie anfangs den Eindruck von Frische und Unschuld erweckte, so mögen dem Hof derlei Eigenschaften über kurz oder lang als anstrengend erscheinen. Aus diesem Grund könnte es besser sein, den Hof gänzlich zu meiden und mit Rapunzel an einen abgelegenen königlichen Landsitz zu fliehen.

Solche Anwesen, das ist wohl wahr, sind mit einer großen Menge Diener ausgestattet, von denen viele große Macht im Haushalt besitzen und Hausherren nobler Geburt mit instinktiver Autorität gewohnt sind. Die sanfte Rapunzel, die keine Erfahrung mit dem öffentlichen Leben hat, würde sofort als schwach betrachtet werden. Wäre es nicht besser, in jeder Hinsicht, eine bescheidene Blockhütte auf einem bewaldeten Berghang zu wählen, weit entfernt von den Siedlungen der Menschen? Dort könnten sie allein leben, ohne sich um die Welt zu kümmern. Sie würden Waldbeeren direkt von den Sträuchern essen, Wasser aus klaren Bächen trinken und Hand in Hand durch die paradiesische Natur spazieren. In seinem Kopf hört der Prinz die Worte »paradiesische Natur«, die ihm gefallen, ihn aber auch beunruhigen. Der Prinz kennt sich, er weiß, dass er unruhig wird, wenn er länger als einige Tage nicht bei Hofe ist, denn er vermisst die Wortgefechte, die üppigen Festmahle, das kontinuierliche Eintreffen von Boten, die von Kriegen berichten, das Gefühl, der Mittelpunkt einer wichtigen Welt zu sein. Wäre es nicht besser, wenn man es recht bedenkt, Rapunzel einfach von einem Ort zum anderen mitzunehmen, nicht länger als einige Wochen an ein und demselben zu bleiben? Der Gedanke eines Wanderlebens gefällt ihm nicht. Es ist, als könnte er sich niemals eine gemeinsame Existenz für sich und seine Liebste vorstellen. Es ist, als wäre er selbst in dem Turm gefangen und könnte nicht über die vertraute Kammer hinaussehen, die er in seiner Vorstellung von Region zu Region mitnimmt – eine rastlose und unglückliche Einsamkeit.

Nächtliche Sorgen

In dem Häuschen geht die Zauberin mitten in der Nacht mit hinter dem Rücken verschränkten Händen wieder und wieder um den Tisch, den Oberkörper nach vorn gebeugt. Ach, sie ist sicher: Rapunzel verheimlicht etwas. Das Mädchen hat im Laufe des Tages mehr als einmal den Blick abgewendet, wie um ihren prüfenden Blicken zu entgehen. In anderen Momenten saß sie da und starrte mit halb geschlossenen Augen vor sich hin, wie jemand, der in Trance gefallen war. Die Zauberin spürt die Gefahr. Hatte jemand den Turm entdeckt? War Rapunzel am Fenster gesehen worden? Sie stellt sich das Schlimmste vor: ein Fremder, der den Turm erklimmt, die Kammer betritt. Wut flammt in ihr auf, sie muss sich beruhigen. Schließlich ist der Turm gut versteckt, umgeben von gewaltigen Bäumen inmitten eines riesigen Waldes. Er kann aus der Ferne nicht gesehen werden, da die Spitze nicht über die höchsten Bäume ragt. Selbst im unwahrscheinlichen Fall, dass ihn jemand entdecken sollte, gäbe es einfach keinen Weg für ihn, nach oben zu gelangen: Der Turm ist zu hoch, die Mauer bietet Füßen oder Händen keinen Halt, und keine Leiter der Welt ist lang genug, um das Fenster zu erreichen. Selbst wenn eine solche Leiter in der Werkstätte eines Handwerkermeisters angefertigt würde, könnte sie niemals durch den dichten Wald mit den unregelmäßig wachsenden, enormen, bemoosten Bäumen getragen werden. Selbst wenn man irgendwie eine Methode ersinnen würde, sie zwischen den Bäumen hindurchzutragen, auch mit viel Fantasie könnte die Leiter in dem schmalen Spalt zwischen dem Turm und den dicken Ästen, die beinahe bis zur Mauer des Turms reichen, niemals aufgerichtet werden. Selbst wenn man, nur um den Gedanken durchzuspielen, davon ausginge, es könnte ein Weg gefunden werden, die Leiter an den hohen Turm zu lehnen, würde sofort klar, dass es schlichtweg unmöglich wäre, sie in die kleine Kammer zu ziehen. Selbst wenn die Leiter, durch die Aufhebung der Naturgesetze, auf wundersame Weise in die Kammer gezogen werden könnte, hinterließe sie deutlich sichtbare Spuren ihrer Anwesenheit im Wirrwarr der Dornenbüsche, die rund um den Fuß des Turms wachsen. Nein, die abgewendeten Blicke, die halb geschlossenen Augen, das Abschweifen der Aufmerksamkeit mussten eine andere Ursache haben. Hat sich Rapunzel eine Krankheit eingefangen? Sie könnte von einer der Krähen übertragen worden sein, die manchmal auf dem Fensterbrett landen und schimmernd dort sitzen, wie feuchter Teer im Sonnenlicht. Sie hat dem Mädchen wieder und wieder gesagt, sich vom Fensterbrett fernzuhalten. Doch Rapunzels Appetit war unverändert, sie war in letzter Zeit sogar rundlicher geworden. Es musste eine andere Erklärung geben. Etwas stimmt nicht, die Zauberin kann es spüren wie einen Wetterumschwung. Während sie weiter um den Tisch geht, denkt sie über geheime Ursachen, verborgene Gründe, dunkle Möglichkeiten nach. In der Nacht, die nicht endet, im Kreise der Bodendielen, die knarzen wie schmerzerfüllte Tiere, verschreibt sie sich einer neuen, verschärften Wachsamkeit.

Unwirklich

Weil der Prinz von der Zauberin weiß, die Zauberin aber nichts von dem Prinzen, wirft sich Rapunzel unehrliches Verhalten gegenüber der Zauberin vor. Doch sie weiß, dass sie auch dem Prinzen gegenüber unehrlich war. Es ist nicht nur so, dass sie aufgehört hat, an der Leiter aus Seide zu arbeiten, die unter ihrer Matratze verborgen war. Es ist weitaus schlimmer als das. Der Prinz hat mit ihr oft über sein Leben außerhalb des Turms gesprochen. Er hat den Hof beschrieben, die mit Juwelen geschmückten Hofdamen, die Wendeltreppen, die Einhornwandteppiche, die Festmahle im Speisesaal, das Bett mit dem prunkvollen Baldachin, und sie hat zugehört, als hätte er ihr wundersame Geschichten aus einem Buch vorgelesen. Doch wenn sie versucht sich vorzustellen, wie sie selbst in die Geschichte tritt, überkommt sie eine Nervosität, ein banger Schauer. Die Bilder machen ihr Angst, als hätten sie die Macht, Unheil anzurichten. Besonders die Hofdamen erfüllen sie mit einer unbestimmten Furcht. Doch da ist noch etwas. Der Hof, der König, die Dienstmädchen, die Krüge, die Hunde – sie kann all das nicht wirklich begreifen, kann es mit den Händen ihres Verstands nicht fassen. Was sie kennt, ist der Tisch, das Fenster, das Bett: nur das. Der Prinz ist aus einem fremden Reich in ihre Welt geplatzt, hat den Duft weit entfernter Orte mit sich gebracht. Im Morgengrauen, wenn er verschwindet, erwacht sie aus einem Traum, und da ist der Tisch, das Fenster, das Bett. Und selbst wenn sie in der Lage wäre, an den Traumhof zu glauben, sie weiß, dass sie selbst dort nie mehr als eine fremdländische Besucherin sein könnte, ein Eindringling aus einem Feenland. Unter dem strengen Blick des Königs, der Königin, den Höflingen, der mit Juwelen geschmückten Hofdamen, würde sie sich in Rauch auflösen, sie würde verschwinden. Wenn alles nur so bleiben könnte, wie es war! Jetzt ist die Sonne untergegangen. Die Zauberin ist in den Wald verschwunden, der Prinz noch nicht hier. Es ist kühl am Fenster. Rapunzel verspürt eine brennende Dankbarkeit für diesen Moment, in dem die Ruhe der Dämmerung wie Regen herabfällt.

1812 und 1819

In der Fassung aus dem Jahre 1812 der *Kinder- und Hausmärchen* kommt Rapunzels Geheimnis heraus, als sie ihre Schwangerschaft verrät, indem sie die Zauberin naiv fragt, weshalb ihr Kleid immer enger werde. In der zweiten Fassung von 1819 veränderte Wilhelm Grimm die Passage, bemüht, die Geschichten kindertauglicher zu machen. Hier erfolgt die Entdeckung, als Rapunzel die Zauberin gedankenlos fragt, warum diese sich schwerer hochziehen lasse als der Prinz.

Entdeckung

Es geschieht plötzlich, wie üblich bei diesen Dingen: ein unbedachtes Wort, ein kurzzeitiges Nachlassen der Vorsicht. In einem Augenblick verändert sich alles. Jetzt steht die Zauberin, hässlich in ihrer Wut, über Rapunzel gebeugt, die in ihren Stuhl zurücksinkt, während sie einen Unterarm schützend vor das Gesicht hebt. Die Zauberin hält eine große, weit geöffnete Schere – wie das Maul einer Bestie – über Rapunzels Zopf. Der Zopf hängt über die Schulter des Mädchens und läuft über den Boden. Die Nase der Zauberin, wie ein weiteres, gefährliches Instrument, steht scharf aus ihrem Gesicht, als wollte sie damit Rapunzels Wange aufschlitzen. Aus der Warze an ihrem Kinn sprießen drei borstige Haare wie Draht hervor. Ihre Augen sehen glühend heiß aus. Rapunzels Augen, über dem Unterarm, sind so groß, dass sie wie schreiende Münder wirken. Ihre Augenbrauen sind beinahe bis zum Haaransatz hochgezogen. Der enorme Schatten des Scherenblattes ist auf dem Mieder ihres fließenden Kleides sichtbar.

Dämmerung

Es verliert nie seinen Reiz: das Gefühl des Haars in seinen Fäusten, die hoch aufragende Mauer, die Anziehung der Erde, der Schmerz in seinen Armen, der Druck seiner Füße auf dem Stein. Kein Palast hinter ihm, keine Traumkammer über ihm, nur die unmittelbaren Tatsachen: die Härte des Steins, das Zerren des Haars, das Heben der Knie. Er ist jung, er ist stark, er ist glücklich, er ist am Leben. Die Welt ist gut.

Wildnis

Mit einem knirschenden Schnipp hatte die Zauberin Rapunzels Haar abgeschnitten, ihr hinterlistiges Haar, und sie in die Wildnis verbannt. Es ist ein Ort aus Felsen und

Gestrüpp, aus Unkraut überwuchertem Heideland; stachelige Büsche und knorrige Bäume erheben sich aus der ausgedörrten Erde. Die eingesunkenen Pfade ausgetrockneter Flussbetten beherbergen Ansammlungen von Disteln. Die Sonne ist so heiß, dass die Kröten tot im Schatten der Felsen liegen. Die Nacht wird bitterkalt. Rapunzel hockt sich in die Aushöhlung eines Felsbrockens. Sie presst ihre Handballen gegen die Augen, bis sie Lichtpunkte sieht. Sie lässt ihr Hände sinken, starrt vor sich hin. Es ist kein Traum.

Am Fenster

Er ist hier, der Böse, der Usurpator. Die Zauberin beobachtet, wie das Entsetzen sich über sein Gesicht legt wie das Rascheln der Blätter im Wind. Ihr Trick war erfolgreich: der am Haken befestigte Zopf. Sie sieht, dass er gut aussieht, ein Prinz, ein junger Gott. Die Schönheit seines Gesichts ist wie Nadeln, die ihre Haut zerstechen. Sie schreit ihren Hass heraus. Sie nie wieder erblicken! Nie wieder! Ihre Worte versengen ihre Kehle, verbrennen seine Augen. Er hat die ganze Welt, der Gutaussehende, der Gottmensch, er ist reich, er ist glücklich, er braucht nichts, und doch hat er den Turm erklommen und ihr einziges Glück gestohlen. Selbst als schwarzer Hass aus ihr hervorbricht wie Rauch, spürt sie die Macht seines Gesichts, sie ist berührt. Sie will seine Augen mit ihren Klauen auskratzen. Der Prinz sieht sie aus Augen an, die sich verändern, Augen, die nicht länger jung sind, dann springt er aus dem Turm.

Fall

Im Fall erkennt der Prinz, dass dies das dem Klettern zugrunde liegende Geheimnis ist, der dunkle Zwilling des Kletterns. Alles, was er liebt, ist in dieser wilden Verhöhnung des Aufstrebens ausgelöscht, diesem Rückwärtsklettern. Als Kind hatte er einen Ball in einen Brunnen fallen gelassen und dessen Fall beobachtet. Jetzt ist er dieser Ball. Er rast weg von der Traumkammer, die ohne ihn höher und höher steigt – bald wird sie sich über die Wolken erheben und für immer verloren sein. Und doch erfüllt ihn dieses Fallen, diese weiche Kapitulation, mit solch einer Härte der Unnachgiebigkeit, dass er ein Anschwellen von Weigerung spüren kann, ein Aufwallen von Protest, und in einer Ekstase der Überwindung stellt er sich freudig dem letzten Abenteuer: das Rauschen des Windes in seinen Augen, sein Haar, das über ihm flattert, der stechende Duft nach Grün in seiner Nase.

Rapunzels Vater

Auf der anderen Seite der hohen Mauer, die seinen Besitz von dem der Zauberin trennt, pflegt Rapunzels Vater seinen Garten. Seit dem Tod seiner Frau vor zwei Jahren verbringt er mehr und mehr Zeit damit, das Unkraut zu jäten, die Pflanzenstäbe zu begradigen, den Boden zu bewässern. Der Garten wächst unmittelbar bis zur hohen Mauer, die er nur dreimal in seinem Leben überstiegen hat: einmal, als seine Frau ihn anflehte, einen Salatkopf aus dem Garten seiner Nachbarin zu stehlen; einmal, als er zurückkehrte,

um einen zweiten Salatkopf zu stehlen, und von der Zauberin erwischt wurde, die ihm das Versprechen abnahm, ihr
am Tag der Geburt sein Kind zu geben; und einmal, nachdem ein Jahr verstrichen war und er sich danach sehnte,
einen Blick auf seine Tochter zu erhaschen, doch er fand
nur die Zauberin, die vor Wut kreischte und ihm sagte, sie
werde ihm die Augen auskratzen und seine Frau mit Blind-
heit strafen, sollte er jemals versuchen, seine Tochter zu sehen. Seither ist viel Zeit vergangen. Manchmal denkt er an
sie, die Tochter, die er weggegeben hatte, doch es ist, wie
an die eigene Kindheit zu denken: Es ist alles so lange her,
dass es kein Teil von ihm zu sein scheint. Als der Prinz vom
Turm fällt, beugt sich Rapunzels Vater über ein Unkraut,
das neben einer Staude grüner Bohnen aus dem Boden geschossen war.

Augen

Und der Prinz fällt in einen Dornenbusch. Und die Dornen
kratzen seine Augen aus.

Zeit

Die Zeit verging. Drei Worte, ein Atemzug: Die Zeit verging. Die Tage rauschten vorbei wie der Wind an einem
Gesicht, Wochen wurden von Monaten verschlungen, die
Jahre sind im Verlauf von drei Wörtern vergangen. Die Zeit
verging. Die Zeit verging und ein großer Dornenbusch
wuchs um den Turm herum. Jetzt war der Stein vollkommen

bedeckt, strotzte von Dornen, die scharf waren wie Messer. Auch das Flügelfenster war hinter den verschlungenen Ranken nicht mehr sichtbar. Jeden Morgen, bevor die Sonne über dem Wald aufgeht, taucht eine dunkle Gestalt am Fuße des Turms auf. Sie greift nach einer Dornenranke, die tief in ihre Hand schneidet. Während sie hochsteigt, laufen Blutspuren über ihre Finger und Arme. Die Dornen zerreißen ihr Kleid, verfangen sich in ihrem Haar, zerkratzen ihr Gesicht und ihren Hals. Der Schmerz beruhigt sie ein wenig. Oben angekommen, zwängt sie sich durch das Dornenfenster in die dunkle Kammer. Dort wäscht sie sich in dem Becken, setzt sich an den Tisch und beginnt Rapunzels geflochtenes Haar zu öffnen. Wenn das Haar in sanften Wellen in ihrem Schoß liegt, kämmt sie es, sehr langsam. Nach dem Kämmen flicht sie das Haar sorgfältig und legt es dann in gewundenen Bahnen auf das Bett. Den ganzen Tag sitzt sie da und betrachtet Rapunzels Haar. Manchmal löst sie den Zopf, um ihn erneut zu flechten. Die Zauberin sucht nach Trost, doch es gibt keinen Trost. Da ist nur das schwindende Licht hinter dem Dornenfenster. Wenn die Kammer langsam dunkel wird, zwängt sie sich durch die spitzen Ranken und steigt den Turm hinab, zerkratzt ihren Körper an den langen Dornen, umklammert sie mit ihren blutigen Händen.

Die Kammer und die Wildnis

In den Tagen in der Turmkammer pflegte Rapunzel manchmal von einer anderen Welt zu träumen, einer offenen Welt, ohne Wände, die sie überall begrenzten. Jetzt, in der

Wildnis, die sich in alle Richtungen erstreckt, sucht sie lediglich Schutz: in den Wänden eines hohlen Felsens, in einer Öffnung einer Anhöhe, im schmalen Spalt unter einem Brombeerstrauch. Sie lauscht nach hungrigen Tieren. Sie wickelt ihre beiden Babys in Decken aus Ästen und trockenen Blättern.

Dunkelheit

Während Rapunzel die Wildnis durchstreift, wandelt der Prinz in Dunkelheit. Er hat gelernt, welche Früchte er essen kann und welche sein Inneres peinigen wie scharfes Metall. Manchmal ist er so schwach vor Hunger, dass er an Rindenstücken kaut, sie hinunterschluckt. Er hat gelernt, auf die Geräusche von Tieren zu achten, die ihn in die Beine beißen könnten, hat gelernt, mit seinem Schwert zuzuschlagen und das warme Blut auf der Klinge zu fühlen. Er schläft, wo immer es im Wald möglich ist, sucht nach Hohlräumen unter Ästen, die bis zum Boden reichen, oder tastet sich in kleine Aushöhlungen in Berghängen vor. Einmal spürte er beim Erwachen, wie eine Zunge über sein Gesicht leckte. Seine Haut ist mit getrocknetem Blut bedeckt, seine von Ästen zerrissenen Kleider sind mit zerquetschten Beeren und dem Schlick der Blätter beschmiert. Teile von Blättern kleben an seinem Haar. Um die Hüfte trägt er einen Gürtel aus geflochtenen Ranken. Obwohl er noch immer jung ist, zieht sich eine weiße Strähne wie eine klaffende Wunde durch seinen verfilzten Bart.

Das zweite Rapunzel

In den langen Nächten hat die Zauberin viel zu tun. Sie schöpft aus ihren innersten Kräften, entreißt der Dunkelheit Visionen. Manchmal wacht sie auf dem harten Fußboden auf. Im Spiegel sind ihre Augen wild. Sie vernachlässigt den Garten, schließt sich im Schuppen hinter ihrem Häuschen ein. Eines Morgens erklimmt sie bei Tagesanbruch mit einem Bündel auf dem Rücken den Turm. Oben angekommen, nimmt sie ein Messer aus ihrer Tasche und schneidet eine Öffnung in die Äste, die das Flügelfenster bedecken. Jetzt kann sie das Bündel durchschieben, ohne an den Dornenspitzen hängen zu bleiben. In der Kammer packt sie das Bündel aus, legt die Figur auf das Bett. Kunstfertig bringt sie das Haar an. Sie zieht der Figur das Nachthemd an und tritt zurück. Ein schmaler Sonnenstrahl streift die leicht gerötete Wange, die geschlossenen Augen. Der Unterarm ist bis zum Ellenbogen entblößt. Das Abbild aus Wachs und Blut ist so exakt, dass es wie ein lebendiges Mädchen wirkt. Eine dunkle Freude steigt im Herzen der Zauberin auf. Sie setzt sich und wacht über das schlafende Mädchen. Es darf ihr kein Unheil geschehen.

Lied

In der Wildnis vergeht die Zeit, die Säuglinge sind zu Kindern herangewachsen, doch für den Prinzen gibt es keine Zeit, nur immerwährende Dunkelheit. Im Nichts seiner Tage kommt er zu einem Ort aus Felsen und Dornengestrüpp. Hier ist die Sonne wie Feuerfunken. Hier gibt es heißen Schatten, der sich an ihn drängt wie Wolle. Im trockenen Boden gräbt er nach Wurzeln, saugt ihren bitteren Saft aus. Nachts ist die Luft kalt wie Schnee. Er schläft auf Stein. Wenn etwas sein Bein berührt, schlägt er es mit einem Stein. Seine Augenhöhlen schmerzen. Eines Tages, als er zwischen stacheligen Sträuchern ruht, die seine Arme umklammern, hört er ein Lied. Er zittert vom Fieber. Er weiß nicht, ob das Lied in ihm ist oder außerhalb. Er ist zurück im Turm, das Haar fällt hinab wie Feuer. Er erhebt sich wankend. Das Lied berührt sein Gesicht. Er stolpert vorwärts, wie von einer Hand gezogen.

Tränen

Im Schatten des Felsens blickt sie nach oben und sieht ihn. Seine Arme hängen hinab wie geknickte Äste. Seine Augen sind tot, seine Lippen eine bittere Wunde. Sein wirres Haar, sein Bart. Aus den Tiefen eines Traumes war er zu ihr gekommen, der Verlorene. Er wirkt wie ein sterbender Baum. Sie steht vor ihm, dem Fremden. Sie versucht sich an den Turm zu erinnern, an das geflochtene Haar. Jetzt ist ihr Haar zerzaust und voller Disteln. Die Kinder haben an ihren Brüsten gesaugt, an denen auch er gesaugt hatte. Tränen zerkratzen ihre Augen wie Dornen. Sie tropfen auf seine Pupillen. In der Wildnis quillt Wasser zwischen Felsen hervor, Blüten brechen aus Dornen heraus. Langsam öffnet der Prinz die Augen.

Heimkehr

Fahnen wehen von den Ecktürmen. Wimpel hängen in allen Fenstern. Als der Prinz mit seiner zukünftigen Braut und ihren beiden Kindern den Hof des Palastes betritt, erfüllen Willkommensrufe die Luft. Der Prinz sieht die Gesichter guter Freunde, Geliebter, Jagdbegleiter, doch er ist seltsamerweise ungerührt. Er fragt sich, ob es daran liegt, dass er, während sie über den Hof gehen, nur an sie denken kann. Es ist, als fürchtete er, sie jeden Moment erneut in der Dunkelheit zu verlieren. Doch als er zwischen Höflingen und Hofdamen hindurchschreitet, die sich vor der Treppe, die zum Festsaal führt, teilen, erkennt er, dass diese Entfremdung nicht vorübergehend sein wird. Zwischen ihm und den Gesichtern, die ihn willkommen heißen, liegt die Dunkelheit. Seine Wunden sind verheilt, sein Bart ist kurz und nach der Mode geschnitten, sein Umhang ist mit Hermelin besetzt, doch er gehört nicht länger zu ihrer Welt. Er wendet sich Rapunzel zu. Er versucht sich an das Mädchen im Turm zu erinnern, das Haar, das wie Feuerregen herabfällt, seine Füße am Stein – es ist alles eine Geschichte aus einem Buch. Die Frau neben ihm zeichnet sich durch eine herbe Schönheit des Leidens aus, die die Gesichter am Hof kindlich erscheinen lässt. Als sie sich der hohen Treppe nähern, berührt er ihren Arm. Der Tag hat ihn etwas ermüdet. Er freut sich auf das Ende der langen Feier, wenn sie beide eine Weile ruhen können.

Im Turm

Im Dornenturm, wo Rapunzel schläft, sitzt die Zauberin und kämmt das Haar in ihrem Schoß. Rapunzel war in letzter Zeit müde, es ist gut, dass sie schläft. Ein Sonnenstrahl fällt durch die Lücke des von Dornen überzogenen Fensters.

Er streift die Lehne eines Holzstuhls, verläuft über den Steinboden, erhebt sich am Bett, liegt über der Decke. Wenn sie fertig damit ist, das Haar zu kämmen, bis es glänzt, wird die Zauberin es langsam und behutsam flechten und seine Last in ihrem Schoß spüren. Von Zeit zu Zeit sieht sie zu ihrem Schatz hoch, der friedlich schläft, sicher vor Unheil. Plötzlich erstarrt die Zauberin alarmiert. Sie legt das Haar zur Seite, geht zum Fenster und sieht zwischen den Dornenzweigen nach draußen. Es war nur eine Krähe, die auf einem Kiefernzweig gelandet ist. Sie kehrt zum Stuhl zurück und kämmt weiter. Später wird sie aufstehen und die Decke glatt streichen, das Kissen aufschütteln. Wenn Rapunzel aufwacht, wird die Zauberin einen Kräutertrank zubereiten. Sie wird die Hand auf die Stirn ihrer Tochter legen, sie wird fragen, ob ihr Hals schmerze. Doch bis dahin wird sie sie schlafen lassen. Es eilt nicht. Sie haben alle Zeit der Welt.

Rapunzel

Während Rapunzel neben dem Prinzen über den Hof geht, zur Treppe, die zum Festsaal führt, wird sie sich des Funkelns vieler Edelsteine gewahr. Die Kleider sind von satter Farbe und glänzen im Sonnenlicht. Von einer über dem Hof gelegenen Galerie sehen Männer mit Schilden nach unten. Willkommensrufe ertönen. Sie versucht sich ihre kindliche Angst vor jenen Gesichtern in Erinnerung zu rufen, doch es ist wie der Versuch, sich an ein Bild aus einem alten Buch zu erinnern. Vor langer Zeit lebte sie in einem Turm, inmitten eines großen Waldes. Die Zauberin, das Fenster hoch oben, ihr Haar, das bis zum Fuße des Turms fällt, all das verblasst. In dem sonnigen Hof sieht sie helles Haar aufblitzen, hochgezogene Augenbrauen, beringte Ohrläppchen. Sie wird sie studieren, sie wird lernen, was notwendig ist. Der Prinz zweifelt nicht länger an ihr, so wie er es in der Zeit vor der Wildnis getan hatte. Nacht für Nacht kam er zu ihr in den Turm. Sie kann seinen Blick auf dem Gesicht spüren. Sie dreht sich um, sieht, dass er müde ist. Bald kann er sich ausruhen. Sie erkennt, dass er mit Prüfungen, Herausforderungen und mit gefährlichen Abenteuern abgeschlossen hat. Sie erkennt noch etwas: Sie ist stärker als der Prinz. Das ist gut. Sie wird wieder lachen, sie wird ihr Haar wachsen lassen, sie wird spielen. Doch vorerst, während sie sich der Treppe nähern, wird sie neben ihrem Prinzen zwischen den Höflingen und den Hofdamen gehen, ihre Aufmerksamkeit auf sich ziehen, ihren Blicken begegnen, sie gelassen ansehen, während sie ihre Prinzessin beobachten.

Anderswo

In jenem Sommer überkam unsere Stadt eine Rastlosigkeit. Sie war auf der Main Street spürbar, sie war auf dem Strand spürbar. In den frühen Morgenstunden traten wir aus den Eingangstüren und holten die Zeitung, die, in ein Gummiband gewickelt, am Ende des Weges lag – und in dieser warmen, einladenden Luft blieben wir plötzlich wie verwirrt stehen. In der Arbeit starrten wir aus den Fenstern. Zu Hause setzten wir uns, standen auf, gingen in einen anderen Raum. Wir planten lange Wochenendausflüge, die niemals zustande kamen, wir stürzten uns in aufwendige Diäten, die wir einen Tag später wieder vergaßen, wir sprachen eifrig davon, unsere Gewohnheiten zu ändern, unsere Jobs, unser Leben. Ehemänner mit Baseballmützen und Cargo-Shorts, die Motormäher schoben und von fernen Bergen träumten, wandelten geistesabwesend über Einfahrten hinweg in benachbarte Gärten, wo sie sich überrascht umsahen. Auf den grünen Sommerrasen konnte man Ehefrauen mit Gartenhandschuhen und breitkrempigen Hüten sehen, die neben Reihen aus Ringelblumen und Azaleen auf Kissen knieten. Wenn sie die dreizackigen Unkrautharken erhoben, hielten sie manchmal einen Augenblick lang inne und warfen einen Blick auf den Garten nebenan. Sie sahen zu den vertrauten Fenstern an der Rückseite eines Nachbarhauses hoch, zu den Dachschindeln, die im Sonnenlicht flimmerten, über die Dachspitze hinweg in den verblüffend blauen Himmel, der ihnen zuzurufen schien, fortzugehen, geh fort.

Selbst die jungen Leute unserer Stadt schienen von dem Unbehagen infiziert worden zu sein. Nach der Schule warfen sich Teenager in T-Shirts und zerrissenen Jeans mit über die Augen gelegtem Arm auf das Familiensofa. Sekunden später sprangen sie auf, als hätte eine heftige Leidenschaft von ihnen Besitz ergriffen, dann ließen sie sich mit einem zitternden Gähnen wieder zurückfallen. An glühend heißen Samstagnachmittagen konnte man auf dem öffentlichen Strand Kinder sehen, die sich am Rand des Wassers in den harten, nassen Sand hockten. Dort begannen sie, fantastisch detaillierte Burgen zu bauen, mit Türmchen und Zinnen und Schießscharten für Armbrüste. Sie sahen hoch, wenn gelbe Hubschrauber hoch über dem Wasser vorüberflogen, und wenn sie wieder nach unten sahen, hatten sie das Interesse für immer verloren.

In den heißen Nächten saßen wir auf unseren von Fliegengitter umgebenen Veranden, beleuchtet von schummrigen Laternen, und hörten zu, wie die Grillen lauter und lauter wurden, als kämen sie stetig näher, und hinter ihnen, oder durch sie hindurch, konnten wir ein dumpfes Geräusch hören, wie einen fernen Wasserfall: das konstante Rauschen von Lastwagen auf der Schnellstraße, die in entgegengesetzte Richtungen davonrasten.

Was war es, das wir wollten? Es ging uns gut, alles in allem, wir waren im Grunde glücklich genug. Ach, wir hatten unsere Sorgen, wir wachten in der Dunkelheit auf und dachten an Geld und Tod, doch unser Viertel war sicher, in unserer Stadt verhungerte niemand, wir waren dankbar für das, was wir hatten, und wussten, dass wir vom Schlimmsten verschont geblieben waren. Wir hatten uns wie immer auf den Sommer gefreut – die Zeit der Urlaube, die Zeit des Abschieds vom Alltag –, doch diesmal war etwas offen geblieben, als hätten wir unsere Arme weiter ausgestreckt, als die Welt breit war. Hatten wir zu viel vom Sommer erwartet? Dieser blaue Himmel, diese gelbe Sonne … nie eine blaue Sonne! Nirgendwo ein grüner Himmel! Manchmal hatten wir das Gefühl, auf etwas zu warten, einen Hinweis, ein Zeichen – auf eine Richtung zu warten, in die wir unsere furchtbare Energie lenken konnten.

Der erste Vorfall ereignete sich etwa Mitte Juni, ungefähr um 22:30 Uhr, im Haus von Amy Banks, einer sechzehnjährigen Highschool-Schülerin. Ihre Eltern, Dr. Richard Banks, ein renommierter Kieferorthopäde mit einer florierenden Praxis in der East Broad Street, und Melinda Banks, eine Sozialarbeiterin im neuen Gemeindezentrum, waren oben in ihrem Schlafzimmer. Amy hatte im Wohnzimmer gesessen, ohne Ton ferngesehen und mit einer Freundin telefoniert. Sie sagte Gute Nacht, klappte ihr kirschrotes Mobiltelefon zu und griff nach der Fernbedienung. In diesem Augenblick nahm sie eine Bewegung in der dunklen Ecke des Zimmers wahr, zwischen dem Fernseher und dem Fenster. Vor dem Fenster hingen zwei leichte Vorhänge bis über das Fensterbrett hinab. Zunächst dachte Amy, eine Brise habe einen Vorhang bewegt, obwohl der Raum warm und das Fenster geschlossen war. Als sie vom Sofa aufstand, auf dem sie mit angezogenen Beinen an zwei Kissen gelehnt gesessen hatte, bemerkte sie erneut eine Bewegung in der Ecke, die diesmal, wie sie sagte, ein »Flimmern« gewesen sei, jedoch nicht des Vorhangs. Sie sah nichts Eindeutiges, überhaupt nichts.

Jetzt überkam sie Angst. Gleichzeitig war sie unsicher, was sie gesehen hatte, und zwang sich, nicht zu schreien oder ihren Vater zu wecken, der früh zu Bett gegangen war. Das Flimmern hielt an, ohne Laut. Just als Amy aus dem Zimmer laufen wollte, kehrte Normalität ein: Die Ecke war ruhig, das TV-Kabel lag bei der Fußleiste, auf dem Bildschirm saß eine Frau in ihrem Auto und hämmerte geräuschlos mit beiden Handballen gegen das Lenkrad, das Licht der Küche fiel über die Armlehne des Lesesessels und berührte die Ecke des Lampentisches. Amy stand auf. Sie nahm zwei Atemzüge und ging zur Ecke. Dort überprüfte sie den Boden, die Fußleiste und die Rückseite des Fernsehers. Sie zog beide Vorhänge zur Seite. Sie zog den Rollvorhang hoch und ließ ihn wieder herunter, betastete die Wand, sah sich überall um. Sie schaltete den Fernseher aus und ging nach oben ins Bett.

Am nächsten Abend, kurz nach zehn Uhr, flimmerte etwas im Schlafzimmer im Erdgeschoss von Barbara Scirillo, einer Highschool-Schülerin im vierten Jahr, die drei Blocks von Amy Banks entfernt wohnte und in dieselbe Französischklasse ging. Barbara schrie. Ihr Vater, James Scirillo, ein Physiklehrer und Mitglied des Schulbeirats, rief die Polizei. Man fand keine Spuren eines Eindringens. Barbara sagte, sie habe den Pyjama angezogen und auf den Computerbildschirm gesehen, als sie spürte, dass sich etwas oder jemand im Zimmer bewegte. Sie sah nichts, niemanden. Sie konnte keine weiteren Details liefern.

Unser Lokalblatt, das *Daily Echo*, brachte über den Vorfall bei den Scirillos einen Bericht auf Seite zwei, auf den Amy Banks' Vater beim Frühstück stieß. Er setzte seine Kaffeetasse ab, rüttelte die Zeitung zurecht und las den Artikel

seiner Frau und seiner Tochter vor. Als Amy ihr eigenes seltsames Abenteuer beschrieb, rief Dr. Banks die Polizei. Das
Echo brachte am nächsten Tag einen ausführlichen Bericht.

Jetzt waren wir alle wegen des Eindringlings in Alarmbe-
reitschaft, vermutlich ein Spanner, obwohl wir uns daran
erinnerten, dass die Details lückenhaft waren, die Beobach-
terinnen leicht zu beeindrucken. Zweifellos hätte man die
Vorfälle schon bald vergessen, hätte es da nicht eine plötzliche Welle von »Sichtungen« gegeben, wie sie schließlich
genannt wurden. Die Opfer – oder Beobachter – waren
vorwiegend Mädchen der Junior-Highschool oder Highschool, die nachts in den Ecken von Wohnzimmern, Schlafzimmern und verdunkelten Fluren verdächtige Regungen
meldeten. Doch sie waren nicht die Einzigen, die Dinge
sahen. Eine Frau Ende dreißig berichtete von einem Flimmern in ihrer Garage bei Abenddämmerung, mehrere junge
Mütter berichteten von Vorfällen, bei denen es sich offenbar um Einbruch handelte, und John Czuzak, ein Polizist
im Ruhestand, behauptete, er habe eines nachts, als er vom
Fernsehzimmer aus die Küche betrat, gesehen, wie sich etwas in der Nähe des Kühlschranks bewegte, obwohl er nicht
sagen konnte, was sich bewegte, nicht einmal, wie die Bewegung aussah, abgesehen davon, dass es »eine Art Welle« war.
Als sich die Vorfälle in unserer Stadt ausbreiteten, sich
in die Schlafzimmer von Unternehmensanwälten, Lehre-
rinnen der dritten Klasse und Bohrtechnikern, die in der
Maschinenhalle in der Cortland Avenue arbeiteten, schli-
chen, begannen die Menschen, Theorien vorzubringen, um
die Geschehnisse zu erklären. Von diesen schenkte man der
Spannertheorie und der Scherztheorie den meisten Glauben.
Die Polizei mahnte uns, nachts unsere Türen und Fenster zu

verschließen und jedes Anzeichen verdächtigen Verhaltens in der Gegend zu melden. Einige von uns fragten sich, ob es eine physikalische Erklärung geben könnte – vielleicht waren die Wellen ein Lichteffekt, der von vorbeifahrenden Autos herrührte, oder das Ergebnis kondensierender Luft nach einer plötzlichen Temperaturschwankung.

Diese anfänglichen Vermutungen machten schnell ausgeklügelteren Mutmaßungen Platz. Die Vorfälle, so sagten einige, seien der Ausdruck einer kollektiven Wahnvorstellung, die von der Langeweile des Sommers ausgelöst wurde – die Sichtungen sprangen von Mädchen zu Mädchen über wie eine Infektion, und dann zu jedem mit einer ausgehungerten Fantasie. Wir versuchten zu entscheiden, ob es uns gefiel oder störte, die Sichtungen als imaginär zu betrachten, bis eine gewagtere Theorie auftauchte. Der Artikel darüber wurde in der Meinungsrubrik des *Daily Echo* abgedruckt und mit »Ein Freund der Wahrheit« unterzeichnet. Darin argumentierte der Autor, die mysteriösen Vorfälle seien nichts weiter als die Manifestationen einer unsichtbaren Welt – ein Eindringen des Immateriellen in unsere materielle Welt. Dieses Argument, das viele von uns irritierend und lächerlich fanden, wurde aufgegriffen, diskutiert, kritisiert und ausgeschmückt, bis eine spätere Version davon einer Gruppe, die sich selbst *Die Neuen Gläubigen* nannte, als Grundprinzip diente. Die Mitglieder behaupteten, die sichtbare Welt enthalte Risse oder Spalte, durch die sich die unsichtbare Welt zeige. Die »Manifestationen«, so hieß es, würden diese Bruchstellen aufzeigen.

Viele von uns, die diese Erklärungen ablehnten, fanden sie besorgniserregender als die Vorfälle, die sie zu erleuchten suchten, denn in ihrer Extremität, in ihrer Begierde, eine unsichtbare Welt als gegeben anzunehmen, schienen sie uns wie ein Ausdruck genau jenes Unmuts, der sich in unseren Sommer gebrannt hatte.

Während sich die Ideen häuften und die Diskussionen hitziger wurden, wurden die Manifestationen selbst seltener. Schon bald bildeten sich kleine Gruppen, bestehend aus Leuten, die entschlossen waren, die Vorfälle zu beobachten und sogar zu provozieren. Drei oder vier Freunde pflegten sich zu einer bestimmten Zeit, bei Einbruch der Dämmerung oder spätabends, in einem Wohnzimmer oder Schlafzimmer zu versammeln. Sie schalteten die Lichter aus, mit Ausnahme eines vier Watt starken Nachtlichts, das in der Wandleiste eingelassen war. Stundenlang unterhielten sie sich miteinander, als würden sie dort gemütlich beisammensitzen, eine entspannte Runde mit Freunden, die an einem Sommerabend nichts anderes zu tun hatten, während sie die ganze Zeit über aufmerksam nach Anzeichen eines Flimmerns in dunklen Ecken Ausschau hielten. Der erneute Anstieg von Sichtungen, der aus diesem Zeitvertreib hervorging, verursachte eine kurze Aufregung, doch die damit verbundenen Beweise waren immer fragwürdig, da es schwerfiel, den Aspekt der Erfindung und der Selbsttäuschung, der diesen Treffen zugrunde lag, nicht zu bemerken. Ende Juni zogen die wenigen Berichte über Manifestationen keine nennenswerte Aufmerksamkeit mehr auf sich.

Zu diesem Zeitpunkt hörten wir erstmals von neuen Gruppierungen, geheimen Zusammenkünften. Diese obskuren Organisationen lehnten die Vorstellung der Manifestationen als reales Eindringen einer anderen Welt ab und behaupteten, sie seien Hinweise oder Schattenvorfälle, welche die Ansprüche der sichtbaren Welt infrage stellen wollten. Eine dieser Gruppen, *Die Stillen*, setzte sich aus älteren Teenagern und jungen Erwachsenen zusammen. Die Stillen trafen sich im Geheimen und hielten eine strenge Diät, die sich auf Getreide und Säfte beschränkte. Was sie ins Zentrum unserer Aufmerksamkeit rückte, war das Gerücht, sie würden etwas namens Ultrasex praktizieren. Von unseren Schlafzimmerfenstern aus sahen wir sie manchmal, nachts, junge Leute in fließenden Gewändern, wie sie durch die Straßen zu abgeschiedenen Orten gingen. In Hobbyräumen in Kellern, auf Friedhöfen neben Kirchen, auf kleinen Lichtungen in den nördlichen Wäldern hielten sie ihre Zusammenkünfte, nach denen sie sich paarweise hinlegten und eine Vereinigung anstrebten, die nichts mit dem Körper zu tun hatte. Liebe, Verlangen, die Lust selbst waren in den Augen Der Stillen rein immaterielle Dinge. Berühren, Umarmen, Küssen, Streicheln, Reiben, geschweige denn Geschlechtsverkehr, waren eine Form des Scheiterns – ein Abstieg in die Welt der Materie. Die Mitglieder der Gruppe wurden dazu ermutigt, sich so nahe wie möglich neben einen Partner zu legen, der oft teilweise nackt war, und, indem sie strikt auf den Akt der Berührung verzichteten, einem Verlangen von solch wilder Intensität Raum zu geben, dass der Körper in Flammen aufzugehen schien. Man sagte, diese Disziplin nutze, weit davon entfernt, das Fleisch zu bestrafen, den materiellen Körper, um anhaltende Höhepunkte spiritueller Ekstase zu erzeugen, demgegenüber der intensivste Orgasmus ein Wimpernzucken sei.

Jene von uns, die derartige Praktiken missbilligten, wussten, dass sie nicht von Dauer sein konnten, während wir gleichzeitig einräumten, dass die Abkehr vom Körperlichen lediglich ein weiteres Zeichen dafür sei, dass die alten Befriedigungen nicht mehr als selbstverständlich betrachtet werden konnten.

Zu jener Zeit, als wir nachts mit geschlossenen Augen und lauten Gedanken wach lagen, bemerkten wir noch etwas anderes. Zunächst war es nur ein schwaches Geräusch, ein Kratzen in der Dunkelheit. Bald konnte man sie fast hören: wie sie mit Spitzhacken den Zement aufrissen, sich mit Schaufeln und Spaten nach unten gruben. Von Anfang an nannten wir sie die Tunnelbauer. In Häusern, verstreut über die ganze Stadt, in neuen Farmsiedlungen und älteren Vierteln, so hieß es, seien sie bei der Arbeit gewesen, dieselben Familienväter, die in vergangenen Sommern zum Bowling gegangen waren oder sich mit Chips und Bier vor den Fernseher gesetzt hatten. Manchmal nach dem Abendessen, manchmal spät nachts, wenn Frauen und Kinder schliefen, gingen sie in den Keller und gruben weiter. Und obwohl die Tunnelbauer selbst nie über ihre Arbeit sprachen, sodass wir uns nur auf Gerüchte und Berichte von anderen verlassen konnten, glaubten wir an die Tunnel, wir verstanden es sofort. In diesem unerbittlichen Graben, dem Graben ins Nichts, erkannten wir ein Verlangen, die Begrenzung des Hauses zu sprengen, sich von einem vertrauten Ort ins Unbekannte aufzumachen. Manchmal schwang ein Tunnelbauer die Spitzhacke über den Kopf, um sie in die lockende Erde zu schlagen, und spürte dann ein plötzliches Nachgeben. Einen Augenblick später brach er in einen anderen Tunnel durch, wo ein Nachbar fleißig an der Arbeit war. Dann pflegte sich der Eindringling auf den Griff seiner Spitzhacke zu lehnen, sich mit dem Ärmel die Stirn abzuwischen und einige merkwürdige Worte zu wechseln, bevor er sich zurückzog und die Richtung änderte.

Nachts in unseren Betten, wenn wir dem Klang der Grillen und dem Rauschen der Lastwagen auf der Schnellstraße lauschten, konnten wir dieses andere, schwieriger zu deutende Geräusch hören, das der Klang vieler Schaufeln hätte sein können, die auf Erde und Stein stießen – und wir hatten das Gefühl, dort unten, über die ganze Stadt verteilt, unter unseren Schlafzimmern und Küchen und sorgfältig gemähten Rasen, tief unter den Wurzeln der Kiefern und den Tummelplätzen der Regenwürmer, würde ein Netz aus Gängen gewebt, ein verschlungenes System aus kreuz und quer verlaufenden Höhlen, sodass unsere Gärten und Häuser auf einer dünnen Erdkruste standen, die jeden Moment unter Tosen aufbrechen könnte.

Manchmal wachte ich nachts auf und dachte: Ich muss fort von hier, ich muss irgendwohin gehen, jetzt sofort, bald, gleich morgen früh. Dann durchzuckte mich eine Aufregung, als würde ich bereits meine Taschen packen, meine Schuhe am Flughafen bereits in die Kunststoffboxen legen. In den langen Nachtstunden ließ meine Aufregung kontinuierlich nach, bis ich mich am Morgen nicht mehr erinnerte, nicht so wirklich, was zu tun ich beschlossen hatte.

Wie als Antwort auf die Tunnelbauer tauchten die Dachbewohner auf. Wir alle wussten, wie es anfing. Eines Morgens stieg David Lindquist, ein Handwerker im Ruhestand, der in einem einstöckigen Kutscherhaus in einer Sackgasse wohnte, auf sein Dach. Dort baute er einen einfachen Unterschlupf neben dem Rauchfang und weigerte sich herunterzukommen. Seine Ehefrau lieferte ihm über eine Falltür

in der Dachbodendecke Essen. Lindquist hatte ein Rohr-
system erdacht, das mit den Abwasserrohren verbunden
war, und er hatte einen Schlauch mitgebracht, um Abfall
hinunterzuspülen. Er weigerte sich, mit Journalisten zu
sprechen, doch seine Ehefrau erzählte ihnen, dass es ihrem
Ehemann dort wirklich gefalle, die Höhe habe ihn schon
immer angezogen. Was wir bemerkenswert fanden, war weniger Lindquists Verschrobenheit denn seine Entbehrung.
Man sagte, er ernähre sich ausschließlich von Brot, Wasser
und Obst, sitze stundenlang da, blicke auf die umliegenden
Bäume und habe sich angewöhnt, an dem Platz zu schlafen,
an dem die beiden Dachschrägen aufeinandertrafen.

Einige Tage später, in einem anderen Teil der Stadt, zog
Thomas Dombek, ein College-Student im dritten Jahr,
der über den Sommer nach Hause gekommen war, auf
das Dach seines Elternhauses, zwei Blocks vom Strand
entfernt. Hie und da tauchten weitere Nachahmer auf –
es schien unvermeidlich. Doch wir hatten nicht mit dem
plötzlichen Ansturm auf die Dächer gerechnet, der sich
nun, Mitte Juli, vollzog. Man konnte sie in jedem Viertel
sehen, wie sie über Leitern, an Regenrinnen gelehnt, lange
Bretter hinauftrugen. Bald sahen wir Unterstände auf den
Dächern emporwachsen wie die Fernsehantennen, die wir
noch aus unserer Kindheit kannten. Es war, als wären die
Häuser unserer Stadt nicht mehr groß genug, um unsere
Sehnsüchte zu fassen. Von unseren Veranden vor den Häu-
sern, aus Klappstühlen in unseren Gärten dahinter beob-
achteten wir, wie sich die merkwürdigen Bauten auf den
Dachgipfeln erhoben. Der Trick war, eine Basis über zwei
Dachschrägen zu errichten und darauf Wände und ein
Sicherheitsgeländer zu bauen. In der ganzen Stadt war das

Klirren der Hämmer zu hören. Zu Mittag saßen Arbeiter in T-Shirts auf sonnigen Dächern, legten die Köpfe in den Nacken, um aus Limonadenflaschen zu trinken, die in der Sonne funkelten. Die Kinder sahen hoch, schirmten dabei die Augen vor der Sonne ab.

Natürlich folgte nicht jeder dem schwierigen Vorbild von David Lindquist. Die meisten Menschen stürzten sich in die neue Mode des vergnüglichen Dachlagers, ohne an einen dauerhaften Aufenthalt zu denken. Für sie war ein Dachhaus eine Art höher gelegene Veranda. In den heißen Julinächten konnte man sie dort oben, unter den Sternen, schlafen sehen.

Doch dann und wann tauchte eine andere Art des Dachbewohners auf. Höchst diszipliniert, eigenbrötlerisch und leidenschaftlich saßen die Einsamen viele Stunden am Stück reglos und in Schweigen gehüllt da. Manchmal stand einer von ihnen langsam auf und richtete das Wort an die Straße. Der Dachbewohner sprach dann vom Weg – womit er den Weg aus dem Unglück und der Verzweiflung meinte, den Weg zu spirituellem Frieden. Dann pflegten sich die Leute in der Straße unter ihm zu versammeln und hörten eine Weile zu, bevor sie weitergingen. Unter diesen Laienpriestern war eine große Frau namens Verna Coombs, die Latzhosen, Arbeitsstiefel und ein rotes Tuch trug, sich selbst als Transzendensionstin bezeichnete und schnell eine Gefolgschaft um sich scharte. Die Transzendensionsten lehnten die Welt unter ihnen ab, die eine Welt der Schwerfälligkeit und Unzufriedenheit war, und feierten die obere Welt, die wahre Welt, die über das Äußerliche hinausging.

Zeitweise hatten wir das Gefühl, ein anderer Ort, ein unbekannter Ort, würde versuchen, von unterhalb unserer

Stadt aufzutauchen. Er grub sich durch die Erde unter unseren Kellern, erhob sich lautlos in den Ecken unserer Wohnzimmer, vibrierte in der Luft über unseren Dächern.

Manchmal stieß ich darauf, auf diesen anderen Ort. Wenn ich in eine vertraute Straße einbog, mit Veranden und Spitzahornbäumen, gelben Hydranten und braunen Telefonmasten, spürte ich etwas Fremdes. Das Sonnenlicht schien nicht direkt auf die Hauswände zu fallen, sondern dazwischen. Schatten bewegten sich, Gegenstände schienen von den Gesetzen des Lichts befreit und waren kurz davor, sie selbst zu werden, die Bürgersteige bebten sanft, alles glitzerte und flimmerte, während oben der fest gespannte blaue Himmel an beiden Seiten auseinandergezogen wurde, bis er in der Mitte beinahe aufriss – dann hörte alles auf, die Straße beruhigte sich, die Bürgersteige wurden wieder reglos, und ich ging an weiß bemalten Fallrohren mit senkrechten Rillen vorüber, die deutlich sichtbar waren, vorbei an Löwenzahn mit buschigen Blütenblättern, die, als ich sie ansah, scharf wie Rasierklingen wurden.

Es muss wohl in der letzten Juliwoche gewesen sein, als wir eine Veränderung in unseren Kindern wahrnahmen. Wir wussten natürlich, dass sie durch die Vorfälle, die sich überall um sie herum zutrugen, schon jetzt im kleinen Rahmen beeinflusst waren. Wie könnten sie dem unberührt entkommen sein? Doch wir waren mit Gerüchten und Spekulationen beschäftigt gewesen, wir waren etwas leichtsinnig geworden, wir hatten es verabsäumt, den Kindern unsere volle Aufmerksamkeit zu widmen. Es war »das Spiel«, das sie wieder ins Zentrum unserer Aufmerksamkeit rücken ließ. Man sah sie in den Gärten, wie sie sich langsam bewegten, zu langsam, und plötzlich um etwas herumgingen, das ihnen den Weg zu versperren schien. Manchmal hatten sie die Arme ausgestreckt, als würden sie in Dunkelheit wandeln, obwohl die Sonne aus einem wolkenlosen Himmel herabschien und ihre Schatten sich deutlich auf dem geschnittenen Gras abzeichneten. Nach und nach lernten wir, worum es bei dem Spiel ging. Die Kinder beschworen Fantasieorte herauf und spazierten stundenlang in ihnen umher. Die Idee dahinter war, immer länger dortzubleiben, für immer dortzubleiben. Gärten mit Schaukeln und langem Gartenschlauch wurden zu dichten Wäldern, in denen es von Zwergen und Wölfen wimmelte. Wenn die Kinder die Türen zu ihren Zimmern öffneten, betraten sie die Laderäume versunkener Schiffe, Türme mit Wendeltreppen und Berghöhlen, in denen weiße Tiere aus schwarzen Flüssen tranken.

Beim Abendessen saßen die Kinder still da, starrten verträumt vor sich hin. Wenn die Eltern ihre Trance unterbrachen, indem sie sie mit Fragen überhäuften, antworteten sie vorsichtig, höflich, mit einem leichten Anflug von Bedrängnis.

Ein Fall, der einige Aufmerksamkeit auf sich zog, war jener der kleinen Julie Goudreau. Sie war sieben Jahre alt. An einem Augustnachmittag fand man sie mitten im Garten ihrer Nachbarn sitzen. Als Mrs. Waters nach draußen ging, um nachzusehen, was los war, erzählte Julie ihr, sie habe sich verirrt und würde nie wieder den Weg nach Hause finden. »Aber du wohnst gleich dort drüben, Liebes«, sagte Mrs. Waters und zeigte auf den Garten nebenan, der von ihrem eigenen durch eine Einfahrt und drei Azaleensträucher getrennt war. Julie wandte den Kopf, um in die Richtung zu sehen, in die Mrs. Waters gezeigt hatte. Was Catherine

Waters auffiel, war Julies Gesichtsausdruck – sie starrte mit vor Konzentration leicht gerunzelter Stirn auf ihren eigenen Garten, als würde sie etwas ansehen, das sie nie zuvor gesehen hatte. Dann drehte sie sich wieder um und blickte auf ihre Hand, die im Gras lag. Mrs. Waters beugte sich über sie, um ihr hochzuhelfen. In diesem Augenblick wandte ihr Julie das Gesicht zu. Es war ein Ausdruck solcher Wut, dass Mrs. Waters einen Schritt zurücktrat. »Ich hasse dich«, sagte Julie, ruhig und deutlich. Sie senkte den Blick, blieb stur dort sitzen und weigerte sich, noch etwas zu sagen, bis schließlich ihre Mutter kam und sie nach Hause schleifte.

Doch während wir uns Sorgen um unsere Kinder machten und uns die Schuld daran gaben, dass wir sie unter dem Druck unserer eigenen Zerstreuungen vernachlässigt hatten, fanden wir uns zu diesem tranceähnlichen Starren hingezogen, zu diesen verträumten Blicken, und fragten uns, wie es wäre, unsere Tage mit inneren Reisen aufzusprengen.

Es mag sein, dass ich einen falschen Eindruck erweckt habe. Ich will nicht sagen, dass sich die Dinge ausschließlich so gestalteten. Selbst in den Anfangstagen der Manifestationen, als es schien, jedes Wohnzimmer würde plötzlich von geheimnisvollem Leben erfüllt, fuhren wir mit dem Auto zur Arbeit, setzten wir uns zum Abendessen an den Tisch, schoben wir unsere Einkaufswagen durch die Tiefkühlabteilung. An von Bäumen überschatteten Straßenecken liefen Jogger mit Stirnband auf der Stelle und warteten darauf, dass ein Auto einbog. Der Klang von Kettensägen und Holzschreddern erfüllte die Vorstadtluft. Auf einer heißen, beschatteten Veranda, in der Mattigkeit eines Mittsommernachmittags, schlürfte eine Highschool-Schülerin in abgeschnittenen Jeans und Bikinioberteil aus einem langen Strohhalm, während sie eine rotbraune Haarsträhne wieder und wieder und wieder um ihren Finger wickelte.

Indes, als hätten sie die Kinder durch die Schlitze heruntergelassener Jalousien beobachtet, kamen nach und nach die älteren Leute unserer Stadt aus ihren Verstecken. Wir sahen sie spätnachts auf dunklen Veranden versammelt, leise schaukelnd. Sie schienen darauf zu warten, dass etwas passierte. Manchmal sahen wir sie, wie sie sich sehr langsam durch unsere Gärten bewegten, mit kleinen Schritten, die Köpfe nach unten geneigt, die Gummispitzen der Stöcke und Gehhilfen ins Gras gepresst. Die Zeitung berichtete, dass eines Nachts um zwei Uhr vier *Oldies* im Alter von sechsundachtzig bis dreiundneunzig Jahren an den Strand bis zum Rand des Wassers gelangt waren, wo ein Polizist sie entdeckte. Sie starrten auf das Wasser hinaus. Die Flut setzte ein und die flachen Wellen hatten bereits ihre Schuhe und Knöchel erreicht, als der Beamte sie fand.

Manchmal hatten wir das Gefühl, dass jeden Moment, hinter jeder Ecke, der Sommer sein Geheimnis plötzlich lüften würde, und ein Frieden, ein beruhigender Regen über uns hereinbrechen würde.

Mitte August spürten wir die Erschöpfung durch Abenteuer, die uns nie weit genug geführt hatten. Zur selben Zeit loderte eine scharfe, überreife Wachsamkeit für unversuchte Möglichkeiten in uns. In der Mattigkeit und Stille vollkommener Nachmittage konnten wir spüren, wie sich das Ende des Sommers näherte und uns die Last der Reue aufbürdete. Was hatten wir wirklich gemacht? Was hatten wir jemals gemacht? Da war das Gefühl, dass all das irgendwohin hätte führen sollen, ein Gefühl, dass ein notwendiger

Höhepunkt irgendwie nicht eingetreten war. Und stets verstrichen die Tage, wie Rätsel, die wir nie lösen würden.

Es war einer dieser intensiven letzten Augusttage, als die Luft vor Licht und Hitze zu flimmern schien, als würde man alles durch einen zarten Nebelschleier betrachten, obwohl der Himmel strahlend blau war. War es der Nebelschleier unserer angestauten Sehnsüchte? Denn in den letzten Sommerwochen war unser Verlangen immer stärker und fordernder geworden, unbesänftigt durch unsere Tunnel und Dachhäuser, unsere Versammlungen und Untersuchungen, die uns jetzt, wo wir uns an sie zurückerinnerten, wie klägliche Sinnbilder vorkamen für was auch immer es war, das sich uns entzog. Es war Samstag – der letzte im August. Es fühlte sich wie der letzte Samstag des Jahres an, der letzte Samstag aller Zeiten. Als wir uns durch den Morgen und den Nachmittag bewegten, erfüllt von einer unbestimmten Unruhe, waren wir kaum präsent. In unseren Gärten hinter dem Haus und auf unseren Veranden davor, an unseren Picknicktischen und auf dem Strand streckten wir uns nach anderen Richtungen, wir waren anderswo.

Die Veränderung begann etwa bei Einbruch der Dämmerung. Die meisten von uns waren nach Hause gekommen, von wo auch immer der Tag uns hingeführt hatte. Wir hatten fertig zu Abend gegessen, wir warteten darauf, dass der Rest des Tages vorbeizieht – warteten auf die besondere Weise des Sommers, auf etwas, das unserer Sehnsucht würdig ist. Die Sonne hatte sich außer Sichtweite gestohlen, obwohl auf die Spitzen der Telefonmasten und hohen Bäume noch immer Licht fiel. Der Himmel war blassblau. Hie und da ging in einem Fenster ein Licht an. Es war zu jener Tageszeit, die eigentlich zwei Tageszeiten war – oben der noch immer helle Himmel, unten die Anfänge der Nacht. Es war, als hätte der Tag für einen Augenblick pausiert, unfähig, sich zu entscheiden. Und wir, an unterschiedlichen Orten, achteten vermutlich nicht so genau darauf, waren womöglich ins Grübeln geraten, in unsere eigene innere Pause. Jemand musste der Erste gewesen sein: Eine Hand reckte sich gedankenlos und griff durch den Lampentisch hindurch, glitt durch die Lampe. Es geschah in jeder Straße: eine Schulter, die sich durch die Badezimmertür bewegte, eine Hand, die durch den Lehnsessel fuhr, durch das Geländer der Veranda fiel. Einige berichteten von einem leichten Widerstand, vergleichbar mit dem Gefühl, wenn die Hand durch kühles Wasser streicht oder sich durch Spinnweben bewegt. Andere spürten überhaupt nichts. Einige behaupteten, ein kollektives Ausatmen oder Seufzen zu hören, das von den Häusern unserer Stadt aufstieg. Im Wunder des Augenblicks wurde uns klar, dass unser Sommer endlich gekommen war.

Behutsam, freudig bewegten wir uns mit ausgebreiteten Armen durch unsere Häuser, schritten durch Gegenstände hindurch, die uns keinen Widerstand mehr boten. Wir traten auf die Straßen, in denen die Menschen wie verzaubert umhergingen. Kinder, toll vor Lachen, liefen wieder und wieder durch die Stämme der Ahornbäume. Wir gingen durch Hecken und weiße Lattenzäune, durchschritten die Balustraden der Veranden, betraten fremde Gärten durch die Wände unserer Häuser. Wir spazierten durch Schaukeln und Vogeltränken. Wir gingen zur Main Street, wo Straßenlaternen unter dem blassen Himmel leuchteten und sich von Ehrfurcht erfüllte Menschenmengen durch die Schaufenster bewegten. Jemand zeigte nach oben: Ein

Spatz, der versuchte, auf der Querstange eines Telefon-
mastes zu landen, glitt hindurch und begann wild mit den
Flügeln zu schlagen, woraufhin er wieder zurück in den
Himmel schoss.

Schwer zu sagen, wie lange es anhielt. Wir stürzten uns
in diese Dämmerung, als hätten wir schon immer gewusst,
was unter der Haut der Welt gelegen hatte. Wir schwelgten
in der Auflösung. Unter dem sich verdunkelnden Himmel
wandelten wir durch unsere Stadt wie Kinder nach dem
ersten Schnee.

Kurz vor Einbruch der Nacht, als der Himmel noch immer ein wenig hell war, wurden wir uns einer leichten Ver-
dichtung bewusst. Als wir durch die Dinge traten, konnten
wir ein seidiges Kitzeln spüren. Jemand schrie auf: Er hatte
sich das Knie an der Mauer eines Ladens gestoßen. Stück
für Stück wurden die Dinge fester. Hie und da blieb eine
Hand in Holz oder Stein stecken.

Später, als wir versuchten, all das zu verstehen, als wir versuchten, dem eine Bedeutung zu geben, sagten einige, dass
vielleicht, ab einem bestimmten Zeitpunkt, etwa bei Einbruch der Dämmerung, jeder in unserer Stadt von etwas
anderem geträumt habe. Die Stadt, unserer Aufmerksamkeit
beraubt, habe zu zittern und zu wanken begonnen, war sub-
stanzlos geworden. Andere, skeptischer, brachten ein, dass
nichts von alldem stattgefunden habe, dass ein großes Deli-
rium über unsere Stadt gekommen sei, wie eine Grippewelle.
Wiederum andere warfen ein, wir hätten eine Offenbarung
erlebt, jedoch nicht gewusst, was wir damit anfangen sollten.
Unsere Unwissenheit habe die feste Welt eingeleitet.

Was immer an jenem Tag geschehen sein mag, am nächsten Morgen erwachten wir, als hätten wir einen Monat

lang geschlafen. Sonnenlicht strömte in unsere Zimmer. Wir streckten die Hand aus und berührten die Kanten der Dinge. In unseren Küchen standen die Stühle zu deutlich hervor, als wären sie plötzlich aus dem Boden gewachsen. In unseren Händen spürten wir das Gewicht von Löffeln, spürten die Ränder von Müslischalen unter unseren Fingern. Wir drückten gegen Türen, spürten den Widerstand der Fußmatten und Treppen unter unseren Füßen. Draußen ließen wir unsere Finger über die Äste von Sträuchern und Hecken gleiten, wir umklammerten Gartenschläuche und Lenkräder, die Gummigriffe der Rasenmäher. Auf der Main Street umfassten wir die Griffe von Glastüren, wir hoben Gegenstände auf, die wieder zurückstrebten, füllten Einkaufstüten, die an unseren Handflächen zogen. Den ganzen Tag spürten wir den Widerstand der Bürgersteige, das Empordrängen des Grases. Den ganzen Tag spürten wir das Gewicht der Sonne, die auf unsere Arme fiel. Den ganzen Tag spürten wir das Blau des Himmels, das über unsere Haut streifte, die Kanten der Schatten. Manchmal erinnerten wir uns an jenen anderen Sommer, doch er war bereits eine Geschichte, die wir erzählten, in warmen Wohnzimmern im Winter, von jener Zeit, als wir mit weit ausgestreckten Armen in der Dämmerung durch die Straßen wandelten, vor langer Zeit, in einem anderen Leben.

Dreizehn Ehefrauen

Ich habe dreizehn Ehefrauen. Wir alle leben gemeinsam in einem großzügigen, nicht weit vom Stadtzentrum entfernten Haus im Queen-Anne-Stil mit einem halben Dutzend Dachgiebeln, zwei runden Türmen und einer Veranda, die um das gesamte Haus verläuft.

Jede meiner Frauen hat ihr eigenes Zimmer, genau wie ich, doch jeden Abend versammeln wir uns zum Abendessen am langen Tisch unter dem alten Kronleuchter mit rosafarbenen Glasschirmen im hohen Speisesaal. Danach spielen wir im Wohnzimmer in kleinen Gruppen Rommé oder Binokel oder sitzen auf den ausgeblichenen Lehnsesseln und Sofas beisammen. Meine Ehefrauen kommen sehr gut miteinander aus, ihre Beziehung zu mir ist hingegen komplexer. Manchmal fragen die Leute: »Warum dreizehn Frauen?« »Ach«, sage ich dann immer und setze mein breitestes Lächeln auf, »von einer guten Sache kann man nie genug haben!« In Wahrheit ist die Antwort nicht so einfach, die genaue Antwort entzieht sich sogar mir selbst. Klar ist, dass ich meine Ehefrauen liebe, jede für sich und alle zusammen, und ich kann mir ein Leben ohne sie alle nicht vorstellen. Obwohl ich meine Ehefrauen eine nach der anderen geheiratet habe, über einen Zeitraum von neun Jahren hinweg, hatte ich dabei nie den Gedanken, dass ich eine Ehefrau durch eine bessere ersetze oder meine früheren Ehefrauen durch einen Neuanfang ihrer Position enthebe. Ich habe mich nie als Mann mit dreizehn Ehen betrachtet, sondern eher als Mann in einer einzigen Ehe mit dreizehn Ehefrauen. Ob sich diese Lösung des schwierigen Ehethemas für andere als nützlich erweisen wird oder ob meine Herangehensweise überhaupt nichts zur Summe des menschlichen Wissens beiträgt, müssen andere beurteilen. Ich sage nur, und dabei spreche ich ausschließlich für mich selbst, dass es für mich keine andere Möglichkeit gegeben hätte.

Hier also meine Ehefrauen.

1

Absolut Gleichberechtigte, ein Herz und eine Seele, Liebespartner – so denken wir voneinander, meine erste Frau und ich. Wenn ich am Sonntagmorgen spät aufwache und sie mir bereits einen Teller großer Blaubeerpfannkuchen gemacht hat, genau so, wie ich sie als kleiner Junge mochte, mit einem Stückchen Butter, das langsam darauf zerschmilzt, dann serviere ich ihr am darauffolgenden Sonntag ein Omelett aus zwei Eiern mit grünem Paprika und gehackten Zwiebeln, genau wie in ihrer Erinnerung an die Sommer in der Blockhütte auf der Insel, als sie ein kleines Mädchen war. Ich erinnere sie an ihren Termin beim Friseur am Dienstag um eins, sie sorgt dafür, dass ich meinen Zahnarzttermin am Dienstag um vier nicht verpasse. Ich fahre am dritten Juliwochenende mit ihr zum Haus ihrer Mutter in Vermont, sie begleitet mich in der zweiten Augustwoche zum Haus meines Vaters am Kap. Ich lobe die ordentlichen Bügelfalten ihres neuen, gelben

Sommerkleids, sie freut sich über mein neues, adrett aussehendes, leichtes Hemd. Diese Arrangements kennt man vermutlich in jeder Ehe, doch unsere haben intimere Ausmaße entwickelt. Wenn sich meine erste Ehefrau die Hand in einer Tür einklemmt, heule ich vor Schmerz plötzlich auf, wenn ich durstig bin, trinkt sie hastig ein Glas Limonade mit Eis. Wenn ich gegen eine Tischkante stoße, taucht ein blauer Fleck an ihrem Bein auf. Wenn sie über den Teppichrand stolpert, stürze ich zu Boden. Eines Abends fiel mir die Antwort auf eine Kreuzworträtselfrage ein, bei der wir beide am Vortag nicht weitergekommen waren. Als ich ihr Zimmer betrat, fand ich sie auf dem Bett sitzend vor, wo sie, die gefaltete Zeitung in der Hand, die Antwort mit einem gelben Bleistift Härte 2 einsetzte. Ein anderes Mal, als die Dinge bei mir nicht gut liefen, erwachte ich in der Nacht und hatte Angst, sie könnte depressiv und selbstmordgefährdet sein. Als ich in den Flur lief, stieß ich beinahe mit ihr zusammen, als sie mit weit ausgestreckten Armen und der Aura einer Retterin auf mich zueilte. Es ist wahr, manchmal wird es mir langweilig, zutiefst langweilig, unser System der penibel abgestimmten Gleichheit. Dann sehne ich mich nach einem Ungleichgewicht, einer krassen Ausnahme, einer heftigen Entladung. Unglücklich darüber, dass ich derartige Gedanken habe, und unsicher, was ich tun soll, suche ich die eine Person auf, die mich mit Sicherheit verstehen wird. Wenn ich ihre Arme ergreife und ihr in die Augen blicke, sehe ich dieselbe Melancholie, dieselbe Sehnsucht nach dem Unbekannten. Und während ich in tiefes, unsicheres Gelächter ausbreche, höre ich, im gesamten Raum, wie die Schreie vieler Tiere, den Klang ihres eigenen, beunruhigenden Lachens.

2

Wenn ich in meinem Leben keine Hoffnung sehe, wenn die Arme aus meinen Hemdsärmeln herabhängen wie baumelnde Tote, wenn ich mich beim Anblick meiner selbst in einer spiegelnden Fensterscheibe heftig abwende, doch nicht schnell genug, um nicht zu sehen, wie ich mich heftig abwende, dann weiß ich, dass es an der Zeit ist, die Gesellschaft meiner zweiten Frau aufzusuchen, die weiß, wie sie mich trösten kann. Noch während ich an der Eingangstür ankomme, meine lederne Laptop-Tasche in der einen Hand halte und mit der anderen nach dem Schlüssel greife, sieht sie mich besorgt an und fragt, wie mein Tag gewesen sei. Sie hilft mir aus meinem Trenchcoat mit Gürtel und hängt meinen Hut auf, sie stellt meine Tasche neben den Schirmständer. Schon führt sie mich zum Lehnsessel – meinem Lieblingssessel mit den breiten Armlehnen – wo sie ein Kissen hinter meinen Kopf schiebt und meine Stirn berührt, während sie gleichzeitig meine Füße auf das Fußkissen hebt. Sie zieht meine Schuhe aus und schmiegt ihre Wange an mein Bein. »Geht es dir gut?«, fragt sie und sieht mich mit zärtlicher Besorgnis an. Und während sie mich innig anblickt, fragt sie: »Hattest du einen harten Tag?« Später, nachdem sie mich ausgezogen, gebadet und aufs Bett gelegt hat, beugt sie sich über mich und sagt: »Gefällt dir das?« und »Gefällt dir das?« Noch später, wenn ich neben ihr aufwache, verspüre ich einen plötzlichen Zweifel. Unsanft rüttle ich sie wach. Während ich in ihre schläfrigen Auge blicke, sage ich ihr, dass ich einen Rivalen niemals ertragen könnte, dass ich sie sofort verlassen würde, wenn sie irgendetwas in dieser Richtung versuchen sollte, ich ließe mich nicht von ihr ausnutzen, ich sei doch nicht von gestern. Während meines Ausbruchs füllen sich ihre großen, erschrockenen Augen mit Tränen. Nach und nach überkommt mich Erleichterung, ich werde ruhig, ich werfe einen Blick auf die Uhr und sehe, dass es spät wird, ein Gähnen rollt durch meinen Körper, und sowie ich meine Augen schließe und langsam in einen tiefen, beruhigenden Schlaf abdrifte, spüre ich, wie sie wach neben mir liegt und nach dem Grund meines Kummers sucht, die Ereignisse der vergangenen Stunden Revue passieren lässt, sich vorwirft, mich nicht genug zu lieben; die Augen aufgerissen, das Herz rasend, ruht ihre Wange fest an meiner Schulter.

3

An anderen Tagen, in stabilerer Verfassung, der Verfassung, in der die kleinen Enttäuschungen des Lebens nicht mehr wie ein Beweis des Scheiterns, sondern wie willkommene Herausforderungen für den Eroberungsgeist erscheinen, suche ich die Gesellschaft meiner dritten Ehefrau, die mich niemals verhätschelt. Wenn ich ihr Zimmer betrete, liegt sie auf dem Bett und liest mit konzentriertem Stirnrunzeln ein Buch. Ohne aufzusehen, hebt sie einen ausgestreckten Finger als Zeichen, sie nicht zu stören. Ihr gesamter Körper ist gespannt vor Aufmerksamkeit, während sie weiterliest. Nach einer langen Weile legt sie das Buch auf die Brust und hebt ihren Blick zu mir, die Stirn noch immer gerunzelt. Unvermittelt wirft sie mir vor, sie vernachlässigt zu haben. Wenn ich zu meiner Verteidigung ansetze, erzählt sie mir, dass die neue Putzfrau eines der blauen Weingläser zerbrochen habe, es keinen Truthahnschinken mehr im Kühlschrank gebe, nur normalen Schinken, die Tür des Wäscheschranks nicht richtig schließe. Ich versichere ihr, dass ich mich bald um alles kümmern würde, sofort, noch in dieser Sekunde, falls nötig. Als Antwort verdreht sie langsam und übertrieben die Augen. Dann sieht sie mein Hemd an und fragt, weshalb ich mit diesem Kragen zur Arbeit gegangen sei. Ob ich in letzter Zeit mein Haar im Spiegel betrachtet hätte. Ihr Kopf schmerze, ihre Allergien brächten sie um, sie sei sicher, dass sie eine Nebenhöhlenentzündung habe, es sei keine Luft im Zimmer, das Fenster klemme schon wieder. Ich gehe zum Fenster und schiebe es problemlos nach oben. Sie fragt, ob mir ein einfacher Sieg auf ihre Kosten Vergnügen bereite. Sie sei knapp bei Kasse, ihr Haartrockner sei kaputt, irgendetwas stimme mit dem Schalter der Kaffeemaschine nicht. Als ich mich vorsichtig neben sie lege, setzt sie sich auf und sagt, es sei schon spät und sie fühle sich nicht gut, sie könne nicht atmen, es sei keine Luft im Zimmer, trotz geöffnetem Fenster. Was sie brauche, sei ein Luftentfeuchter, warum habe sie keinen Luftentfeuchter, ein Luftentfeuchter würde einen riesigen Unterschied machen. Ich strecke die Hand aus und berühre ihren Arm. Sie blickt auf meine Hand und sagt, dass sie ihre Bluse hasse – bei diesem Wetter klebe alles. Langsam, während ich sie genau beobachte, knöpfe ich mein Hemd auf. Sie sei nicht in Stimmung, sagt sie. Außerdem sei sie mir egal, alles, was mich interessiere, sei ich selbst, sie könne sich nicht einmal erinnern, wann ich ihr das letzte Mal gesagt hätte, dass ich sie liebte. »Ich liebe dich«, sage ich sofort. Sie blickt auf ihre Finger und fragt, ob ich wirklich glaubte, dass ich unsere Probleme lösen könne, nur weil ich ein paar Worte

212

von mir gäbe, die mich nichts kosteten, aber das sehe mir wieder ähnlich. Als sie ihre Bluse auszieht, fällt ihr Blick auf ihren Oberarm. Sieh nur, wie er schwabbelt, sie verwandle sich in einen Fettklops. Ich versichere ihr, dass ihr Arm gut so ist, sehr gut, sogar eher von der dünnen Sorte. Sie ist neugierig, wann ich zum weltweit führenden Experten in Sachen Ernährung und Fitness amerikanischer Frauen geworden sei. Als wir uns weiter ausziehen, beschwert sie sich über die Matratze, die mittelhart sein sollte, aber eigentlich viel weicher sei, als die Beschreibung versprochen hatte, sie sei schlecht für ihren Rücken, wir sollten sie zurückbringen und eine gute kaufen, es sei denn, natürlich, ich dächte, dass das die Matratze sei, die sie verdiene. Während wir uns lieben, kommentiert sie die knarzenden Bettfedern und berichtet, dass die Putzfrau fünfzehn Minuten zu spät gekommen sei und verabsäumt habe, den Staub vom Sockel der Tischlampe neben dem Sofa zu wischen. Als wir fertig sind, sagt sie: »Nie nimmst du mich irgendwohin mit.« Bevor ich antworten kann, fragt sie, wie ich von ihr erwarten könne, die Nacht durchzuschlafen, wenn die Fensterscheibe beim kleinsten Lüftchen klappere. Ich würde sie nie beachten, ihr nie zuhören, ich redete, aber ich hörte nicht zu, sie könne in diesem Zimmer nicht atmen, es gebe nichts zu essen im Haus, ihr Nacken schmerze, es gefalle ihr nicht, wie die neue Putzfrau sie ansehe. Langsam schließen sich ihre Augen, sie sieht mich schläfrig an. Nach einer Weile stehe ich vorsichtig auf, schlüpfe in meine Kleider und gehe. Nach dieser körperlichen Betätigung fühle ich mich erfrischt und gestärkt.

4

Zwischen mir und meiner vierten Frau läuft alles gut, wirklich, es könnte nicht besser laufen. Ich sage sogar ohne zu zögern, dass unsere Liebe perfekt ist, aber ist nicht die Perfektion an sich ein Grund zur Sorge? Wenn sie erklärt, dass sie überaus glücklich sei und schwört, dass sie niemals jemanden mehr geliebt habe, als sie mich liebt, verspüre auch ich ein großes Glücksgefühl. Aber führt mein Glück nicht in gewissem Maße dazu, dass ich die Dinge für selbstverständlich erachte, schubst es mich nicht, wenn auch nur unmerklich, in Richtung Selbstgefälligkeit und Selbstzufriedenheit, und machen diese Eigenschaften mich nicht, letzten Endes, weniger liebenswert? Meine vierte Frau verheimlicht nichts vor mir, enthüllt mit großem Vertrauen das Innerste ihrer selbst, doch birgt dieser Akt der liebevollen Selbstoffenbarung nicht das Risiko, dass sie sich nach und nach des Geheimnisvollen beraubt? Ich kann mir keine Frau vorstellen, die begehrenswerter ist als meine vierte Ehefrau, die ich unermüdlich ansehe, denn ihre Schönheit ist, wenngleich makellos, nie kalt. Doch birgt ihre Schönheit nicht die Gefahr, die im Kern aller extremen Dinge verborgen liegt, die Gefahr, Irritation oder Abneigung auszulösen? Könnte man nicht ebenso über ihre Intelligenz, ihre Liebenswürdigkeit, ihre Herzensgüte sagen, dass all das dazu ermutigt, nach Makeln zu suchen, dass all das im Bewunderer ein geheimes Verlangen nach Unwissenheit, Verwirrung und geistigem Versagen schürt? Unsere Liebe ist perfekt, ich begehre nichts mehr. Warum bemerke ich dann, dass sich meine Gedanken der Unvollkommenheit zuwenden? Warum träume ich manchmal davon, mich

214

bitterlich zu beschweren, aus Leibeskräften zu schreien, sie zu beschuldigen, mein Leben zu ruinieren? Warum sollte ich mich danach sehnen, in den klaren Augen meiner vierten Ehefrau den ersten Schatten von Enttäuschung und Verzweiflung hervorzurufen?

5

Wann immer ich mit meiner fünften Ehefrau zusammen sein will, finde ich sie in Gesellschaft eines jungen Mannes vor. Er ist gut aussehend, auf eine knabenhafte, ein wenig zierliche, aber keinesfalls unmännliche Weise, schlank, aber auch muskulös, immer in ein dunkles Sportsakko, ein hellblaues, am Kragen geöffnetes Hemd und Jeans gekleidet. Er ist höflich, zurückhaltend und still. Wenn meine fünfte Ehefrau und ich in einem Restaurant in der Innenstadt zum Mittagessen verabredet sind und einander an einem kleinen Tisch gegenübersitzen, sitzt er zu ihrer Linken oder ihrer Rechten. Wenn wir uns abends vor dem Kamin unterhalten, sitzt er auf dem Teppich, den Kopf an ihr Bein gelehnt. Wenn ich ihr die Kleider ausziehe, reicht sie sie ihm weiter. Wenn wir ins Bett schlüpfen, ist er an unserer Seite und liegt mit im Nacken verschränkten Händen auf dem Rücken. Zunächst hat mich seine Anwesenheit gestört und mit Bitterkeit erfüllt, aber mit der Zeit habe ich mich an ihn gewöhnt. Einmal, als ich nachts neben ihr aufwachte, sah ich über ihre Schulter hinweg, dass er nicht da war. Ich war beunruhigt und rüttelte sie wach. Und erst als sie mit einem leichten Lächeln die Decke hob und den Blick auf ihn freigab, wie er in dunklem Sportsakko, hellblauem

Hemd und Jeans zwischen uns lag und, den Kopf zwischen ihren Brüsten, tief und fest schlief, flaute meine Beunruhigung so weit ab, dass ich wieder einschlafen konnte.

6

Wenn ich mit meiner sechsten Ehefrau zusammen bin, kommt immer der Moment, in dem sie langsam in Richtung Decke aufsteigt, wo sie über mir schwebend verharrt. »Liebes«, flehe ich sie auf die Knie fallend an, »willst du nicht von dort oben runterkommen? Ich mache mir Sorgen, dass du dir wehtust. Und außerdem, was habe ich getan? Ich habe dich nicht gestört, als du mit deinem Skizzenblock und deinem Kohlestift am Küchentisch gesessen hast und siebzehn Versionen eines Obstmessers gezeichnet hast, das neben einer grünen Birne und einer weißen Kaffeetasse liegt. Ich habe mich nicht laut geräuspert oder bin summend auf und ab gegangen, als du dich mit angezogenen Beinen auf dem Sofa zurückgelehnt und langsam eine Haarsträhne um den Finger gewickelt hast, während du zum achten Mal *Anna Karenina* gelesen hast. Ich bin nicht von hinten an dich herangetreten und habe dir keinen nassen Schmatz in den Nacken gedrückt, als du aufrecht und entschlossen am Klavier gesessen und wieder und wieder den ersten Satz von Mozarts Klaviersonate in a-Moll, KV 310 gespielt hast. Und wenn ich meinen Augen erlaubt habe, einen Augenblick lang zu deinen schimmernden Knien unter deinem dunklen Wollrock zu wandern, war es nur, um ihnen eine Pause von dem Urteil deiner intelligenten, strengen Augen zu gönnen.« »Idiot!«, antwortet

216

sie. »Glaubst du wirklich, ich kann dich hier oben hören?«
Das gesagt, beginnt sie damit, an der Decke hin und her zu
fliegen, lacht ihr angespanntes, verführerisches Lachen und
streift mit den Fußspitzen mein Haar.

7

Was auch immer ich gerne unternehme, unternimmt auch
meine siebente Ehefrau gerne. Wenn ich an einem warmen
Samstagnachmittag den Rasen mähe, die geraden, frisch
gemähten Bahnen bewundere, während zu meinen Füßen
Büschel süß duftender Halme zu Boden fallen, geht sie neben mir und umklammert die linke Hälfte der schwarzen
Gummimanschette auf dem roten Rasenmähergriff. Wenn
ich einen Krimi lese, der im Sommer 1935 in einem Landhaus in Surrey spielt, liest sie eine zweite Ausgabe desselben
Buches, sieht mich über die Seiten hinweg an und pausiert,
sobald ich pausiere. An Pokerabenden ist sie die einzige
Frau unter uns. Ich beobachte ihre schmalen Augen, während sie ihre Karten prüft, die sie fest umklammert, und
mit dem Zeigefinger entschlossen einen weißen Spielchip
nach vorn schiebt. Beim Frühstück isst sie dasselbe Müsli
wie ich und nimmt die zweiprozentige Milch, die ich be-
vorzuge, ihr Orangensaft enthält, wie meiner, viel Frucht-
fleisch. Im Kaufhaus wählt sie dieselbe Laufschuhmarke
mit Obermaterial aus Nylon-Mesh und antimikrobiellen
Einlagen. Unsere Regenschirme passen zueinander, unsere
Sonnenbrillen sind identisch. Wenn ich ihr von meiner
Kindheitserinnerung erzähle, wie ich durch hohes Gras
auf einen Regenbogen zulaufe, erzählt sie von derselben.

Einmal, als mir mein Leben über den Kopf wuchs, als ich allem entkommen wollte, fuhr ich fünf Stunden lang zu einer verregneten Küstenstadt in den Norden, wo ich die letzte Fähre zu einer Insel mit felsigem Strand nahm, hinter dem ein dichter Wald lag, in dem eine einzelne Blockhütte ohne Telefonanschluss stand. Als ich die Tür öffnete und meine Laterne hochhielt, sprang ein Waschbär vom Tisch, Fledermäuse flatterten unter der Zimmerdecke, überall lagen Tannenzapfen, und auf einem Holzstuhl stand ihre Handtasche.

8

Ein Schwert in meinem Bett trennt mich von meiner achten Ehefrau. Wenn ich sie liebe, darf ich sie nicht anfassen, das zu tun würde bedeuten, einen Schwur zu brechen, den sie selbst einforderte. Meinem Wort treu bleibend, halte ich mich einige Zentimeter von ihr entfernt, krank vor Begehren. Meine Misere würde gelindert, wenn ich mein Bett nie mit ihr teilen würde, doch meine achte Ehefrau beharrt darauf, dass sie lediglich für diese Augenblicke lebe. Sich meines Leidens bewusst, das auch das ihre ist, verhüllt sie manchmal ihren Körper vor mir und schlüpft mit ihrem gesteppten, bis zum Kinn geschlossenen Daunenmantel unter die Bettdecke. An anderen Tagen, wenn ihr mein Leiden Leid verursacht und sie meine heldenhafte Abstinenz mit dem einzigen Vergnügen zu belohnen wünscht, das sie zulassen kann, trägt sie blaugrünen Lidschatten auf, schwarzviolette Wimperntusche, blutroten Lippenstift, teure Öle, Cremen, Lotionen und Parfümtropfen hinter die Ohren und auf jedes Handgelenk und präsentiert sich mir, auf ihrer Seite des Schwertes, in schimmernder, durchscheinender Unterwäsche in den verschiedensten modischen Designs. Natürlich ist es möglich, dass meine Ehefrau lediglich will, dass ich meinen Schwur breche, trotz der Beteuerung, dass das ihre Liebe für mich zerstören würde, weil sie den Respekt vor meinem Wort verlieren würde. Wie sonst lässt sich ihre Anwesenheit in meinem Bett erklären, ihre provokative Unterwäsche, ihre häufigen Kopfschmerzen, ihr ausgiebiges Seufzen? Es ist tatsächlich verführerisch, zu glauben, dass die wahre Prüfung nicht darin besteht, meine Liebe für sie zu beweisen, indem ich meinem Wort treu bleibe, sondern sie leidenschaftlich genug zu lieben, um ein willkürliches Verbot zu missachten – ein Ereignis, das sie insgeheim wünscht und verzweifelt herbeisehnt. Doch allein die Verlockung dieses Gedankens ist eine Warnung: In meinem Zustand heftigen Begehrens, wage ich es da, einer Vorstellung zu vertrauen, die mich dazu ermutigt, mein Wort zu brechen und mich auf die Seite der Leidenschaft zu stellen, die ich zu überwinden versuche? Außerdem bin ich trotz meines Leidens stolz darauf, erfolgreich mein Wort zu halten, der Versuchung zu unterliegen, würde den Verlust meiner Selbstachtung bedeuten. Ist sie für mich womöglich nur insofern begehrenswert, weil ich mein Begehren überwinden kann? In diesem Fall bin ich es, der sie dazu ermutigt hat, meinen Schwur zu verlangen, ich allein bin die Quelle meiner Qual. Manchmal kommt eine seltsame Sehnsucht auf: das scharfe Schwert tief, tief in die Seite meiner Ehefrau zu bohren. In diesem Wunsch, sie loszuwerden und mein Leiden so zu beenden, erkenne ich einen verborgenen Makel. Mein Leiden wird, so schmerzhaft es auch ist, immer von der Möglichkeit des Scheiterns relativiert, der Möglichkeit, dass ich, trotz allem, wie andere Männer werde und letztendlich mein Wort breche. Ihr Tod würde, durch das Ausmerzen dieser Möglichkeit, den einzigen Gedanken ausmerzen, der meine Pein mindert. Aus all diesen Gründen erkenne ich mit erschreckender Klarheit, dass sich meine Misere nie ändern kann. In dieser Erkenntnis sehe ich die ultimative Gefahr: durch den Glauben, dass nichts sich ändern kann, beuge ich da nicht meinen Willen, öffne ich mich selbst nicht umso mehr der Versuchung? Und mit einem letzten, verzweifelten Kraftakt zwinge ich mich erneut zu unerbittlicher Wachsamkeit.

9

Es gab Zeiten, in denen ich niemand anderes Gesellschaft ertragen konnte als jene meiner neunten Ehefrau, trotz des kleinen Geheimnisses, über das wir nie sprechen. Was kümmert es mich, dass ich, wenn ich mich hinabbeuge, um in ihre glänzenden dunklen Augen zu blicken, sehe, wie sie ein wenig nach links oder rechts blickt, sodass ich meine Position etwas ändern muss, um die Illusion zu erzeugen, dass wir einander tief in die Augen blicken? Manchmal, wenn sie anmutig durch das Zimmer schreitet, stößt sie gegen mich, wenn ich ihr nicht schnell genug aus dem Weg gehe. In diesen Momenten hält sie nicht inne, so als würde sie mich nicht bemerken, und das leichte Lächeln auf ihren Lippen bleibt unverändert. Meine neunte Ehefrau ist in jeder Hinsicht fröhlich und zuvorkommend. Warum sollte ich mich dann beschweren, wenn ich sehe, dass sie an mir vorbeiblickt, wenn ich ihr zärtlich die Hand reiche, um sie zu Bett zu geleiten? Warum sollte es mich nachdenklich machen, wenn sie auf meinen Fuß tritt, während sie allein zu Bett geht und sich mit ihrem leichten Lächeln hinlegt? Einmal, als ich gerade mein Gesicht in ihrem dichten Haar vergraben wollte, ließ mich ein leises Geräusch innehalten, das aus ihrer Kehle zu kommen schien. Als ich mein Ohr an ihren Hals legte, hörte ich ein dumpfes Surren. Eine kleine Korrektur war notwendig, nach der ich mich, trotz der Unterbrechung, komplett den Freuden der Dunkelheit hingeben konnte.

10

In einer Atmosphäre von zugezogenen Vorhängen, Medikamentengeruch und fortwährendem Zwielicht besuche ich meine zehnte Ehefrau, die verglüht. Ihre Wangen sind gerötet, ihre Augen glänzen unnatürlich. Auf dem dunklen Überwurf ist ihr blasser Arm knochenbleich. Die Krankheit zehrt sie auf, das Fieber macht ihre Lippen spröde, brennt in ihrer Kehle und ihren Augenlidern, ihre Ohren sind heiß. Ihr strohblondes Haar war einst glatt und ordentlich, doch die Krankheit hat eine verborgene Wildheit entfesselt: Es fällt verknotet und verfilzt hinab, fließt über den Kissenrand, erstreckt sich im Wirrwarr über die Tagesdecke, wo es schlaff und erschöpft liegen bleibt. Ich habe ihr Veilchen und Ringelblumen mitgebracht, gepflückt in unserem Garten, doch wenn sie sich abmüht, sich aufzusetzen, zerfurcht die Anstrengung ihre Stirn, als würde sie gegen zwei Hände ankämpfen, die ihre Schultern nach unten drücken. Nach einer Weile gibt sie auf und fällt erschöpft zurück. Ich lege die Blumen neben die Digitaluhr auf den Nachttisch. Ein Wasserglas, verziert mit orangefarbenen und grünen Fischen, steht neben einer Taschentuchbox auf dem Tisch. Wenn ich ihr das Glas an den Mund halte, trinkt sie gierig, verzweifelt. Plötzlich wendet sie sich ab. Das Wasser leuchtet in ihrem Gesicht auf wie eine Wunde. Ich wische ihr mit einem Taschentuch über die Lippen, sie sind aufgesprungen, wie sprödes Leder. Mit meinen Fingerspitzen streichle ich ihren heißen, blassen Unterarm, die knochigen Wangen. Ihre großen Augen glänzen unter den fiebrigen Lidern. Ich möchte meiner zehnten Frau Trost spenden, ich möchte sie mit Aufmerksamkeit überschütten, doch es gibt nicht mehr für mich zu tun, als auf dem Stuhl neben ihrem Bett zu sitzen. In diesem dämmrigen Raum, in dieser von der Welt abgerückten Welt, fühle ich mich, als würde ich vor Gesundheit strotzen. Meine Vitalität kommt mir unerträglich vor, wie ein schrilles, unablässiges Geräusch. Was tun? Ihre Krankheit schließt mich aus – weil sie nicht gesund werden kann, muss ich krank werden. Langsam beuge ich mich hinab und küsse ihren trockenen, heißen Mund. Ich möchte ihre feurigen Keime einatmen, ich möchte ihr Fieber trinken, spüren, wie ihre Krankheit in mir brennt wie Glühwein. Flink schlüpfe ich unter die schwere Decke und setze den Geruch muffiger Laken frei. Irre ich mich, oder spüre ich einen leichten Schmerz im Hals? Meine Stirn fühlt sich heiß an. Ist es Einbildung oder ist meine Hand blasser geworden? Ich werde sie finden, ich werde ihr endlich in ihr eigenes Land nachfolgen. Begierig suche ich ihren Blick. Ihre Augen, erschöpft und glänzend, starren mich an, wie man ein Tier anstarren würde, das plötzlich am anderen Ufer eines Flusses auftaucht.

11

Wann immer etwas erledigt werden muss, wenn die Dinge keine Sekunde mehr aufgeschoben werden können, wende ich mich an meine elfte Ehefrau, die genau weiß, was zu tun ist. Sie ist diejenige, die die hohe Leiter emporsteigt und die lockere Regenrinne fixiert, ihren Hammer vor dem blauen Himmel schwingt und einen zwischen die Zähne geklemmten Nagel nimmt, während ich unten im Gras die Leiter mit beiden Händen festhalte. Sie ist diejenige, die die Farbe mit der elektrischen Schleifmaschine von der Veranda entfernt und sich mit Atemschutzmaske und Schutzbrille über die Bretter beugt, sie ist diejenige, die den Riss in der Decke über dem Treppenabsatz im Keller repariert, die Fensterrahmen im Obergeschoss abdichtet, ein kupfernes Abdeckblech in einer Dachkehle anbringt, die verrotteten Verandapfeiler austauscht, während ich Farbeimer trage, Bohreinsätze und Spachtel hole und ihr große Gläser Eiswasser bringe, die sie beherzt und mit zurückgeworfenem Kopf trinkt. Während ich im Schatten der Hausmauer stehe, sehe ich hoch und ihr dabei zu, wie sie über sonnige Dachschrägen kriecht oder sich aus einem der oberen Fenster lehnt. Die Werkzeuge glitzern an ihrem Körper wie Schmuck, ihre nackten Arme strotzen vor Energie. Hat sie eine Arbeit erst einmal begonnen, kann sie nicht mehr aufhören. Nachts kann ich die Hiebe ihres Hammers auf dem Dach hören, im Morgengrauen kann ich durch die halb geöffneten Jalousien meines Schlafzimmers ihre Knöchel und die Sprossen einer Leiter sehen. Manchmal öffnet sich in der Dunkelheit die Tür und sie kommt zu mir, wie ein Schrei in der Nacht. Sie holt einen Schraubenzieher hinter dem Ohr hervor, Teppichnägel fallen aus ihrem Haar. Sie ist effizient, sie ist forsch. Dann, wenn ich meinen Kopf drehe, in der Hoffnung, ihn auf ihre Schulter zu legen, sehe ich, unter schweren, müden Lidern, wie sie durch das Zimmer schreitet, die Höhe mit einem Rollmaßband ausmisst, Halterungen in die Wand schraubt und Bretter hochwuchtet, die sich zu einem Regal erheben.

12

Wenn ich meine zwölfte Ehefrau eine Negativfrau nenne, dann liegt es daran, dass sie die Summe all dessen ist, was nicht zwischen uns geschah. In einem Raum voller Menschen auf einer Party in einer Sommernacht mit Blick auf den See bin ich nicht hinübergegangen, um mich neben sie zu setzen. Ich habe nicht, neben ihr sitzend, eine lange, zweideutige Unterhaltung begonnen, bei der ich ihr mit meinem Gesicht näher und näher kam, während sie, unbeschwert lachend, ein Bein unter ihren Oberschenkel zog und ein paar Chipskrümel von ihrem Ärmel fegte. In dieser Nacht gingen wir nicht Hand in Hand den Strand entlang, während wir neue Namen für Sternbilder erfanden und in heftiges Lachen ausbrachen. Im Juli liehen wir uns am Zürcher Flughafen keinen Opel aus, um auf dem Weg zu einem in den Bergen gelegenen Hotel mit einem Balkon, der einen Blick über den schimmernden Genfer See und die dunklen Türme des Schloss Chillon bot, über gewundene Straßen, vorbei an grünen mit roten Ziegeldächern gesprenkelten Berghängen zu fahren. An einem Abend im August habe ich auf einem blauen Pferd in einem

Freizeitpark nicht beobachtet, wie sie den Kopf in den Nacken warf und, übertönt von der Karussellmusik, ungehört lachte, während sie sich auf dem roten Pferd mit dem weißen Zaumzeug und der goldenen Mähne auf und ab bewegte. Die Negationen vervielfachen sich schnell, formen ein intensives Rückwärtsmuster. Hervorgebracht durch eine anfängliche Geste der Verweigerung, wächst unsere ungelebte Geschichte über die begrenzten Dimensionen eines soliden Lebens hinaus. Wir haben kein Ende, da die Zeit uns nicht in ihren Schranken hält. Noch können wir unter Veränderungen leiden, da die Struktur unserer negativen Biografie auf der unveränderlichen Basis des Nichtvorhandenseins fundiert. Wir sind mehr als sterblich, wir beide. Alle Liebenden beneiden uns.

13

In gewisser Weise habe ich meine dreizehnte Ehefrau nie gesehen. Wenn ich ihr helfe, aus dem Wintermantel mit dem dicken Pelzkragen zu schlüpfen, und dabei den Blick von ihren grünen Augen abwende, um zu beobachten, wie ihr blassblondes Haar sich hebt und auf die weiße Wolle ihres Pullovers fällt, und meinen Blick dann wieder ihrem Gesicht zuwende, verliere ich mich in der Bewunderung für ihre tiefbraunen Augen und die Windungen ihres dunklen, mahagonifarbenen Haars auf ihrer blutroten Bluse. Einen Augenblick später, wenn ich vom Kleiderschrank zurückkehre, lassen mich ihre melancholischen grauen Augen mit den bernsteinfarbenen Sprenkeln um die Pupillen in Träumerei versinken. In einem einzigen Gang über den Teppich zeigt sie ihre Unterschenkel in feucht glänzenden schwarzen Nylonstrümpfen, orange-weißen Kniestrümpfen, die am Saum umgeschlagen sind, rosafarbenen, aus Italien importierten Strümpfen und in mit Farbe bespritzten Jeans mit aufgerollten Aufschlägen, während jede Drehung ihres Halses mir ein neues Profil zeigt, jede Bewegung ihres Handgelenks eine neue Hand. Die fortwährende Wandlung meiner dreizehnten Ehefrau könnte natürlich von einem trügerischen Zug ihres Naturells herrühren, als würde sie kontinuierlich ein neues Bild heraufbeschwören, um sich der Verantwortung für eines von ihnen zu entziehen, aber ich neige zu einer anderen Erklärung. Ihre Kleidung, ihre Gesten, ihre Gesichter sind mir alle vertraut, wenngleich manchmal so vage, dass die Erinnerung daran eine Art Zittern ganz hinten in meinem Gehirn zu sein scheint. Es ist das eigentümliche Schicksal meiner dreizehnten Frau, zahllose Vergangenheiten wachzurufen, die nicht die ihren sind. Sie setzt sich aus meinen Erinnerungen an andere Frauen zusammen. Sie zu sehen bedeutet, alle Frauen wahrzunehmen, die kaum bemerkt in öffentlichen Parks und überfüllten Bushaltestellen sitzen, die halb gesehenen Frauen, die unter den Markisen von Restaurants an schmiedeeisernen Tischen im Freien sitzen oder an heißen Sommernächten am Rande von Kleinstädten vor dem Eiscremestand in der Schlange anstehen, alle Frauen, die auf Bürgersteigen in Vororten durch tanzende Sonnen- und Schattenflecken gehen, die flüchtig angesehenen Frauen, die in geschäftigen Kaufhäusern auf Rolltreppen mit glänzendem Handlauf neben mir in die Höhe steigen, die stillen Frauen, die in Bibliotheken nach Büchern in Regalen greifen oder in Einkaufszentren allein auf Bänken unter den Oberlichtern sitzen, all die verschwundenen Mädchen in Highschool-Fluren, die reglosen Frauen mit breitkrempigen Hüten in den Gärten auf Ölgemälden vergessener Museen, die schwarz-weißen Frauen in langen Röcken und hochgeschlossenen Blusen, die in alten Filmen in einsamen Hotelzimmern Koffer packen, all die schattenhaften Frauen, die in verblassenden Bahnhöfen zur Anzeige der Abfahrtszeit hochsehen oder sich in schemenhaften Zügen, die auf sich auflösende Städte zurasen, schläfrig zurücklehnen. Meine dreizehnte Frau ist opulent und unsichtbar. Sie existiert lediglich im Akt des Verschwindens. Die ständige Annihilation ist ihre höchste Tugend, denn indem sie aufhört zu existieren, vergrößert sie ihre Existenz. Indem sie sich weigert, eine bestimmte Frau zu sein, wird sie eine Vielzahl. Obwohl man mir meine dreizehnte Frau verweigert, die immer eine andere ist, liegt in dieser Verweigerung ihre Großzügigkeit, und ich danke ihr für beständigere Gaben: die Gabe der Erinnerung, die Gabe des Begehrens, die Gabe des Staunens.

Arkadien

Sind Sie es leid, die Last der Welt auf Ihren Schultern zu tragen? Willkommen in Arkadien, einem friedlichen Resort in den Wäldern, das vor mehr als einhundert Jahren gegründet wurde, um die Bedürfnisse einer ganz besonderen Klientel zu erfüllen. Umgeben von 800 Hektar sanft hügeliger Fichten- und Kiefernwälder bietet Arkadien eine Vielzahl komfortabler und erschwinglicher Unterkünfte für jeden Geschmack. Wählen Sie zwischen unseren 48 gemütlichen Zweizimmer-Blockhütten, jede mit Kamin und Kiefernholzvertäfelung ausgestattet, unseren 36 Dreizimmer-Landhäuschen mit privater Terrasse und – für Menschen mit besonderen Bedürfnissen – unseren 12 Gästezimmern und Suiten im ersten Stock des Hauptgebäudes. Egal, wie alt Sie sind oder in welcher Verfassung Sie sich befinden – unser professionelles Team aus bestens ausgebildeten Lebensberatern und Übergangshelfern nimmt sich jedem Ihrer Wünsche an und unterstützt Sie unermüdlich bei der Erreichung Ihrer persönlichen Ziele. Wir erfreuen uns einer preisgekrönten Erfolgsrate, die in den vergangenen fünf Jahren im Schnitt bei stolzen 97 % lag, sind uns aber dennoch bewusst, dass jeder und jede Fortschritte in ihrem/seinem ganz individuellen Tempo macht. Hier in Arkadien haben wir uns dazu verpflichtet, uns bestmöglich Ihrem persönlichen Lebensstil und Ihrem Naturell anzupassen, sodass wir gemeinsam jene Methode finden können, die für Sie am besten zu einem erfolgreichen Ergebnis führt.

Unsere Unterkünfte

Alle unsere Blockhütten und Landhäuser stehen auf einem üppig bewaldeten Grundstück, das von einer hübschen Einzäunung umgeben ist. Das gewährt ein Maximum an Privatsphäre und ermöglicht dennoch ungehinderten Zugang zu Gemeinschaftsplätzen wie Waldwegen, Flüssen und Seen sowie tiefen Felsschluchten, die ein berühmtes und allseits beliebtes Charakteristikum unseres Resorts darstellen. Alle Blockhütten und Landhäuser verfügen über eine vollausgestattete Küche, ein gemütliches Schlafzimmer, ein modernes Badezimmer mit Dusche und eine durch Fliegengitter geschützte Veranda mit gepolsterten Adirondack-Gartensesseln und Schaukelbank. Sämtliche Betten sind mit komfortablen Premiummatratzen und hochwertiger Bettwäsche ausgestattet. Im Kühlschrank finden Sie Flaschen mit frischem Quellwasser. Unsere Richtlinien erlauben die Benutzung von Computern und Mobiltelefonen zwar nicht, doch jede Blockhütte und jedes Landhaus ist mit praktischen und einfach zu bedienenden Tonwahl-Telefonen ausgestattet, die eine direkte 24-Stunden-Verbindung zu unserem Büro im Erdgeschoss des Hauptgebäudes, links vom Eingang, herstellen. Die Mahlzeiten werden in der hauseigenen Küche zubereitet und dreimal täglich von unseren speziell ausgebildeten Zustellern direkt in Ihre Unterkunft geliefert. Unser Programm fördert und schützt Ihre Privatsphäre und Zurückgezogenheit, jedoch stehen Ihnen unsere

Mitarbeiter auf dem Weg zum entscheidenden Augenblick zu jeder Tages- und Nachtzeit für ein Gespräch oder einen persönlichen Besuch zur Verfügung.

Unsere Gäste

Unsere Gäste stammen aus allen fünfzig Bundesstaaten und den fünf Außengebieten sowie aus mehreren Ländern weltweit. Bei uns sind Gäste aller Ethnien, sozialer Schichten, religiöser oder nicht religiöser Gesinnungen willkommen. Wenn Sie müde sind und einen Ort der Ruhe suchen, wenn Ihr Herz schwer ist und Sie sich in Ihrem Leben nicht zurechtfinden, ist Arkadien der richtige Ort für Sie. Haben Sie das Gefühl, sich in einer Sackgasse zu befinden? Erscheint Ihnen das Leben hoffnungslos? Wachen Sie jeden Morgen mit dem Wunsch auf, nie geboren worden zu sein? Suchen Sie nicht weiter. Unsere Tür steht weit offen. Wir sind hier, um Ihnen unter die Arme zu greifen. Wer von Ihnen das Gefühl hat, das Leben sei ohne Bedeutung, wer es keine einzige Sekunde mehr ertragen kann und es dennoch erträgt, wer sich ungeliebt fühlt, unsichtbar, unerwünscht, vergessen: Kommen Sie zu uns. Wir zeigen Ihnen den Weg.

Gästestimmen #1

Nach dem schrecklichen Unfall habe ich mein Haus zwei Monate lang nicht verlassen. Ich habe immer wieder meine Frau und meinen fünfjährigen Sohn vor mir gesehen, die in dem brennenden Auto schreien. Ich konnte kaum schlafen, immer nur wenige Augenblicke tagsüber, und bin die ganze Nacht durch das leere Haus gestreift, habe immer in einem anderen Zimmer verweilt. Ich habe die Lampen in jedem Raum angelassen und die Glühbirnen nie ausgewechselt. Sie sind eine nach der anderen ausgebrannt. Am Ende habe ich in Dunkelheit gelebt. Die Dunkelheit hat sich richtig angefühlt. Ein Freund hat versucht, mich zu retten. Ich bin zur Trauerberatung gegangen, aber sie wollten mir meine Trauer nehmen, die alles war, was ich hatte. Eines Tages habe ich in einer Arztpraxis eine Zeitschrift aufgeschlagen und eine Anzeige für Arkadien gesehen. Dieser Ort hat alles verändert. Nach nur zehn Tagen weiß ich zum ersten Mal, wer ich bin, und ich weiß, was ich zu tun habe. Sie helfen einem, klar zu sehen. Nichts kann mich jetzt noch aufhalten. Danke, Arkadien.

Unsere Übergangshelfer

Unsere qualifizierten, freundlichen Übergangshelfer schenken Ihnen jene individuelle Aufmerksamkeit, die das Herzstück unseres innovativen Angebots bildet. Am Tag Ihrer Ankunft wird Ihnen ein Helfer zugewiesen, mit dem Sie sich täglich treffen werden. Zusätzlich zu diesen beratenden Einzelgesprächen wird Ihr Helfer Sie möglicherweise bitten, ein oder mehrere Motivationsgespräche in der Gruppe zu besuchen, um den Prozess der Entscheidungsfindung zu fördern. Unser Ziel ist Ihr Ziel: das Überwinden von Hindernissen. Jeder unserer Gäste hat mehr als ein Hindernis zu überwinden, bevor er sich schließlich dem letzten stellt. Unser zielorientiertes Programm ist speziell auf Ihre

Bedürfnisse zugeschnitten, und wir werden rund um die Uhr mit Ihnen daran arbeiten, eine geeignete Lösung zu finden.

Unsere Schluchten

Die vierzehn Schluchten, die sich durch unser Resort ziehen, bieten wunderschöne Natur in Hülle und Fülle sowie eine einmalige Gelegenheit. Steile Felswände stürzen rund hundert Meter in die Tiefe und verlieren sich in reißenden Stromschnellen. Die Felsvorsprünge sind gefährlich und nur teilweise durch alte, beschädigte Geländer gesichert. Schmale, ungesicherte Stege führen über die Schluchten und ermöglichen Ihnen einen atemberaubenden Ausblick auf die umliegende Landschaft und die Stromschnellen tief unter Ihnen. Kontinuierlich lösen sich Felsbrocken von den Steilwänden und übertönen manchmal sogar das Rauschen der Strömung und der Wasserfälle. Die Schluchten zählen zu unseren gefragtesten Sehenswürdigkeiten und locken unsere Gäste mit den einstürzenden Klippen und ungesicherten Stegen zu jeder Tages- und Nachtzeit an.

Gästestimmen #2

Bevor ich hierherkam, war ich einsam und deprimiert. Ich habe jeden Tag wie ein kleines Mädchen geweint, obwohl ich eine erwachsene, achtundzwanzig Jahre alte Frau bin. Ich war schon immer so, irgendetwas stimmt nicht mit mir, aber niemand weiß, woran es liegt, bloß dass ich nicht normal aussehe, besonders mein Kopf nicht. Als ich klein war, haben sich die anderen Kinder über mich lustig gemacht und mich beschimpft, und die Jungs später waren grausam und nutzten mich aus. Ich habe es mit Religion versucht, aber das hat nicht geklappt, und ich habe versucht, mir die Pulsadern aufzuschneiden, aber ich wusste nie so ganz, wie man das richtig macht. Mein Leben war ein finsterer Ort, die Hölle auf Erden, und es gab kein Entkommen für mich – bis zu dem Tag, an dem ich von diesem Ort gehört habe. Hier ist es ganz anders als dort draußen. Sie reden mit dir und erzählen dir, was du hören musst. Sie zeigen dir die Dinge auf, die dir im Weg stehen, und sie zeigen dir, wie du sie überwinden und deiner inneren Stimme folgen kannst. Jetzt weiß ich, was ich tun muss, und ich bin bereit: Bevor es so weit ist, möchte ich allen hier in Arkadien noch aus tiefstem Herzen danken, besonders meinem Übergangshelfer John, der mir dabei geholfen hat, meinen Weg zu erkennen. Ich weiß es wirklich sehr zu schätzen.

Misserfolge

Ein Grund für die hohe Erfolgsquote dieses lang erprobten Programmes ist unser Verständnis von Misserfolgen und wie Sie Ihnen bei der Erreichung Ihres langfristigen Zieles helfen können. Ihr Erfolg ist das ultimative Ziel, doch Erfolg sieht für jeden anders aus und nimmt auch unterschiedlich viel Zeit in Anspruch. Unsere Übergangshelfer wissen, dass Misserfolge manchmal ein notwendiger Schritt auf Ihrer persönlichen Reise sind. Was bedeutet Misserfolg?, mögen Sie sich fragen. Misserfolge sind eine Form des *Zögerns*. Sie bedeuten, dass Sie noch nicht bereit sind. Wir werden Ihnen zeigen, dass Misserfolgen jenes Geheimnis zugrunde liegt, nach dem Sie suchen. Wir werden Ihnen beibringen, Ihre Misserfolge zu begrüßen, sie zu einem Teil Ihrer selbst zu machen, um sie dann zu überwinden. Unsere Devise lautet: Die Straße der Misserfolge führt zum Palast des Erfolgs. Bemerken Sie, dass Sie im entscheidenden Augenblick zögern? Neigen Sie dazu, im letzten Moment einen Rückzieher zu machen? Haben Sie Angst? Lassen Sie sich nicht entmutigen. Der Akt des Zögerns ist ein Kräftesammeln. Misserfolge sind Erfolge, die noch nicht die Gelegenheit hatten, ihr ganzes Potenzial zu entfalten.

Unser Zeugen-Motivationsprogramm

Wer Motivation und Inspiration sucht, dem kann unser Zeugen-Motivationsprogramm genau die richtigen Impulse liefern. Sie können sich für dieses beliebte Programm sowohl als Zeuge denn auch als Akteur anmelden. Der Akteur wird durch die Anwesenheit der Zeugen motiviert, die ihrerseits durch das Beobachten dazu inspiriert werden, dieselbe Methode zu verfolgen oder eine andere zu wählen. Weitere Details finden Sie in der Infomappe 3A in unserem Büro.

Gästestimmen #3

Ein großes Dankeschön an all die netten Leute in Arkadien für das echt tolle Programm. Ich war anfangs

eigentlich gar nicht so wirklich motiviert, als ich hierherkam, aber jetzt bin ich total aus dem Häuschen und kann's
gar nicht erwarten loszulegen. Was ich super finde, ist das
Zeugen-Motivationsprogramm, bei dem man sehen kann,
wie andere Leute hier zu einer Entscheidung kommen.
Das gefällt mir an diesem Ort: Man findet raus, was das
Richtige für einen ist und dann zieht man's durch. Das
könnt ihr mir glauben. Langer Rede kurzer Sinn: Ich bin
begeistert.

Arkadiens Seen

Arkadiens Seen sind friedlich, still und tief. Umgeben von
sanft hügeligen Wäldern, sind unsere Seen über gemütliche
Pfade erreichbar. Viele davon entstanden bereits vor Hunderten von Jahren, zu einer Zeit, als amerikanische Ureinwohner in dieser Gegend ansässig waren. Die unberührte
Schönheit unserer jahrhundertealten Seen ist ein Quell der
Meditation und der Entscheidungsfindung. Motorboote,
Jet-Skis und Wasserfahrzeuge jeglicher Art sind zwar verboten, doch wir laden unsere Gäste dazu ein, die Ruderboote
und Kanus zu nutzen, die an mehreren Stellen des ruhigen Strandes auf ihren Einsatz warten. Viele der größeren
Seen haben kleine, bewaldete Inseln, und für einige unserer
Gäste mögen sich diese Inseln mit den dunklen Bäumen
und imposanten Ästen als einladender erweisen als die stillen Seen, die sich weit, weit nach unten erstrecken, in Tiefen, die noch niemals vermessen wurden.

Die zwei Hoffnungen

Die erste Hoffnung ist jene Hoffnung, die Sie von Ihrer Aufgabe ablenkt. Es ist jene Hoffnung, die Sie zurückruft, die Hoffnung, die Ihnen eine Rückkehr zu einem Leben verspricht, das wie das alte ist, aber besser, sinnvoller, gesünder, glücklicher. Das ist die Hoffnung der Täuschung. Die zweite Hoffnung ist jene, die diese Hoffnung aufgibt. Das ist die wahre Hoffnung, die einzige Hoffnung, die Hoffnung, die Sie zu einem Frieden führen wird, der von Dauer ist.

Unsere Höhlen

Zögern Sie nicht, die einzigartigen Geheimnisse unseres Höhlensystems zu erforschen, das für seine Schönheit und Gefahren berühmt ist. In ganz Arkadien finden Sie gekennzeichnete wie auch nicht gekennzeichnete Eingänge: in den Hängen bewaldeter Hügel, in Erdlöchern und Dolinen, in den Böschungen am Seeufer und in stillgelegten Minen. Hie und da werden Sie am Rande der Wanderwege menschliche Fußspuren entdecken, die nach unten führen. Steigen Sie hinab. Unsere uralten Kalksteinhöhlen sind nur auf den ersten Metern künstlich beleuchtet, dahinter liegt Dunkelheit. Tief unter der Erde, fernab des Himmels und der Sonne, können Sie stundenlang gedankenverloren durch dunkle Gänge wandern, die zu rauschenden Wasserfällen oder stillen schwarzen Gewässern führen. Einige der Wege werden auf einer Seite durch einen zerklüfteten Felsvorsprung begrenzt, der den Blick in eine tiefe Schlucht oder einen Abgrund freigibt. Verabsäumen Sie es nicht, die Felswände nach Ritzen und Spalten abzutasten – einige von ihnen werden groß genug sein, um einer Person Durchlass zu gewähren. Diese Öffnungen werden Sie zu noch düstereren Abenteuern führen.

Gästestimmen #4

Mein Leben war weder gut noch schlecht, sehr ruhig und gewöhnlich. Dann verliebte ich mich in einen lieben Mann, der mich auch liebte, und mein ganzes Leben veränderte sich. Jeden Morgen erwachte ich mit einem brennenden Glücksgefühl, einem Glücksgefühl wie eine Flamme. Ich freute mich so sehr darauf, ihn zu sehen, meinen lieben Mann, meinen Liebsten, alles, was ich ansah, war frisch und strahlte im brennenden Licht meiner Liebe. Auch wenn der Mann, den ich liebte, verheiratet war, was kümmerte es mich, wir hatten einander, er war mein Ein und Alles, mein Schatz, dank ihm fühlte ich mich so lebendig, mein wunderbarer, lieber Mann. Manchmal konnte er nicht bei mir sein, und das war hart. In den Tagen dazwischen brannte nicht immer das Glücksgefühl, manchmal brannte die Einsamkeit. Ich wollte ihn in meinem Leben haben, nicht als Liebhaber, sondern als geliebten Begleiter. Ich dachte daran, wie wunderschön es wäre, ganz alltägliche Dinge mit ihm zu tun, Einkaufen zu gehen und zu lachen und Händchen haltend durch die Stadt zu spazieren, doch er sagte, wir müssten vorsichtig sein, weil er seiner Frau nicht wehtun wolle. Und ich konnte das verstehen, er war ein lieber Mann, ein gutmütiger Mann, doch ich sagte, du willst ihr nicht wehtun, aber du tust mir weh. Wenn ich ihn nicht sah, fühlte sich mein Leben leer und düster an, er war ein lieber Mann, aber schwach, ein schwacher Mann, und ich hasste mich dafür, dass ich ihn als schwachen Mann betrachtete, doch er tat mir weh und ich hielt es nicht aus. Mir blieb nichts anderes übrig, als das Ganze so zu akzeptieren, wie es war, was hieß, mein Leben als leeres, einsames Warten zu akzeptieren, es gab Zeiten, da wachte ich in der Nacht auf und spürte seinen Körper neben mir, doch das Bett war kalt, er war bei ihr, in ihrem glücklichen Zuhause. Er war ein lieber Mann, aber schwach, ein schwacher Mann, der niemandem wehtun konnte, doch er tat mir weh, er brachte mich mit seiner Gutherzigkeit und seiner fatalen Schwäche um. Manchmal dachte ich an die Zeit zurück, in der mein Leben ruhig und gewöhnlich gewesen war, und es erschien mir wie ein friedliches, wunderbares Land, das ich nie wieder sehen würde. Jetzt war jeder meiner Tage lang und erfüllt von einer stillen, zermürbenden Qual, die Lampe auf dem Beistelltisch war mir unerträglich, ich war wie jemand, der an einer Krankheit litt, ich lag im Sterben und doch starb ich nicht, die Sache, die mir Leben eingehaucht hatte, raubte mir mein Leben, dann kam ich eines Tages nach Arkadien. Es war wie eine Rückkehr zu dem friedlichen Land. Meine Hütte ist ruhig und sauber. Wie ich es liebe, die gewundenen Wege entlangzuspazieren, die Wälder und Flüsse sprechen zu mir. Wie schön sind die Schluchten, die sich wie Flüsse durch die Landschaft ziehen, ich stehe am Rand der Klippen und sehe nach unten. Die Ruhe und die Einsamkeit umfangen mich wie liebevolle Arme, sie sind lediglich eine Ankündigung der größeren Ruhe, die folgen wird. Ich habe die Antwort gefunden und ich bin so überaus dankbar dafür.

Zusatzleistungen

Auch wenn unser Hauptaugenmerk darauf liegt, Ihnen bei der erfolgreichen Umsetzung Ihres Ziels zu helfen, möchten wir Ihnen den Aufenthalt hier in Arkadien so angenehm und bequem wie möglich gestalten. Alle Zimmer sind mit hochwertigen Parkettböden und handgewebten Teppichen mit vielen markanten Mustern ausgestattet. Erlesene, handgefertigte Antiquitäten fügen sich geschmackvoll in die gemütliche, moderne Einrichtung. Die Küchen sind vollausgestattet mit Koch- und Essgeschirr, unter anderem einer großzügigen Auswahl an präzisionsgeschmiedeten, korrosionsfesten, rostfreien Messern aus Deutschland mit außergewöhnlich scharfen Klingen. Sämtliche Schlafzimmer sind mit einer handgeschnitzten, antiken Truhe ausgestattet, die eine Auswahl unterschiedlicher, feinfaseriger Seile aus 100 % Naturhanf in unterschiedlichen Längen und Stärken zu Ihrer freien Verfügung enthalten. Genießen Sie den strapazierfähigen Komfort Ihrer farbechten, gesteppten, für jedes Wetter geeigneten Hängematte, die in dem privaten Wäldchen hinter Ihrer Blockhütte oder Ihrem Landhaus, aufgespannt zwischen Kiefern oder Fichten, auf Sie wartet. Unweit von jeder Hängematte finden Sie einen wundervollen altmodischen Steinbrunnen mit einer Tiefe von über dreißig Metern. Bunte, handbemalte Glaslaternen hängen von den Ästen entlang den Privatwegen und sorgen auf dem Weg zu dunkleren Pfaden für sanfte Beleuchtung.

Unsere Sümpfe

Wer eine unkonventionellere Reise bevorzugt, dem bieten unsere uralten Sümpfe und Moore einen Hauch von Abenteuer. Unsere Sümpfe sind unterschiedlich tief und unberechenbar. Zwar ist der Wasserstand in der Regel niedrig, doch es kommt vor, dass der mit modrigen Pflanzen bedeckte Sumpfboden unter Ihren Füßen plötzlich nachgibt. Eine Tiefe von über sechs Metern wurde bereits gemessen. Unser Personal zeigt Ihnen gerne die heimtückischsten Stellen.

Gästestimmen #5

Ich möchte etwas über das trübe Gefühl sagen. Nicht über das große Leiden, das man aus alten Filmen kennt, sondern über das trübe Gefühl, düster wie die Dämmerung, das mein ständiger Begleiter ist, sogar damals schon. Damals in der Grundschule sah meine Mutter mich manchmal an und sagte: »Stimmt was nicht, Joey?«, und ich wusste nicht, was ich darauf antworten sollte. »Er ist schüchtern«, sagten die Leute, aber das war es nicht. In der Highschool hatte ich Freundinnen, ihnen gefielen meine traurigen Augen, aber meine Zuneigung für sie war nicht groß genug, nicht so groß, wie sie es sich wünschten. Später versuchte ich es mit Vitaminpillen, Antidepressiva, einer Ernährungsumstellung, aber nichts heilte diese Trübheit. Die Trübheit war still, aber auch wieder nicht still, eine Art rastlose Leere. Einige Frauen finden diese Trübheit anziehend, sie denken, sie könnten sie vertreiben. Ich heiratete eine tolle Frau. Auf unserer Hochzeitsreise fuhren wir zu den Niagarafällen, und als wir zurückkehrten, leisteten wir eine Anzahlung für ein Haus. Manchmal sah mich meine Frau an und sagte: »Stimmt was nicht, Joey?«, und ich versuchte ihr von dem trüben Gefühl zu erzählen, doch dann pflegte sich ihr Gesichtsausdruck zu verändern. Es liegt nicht an dir, wollte ich rufen. Es ist das trübe Gefühl, nichts bedeutet mehr als alles andere, irgendetwas fehlt bei mir, oder vielleicht habe ich ein Teil zu viel, das trübe Teil. Eines Tages ging sie fort und kam nie wieder zurück. Ich war allein in einem leeren Haus. Jetzt bin ich mit meiner wahren Frau verheiratet, dachte ich, einem leeren Haus. Eines Nachmittags kam ich an einem Garagenflohmarkt in der näheren Umgebung vorbei. Alte Wohnzimmermöbel, Lampen mit losen Kabeln. Dieser Garagenflohmarkt bin ich, dachte ich. Dann begann ich andere Zeichen zu sehen. Ich war das verblasste Streichholzbriefchen, das im Gras neben der Straße lag. Ich war der Schatten der Stopptafel, der sich abends ausbreitete. Ich fragte mich, ob die Trübheit etwas war, das ich in mir trug wie einen Tumor, oder ob sie etwas war, das sich an mir festklammerte wie eine Klette. Eines Tages kam ich nach Arkadien. Hier kennen sie diese Trübheit. Sie haben sie mit eigenen Augen gesehen, so wie ich. Sie ist hier, am Rand der Schluchten, sie liegt im stillen Mittelpunkt der Seen. Ein friedliches Gefühl strömt mir entgegen. Ich muss nur darauf zugehen und es wird mir gehören.

Speiseplan

Unser Speiseplan besteht aus einer Mischung aus gesunden, beliebten Traditionsgerichten – etwa klassischem Brathähnchen aus Freilandhaltung mit Bio-Bratkartoffeln und frischem, gedünstetem Gemüse – und einer Vielfalt einzigartiger lokaler Gerichte. Vegetarische Speisen, darunter auch herzhafte vegetarische Mahlzeiten, die selbst den Gaumen des hartnäckigsten Fleischliebhabers in Entzücken versetzen werden, sind auf Anfrage verfügbar. Unser Gemüse stammt von Bauernhöfen aus der Region und wird jeden Morgen frisch geerntet und mit duftenden Kräutern aus unserem eigenen Garten verfeinert. Für höchsten Teegenuss steht eine Auswahl erlesener Kräutermischungen wie Holunder, Orangenblüte und Zitronengras für Sie bereit.

Irrwege

Unsere kilometerlangen, malerischen Waldwege sind sorgfältig gekennzeichnet, um zu verhindern, dass unsere Gäste sich verirren. Doch wir haben auch die Bedürfnisse jener berücksichtigt, die nichts lieber wollen, als die bekannten Pfade zu verlassen, um andere, abenteuerliche Touren zu unternehmen. Diese Gäste ermutigen wir dazu, die zahlreichen Schleichwege zu nutzen, die von den Hauptwegen abzweigen und tief in den dichten Wald führen, wo es nicht schwerfällt, vom Weg abzukommen. Diese Wege enden abrupt und laden dazu ein, abseits der Pfade, umgeben von uralten moosbewachsenen Nadelbäumen, durch das üppige Unterholz zu streifen. Pilze und Wildbeeren wachsen hier im Überfluss und sollten mit Vorsicht genossen werden. Stellenweise werden Sie in steilen Böschungen tiefe, mit Gestrüpp bedeckte Öffnungen entdecken. Wer nach den Freuden und Herausforderungen der Orientierungslosigkeit trachtet, dem legen wir nachdrücklich die dicht bewaldeten

Hügel im nordöstlichen Teil des Waldes mit den unerforschten Höhlen, reißenden Flüssen, tosenden Wasserfällen und der ungezähmten, wilden Natur ans Herz.

Grußworte eines Übergangshelfers

Hallo. Mein Name ist Robert Darnell und ich bin stolz darauf, einer von Arkadiens Übergangshelfern zu sein. Darf ich ganz offen sein? Sie sind unglücklich. Sie sehen keinen Sinn in Ihrem Leben. Ihr Sohn ist gestorben, Ihr Ehemann hat Sie verlassen, Ihre Frau ist mit Ihrem besten Freund durchgebrannt. Sie sind allein, Sie leiden, Sie hassen sich selbst, niemand liebt Sie, Sie sind fett, Sie sind hässlich, Sie wollen sterben. Wir verstehen das. Es ist unser Job, es zu verstehen. Wir verstehen ganz genau, wer Sie sind und was Sie brauchen. Hier in Arkadien werden wir Ihnen den Weg zeigen. Für einige ist der Weg hart, für andere einfach, aber es ist der einzige Weg und Sie werden ihn erkennen, wenn Sie ihn sehen. Sie haben es schon immer gewusst. Kommen Sie zu uns und wir werden Sie führen. Der Weg ist vertraut. Der Weg liegt in Ihrem Inneren. Arkadien liegt in Ihrem Inneren. Sie haben schon immer in Arkadien gelebt.

Begegnungen

Wir treffen zwar sämtliche Vorkehrungen, um die vollkommene Privatsphäre unserer Gäste zu schützen, doch manchmal kann es zu Begegnungen mit anderen Gästen kommen. Womöglich geschieht es auf einem der öffentlichen Waldwege, am Ufer eines Sees oder tief in einer Höhle. In solchen Momenten empfehlen wir Ihnen, einmalig still zu nicken, den Blick abzuwenden und Ihren Weg fortzusetzen. Ihr ungestörter Gedankenprozess spielt eine essenzielle Rolle auf Ihrer Reise zur Erkenntnis und sollte sorgfältig überwacht werden. Sollte irgendein Gast versuchen, Sie in ein Gespräch zu verwickeln, lächeln Sie höflich, doch antworten Sie nicht. Derartige Regelverstöße sollten umgehend Ihrem Übergangshelfer gemeldet werden. Hier in Arkadien wollen wir lediglich das Beste für Sie.

Gästestimmen #6

Ich kann mich an das erste Mal erinnern. Ich trank eine Tasse Kaffee am Frühstückstisch, dachte über nichts Bestimmtes nach, als mir plötzlich der Gedanke kam: Warum? Ich erinnere mich daran, dass meine Hand in der Bewegung innehielt, die Kaffeetasse reglos vor mir erstarrt. Die Frage kam mir in den seltsamsten Momenten in den Sinn. Ich stieg morgens in den Zug, setzte mich ans Fenster, öffnete mein Notebook und dachte plötzlich: Warum? Oder ich bewässerte an einem heißen Sommertag den Rasen hinter dem Haus, freute mich auf den Grillabend, Sherri-Ann, Lachen mit Freunden. Dann kam mir wieder der Gedanke: Warum? Es war, als hätte sich in mir ein kleiner Spalt geöffnet. Ein dunkler Wind blies heraus. Was war los mit mir? Hatte ich einen Nervenzusammenbruch? Aber ich fühlte mich gut, bis auf die leise Stimme, die immerzu flüsterte: Warum? Wenn man diese Stimme hört, kann man weitermachen, aber es ist nichts mehr dasselbe. Das Sonnenlicht, das auf eine

Hausmauer fällt, ist nicht mehr dasselbe. Das Glas im Geschirrkorb ist nicht mehr dasselbe. Ich spürte, dass etwas mit mir geschah, aber ich wusste nicht, was es war. In der Nacht weckte die Stimme mich immerzu: Warum? Man könnte sagen, dass es meine Suche nach einer Antwort war, die mich nach Arkadien geführt hatte. Innerhalb weniger Tage war ich ein neuer Mann. Hier hat alles, was man tut, einen Sinn. Wenn das Warum auftaucht, hat man die Antwort: Man macht sich bereit, trifft Vorkehrungen. Dort draußen folgt ein Tag auf den anderen: Sonntag, Montag, Dienstag, alles ohne Bedeutung. Die Zahlen auf dem Kalender ändern sich, aber es sind immer dieselben Zahlen. Hier fällt ein Blatt zu Boden und es klingt wie das letzte Blatt, das aus dem letzten Kalender gerissen wird. Eine Tasse Kaffee ist laut wie eine Trompete. Bald ist es so weit.

Unsere Äste

Die Äste unserer altehrwürdigen Bäume sind robust und majestätisch. Viele unserer tiefer liegenden Äste befinden sich nur etwas höher als Ihre nach oben gestreckten Arme, sie erstrecken sich kraftvoll in alle Richtungen und tauchen die Wege und das Unterholz in dunklen Schatten, der vom Sonnenlicht durchdrungen wird. Über den untersten Ästen bilden viele Reihen höher liegender Äste komplexe Muster aus Lücken und Winkeln, kreuzen sich dabei oft mit den Ästen benachbarter Bäume und verwehren dem Beobachter so die Sicht auf die obersten Äste nahe der Wipfel. Inmitten riesiger Wälder aus Blaufichten und Weymouth-Kiefern, Rottannen und Rotkiefern finden sich auch Eichen,

Buchen, Hickory, Vogelbeeren, Erlen und Birken. Viele unserer tiefer liegenden Äste wachsen beinahe horizontal und regen zum Nachdenken an. Nehmen Sie darunter Platz. Seien Sie still. Erlauben Sie Ihren Gedanken, zu diesen starken, friedlichen Orten emporzuwandern.

Übergangspartnerschaft

Obwohl der Einzelübergang für die Mehrheit unserer Gäste unserer Erfahrung nach die effizienteste Strategie ist, sind Übergangspartnerschaften nicht unbekannt. Manchmal geschieht es: ein Nicken in Richtung eines anderen Gastes, den man auf unserem Grundstück sieht, ein Blickwechsel mit einem Gast, der einem auf dem Waldweg entgegenkommt. Eine Möglichkeit nimmt Gestalt an, zuerst nur vage, dann klarer, beharrlicher. Sämtliche Partnerschaftsvereinbarungen werden durch Ihren Übergangshelfer freigegeben, der Ihnen zu einer derartigen Maßnahme raten oder davon abraten kann. Die erfolgreiche Erfüllung Ihres finalen Ziels wird von mehr als einem Faktor bedingt, und wir werden jede zielgerichtete Maßnahme in Betracht ziehen, die das Potenzial hat, eine befriedigende Lösung zu ermöglichen.

Gästestimmen #7

Ich nehme an, man könnte mich als eines dieser Kleinstadtmädchen bezeichnen. Sie wissen schon: Familienpicknick unten am Fluss, Kirche am Sonntag, die Football-Mannschaft anfeuern, heiße Sommernächte, in denen man draußen vor der Eisdiele an der Hauptstraße sitzt, sich mit Freundinnen amüsiert und mit den Jungs flirtet. Nach der Highschool fing ich als Kellnerin in dem Restaurant gegenüber dem Kino an. Einige meiner Freunde gingen weg aufs College, es war, als könnten sie es kaum erwarten, die meisten blieben in der Stadt, arbeiteten in der Fabrik und gründeten eine Familie. Ich verdiente ziemlich gut, sparte mir Jahr für Jahr ein wenig Geld an, ging mit Jungs aus, meistens mit solchen, die ich von der Highschool kannte, mittlerweile älter und heiratswillig. Doch ich wartete auf den Richtigen. Ich mietete ein Zimmer in einem Haus in einer ruhigen Straße, aß mittwochs und sonntagabends mit Mom und Dad, passte am Wochenende auf meine beiden Nichten, Zwillinge, auf. In einer Kleinstadt vergeht die Zeit langsam. Der Richtige kam nicht, und jeder, den ich kannte, schien Kinder zu haben. Ich nahm irgendetwas in meiner Stimme wahr, was ich nie zuvor gehört hatte, eine Art aufgesetzte Fröhlichkeit. Die Sommernächte können in einer Stadt wie meiner sanft und grausam sein: der Klang eines Zuges in der Ferne, schimmernde Lichter auf der Veranda, lachende Liebespaare unter den Ahornbäumen. Ich suchte geistlichen Beistand. Es hieß, ich solle Geduld haben, auch mir würde Gutes widerfahren. Langsam fühlte ich mich gefangen und ich wusste nicht, was ich tun sollte. Eines Tages lernte ich einen älteren Mann kennen. Er hatte gütige Augen, er wollte mich heiraten und mir ein Haus mit Garten und Veranda kaufen, aber gerade als alles gut zu werden schien, fand ich heraus, dass er in zwei schweren Diebstahlfällen polizeilich gesucht wurde. Manchmal hatte ich das Gefühl, nicht atmen zu können. Ich wollte schreien, ich wollte etwas kaputt schlagen. Ich war die Kellnerin mit dem netten Lächeln, ich war die Tante bei den Picknicks am Flussufer, die freundliche Dame bei den Kirchentreffen. Ich wusste nicht, was ich tun sollte. Ich war ständig müde, ich bemerkte, dass sich Falten um meine Mundwinkel bildeten. Ich hatte das Gefühl, auf etwas zu warten, nicht mehr nur auf einen Ehemann, sondern auf etwas anderes, etwas Besseres, auf eine andere Stadt, ein anderes Leben. Ich dachte, ich sollte weggehen, an einem anderen Ort leben, aber wo könnte jemand wie ich hingehen. Ich fragte mich, ob es möglich war, sein ganzes Leben in derselben Stadt zu verbringen, in der man geboren wurde, und auf etwas zu warten, das niemals eintreten würde. Ich war nie in Urlaub gefahren. Ich hatte über die Jahre einen kleinen finanziellen Polster angespart, und so kam ich nach Arkadien. Ich kann Ihnen versichern: Es hat alles verändert. Jeder im Büro ist so überaus freundlich. Mein Übergangshelfer ist liebenswürdig und verständnisvoll und spricht mit mir offen über meine Gefühle. Er hat mir gezeigt, dass man sich nicht dafür schämen muss, für dieses Gefühl, dass das Leben an einem vorbeigezogen ist und es keinen Ausweg gibt. Du willst schreien, du willst weglaufen, aber du stehst auf und gehst zur Arbeit und nichts ändert sich. Er hat mir vor Augen geführt, dass es die Hoffnung war, die mich noch immer an der Welt festhalten ließ, die Hoffnung, dass alles irgendwie besser würde, obwohl ich wusste, dass es nie besser wird. Kaum war ich von der Krankheit der Hoffnung geheilt, fühlte ich Frieden in mir hochsteigen, und ich wusste, was ich zu tun hatte.

Der Turm

Unsere Gäste sind herzlich dazu eingeladen, den alten Aussichtsturm zu besichtigen, der auf den Klippen der Schlucht im Nordwesten steht. Dieses imposante Bauwerk, das vor über einhundert Jahren aus Granitblöcken der hiesigen Steinbrüche errichtet wurde, ragt knapp 130 Meter in die Höhe und die gewundene Steintreppe zählt 659 Stufen. An der Spitze befindet sich eine freiliegende Aussichtsplattform mit einer hüfthohen, stark beschädigten Eisenbrüstung. Der Vorsprung hinter der Brüstung ist etwa weitere dreißig Zentimeter breit. Der Turm wurde viele Jahre lang nicht repariert und sollte mit Vorsicht betreten werden. An einem strahlenden Tag oder in einer mondhellen Nacht erlaubt die alte Aussichtsplattform einen spektakulären Blick über Arkadien und seine vielseitige Landschaft. Von der den Klippen zugewandten Seite aus können Sie in eine unserer tiefsten Schluchten hinabsehen.

Zielorientierte Diskussionsgruppen

Zwar nimmt die geschützte Privatsphäre eine Schlüsselrolle in unserem Programm ein, doch könnte Ihr Übergangshelfer den Besuch einer oder mehrerer unserer zielorientierten Diskussionsgruppen empfehlen, die zweimal in der Woche unter der Leitung eines Lebensberaters in einem der Diskussionsräume im Erdgeschoss des Hauptgebäudes stattfinden. Zweck der Gruppendiskussionen ist es, die Motivation und den Fokus durch Erfahrungsaustausch zu erhöhen. So mancher Gast, der Tage oder Wochen damit verbracht hat, die Waldwege, Seen, Schluchten, Höhlen und andere Schauplätze unseres Resorts zu erforschen, macht die Erfahrung, dass das Gruppenprogramm wertvolle Erkenntnisse bringen kann. Es könnte sogar zu einem Moment der Erleuchtung führen, der sich als produktiver Wendepunkt auf Ihrem Entwicklungsweg entpuppt. Die Teilnahme an sämtlichen Gruppenaktivitäten ist freiwillig. Für eine kleine Stärkung ist gesorgt.

Gästestimmen #8

In einem Augenblick, nicht die Mitte meines Lebensweges, wie mir dünkt, stieß ich auf dieses kleine, waldige Tal, auf der Suche nach, was soll ich sagen, einem Schauplatz für meine Seelenpein, einer Kulisse für meinen Kummer, in der Hoffnung, durch derlei Schliche das Schicksal zu überlisten, zu beruhigen die Dämonen der Nacht, nur um mich in ach! weniger triste Verlockungen zu verstricken: die sich wonnig windenden Wege, gesprenkelt mit Tannenzapfen, die Umarmung unterirdischer Höhlen, das fast lüsterne Locken stiller Ufer. Und du, meine Geliebte, meines Lebens Licht, neckische Verräterin, lachender Geist aus der Hölle, der sich selbst jetzt noch zu mir herabbeugt und mir kosende Worte zuhaucht, ich sage zärtlich Lebewohl, meine liebste Dämonin, meines Herzens Mörderin, und schreite hinaus in die arkadische Nacht, die strahlt, wie ein Leuchtfeuer in der Dunkelheit meiner zerschmetterten Hoffnung.

Warten

Manchmal ist es das Beste, einfach abzuwarten. Wenn die Zeit reif ist, wird sie Sie finden. Rudern Sie hinaus in die Mitte eines stillen Sees, holen Sie die Ruder ein, lehnen Sie sich in das Kissen zurück. Stellen Sie sich mit hinter dem Rücken verschränkten Händen an den Rand einer Schlucht und sehen Sie hinab. Setzen Sie sich unter die starken Äste eines schützenden Baumes oder legen Sie sich in Ihre Hängematte neben dem Steinbrunnen. Halten Sie im schwarzen Korridor einer Höhle einen Augenblick inne. Atmen Sie leise. Hören Sie hin. Die Antwort ist dort. Sie wird Sie finden.

Für weitere Informationen

Für weitere Informationen oder Exemplare dieser Broschüre kontaktieren Sie uns bitte online unter arkadien-resort.com. Wir sind jederzeit für Sie da, um Ihren Aufenthalt zu einem unvergesslichen Erlebnis zu machen. Ganz gleich, ob Sie aus Maine oder Oregon sind, aus dem kleinen Ohio oder den belebten Straßen Manhattans, aus Reykjavík oder Mumbai – Arkadien erwartet Sie. Obwohl wir auf der Landkarte zu finden sind, an einem ganz bestimmten, einladenden Ort, sind wir in Wahrheit nur einen Schritt entfernt. Sie haben uns bereits gesehen. Sie haben einen flüchtigen Blick auf uns erhascht, auf leeren Grundstücken, in Stadtparks, im blauen Himmel, in der Stille eines Sommernachmittags. Wir sind gleich hinter dieser Ecke, auf der anderen Straßenseite. Tatsächlich sind wir überall. Kommen Sie zu uns. Sie werden nach Hause kommen.

Die Freuden und Leiden des jungen Gautama

Väterliche Sorgen. In einer Mittsommernacht, zu einer Zeit, wenn mit Ausnahme der Palastwache jeder schläft, verlässt König Suddhodana sein Schlafgemach und betritt den *Garten der Sieben Erhabenen Genüsse*. Während er einen mit Javaapfelbäumen gesäumten Weg entlanggeht, fällt Mondlicht durch die Äste und streift seine Arme. Der schwere Blütenduft regt seine Sinne ebenso an wie das Spiel vieler Holzflöten, doch der König ist nicht auf Genüsse aus. Etwas stimmt nicht mit seinem Sohn. Wie ist das möglich? Der Prinz lebt ein Leben, um das ihn alle Männer beneiden. Er ist schön wie ein junger Gott, in der Streitkunst und im Ringen bewandert, mit der Liebe wunderschöner Frauen gesegnet. Weise Männer unterweisen ihn. Diener kümmern sich um ihn. Freunde bewundern ihn. Wildpfauen fressen ihm aus der Hand. Sowie er einen Wunsch äußert – ein Smaragd in Form einer Hand, ein Elefant, geschmückt mit scharlachrotem Stoff, den Bilder goldener Schwäne zieren, eine Tänzerin mit nackten Brüsten –, wird sein Begehr umgehend erfüllt. Er ist gesund, er ist stark, er ist jung, er ist reich. Seine Ehefrau ist wunderschön. Seine Ehe ist glücklich. Dichter preisen ihn. Und doch sucht dieser vom Glück verwöhnte Sohn, dieses Musterbeispiel und der Inbegriff jugendlicher Männlichkeit, der einzige Erbe eines mächtigen Königreichs, einsame Orte auf, an die er sich stunden- oder tagelang zurückzieht. Boten berichten dem König, dass der Prinz dann schweigend in einer der *Vierhundert Lauben* umherspaziere oder reglos unter einem Baum am Ufer eines der *Zweihundert Seen und Teiche* sitze. In letzter Zeit zieht er sich immer häufiger zurück. Es handelt sich hierbei nicht um romantische Rendezvous, denn das würde den König erfreuen, sondern um etwas Beunruhigenderes: eine Abkehr, ein nach innen gerichteter Rückzug. Leidet sein Sohn an einer inneren Verletzung, einem verborgenen Kummer? Diese Phasen der Niedergeschlagenheit enden unvermittelt, und dann kehrt der junge Prinz zu seinen Freunden und Gefährten zurück, als wäre nichts gewesen. Wenig später lacht er in der Sonne, reitet auf einem seiner Elefanten, stößt laute Freudenschreie aus, treibt sich mit seinen Konkubinen herum. Es kann natürlich sein, dass der Prinz sich lediglich deshalb isoliert, um nach langen Nächten der erschöpfenden Freuden wieder zu Kräften zu kommen, doch der König bleibt skeptisch. Es liegt etwas Beunruhigendes in diesen Rückzügen, etwas Gefährliches. Er wird der Sache auf den Grund gehen. Jäh bleibt König Suddhodana auf dem Javaapfelbaumpfad stehen. Vor ihm, in einem strahlenden Fleckchen Mondlicht, liegt die dunkle Feder eines Vogels. Ärger steigt in ihm hoch. Er wird am Morgen mit dem obersten Gärtner sprechen.

Ein Spaziergang mit Frauen. Durch Sonne und Schatten eines Säulengangs macht der Prinz Siddharta, umgeben von seinen Konkubinen, einen Spaziergang. Durch offene Türen beobachten die Frauen ihn beim Vorübergehen, versuchen mit rituellen Posen der Verführung und der Sittsamkeit seine Aufmerksamkeit zu gewinnen. Die Konkubinen sind berühmt für ihre Schönheit, ihre Heiterkeit, ihr Lautenspiel und die Fähigkeit, erotisches Vergnügen zu wecken und hinauszuzögern. Die halbdurchsichtige bunte Seide, die um ihre Hüften geschlungen und über ihre Schultern drapiert ist, verhüllt und enthüllt das Geheimnis ihrer Körper. Auf ihren Fingerspitzen und Fußsohlen leuchtet purpurrote Farbe. An den Knöcheln tragen sie Fußkettchen mit winzigen Glöckchen. Man sagt, es gebe vierundachtzigtausend Konkubinen, eine für jeden der vierundachtzigtausend Sterne am Nachthimmel. Man sagt, es gebe zwanzigtausend Tänzerinnen. Man sagt, der Prinz könne in einer Nacht zwölf Frauen befriedigen. Jetzt spaziert er langsam durch den Säulengang, durch die Sonnenstreifen, die vor ihm auf dem Weg liegen wie Schwerter aus Licht. Durch die offenen Türen kann er seine Konkubinen sehen, die auf Diwanen liegen, oder auf gelben und himmelblauen Kissen mit Quasten auf dem Boden sitzen und das Haupt beugen, während Dienstmädchen ihr Haar kämmen. Ein Mädchen tritt vor, um den vorbeigehenden Prinzen zu sehen. Ihr Seidengewand hat die Farbe gelber Champakablüten, ihr Haar glänzt wie der Körper einer schwarzen Biene. Einladend senkt sie den Blick. Gautama lächelt ihr zu und setzt seinen Weg fort. Er kann das durchdringende Klirren der Fußglöckchen hören, das sanftere Klirren der kleinen Glöckchen, die die Kuppeln und Türme der Palastdächer zieren. Am Ende des Säulengangs tritt er in die Sonne. Das kurze Gras schimmert grün wie der Kragen eines Pfaues. Es schmiegt sich sanft an seine nackten Fußsohlen. Aus den Frauengemächern hört er Gelächter, die Saiten einer Laute. Langsam geht er weiter.

Die *Drei Paläste*. Die *Drei Paläste* des Prinzen Gautama sind der *Palast des Sommers*, der *Palast des Winters* und der *Palast der Jahreszeit des Windes und des Regens*. Der *Palast des Sommers* hat Böden aus kühlem Marmor, durchbrochen von Fontänen, Badeteichen und schmalen Kanälen mit fließendem Wasser. Der *Palast des Winters* ist berühmt für die Zedernholzvertäfelung und die dicken Teppiche, in die Bilder von Feuer und Sonne eingewebt sind. Der *Palast der Jahreszeit des Windes und des Regens* hat dicke Mauern, die den Lärm der Natur abschirmen, und beherbergt viele Vergnügungshallen, in denen Tänzerinnen, Lautenspieler, Akrobaten, Zauberkünstler und kunstfertige Schausteller mit ihren Stücken auftreten. Die *Drei Paläste* liegen in unterschiedlichen, abgelegenen Vierteln der Stadt. Sie sind durch breite, unterirdische Gänge verbunden, die sorgfältig bewacht werden. Weitere Gänge führen zum Palast des Königs. Jeder Palast mit den vielen Höfen und Treppen, den Hunderten Zimmern, den weitläufigen Gärten, Parks und Lauben ist von einer hohen Wehrmauer mit vier Toren umgeben. Gautama ist viele Male durch die unterirdischen Gänge gewandert, doch in seinen neunundzwanzig Jahren ist er noch nie hinter den Mauern gewesen. Einmal, als Kind, war er mit seinem Vater im königlichen Streitwagen weit in einen der königlichen Parks geritten. In der Ferne konnte er die Mauerkrone sehen. Er zeigte darauf und fragte seinen Vater, was dahinter liege. Sein Vater sah ihn ernst an, dann breitete er einen Arm aus und sagte: »Nichts ist dort. Alles ist hier.« Er wendete den Streitwagen abrupt und fuhr den Weg zurück.

Niedergeschlagenheit. Gautama schließt eine Tür im Rankengitterzaun und geht über einen Weg in die *Laube der Stillen Freuden*. Das Dach besteht aus kunstvoll verflochtenen Zweigen und Ästen, die das Sonnenlicht dämpfen, das zitternd durch die Blätter der Ashokabäume fällt. Orangerote Blüten erfüllen die Luft mit einem Duft, der sich wie eine Berührung auf seinem Gesicht anfühlt. Der Weg führt zu einem dunklen Teich, in dessen Mitte ein steinerner Springbrunnen steht. Wasser strömt aus den Mündern von zwölf Marmorwesen und fällt in einem sanft plätschernden Kreis hinab. Gautama legt sich am Ufer des Teichs seitlich ins Gras. Der Klang des Wassers im Springbrunnen, die drei weißen Schwäne im dunklen Wasser, der Duft der Ashokablumen, die Sonnenflecken im Schatten, all das besänftigt Gautama, der sich fragt – denn er hat die Angewohnheit, sein eigenes Empfinden zu hinterfragen –, weshalb er Besänftigung benötige. Falls er tatsächlich Besänftigung benötigt, dann benötigt er nur das, denn er weiß sehr gut, dass er alles andere hat: eine liebevolle Ehefrau und einen Sohn, Konkubinen und Tänzerinnen, die seine Sinne betören, Paläste und Gärten, Freunde und Gefährten, Musiker, Elefanten, Streitwagen, seltene Früchte, die in Schiffen aus China und Arabien gebracht und ihm in einer Schale gereicht werden. Sein Leben ist ein Feuerwerk der Vergnügungen. Und doch ist er hier und liegt in der *Laube der Stillen Freuden* wie ein unglücklicher Liebender. Doch er ist kein unglücklicher Liebender. Was ist er dann? Ein verdorbener Lüstling? Ein rastloser Querulant, der etwas will, etwas braucht, sich nach etwas sehnt – nur, wonach genau? Doch womöglich begeht er einen grundlegenden Fehler. Womöglich sollte er die Einsamkeit als Vergnügung betrachten. Wenn das der Fall ist, war er lediglich deshalb hierhergekommen, um ein weiteres Vergnügen zu genießen. Gautama denkt: Ich habe alles, was ein Mann sich wünschen kann. Es ist unmöglich, nicht glücklich zu sein. Er spürt, wie sich auf seinen Lippen ein melancholisches Lächeln formt.

Die Wehrmauern. Die hohen Mauern, die den *Palast des Sommers* umgeben, sind aus Zedernholz und so dick wie drei königliche Elefanten lang sind, vom Rüssel bis zum Schwanz. Die unteren Teile der Mauern sind von dicken Ranken mit weißen Blüten bedeckt, die wie eine hohe Hecke erscheinen, über der sich die dunklen oberen Teile erheben wie Berge über der Baumgrenze. In jeder der vier Mauern gibt es zwei Tore, eines auf der Innenseite und eines auf der Außenseite, verbunden durch einen Durchgang, bewacht von königlichen Kriegern, die mit Bögen und Zweihändern bewaffnet sind. Die äußeren Tore werden nur für die Wachablöse geöffnet. Die inneren Tore werden niemals geöffnet. Die Tore, innen wie außen, dienen als Vorsichtsmaßnahme gegen eine Invasion, um die Soldaten und Bewohner beim Einfallen eines Feindes auf das sichere Palastgelände zu führen. Die Wachen wissen, dass dies unwahrscheinlich ist, da die Stadtmauern uneinnehmbar sind, die Armeen des Königs unbesiegbar. Der tiefere Zweck der Tore ist es, jene Krieger zu verbergen, die dafür ausgebildet sind, die Flucht zu vereiteln, sollte der Prinz sie jemals wagen.

Chandas Gespräch mit dem König. Mittags, im *Saal der Privaten Audienzen*, spaziert Chanda mit König Suddhodana eine Reihe glänzender Säulen entlang, die mit geschnitzten und bemalten Löwen, Elefanten und Papageien geschmückt sind. Er berichtet, der Prinz habe am Morgen des zweiten Tages die *Laube der Stillen Freuden* verlassen und sei für jene, die ihn gut kannten, in einer beunruhigenden Verfassung gewesen: Sein Lachen war zu hell und bereitwillig und vermochte sich nicht über seinen Mund hinaus zu den Augen auszubreiten. Gautama nahm an einem Bogenschießwettbewerb teil, den er mühelos gewann, verschwand zwei Stunden lang in den Frauengemächern und kehrte mit strahlendem Lachen und finsterem Blick zurück. Der König fragt, was seinen Sohn bedrücke. Chanda erinnert den König daran, dass es immer Phasen gegeben habe, in denen Gautama sich ganz plötzlich zurückzog, sogar als Kind sei er unvermittelt ernst geworden und habe allein im Schatten einer Säule gesessen. Es sei teils eine Frage des Temperaments und teils, wenn er es wagen dürfe, in einer derart gewichtigen Angelegenheit seine unwürdige Meinung zu äußern, etwas anderes. Der König befiehlt ihm weiterzusprechen. Chanda, der seine Worte sorgfältig abwägt, erklärt, dass das aus Vergnügungen bestehende Leben, welches der König für seinen Sohn arrangiert hatte, um dessen Interesse an weltlichen Dingen zu wecken, zwangsweise zu Phasen der Übersättigung führen müsse. Wenn das eintrete, ziehe sich Gautama von den Vergnügungen zurück, wie ein Mann sich von einer Quelle abwendet, nachdem er seinen Durst gestillt hat. Die Philosophen des Königs hätten wiederholt vor dem Ekel gewarnt, der einem den Sinnesfreuden gewidmeten Leben anhafte. Das Gegenmittel sei, in Chandas

Augen, die Abhängigkeit des Prinzen von einem Leben der sinnlichen Genüsse zu mindern, ohne seine Faszination für ein Leben der inneren Einkehr zu steigern. Notwendig sei, so denke er, der Mittelweg: ein Leben aus maßvollen Vergnügungen und Beschäftigungen – ein bis zwei Frauen pro Nacht, tägliche Ringkämpfe oder Wettläufe, angenehme Spaziergänge und Unterhaltungen, ein einziges Glas Reiswein oder Holzapfelwein zum Abendessen –, die keinen Raum lassen für Phasen der Langeweile, in denen ein Mann versucht sein könnte, sich mit gefährlichen Fragen über die Bedeutung der Existenz oder der richtigen Lebensweise zu beschäftigen. Das Schwierige daran sei die Umsetzung derartiger Einschränkungen. Denn der Prinz, wenngleich gnädig in allem, sei es gewohnt, seinen Willen zu bekommen. Der König legt seine Hand auf Chandas Arm. »Ich verlasse mich auf dich.« Immerhin ist Chanda der engste Freund des Prinzen wie auch ein treuer Diener des Königs. Chanda, dem unter der Bürde dieses Lobes unbehaglich zumute wird, zwingt sich, seinen Arm nicht wegzuziehen.

Ein Zwischenfall im *Park der Sechs Brücken*. In der Wärme des späten Nachmittags macht Gautama mit Chanda einen Spaziergang im *Park der Sechs Brücken*. Sechs Flüsse fließen durch den Park, über jeden führt eine Brücke, die in einer anderen Farbe bemalt ist. Er möchte mit Chanda über sein spirituelles Ungleichgewicht sprechen, über den Schatten, den er in sich trägt, doch jetzt, in der warmen Luft, als sie die *Gelbe Brücke* über dem *Fluss der Glückseligkeit* überqueren, sind seine Sinne weit geöffnet für den Klang des Wassers, das über die weißen Kieselsteine und den roten Sand fließt, das sanfte Licht, das Seidentuch, das an seinen nackten Schultern reibt, einen Vogel, der ganz plötzlich in den blassblauen Himmel aufsteigt. Seine Sorgen sind weit weg und haben den verschwommenen Glanz ferner Dinge. Einem Freund sein Herz auszuschütten bedeutet außerdem, dem Freund eine Last aufzubürden, doch Chandas Rücken ist nicht so stark wie sein eigener. Er blickt zu Chanda, der in Gedanken verloren scheint. Gautama bemerkt, dass er seinem Freund in letzter Zeit nicht die angemessene Aufmerksamkeit geschenkt hat und dieser womöglich nur auf eine Gelegenheit wartet, über seine eigenen Sorgen zu sprechen. Doch der Gedanke, ebenso wie die Erinnerung an seine Finsternis, verfliegt. Er hat seinen Frieden mit der Welt gemacht. Die beiden Freunde überqueren die *Gelbe Brücke* und betreten einen Weg, der im Schatten verflochtener Äste liegt. Der Duft der Natur steigt ihm in die Nase wie feiner Dunst. Plötzlich sieht Gautama ein totes Blatt vor sich, das sich von einem Ast löst und zu fallen beginnt. Er bleibt verwundert stehen. Das Blatt schwebt langsam nach unten. Er kann nicht glauben, was er hier ohne Zweifel sieht. Es ist, als würde eine Wolke vom Himmel fallen, als könnte ein Felsen in die Lüfte steigen. Dunkel erinnert er sich an einen Nachmittag in seiner Kindheit, als etwas Grünes von einem Ast fiel, doch sein Vater sagte, es sei ein Trick eines der Hofzauberer. Er hört ein Geräusch in den Bäumen, ganz in der Nähe. Zwei Parkwächter mit grünen Schultertüchern eilen herbei. Einer streckt die Hand aus und fängt das Blatt noch im Fall. Der andere holt einen Sack hervor, in welchen der erste Mann das Blatt fallen lässt. Beide Männer verneigen sich tief vor dem Prinzen und ziehen sich in die Bäume zurück. Alles ging so schnell, dass Gautama sich fragt, ob er eine jener Visionen oder Träume hatte, die von der Hitze des Tages, von der drückenden Helligkeit eines wolkenlosen Sommernachmittags hervorgerufen wurden. Er sieht Chanda an, der seinem Blick ausweicht und plötzlich von dem Pavillon hinter der Wegbiegung erzählt, in dem sie eine Weile sitzen und auf die *Sechs Flüsse*, die *Sechs Brücken* und den fernen Palast mit seinen Türmen und goldenen Kuppeln blicken könnten.

Chanda allein. Allein in seiner Kammer sitzt Chanda reglos auf einer Reismatte in einem Streifen Sonnenlicht, das sein Gesicht und seine nackte Brust wärmt. Der Rest seines Körpers liegt im Schatten, und Chanda findet es überaus passend, auf diese Weise zweigeteilt zu sein: das äußere Zeichen seines innerlichen Zwiespalts. Denn obwohl es stimmt, dass er der engste Vertraute Gautamas ist, der teuerste und ehrlichste Freund des Prinzen, obwohl es stimmt, dass er alles für Gautama tun und bereitwillig für ihn sterben würde, so stimmt es auch, dass er seinem Freund hinterherspioniert und insgeheim dem König Bericht erstattet. Wie ist es dazu gekommen? An Chandas Liebe für Gautama besteht kein Zweifel. Sie sind seit ihren frühen Kindertagen die engsten Freunde, und seine Liebe wurde mit den Jahren nur noch stärker. Es ist nicht übertrieben zu sagen, dass Chanda für Gautama lebt, den Sinn des Lebens im Glück seines Freundes findet. Jede Empfindung Gautamas fließt aus ihm heraus und in Chanda, der ihn daher in- und auswendig kennt. Erlebt Gautama einen einzigen Moment der Unzufriedenheit, liegt Chanda die ganze Nacht wach. Wie kann es dann sein, dass er seinen Freund insgeheim beobachtet und dem König Bericht erstattet? Er beantwortet seine eigene Anschuldigung, indem er sagt, dass er es zum Wohle seines Freundes tue – dass seine geheimen Treffen mit dem König darauf abzielten, Gautamas Traurigkeit zu heilen. Er bemerkt den Widerspruch in dieser Erklärung. Er sagt damit, dass die Treue zu seinem Freund so tief ist, dass er bereit ist, zum Wohle der Treue untreu zu sein. Doch obwohl Chandas Charakter leidenschaftlich und extrem ist, hat man ihn gelehrt, klar zu denken, und er weiß sehr gut, dass ein Akt der Untreue nicht dasselbe ist wie ein Akt der Treue. Womöglich wäre es präziser zu sagen, dass er, in seinem Gehorsam gegenüber dem König, ein treuer Untertan ist: Er gehorcht einer höheren Autorität. Doch Chanda glaubt an keine höhere Autorität als die Freundschaft. Es kann natürlich sein, dass er von Natur aus untreu ist, ein korrupter Mann, ein heimtückischer Freund, eine Kreatur, die nur zu ihrem eigenen Wohl handelt und sich nur um sich selbst kümmert. Trotz einer Bescheidenheit, die manchmal exzessiv ist, trotz einer Bereitschaft, sich selbst vollkommen zu verurteilen, glaubt Chanda nicht, dass er jene Sorte Mensch ist. Was ist dann die Wahrheit? Die Wahrheit ist, dass ein Geheimnis ihn von Gautama trennt, ein Geheimnis, das er zum Wohle seines Freundes niemals verraten darf. Alle Mitglieder des Hofes kennen das Geheimnis, das der König Chanda vor vielen Jahren in einer privaten Audienz verraten hatte, nachdem er ihn unter Androhung der Todesstrafe zum Schweigen verpflichtet hatte. Das Geheimnis geht bis auf Gautamas Geburt zurück, als ein Weiser eine Prophezeiung ausgesprochen hatte.

Die Tränen eines Weisen. Nach der Geburt des Prinzen kam ein Weiser zum königlichen Palast, um den neugeborenen Sohn willkommen zu heißen. Als er das Kind in den Armen hielt, begann der Weise, bittere Tränen zu vergießen. Der König, der vor Angst zitterte, bat den ehrwürdigen Mann, ihm zu sagen, welches schreckliche Unheil seinem Sohn vorherbestimmt sei. Der Weise antwortete, das Kind sei zu Großem bestimmt. Würde das Kind im Palast leben, so würde es eines Tages die ganze Welt regieren. Sollte es hingegen den weltlichen Dingen abschwören und das Leben eines Asketen wählen, würde er ein Erleuchteter werden. »Aber weshalb weint Ihr?«, fragte der König, bestürzt über die Möglichkeit, sein Sohn könnte die Herrlichkeit der Welt für ein Leben in Armut und Einkehr aufgeben. »Weil«, sagte der Weise, »ich den Erwachten nicht mehr erleben werde.« In jenem Moment schwor der König, seinen Sohn an die Freuden der Welt zu binden.

Eine Katze im Sonnenlicht. Eines Nachmittags, einige Tage nach dem Spaziergang mit Chanda im *Park der Sechs Brücken*, flaniert Gautama durch einen Säulengang in einem der Höfe im Nordostflügel des *Sommerpalastes*. Hier befinden sich die Quartiere der Musiker. Durch die Türöffnungen kann er die Saiten von Lauten hören, die Rufe von Muschelhörnern. Der Tag ist sonnig und heiß, und er sieht die jungen Männer, die in ihren Kammern Kühlung suchen, auf rot und grün gefärbten Matten sitzen oder auf Diwanen liegen, ihre Oberkörper nackt, die Schultern glänzend. Seine Schwäche für die Finsternis, die Sehnsucht, abseits zu sitzen und über die Bedeutung der Dinge nachzudenken, hat ihn so vollständig verlassen, dass er sich daran nur ganz allgemein erinnert, wie sich jemand an einen Regenschauer an einem blauen Nachmittag erinnern würde. Er verspürt ein warmes Gefühl der Zuneigung für die Musiker, teils, weil sie die Gabe besitzen, Gegenstände aus Holz, Muscheln und Tierhäuten in Klänge zu verwandeln, die schöner sind als Seide oder Gold, doch vor allem, weil sie Einzelgänger sind, die die Einsamkeit von Zeit zu Zeit hinter sich lassen und sich versammeln, um ein Miniaturkönigreich zu erschaffen. In der Wärme des schattigen Säulengangs verspürt er ein schläfriges Wohlbehagen, eine Freude über die Sonne und den Schatten, über die Türöffnungen mit den zugezogenen Vorhängen, die Juwelen auf seinen Fingern, die heller und dunkler werden, die weiße Schwanenwolke am blauen Himmel, den Kiesweg im grünen Gras, das sanfte Patschen seiner nackten Füße auf dem Marmorboden. Er biegt links ab, wo der Säulengang der Form des Hofes folgt. Hier fällt die Sonne so ein, dass er ein hübsches Muster aus schattigen und sonnigen Säulenhälften sehen kann, wie ein Wandgemälde in einem der Korridore im väterlichen Palast. Am Fuße einer Säule entdeckt er eine weiße Katze, die in der Sonne schläft. Ihr Rücken ist wunderschön geschwungen, der Kopf ist anmutig zu den Hinterpfoten gebogen, der Schwanz liegt über ihrer Flanke, sodass sie einen perfekten Kreis bildet. Als Gautama sich nähert, beginnt der weiße Kreis zu zerfallen. Die Katze streckt sich: Ihre Vorderläufe wandern vor, die Hinterläufe wandern immer weiter zurück, ihr Körper zittert genüsslich. Schnell zieht sie die Beine ein, legt eine Pfote ans Gesicht und ist still. Gautama geht weiter, doch er ist nicht mehr im Einklang. War er nicht diese Katze? Er streckt sich

264

in der Sonne seiner Freuden. Er ringelt sich ein in der Zu-friedenheit seiner Tage. Er liegt in der Sonne und schläft. Und wenn er aufwacht? Die Saiten der Lauten, die klirren-den Schellen der Tamburine scheinen lauter zu werden. Sie kratzen an seinen Nerven wie Messer an Stein. Ungeduldig überquert Gautama den Hof, betritt einen kühlen Korridor und tritt auf einen Weg ins Freie.

Die zwei Schwäne. Durch einen Bogentorgang in einer Mauer betritt der Prinz einen kleinen Wald, der zum *See der Einsamkeit* führt. Er sitzt im Gras am Ufer des Sees, im Schatten eines großen Seidenbaums. Schwäne gleiten an den weißen, roten und blauen Lotusblumen vorüber. Unter den Schwänen gleiten andere Schwäne, jene auf dem Kopf stehenden Schwäne, die er seit seiner Kindheit liebt. Zwei Kraniche stehen unweit vom gegenüberliegenden Ufer im Wasser. Gautama wartet, dass die Ruhe sich ausbreitet. Alles um ihn herum ist ruhig: die Blüten des Seidenbaums, die Schwäne unter den Schwänen, die beiden Kraniche, das glatte Wasser. All das wird ihn durchdringen und ihn beruhigen, so sicher wie er durch den Torbogen gekommen ist. Er wartet unter dem Seidenbaum, die Beine überkreuzt, die Handflächen auf den Knien. Die Sonne bewegt sich über den Himmel, doch die Ruhe kehrt nicht ein. Sie ist da, hier draußen, umgibt ihn, doch er selbst ist unruhig. Stur sitzt er am Ufer des Sees. Ist es ein Fehler gewesen, hierherzukommen? Wonach sucht er? In seiner Nähe breitet ein Schwan die Flügel aus, als wollte er fliegen, fliegt jedoch nicht. Die Flügel tauchen ein, wühlen das Wasser auf. Der andere Schwan unter dem Schwan ist zerstört.

Gautama denkt: Ich bin der Schwan, der nicht fliegt. Er denkt: Ich bin der Schwan unter dem Schwan im dunklen Wasser. Die Luft ist still. Der Schwan über dem Schwan und der Schwan unter dem Schwan nähern sich. Er kann die beiden Schnäbel erkennen, dunkelorange im Schatten des Seidenbaums, die glasigen, bienenschwarzen Augen. Als der Doppelschwan näher kommt, wird er größer, er wird mehr und mehr, bis er sich mit ausgebreiteten Flügeln vor ihm erhebt. Er kann die nassen Federn riechen wie Schweiß. Die vier Flügel breiten sich immer weiter aus, bis sie das Ufer des Sees berühren, es ist ein Schwanengott, ein Schwanenmonster, die Federn dringen in seinen Mund und seine Augen, er kann nicht atmen, mit einer Stimme, die aus allen Richtungen kommt, sagt der Schwan: »Du verschwendest dein Leben.« Gautama kneift die Augen zusammen und lehnt sich fest an den Baum. Einen Augenblick später öffnet er die Augen. Vor ihm sieht er den ruhigen See, den Schwan, der über dem Schwan gleitet, zwischen Lotusblumen, an einem sonnigen Nachmittag.

Yasodharas Sorgen. Gautamas Ehefrau Yasodhara, die für ihre Schönheit in den *Drei Palästen* berühmt ist, ist nicht unglücklich, weil ihr Ehemann sich mit den Konkubinen herumtreibt. Sie versteht sehr gut, dass die Konkubinen, genau wie die Tänzerinnen, von König Suddhodana zur Unterhaltung seines Sohnes bereitgestellt wurden. Sie selbst ist bewandert in den *Vierundachtzig Pfaden der Liebe*, so wie sie auch im Lautenspiel und in Astronomie bewandert ist, und sie zweifelt nicht an den sexuellen Genüssen, die sie ihrem Ehemann bereitet. Zu seinem Vergnügen färbt sie ihre Lippen manchmal mit rotem Lack, reibt ihren Körper mit einer Lotion aus gemahlenem Sandelholzstaub ein und drapiert Edelsteine auf ihrem Scheitel. Manchmal, wenn sie aus dem *Teich der Ewigen Jugend* steigt und ihr Haar glänzt wie schwarzes Sonnenlicht und ihre Hüften schimmern wie Flüsse, spürt sie, wie ihre Macht den Prinzen anzieht. Noch ist sie unglücklich, wenn er einsame Orte aufsucht und mit niemandem spricht. Yasodhara ist niemals einsam, denn sie ist umgeben von Dienstmädchen und Freunden, sie freut sich über ihren jungen Sohn und sie liebt das Leben der *Drei Paläste* – die Musik und den Tanz, die fahrenden Schausteller, die großen Bankette, die sportlichen Wettkämpfe, die Spaziergänge im Garten mit Lehrern und Philosophen, die ihr von der angemessenen Art zu Sprechen, dem angemessenen Benehmen und von den Himmelswelten erzählen. Auch sie überkommt manchmal der Wunsch nach Einsamkeit und Stille, nach dem Rückzug von einem Leben der Vergnügungen in die Kammer ihrer selbst, und daher versteht sie, dass Gautama sich manchmal von der Welt des Hofes und sogar von seiner eigenen Ehefrau abwenden muss, um mit seinen Gedanken allein sein zu können. Nichts von alldem macht sie unglücklich. Nein, Yasodhara, die glücklichste aller Frauen, ist nur dann unglücklich, wenn sie am glücklichsten ist: Wenn sie das Bett mit ihrem geliebten Ehemann teilt, ihm in die Augen blickt, während er sanft ihre Wange streichelt, sieht sie den Schatten in seinen Augen. Es ist der Schatten einer Trennung, der Schatten eines anderen Ortes. Sie spürt es in ihm, wenn sie Hand in Hand durch den *Garten des Glücks* spazieren, sie spürt es in ihm, wenn er, während er sanft ihr Gesicht berührt, nicht hier ist. Er ist hier, aber er ist nicht hier. Sie hört es in seinem Lachen, sieht es an der Haltung seiner wunderschönen Schultern. Wenn er in ihre Augen blickt und flüstert: »Ich liebe dich«, hört sie, tief unter seinen Worten, den Schrei eines Mannes, der allein in der Finsternis ist. Derart sind Yasodharas Sorgen.

Chandas Plan. Während Chanda zusieht, wie sich das Tor hinter seinem Freund schließt, in der Mauer, die den *See der Einsamkeit* umgibt, kommt ihm ein Bild in den Sinn: eine weinende junge Frau. Er versteht das Bild nicht, doch er verspürt eine ihm wohlbekannte Aufregung, denn auf diese Art sprechen seine Ideen zu ihm: als Bilder, die er nach und nach versteht. Er kehrt zum *Palast des Sommers* zurück, steigt in die unterirdischen Gänge hinab und ruft einen Wagenlenker, der ihn zum königlichen Palast bringen soll. König Suddhodana ist zur Jagd in den Wald aufgebrochen, Chanda ist gezwungen, in einer der Säulen gestützten Nischen im *Saal der Geduld* zu warten. Hier, unter dem Gemälde eines Kriegselefanten, an dessen Stoßzähnen Schwerter angebracht sind, enthüllt das Bild in seinem Kopf dessen Bedeutung. Später am selben Tag, als er neben dem König den *Saal der Privaten Audienzen* durchschreitet, bringt Chanda seinen Plan vor. Die fortwährenden Auszeiten des Prinzen, sein Verlangen nach Einsamkeit, seine Niedergeschlagenheit, seine Unzufriedenheit – was sei all das, wenn nicht ein Zeichen, dass er den Freuden der Welt überdrüssig werde? Nichts davon ist neu. Er hat derartige Themen bereits mit dem König besprochen. Neu ist die Intensität der Unzufriedenheit, das Gefühl, dass sich eine innere Krise anbahnt. Bisher war die Lösung immer, die alten Vergnügungen zu verstärken und für neue zu sorgen. Chanda erinnert den König an die jungen Konkubinen, die von Meistereunuchen in den *Vierundzwanzig Verbotenen Pfaden der Liebe* ausgebildet wurden, an das vor Kurzem errichtete Schattenpuppentheater im neuen Flügel des Palastes. Und immer sei das Ergebnis dasselbe gewesen: Seinen Freund zieht es zunächst wieder eine Zeit lang in die Welt der Vergnügungen, nur um sich danach, sobald der Ekel einsetzt, noch heftiger abzuwenden. Chandas neuer Plan berücksichtigt die Unzulänglichkeit des Vergnügens als Strategie, um den Prinzen an die Welt der Sinne zu binden. Sein Vorschlag ist, Gautama durch etwas anderes zu verführen – und zwar durch nichts Geringeres als das Un-Vergnügen, was so viel heißen soll wie: die Verlockungen der Traurigkeit. Es ist, wie er zugibt, eine gefährliche Vorgehensweise. Immerhin wird jedes Zeichen der Traurigkeit strengstens aus der Welt der *Drei Paläste* verbannt. Schon eine einzige Träne, die eine Konkubine vergießt, wird mit Verbannung bestraft. Ein Diener, der zu Boden stürzt, sich den Arm bricht und es verabsäumt zu lächeln, wird sofort aus dem Gefolge des Prinzen entfernt. Menschen, Pferde, Pfauen sterben niemals: sie verschwinden. Gautama wandelt durch eine Welt ohne Schmerz, ohne Leid. Genau aus diesem Grund ist Chanda überzeugt, dass ein Ort, welcher der Traurigkeit gewidmet ist, einen verlockenden Effekt auf den deprimierten Prinzen haben muss, der sich dazu hingezogen fühlen wird, wie andere Männer sich zu den Hüften einer Konkubine hingezogen fühlen, die sich gekonnt hinter durchsichtiger Seide räkelt. Wenn Seine Majestät in Seiner Weisheit gewillt wären, die Möglichkeit in Betracht zu ziehen – doch der König unterbricht ihn mit einer ungeduldigen Handbewegung und gibt seine Einwilligung. Er ist, wie er zugibt, mittlerweile so verzweifelt ob des Zustands seines Sohnes, dass seine eigene Traurigkeit wächst. Erst letzte Nacht, als er eine Tänzerin zum dritten Mal befriedigt hatte, ertappte er sich dabei, wie er plötzlich an seinen Sohn dachte, der sich in einer abgeschiedenen Laube von allem abkapselte. Im Blick des Mädchens, das in der erotischen Kunst bewandert war, blitzte Angst auf – die Angst von jemandem, der Bestrafung erwartet, weil er nicht ausreichend Vergnügen bereitet hatte. Der König beruhigte sie und kehrte in sein Schlafgemach zurück. Womöglich wird Chandas rätselhaftes Heilmittel mehr als einen Mann heilen.

Ein Familienspaziergang. Gautama, der mit seiner Ehefrau und seinem Sohn über einen Kiesweg geht, fragt sich, ob sein Sohn sich an diesen Moment erinnern werde: der morgendliche Spaziergang zu dritt, der pinke Kies, der im Sonnenlicht funkelt, die Schatten von Vater, Mutter und Sohn, die sich vor ihnen erstrecken und ineinanderfließen, als wären die drei einzelnen Menschen ein einziger bewegter Körper, der unterschiedliche Klang ihrer Schritte auf dem Pfad, der weiße Seidensonnenschirm der Mutter, der ihr Gesicht vor der Sonne schützt, aber manchmal verrutscht und einen glänzenden Streifen Haar und eine blutrote Akazienblüte entblößt. Gautama betrachtet seinen Sohn voll Stolz, bewundert Rahulas intelligente dunkle Augen, die Wangenknochen wie geschliffener Stein, den Rubin, der an seinem Ohr hängt. Er macht sich Vorwürfe: Er hat den Jungen fünf Tage lang nicht gesehen. Hier auf dem Weg spürt Gautama seine Vaterschaft. Er wendet sich seiner Ehefrau zu und blickt sie zärtlich an. Sie weicht zurück und senkt den Blick. Überrascht fragt er, ob etwas nicht stimme: »Nichts, mein Gebieter«, antwortet sie. »Ihr habt mich lediglich angesehen, als sagtet Ihr Lebewohl.«

Auf dem Balkon. Der Prinz steht auf dem Balkon in der oberen Etage des Nordwestflügels im *Sommerpalast* und blickt, die Hände auf dem Geländer, auf den weitläufigen Garten mit Blumenbeeten in Form von sechszackigen Sternen und Zierobstbäumen in Form von Schwänen und kleinen Elefanten. Am anderen Ende des Gartens steht eine niedrige Mauer, und auf der anderen Seite der Mauer zieht eine Prozession langsam in Richtung des *Waldes der Heiterkeit*. Er kann Elefanten sehen, deren Köpfe mit festlichen roten Streifen bemalt sind, Streitwagen hinter stolz trabenden weißen Pferden, zweirädrige, von Widdern gezogene Karren, auf denen sich Teile gelb, blau und orange bemalter Zedernholzgitter türmen. Gautama hat seinem Vater versprochen, den täglichen Prozessionen nicht nachzureiten, sich nicht einmal nach ihnen zu erkundigen, denn ihr Zweck sei geheim und werde sich ihm enthüllen, wenn es so weit sei. Obwohl er etwas verärgert ist, dass man ihn wie ein Kind behandelt, ist er auch äußerst zufrieden: Geheimhaltung und der damit verbundene Reiz haben ihm immer schon gefallen, dieses Gefühl, dass schon bald eine Offenbarung bevorsteht. Er erinnert sich an einen Tag in seiner Kindheit, als sein Vater ihm ein Geschenk gab, das in einer kleinen Elfenbeinschatulle mit einem Rand aus geschnitzten Tigern verborgen war. Er hatte die Schatulle lange in

Händen gehalten, während Gesichter auf ihn hinabblickten und Stimmen ihn drängten, den Deckel zu öffnen. Ganz offensichtlich sind die Gitter für eine große Einfriedung gedacht. Einige Arbeiter transportieren auf ihren zweirädrigen Karren lange polierte Säulen, die in der Sonne glänzen. Neben den Karren gehen junge Wanderarbeiter mit nacktem Oberkörper. Auch andere Wege führen zum *Wald der Heiterkeit*. Gautama ist sich bewusst, dass sein Interesse vorsätzlich geweckt wird. Er ist sich einer weiteren Sache bewusst: Sein Vater, Chanda und Yasodhara haben begonnen, sich ernsthaft Sorgen um ihn zu machen. Sie werfen ihm von der Seite fortwährend Blicke zu, verkneifen sich ängstliche Fragen, versuchen, aus ihm schlau zu werden. Er kann ihr besorgtes Schweigen wie eine Handberührung spüren. Ihre Fürsorge hat sein Interesse geweckt. Sollten sie besorgt sein? Jetzt versuchen sie, ihn mit einer geheimnisvollen Prozession aus seiner inneren Einkehr zu locken. Sie wollen ihn ablenken, seine Aufmerksamkeit fesseln. Er für seinen Teil wäre hocherfreut, wenn es ihnen gelänge. Manchmal ist er gelangweilt, gelangweilt von allem. Es ist eine Leere, die er nicht zu füllen vermag. In solchen Momenten langweilt ihn sogar sein innerer Schatten. Der Himmel langweilt ihn und die Erde langweilt ihn, und jeder Grashalm der Erde langweilt ihn, und jener zweirädrige Karren langweilt ihn, und seine Langeweile langweilt ihn, und das Wissen, dass seine Langeweile ihn langweilt, langweilt ihn. Während er die königliche Wache beobachtet, die auf einem mit Topasen und Smaragden geschmückten Elefanten sitzt, erinnert er sich daran, wie er den Deckel der Elfenbeinschatulle geöffnet hatte. Doch obwohl er seine Finger auf dem Elfenbeindeckel sehen kann, die Reihe geschnitzter Tiger und die Gesichter, die auf ihn hinabsehen, kann er sich aus irgendeinem Grund nicht daran erinnern, was darin gewesen war.

Annäherung an die *Gelbe Brücke*. Einige Tage später spaziert Gautama über den Weg im *Park der Sechs Brücken*. Er ist allein. Nicht weit von ihm entfernt sieht er die *Gelbe Brücke*, und als er sich seinen letzten Spaziergang mit Chanda in Erinnerung ruft, steigt Unbehagen in ihm auf. Er kann sich nicht vorwerfen, Chanda absichtlich aus dem Weg zu gehen, doch es ist wohl wahr, dass er die Gesellschaft seines Freundes nicht mehr so oft wie früher sucht. Diese Entfremdung verwirrt ihn. Die tiefe Freundschaft, die zwischen ihnen besteht, die unerschütterliche Verbundenheit, die Intimität, die stärker ist als Blut, die langen Nächte ihrer Jugendtage, in denen sie sich das Herz ausgeschüttet hatten – all das wirkt auf Gautama mit einem Mal erdrückend. Er will nicht neben einem Freund gehen, der ihm besorgte Blicke zuwirft, begierig auf Zeichen wartet und ihn so beobachtet, wie man ein Kind beobachten würde, das sich zu weit über eine Brüstung lehnt. Manchmal stammelt Chanda rätselhafte Halbfragen, die Anschuldigungen oder Geständnisse anzudeuten scheinen. Gautama weiß, dass er an dieser Situation teils selbst Schuld hat, denn in letzter Zeit nimmt er in sich eine Art nach innen gerichtete Verborgenheit wahr, die zwangsläufig die besorgte Beobachtung seines Freundes wecken muss, ganz zu schweigen von den verletzten Gefühlen nämlichen Freundes. Denn an wen konnte sich Gautama in seiner undurchsichtigen Not schließlich wenden, wenn nicht an Chanda? Doch Chandas akute Sorge beschränkt sich nicht auf bedeutsame Blicke und bohrende Äußerungen. Gautama kann unter diesen Blicken eine heftigere Unruhe wahrnehmen. Könnte es sein, dass Chanda etwas vor ihm verbarg? In letzter Zeit hat der Prinz mehrmals den seltsamen Eindruck, dass jemand ihn aus einem Versteck beobachtet, und er kommt nicht umhin zu denken, dass dieser unsichtbare Beobachter Chanda sein könnte. Als er die *Gelbe Brücke* betritt, wirft er hastig einen Blick auf den Weg hinter sich. Voll Selbstverachtung, voll Reue wendet er sich wieder der Brücke zu und blickt auf das klare Wasser, in dem er weißen Kies und roten Sand sehen kann.

Ein weißes Flackern. Chanda, der einen Weg im *Park der Sechs Brücken* entlanggeht, spürt die glatt getretene Erde unter seinen bloßen Füßen. Er geht so leise, dass er den Klang seiner eigenen Schritte auf dem Weg nicht hören kann. Manchmal hält er an, sein Körper angespannt, die Sinne wachsam. Manchmal wird er schneller. Er überquert die *Azurblaue Brücke* und geht weiter über einen Weg, dessen eine Seite an einen Teich mit Wildgänsen grenzt und die andere an ein Wäldchen mit blühenden Akazien. Manchmal, wenn der Weg eine Biegung macht, sieht er ein weißes Flackern, das verschwindet. Jetzt macht der Weg erneut eine Biegung. Chanda folgt ihr und hält an – er hält so abrupt an, als wäre er an eine geschlossene Tür gekommen. Er atmet nicht. Direkt vor ihm, auf der *Gelben Brücke*, steht Gautama in seinem strahlend weißen Dhoti mit Tuch und blickt auf den *Fluss der Glückseligkeit*. Chanda geht leise rückwärts. Er beobachtet, wie sich die Bäume durch die Wegbiegung nach und nach vor den Prinzen schieben, bis er verschwindet.

Die Leiter. Gautama überquert die *Gelbe Brücke* und schlendert über einen schattigen Pfad unter einem Blätterdach. Wäre er doch bloß ein Kieselstein in einem Fluss! Er versucht sich vorzustellen, ein Kieselstein in einem Fluss zu sein. Er ist kalt, weiß, rund, hart und reglos. Der Gedanke beruhigt ihn. Er fragt sich, ob es möglich sei, ein unzufriedener Kieselstein in einem Fluss zu sein. Er stellt sich einen Kieselstein in einem Fluss vor, der finstere Gedanken hat. Als der Weg nach rechts abbiegt, denkt er: Mein Verstand ist absurd. Ich bin absurd. Er folgt der Biegung und sieht eine schmale, hohe Leiter vor sich, die bis in die Äste eines Ashokabaumes reicht. Fast an der Spitze der Leiter steht ein hagerer Mann, dessen Gesicht teilweise von dunklen Blättern und blassorangefarbenen Blüten verdeckt ist. Es hat den Anschein, als würde der Mann ein Blatt auf einem Ast über seinem Kopf berühren. Auf Höhe seiner Knie hängt zu beiden Seiten der Leiter ein Korb aus Holz. Der Mann pflückt das Blatt vom Ast, lässt es in einen Korb fallen und zieht aus dem anderen ein anderes Blatt. Mit Nadel und Faden beginnt er sorgfältig, das zweite Blatt dort anzunähen, wo das erste Blatt gehangen hat. Er sieht nicht hinunter, als Gautama an die Leiter herantritt und ihn beobachtet.

Chanda setzt seinen Weg fort. Auf der *Gelben Brücke* hält Chanda einen Augenblick an, um auf den klaren Fluss hinunterzusehen. Er fragt sich, was Gautamas Aufmerksamkeit geweckt haben mag, dort unten, wo nur gleichmäßig fließendes Wasser, weißer Kies und roter Sand zu sehen sind. Sein Freund sieht andere Dinge, davon ist er überzeugt, doch sie sind in ihm. Chanda überquert die Brücke und geht auf einem halb sonnigen, halb schattigen Weg weiter, der sich unter einem Dach aus verflochtenen Ästen erstreckt. Er geht langsam, lauscht auf den möglichen Klang seiner nackten Fußsohlen auf der glatt getretenen Erde, doch er hört lediglich Vogelgezwitscher. Chanda hat sich selbst beigebracht, so leise zu gehen, dass er sich über einen Vogel beugen kann, der auf dem Boden pickt, und ihn mit den Händen hochnehmen kann. Während er geht, wirft er einen kurzen Blick über die Schulter, doch dort ist niemand. Ist es töricht, sich vorzustellen, dass der König ihn beschatten lässt? Immerhin lässt der König seinen eigenen Sohn beschatten. Vor ihm, wo der Weg abbiegt und sich seinem Blick entzieht, hört Chanda zwischen dem Vogelgezwitscher das Rattern ferner Wagenräder. Er folgt der Biegung des Weges und hält abrupt an. Gautama steht neben einer Leiter und starrt nach oben. Chanda hält inne, sieht sich schnell um und zieht sich zwischen die Bäume zurück. Der Klang der Wagenräder wird lauter.

Der Blattkünstler. Wenige Augenblicke später rattert ein zweirädriger Karren in Sichtweite. Er wird von einem jungen Mann mit bloßem Oberkörper gezogen, dessen knielanger weißer Lendenschurz ein Muster aus grünen Blättern ziert. Der Karren ist mit Blättern gefüllt, die von solch strahlendem Grün sind, dass sie nass erscheinen. Als er den Prinzen sieht, fällt der junge Mann auf die Knie und berührt mit der Stirn die Erde. Gautama heißt ihn aufstehen. Der junge Mann erklärt, er sei der Gehilfe des Blattkünstlers – er zeigt auf den Mann am oberen Ende der

Leiter –, der vom Parkaufseher damit beauftragt wurde, in seiner Werkstatt Blätter aus grüner Seide anzufertigen und alle Blätter im *Park der Sechs Brücken* zu ersetzen, die abzufallen drohen. Ein Bericht über ein heruntergefallenes Blatt hat große Aufregung verursacht. Jetzt geht der Blattkünstler von Baum zu Baum, inspiziert die Blätter und ersetzt schwache oder beschädigte durch robuste Blätter aus Seide. Gautama fragt, wie viele Blätter im Laufe eines einzigen Tages ersetzt würden. Der Gehilfe antwortet, er kenne keine genauen Zahlen, doch er könne sagen, dass es die dritte Wagenladung Seidenblätter sei, die er an diesem Nachmittag in den Park gebracht habe. Oben auf der Leiter blickt der Blattkünstler, der aus einer tranceähnlichen Konzentration erwacht ist, hinunter. Als er sieht, wer am Fuße der Leiter steht, dreht er sich zur Seite und verneigt sich tief, sehr tief – so tief, dass es einen Augenblick lang scheint, er würde von der Leiter und vor Gautamas Füße fallen. Langsam richtet er sich auf und wendet sich wieder seiner Arbeit zu.

Gautamas Knie. Gautama kehrt von seinem Spaziergang im *Park der Sechs Brücken* zurück, betritt seine Kammer und setzt sich auf eine Matte auf dem Boden. Der Nachmittag war nicht erfolgreich. Er ist sicher, dass man ihn verfolgt hat, doch er weiß nicht, warum ihm jemand folgen sollte, wenn er in einem seiner Parks spazieren geht. Es gibt vieles, was er nicht weiß. Er weiß nicht, warum ein Blatt von einem Baum fällt. Er weiß nicht, warum er ein Mann ist und kein Kieselstein in einem Fluss. Er weiß nicht, warum er unglücklich ist. Weiß er überhaupt etwas? Er betrachtet sein linkes Knie. Was weiß er? Er weiß nichts.

Weiß er überhaupt, ob er ein Knie hat? Ein Mann sollte wissen, ob er ein Knie hat oder nicht. Er fragt sich, warum er zu wissen glaubt, ein Knie zu haben. Er glaubt zu wissen, ein Knie zu haben, weil er eine bestimmte Form und Farbe wahrnimmt. Doch was, wenn seine Augen ihn in die Irre führen? Was, wenn er schläft? Angenommen er schließt die Augen und stellt sich ein Knie vor. Ist das Knie real? Ist das äußere Knie realer als das innere Knie? Wenn er die Augen öffnet, verschwindet das Knie aus seiner Vorstellung. Ist es möglich, dass er, wenn die Augen geöffnet sind, so wie jetzt, trotzdem nicht wach ist? Und wenn er aufwachen sollte? Es ist warm in seiner Kammer. Seine rechte Augenbraue juckt etwas.

Die *Insel der Verzweiflung*. Begleitet von mit purpurroten und weißen Blumen geschmückten Streitwagen, von mit Perlenketten behängten königlichen Elefanten, von Soldaten mit Speeren und Wachen mit Zeremonienschwertern, von Höflingen, Freunden, Musikern, Tänzerinnen und Gauklern, steht Gautama neben Chanda in dem fürstlichen Streitwagen, als der geheime Ort in ihrem Sichtfeld erscheint. Die gewaltige Gitterwand ist so hoch wie drei Elefanten. Am Torbogen angekommen, wendet er sich um, umarmt Chanda und blickt auf die Seidengewänder und die Schwerter zurück, die in der Sonne blitzen. Er steigt ab. Eine Wache öffnet die Tür, schließt sie hinter ihm. Gautama hat ein Reich des Zwielichts betreten. Schwarze Bäume mit schwarzen Blättern erheben sich zu beiden Seiten eines weißen Pfades. Vom Dach der weitläufigen Anlage hängen kugelförmige Laternen wie kleine Monde. Die Kugellichter scheinen auf die Stämme und Äste, die wie Steinblöcke wirken, die zu Bäumen geformt und mit schwarzem Lack bemalt worden sind. Hoch oben in den Ästen ertönt klagender Vogelgesang. Sind es geschnitzte Vögel, dort in der kunstvollen Dunkelheit? Das Licht der runden Laternen, die düsteren Steinbäume, das melancholische Vogelgezwitscher berühren Gautama und erfüllen ihn mit einer dumpfen, unbestimmten Aufregung. Er folgt dem Pfad an das Ufer eines schwarzen Sees, über den schwarze Schwäne gleiten. Unter den Schwänen kann er die anderen Schwäne sehen, die im ruhigen Wasser träumen. Inmitten des Sees befindet sich eine Insel. Als ein Schwan sich nähert, erkennt Gautama, dass es ein Boot in Form eines Schwans ist. Unter dem Schwanenboot zittert sachte ein anderes Schwanenboot. Ein Ruderer in einer schwarzen Robe heißt ihn an Bord kommen. Gautama sinkt in weiche Kissen, während die schwarzen Ruder sich heben und senken wie Flügel.

Chanda im Sonnenlicht. Als Chanda wieder den Streitwagen besteigt und in strahlendem Sonnenlicht die Zügel hält, denkt er mit besonderem Vergnügen an die sechshundert Vögel, die von Kunsthandwerkern geschnitzt und mit einem Mechanismus ausgestattet wurden, der sie traurige Vogelrufe hervorbringen lässt. Falls seine Kreation ebenso erfolgreich ist wie diese Vögel, werden drei Dinge geschehen: Sein Freund wird Glück finden, der König wird dankbar sein und das Leben in den *Drei Palästen* kann für immer ungestört weitergehen. Chanda spürt die Sonne auf der nackten Brust, die warme Brise auf den Schultern. Er atmet tief ein. Er kann das Leben in sich lodern spüren wie

eine innere Sonne. In seiner Nase stechende Gerüche der
Natur. In seinen Armen der Widerstand der Zügel. Leben,
atmen, mit Freunden lachen! Ohne bestimmten Grund
lacht Chanda in der Sonne laut auf.

Der *Schwarze Pavillon*. In der Dämmerung der eingezäunten Anlage steuert der Ruderer den schwarzen Schwan
an das Ufer der Insel. Unter dem Schwanenkopf zieht der
andere Ruderer die Ruder ein. Der Prinz steigt aus dem
Schwanenkörper in den weißen Sand. Er funkelt unter den
Mondkugeln. Vor ihm sieht er ein halbes Dutzend abge-
bröckelter Säulen, die die einzigen Überreste eines Palast-
hofes zu sein scheinen. Niemals zuvor hat er abgebröckelte
Säulen gesehen, und als er zwischen ihnen hindurchgeht,
erfüllt ihn ein sanfter, süßer Kummer. Hinter den seltsamen Säulen kommt er zu einer hohen Mauer aus Zedernholz. Der Eingang ist mit einem schwarzen Seidenvorhang
verhängt, hinter dem er den weichen, dunklen Klang einer
Flöte hört. Gautama schiebt den Vorhang beiseite und betritt eine von hohen Bäumen umgebene Lichtung. Auf der
Lichtung steht ein großer schwarzer Pavillon, dessen Vor-
dach von Pfosten gestützt wird. Aus dem Pavillon ertönt
eine Flötenmelodie, die ansteigt und langsam abfällt, höher
ansteigt und langsam abfällt. Die Töne werden von Klän-
gen begleitet, die er noch nie zuvor gehört hat, Klänge, die
ihn an Wind in Blättern, an Wasser in fernen Springbrunnen erinnern. Leise geht er weiter, als lockten ihn flüsternde
Stimmen vorwärts. Er betritt den Pavillon. Junge Frauen,
die in durchscheinende schwarze Seide gehüllt sind, liegen
matt auf Sofas, das Gesicht abgewandt. Andere sitzen auf

Kissen auf dem Boden, mit hängenden Schultern, die Wangen auf die Hände gestützt. Wiederum andere gehen langsam mit gesenktem Kopf umher. Alle Frauen atmen tief ein und stoßen lange Seufzer aus. Die vermischten Seufzer erzeugen den Klang einer trauervollen Brise. Schwarze Edelsteine schmücken ihre Hälse und Handgelenke. Schwarze Blumen zittern in ihrem Haar. Zwischen den Seufzern kann er andere leise Klänge wahrnehmen: kurzes, schnaubendes Atmen, leise, hohe, kehlige Laute. Woher stammen diese Klänge? Langsam bewegt sich Gautama in der laternenbeleuchteten Dunkelheit vorwärts. Von irgendwoher ertönen die ansteigenden und abfallenden Klänge einer eindringlichen Flöte. Eine junge Frau, beinahe ein Mädchen, liegt seitlich auf einigen Kissen auf dem Boden. Mit großen Augen starrt sie ins Leere. Ihr Körper ist teilweise unter den Kissen begraben, ihre Wange ruht auf einem ausgestreckten Arm, ein Handgelenk liegt träge auf ihrer gewölbten Hüfte. Als er sich nähert, bemerkt er überrascht, dass ihre Augen zu schimmern beginnen. Tränen laufen über ihr Gesicht. Gautama spürt eine Wärme in der Brust. Eine sanfte Verwirrung überkommt ihn, als er neben ihr auf die Knie sinkt und ihre schlaffe Hand in die seinen nimmt.

Chanda erhält einen Bericht. Zwei Tage und zwei Nächte lang observieren speziell ausgebildete Wachen, die sich im nahe gelegenen Wald verbergen, den Torborgen in der Gitterwand und senden Chanda Berichte, dass alles in Ordnung sei. Am dritten Morgen, als ein Bote verkündet, es gebe noch immer kein Zeichen vom Prinzen, kann Chanda seine Freude nicht länger unterdrücken. Gautama hat beschlossen, in der Anlage zu bleiben. Das melancholische Licht, der *See der Traurigkeit*, die *Insel der Verzweiflung*, der *Pavillon der Klagenden Frauen* haben ihn in ihren Bann gezogen. Am fünften Tag besucht Chanda den König, der ihn mit einer Silbertruhe voll Edelsteinen belohnt. Am siebenten Tag bemerkt Chanda ein leichtes Unbehagen. Der Plan funktioniert nicht nur gut, sondern außerordentlich gut – weit besser, als er es zu träumen gewagt hätte. Nur weiß Chanda, dass das Leben die eigenen Träume in der Regel aber nicht übertrifft. Er beruhigt sich selbst: Das Verlangen seines Freundes nach melancholischen Schauplätzen, das Verschwinden in die dunklen Freuden von Tränen und Seufzern ist genau, was Chanda vorhergesehen hat. Sein Fehler war es, die Intensität der Sehnsucht Gautamas zu unterschätzen. Am Ende des neunten Tages kann Chanda nicht mehr schlafen. Ist dem Prinzen etwas zugestoßen? Er instruiert die Beobachter, über den Ruderer, der im Sold des Königs steht, Erkundigungen einzuholen. Besorgt erwartet er den Bericht. Möglicherweise steht Gautama so stark unter dem Bann des Kummers, dass es ihn nicht länger nach den Freuden der Sonne verlangt. Oder er ist krank geworden und zu schwach, um zurückzukehren. Doch Gautama ist noch nie in seinem Leben krank gewesen. Selbst nach Nächten der Ausschweifungen, nach denen die meisten Männer schwach und erschöpft sind, zeigt er kaum Zeichen der Ermüdung. Könnte es etwas anderes sein? Sind die Frauen im Pavillon, die von ihm selbst und einem der treuesten Berater des Königs ausgewählt wurden, vollkommen vertrauenswürdig? Ist der Prinz in Gefahr? Chanda versinkt so tief in sorgenvolle Meditation, dass er überrascht aufschreckt, als er bemerkt, dass einer der drei Nachtwachen geduldig in der Tür zu seiner Kammer wartet.

Der Bericht der Nachtwache. Chanda gibt ihm ein Zeichen hereinzukommen. Die Geschichte ist schnell erzählt. Die Nachtwache hat soeben mit dem Ruderer gesprochen, der dem *Pavillon der Klagenden Frauen* wie befohlen einen Besuch abstattete. Die Frauen sollen dem Ruderer berichtet haben, dass der Prinz zwei Tage und zwei Nächte bei ihnen verbracht habe. In der zeitlosen Dunkelheit habe er freundlich mit ihnen gesprochen und ihre Tränen getrocknet. Am dritten Morgen, als die mechanischen Vögel ihr Lied anstimmten, bemerkten die Frauen, dass der Prinz nicht mehr da war. Er war verschwunden, wie ein Gott. Der See ist groß, die Wände hoch und mit einem Gitterdach bedeckt. Wo ist Gautama? Als der Ruderer von der Insel wegfuhr, konnte er die Frauen, die die Rolle der Klagenden zuvor nur gespielt hatten, aufrichtig weinen hören. Chanda hört nicht mehr zu. Er starrt auf seine Hand, die zu zittern begonnen hat. Noch nie hat er eine zitternde Hand gesehen, und er ist so fasziniert, dass er, als er wieder hochsieht, verblüfft feststellt, dass die Nachtwache noch immer vor ihm steht und seine Befehle erwartet.

Chandas Ermittlungen. Chanda steigt aus dem hölzernen Schwan, befiehlt dem Ruderer zu warten und geht über den mondweißen Sand und durch den verfallenen Hof zu der Zedernholzwand mit dem schwarzen Seidenvorhang. Er schreitet durch den Vorhang auf die Lichtung, und als er sich dem *Pavillon der Klagenden Frauen* nähert, hört er laute Stimmen. Im Inneren erwartet ihn ein unschöner Anblick. Frauengruppen zanken und schreien, gestikulieren wie wild. Andere Frauen sitzen mürrisch abseits. Ihre Seidengewänder sind zerknittert, ihre Gesichter beschmutzt, ihr Haar wirr. Als Chanda eintritt, wird es still. Er befragt die Frauen eindringlich, und die Antwort ist immer dieselbe: Der Prinz ist verschwunden, wie ein Gott. Sie berichten von seiner Güte, der Milde seiner Augen, der Sanftheit seiner Stimme. Chanda kann nichts in Erfahrung bringen. Er verlässt den Pavillon und geht zwischen den Bäumen hindurch zum Ufer. Schnell schreitet er die Insel ab. Gautama könnte durch das Wasser an das andere Ufer geschwommen sein, doch es führt nur ein einziger Durchgang nach draußen, und dieser wird ununterbrochen von disziplinierten Wächtern beobachtet, drei bei Tag und drei bei Nacht. Als Chanda zu dem bemalten Schwan zurückkehrt, überdenkt er alle Möglichkeiten. Die Mädchen, die angewiesen wurden, Gautama zu täuschen, täuschen Chanda; der Prinz hatte sie schwören lassen, das Geheimnis seiner Flucht zu wahren. Es könnte auch sein, dass sie die Wahrheit sagen und der Ruderer derjenige ist, der ihn hintergeht. Chanda stellt sich vor, wie der finstere Ruderer Gautama heimlich über den See bringt, die Tür in der Gitterwand öffnet, die verborgenen Wächter geschickt ablenkt, während der Prinz sich unbemerkt davonmacht. Falls die Mädchen und der Ruderer die Wahrheit sagen, schlugen sich womöglich ein oder zwei oder alle drei Nachtwachen auf die Seite des Prinzen und taten sich für sein Verschwinden zusammen. Falls jeder vertrauenswürdig ist, dann ist Gautamas Verschwinden ein verblüffendes und besorgniserregendes Mysterium. Er könnte am Grunde des *Sees der Traurigkeit* liegen, wer weiß das schon. Wieder im *Palast des Sommers*, versammelt Chanda eintausend Wachen, Krieger und Bedienstete im *Hof der Ewigen Jugend*. Er entsendet vierhundert Männer zu den *Vierhundert Lauben*. Er entsendet zweihundert Männer zu den *Zweihundert Seen und Teichen*, dreihundert Männer zu den Palastwäldern und Feldern, fünfzig Männer in die *Fünfzig Gärten* und fünfzig Männer zur *Insel der Verzweiflung*. Unruhig wartet Chanda in seiner Kammer. Er weiß, dass es seine Pflicht wäre, sofort zum königlichen Palast zu gehen und den König in Kenntnis zu setzen, doch er hält es für unverantwortlich, auch nur einen kurzen Moment abwesend zu sein, solange die Suche andauert. Ihm ist völlig klar, dass sein lobenswertes Verantwortungsbewusstsein lediglich dem Wunsch entspringt, dem König die bestürzende Nachricht vom Verschwinden seines Sohnes vorzuenthalten. Chanda geht im Hof auf und ab. Er kehrt in seine Kammer zurück. Er schreitet zwischen der Kleidertruhe und der Laute, die an der gegenüberliegenden Wand hängt, hin und her. Er legt sich hin, einen Arm über die Augen gelegt. Er setzt sich auf, er legt sich hin. Bei Sonnenuntergang erscheint ein Diener an der Tür. Er berichtet, einer der Verwalter denke, das Tor in der *Laube der Stillen Freuden* womöglich knarzen gehört zu haben. Der Diener hat die Laube soeben gründlich durchsucht, jedoch nichts gefunden. Chanda, der den Blick kurz gesenkt hat, um sich auf die Bedeutung des Berichts zu konzentrieren, sieht ungeduldig hoch. Hinter dem Diener, in der Tür, steht Gautama. »Falls du beschäftigt bist«, setzt Gautama an. Der Diener dreht sich überrascht um. Chanda erhebt sich, um seinen Freund zu umarmen.

Gautamas Geschichte. Nachdem der Diener gegangen ist, setzt sich Gautama im Schneidersitz auf die Reismatte, und nachdem er sich bei seinem Freund herzlich für die Freuden in der *Leiderfüllten Anlage* bedankt hat, erzählt er seine Geschichte. Er erkannte Chandas Einfallsreichtum überall wieder: die Steinbäume mit den schwarzen Blättern, die kugelförmigen Laternen, die wie kleine Monde hinabhingen, das elegante Schwanenboot, die Frauen, die in ansprechenden Szenen der Trauer arrangiert waren. Und sein Herz war berührt, nicht nur wegen der Umsicht seines Freundes, sondern von den Frauen selbst. Es schien ihm, als würden sie eine Rolle spielen, was ihm als Liebhaber von Theaterstücken gefiel, doch schon bald spürte er, dass die trauervolle Haltung in ihnen echtes Leid freigesetzt hatte, das in ihren Herzen begraben gewesen war. Er, ein Mann, der in seinem Inneren die eigene Finsternis mit sich herumtrug, sprach mit ihnen über die Verwirrungen des Lebens, über den Schatten, den das Sonnenlicht hervorbringt. Das Ergebnis war wunderlich: Tränen, die kunstvoll gewesen waren, verwandelten sich schnell in leidenschaftliche Tränen, sie flossen über Wangen und benetzten die durchscheinenden Seidengewänder, die an den jungen Brüsten klebten, so perfekt geformt, als wären sie das Werk eines Bildhauermeisters. Er ging von Mädchen zu Mädchen, bis der Pavillon ein großer Saal des Wehklagens war, eine musikalische Komposition aus Schluchzen und Seufzen. Die Tränen, die er hervorzurufen vermochte, konnte er auch trocknen. In der zweiten Nacht waren die Mädchen ruhig, und tatsächlich saß ihr Leid, wenngleich es aufrichtig war, nicht tief, denn unter den Anflügen von Kummer lag das weite Land jugendlicher Fröhlichkeit. Da seine Arbeit getan war, verließ er sie bereits in der zweiten Nacht. Alle Frauen schliefen friedlich, die Stirn glatt und kindlich. Aus Rücksicht auf den Ruderer, der den Auftrag haben könnte, über seine Aktivitäten Bericht zu erstatten, ging Gautama zum gegenüberliegenden Ufer der Insel. Der See war weit und das Wasser tief, doch König Suddhodanas Sohn war in der Schwimmkunst gut ausgebildet. Er legte sein Seidengewand ab, wickelte es wie einen Turban um den Kopf und schwamm auf die andere Seite. Ein Pfad führte zu der robusten Gitterwand. Nackt, bis auf den Seidenturban, kletterte er flink empor. Das gewaltige Gitterdach, das von verflochtenen Ranken bedeckt war, wurde in der ganzen Anlage durch Zedernholzsäulen gestützt, die als Bäume getarnt waren. Die überstehenden Ränder des Daches hatte man so positioniert, dass die horizontalen Bretter zwischen den vertikalen Leisten auf der Gitterwand auflagen. Gautama drückte das rankenüberzogene Dach am Rand hoch, kletterte über die Wand und ließ es zurücksinken. Er kletterte die Außenseite der Wand hinab, indem er seine Zehen in die Lücken des Gitters steckte. Unten angekommen, nahm er den Seidenturban ab. Er kleidete sich an und ging auf vertrauten Pfaden weiter. Über ihm war der Mond so vollkommen rund und so strahlend weiß, dass er sich fragte, ob auch er ein weiterer künstlicher Mond sei, den der Gehilfe eines Kunsthandwerkers in den Himmel gehängt hatte. Er ging über gewundene Wege, durch wohlbekannte Wälder und Parks, bis er zur *Laube der Stillen Freuden* gelangte. Sieben Tage und sieben Nächte lang saß er neben dem Springbrunnen unter einem rot blühenden Kimshuka-Baum. Sieben Tage und sieben Nächte lang dachte er über sein Leben nach. Am Morgen des achten Tages erhob er sich und machte sich auf, seinen Freund zu besuchen, dem er von seinen Abenteuern erzählen und seine Entscheidung verkünden wollte. Doch warum macht Chanda ein besorgtes Gesicht? Kann er in das Herz seines Freundes hineinsehen?

Vater und Sohn. Im *Saal der Privaten Audienzen* hört
König Suddhodana bestürzt und aufmerksam zu, als sein
Sohn ihm erklärt, dass die Zeit gekommen sei. Die Zeit sei
gekommen, die Welt der *Drei Paläste* zu verlassen und seinen Platz in der großen, weiten Welt zu suchen. Der Weg,
den er suche, sei ins Innere gerichtet. Er habe kurze Blicke
darauf erhascht, Ahnungen, hier in der Welt seines Vaters,
doch er sei fortwährend abgelenkt durch die Dinge, die ihm
das meiste Vergnügen bereiten. Außerdem mache er genau
jene Menschen unglücklich, denen er nichts als Glück wünsche, nämlich seinen Vater, seine Frau und seinen Freund.
Aus diesem Grund erbitte er die Erlaubnis, in die Welt hi-
nauszugehen, um das zu suchen, was er hier nicht finden
könne: sich selbst. Im Zuhören wird dem König klar, dass
er mit äußerster Vorsicht antworten müsse. Natürlich, er
könnte seine Erlaubnis schlichtweg verweigern. Sein Sohn
rühmt sich seines Gehorsams. Doch Gautama ist ruhelos,
er würde gehorchen, aber widerwillig. Der König will keinen unruhigen, rebellischen Gehorsam, sondern eine freu-
dige Akzeptanz der väterlichen Wünsche. »Bist du nicht
glücklich?«, fragt er seinen Sohn. Der Prinz antwortet, er
sei der glücklichste Mann der Welt, mit einer Ausnahme.
»Und was ist diese Ausnahme?« »Es ist so: Mein Glück ist
eine Sonne, die einen inneren Schatten wirft.« Der König,
verärgert, dass sein Sohn in Rätseln zu ihm spricht, unter-
drückt seinen Zorn. Da soll ein Mann ein mächtiges Königreich erben und spricht von Schatten. Doch der König
weiß, dass er seinen Sohn verliert. Ein Schatten verdunkelt
sein eigenes Herz. Er antwortet, es sei unverantwortlich von
ihm, seinem geliebten Sohn die Erlaubnis zu erteilen, sich
von dem Königreich, das er erben soll, abzuwenden. Doch

sobald der Vater nicht länger in der Lage sei zu regieren und die Krone an seinen Sohn übergehe, dürfe jener nach eigenem Ermessen handeln, da dann niemand mehr über ihm stehe. Der König ist überrascht, Tränen auf seinem Gesicht zu spüren. Seine Tränen lassen ihn erbeben und er wendet sich von seinem Sohn ab, während er weint.

Gautama beobachtet ein Tor. Gautama sitzt am Ufer des *Sees der Einsamkeit*, wo einst der Schwan wie im Traum zu ihm gesprochen hat. Jetzt gleitet der Schwan lautlos über das stille Wasser. Er kann sich seinem Vater nicht widersetzen. Er wird ihm auf den Thron folgen. Er wird benachbarte Königreiche erobern. Er wird gnadenlos kämpfen. Seine innere Rastlosigkeit wird ihn von einem Sieg zum nächsten führen, bis es keine Siege mehr geben kann, weil all seine Feinde unterjocht oder tot sind. Die Welt wird ihm gehören. König Siddharta Gautama! Herr über Himmel und Erde. Ungeduld macht sich in ihm breit, während er die Schwäne unter den Schwänen im dunklen Wasser beobachtet. Weshalb tun sie nichts? Weshalb sind sie einfach nur da? Weshalb reißen sie sich nicht los, um in unbekannte Gefilde zu fliegen? Es gibt keinen Platz für ihn. Er will laufen, schreien, in seinem Streitwagen fahren, einen Speer nach der Sonne werfen. Er will – ach, was will er? Er will sein Inneres mit einem Schwert herausreißen. Er will seinen Kopf abschneiden und seinem Vater überreichen. Hier, Vater: Ich kann Euch nicht gehorchen. Gereizt erhebt er sich und geht auf das Tor in der Mauer zu. Draußen geht er einen schattigen Weg entlang. Zum einen, weil er den Gedanken nicht ertragen kann, in seine Kammer zurückzukehren, wo ihn nichts anderes erwartet als seine eigenen missmutigen Gedanken, zum anderen aus Gründen, die sich ihm entziehen, verlässt er den Pfad und betritt das Dickicht. Wie ein Junge, der in den Wäldern spielt, greift er nach einem starken Ast und zieht sich hoch in die Baumkrone eines Seidenbaumes. Er klettert auf den Ast über ihm und setzt sich, ein flügelloser Vogel. Durch die Blätter kann er den Pfad sehen, eine Mauer und ein Tor in der Mauer. Langsam öffnet sich das Tor. Eine königliche Wache betritt den Weg. Er sieht sich um, wendet sich dem geöffneten Tor zu und gibt ein Zeichen. Chanda kommt hervor. Gautama sieht zu, wie sie den Pfad entlanggehen, leise miteinander sprechen und langsam aus seinem Blickfeld verschwinden.

Das Lachen. Hoch im Baum lacht Gautama. Es ist ein Lachen, das er nie zuvor gehört hat, und obwohl es ihn beunruhigt, bemerkt er, dass er nicht aufhören kann. Gautama kennt viele Arten von Lachen, denn in der Welt der *Drei Paläste* regiert die Fröhlichkeit. Es gibt das ausgelassene Lachen der Konkubinen, wenn sie im *Brunnen der Träume* plantschen, das scherzhafte Lachen von Freunden, die nach einem Wettrennen rasten, das sanfte Lachen Yasodharas, wenn sie dem Bericht seiner kleinen, alltäglichen Abenteuer lauscht. Es gibt das geistreiche Lachen nobler Damen, das stürmische Lachen der Wachen, wenn sie im Hof die Elfenbeinwürfel werfen. Doch das Lachen, das aus Gautama strömt, während er in den Ästen eines Seidenbaumes liegt, das Lachen, das aus ihm herausströmt wie ein Vogelschwarm, das Lachen, das seine Rippen schmerzen lässt, seine Kehle versengt und das nicht aufhört, obwohl er möchte, dass es aufhört, ist nicht wie das Lachen in den *Drei Palästen*, und Gautama, den man gelehrt hatte, eine Sache von einer anderen zu unterscheiden, die ihr in jedem Aspekt bis auf einen gleicht, versucht noch im Lachen den Unterschied zu erkennen. Und während er weiterlacht, immer stärker, wird ihm klar, was sein Lachen von jenem Lachen, das er kennt – dem Lachen der Sonne, dem Lachen des Sommermondes – unterscheidet: Es ist kein glückliches Lachen.

Das Werk eines Meisters. Die Werkstatt des Blattkünstlers liegt im Nordostflügel des *Sommerpalastes*, wo die Handwerker einquartiert sind, unweit vom Quartier der Musiker. Am späten Nachmittag stattet der Prinz dem Meister einen Besuch ab. Nach ihrem Gespräch flanieren die beiden Männer durch den *Garten der Kunsthandwerker*, wo der Blattkünstler ihm die Seidenblätter auf den Sandsteinbäumen und den Hecken aus geschnitztem Zedernholz zeigt, die bemalten Vögel in den Ästen, einen Teich mit künstlichen Schwänen und am Fuße eines Wacholderstrauchs mit naturgetreuen Blumen eine Steinkatze, die auf der Seite schläft. Gautama ist voller Hoffnung, als er durch den Garten geht, denn der Meister hat ihm versprochen, sich sofort an die Arbeit zu machen. Vier Tage später übergibt ein Bote Gautama eine hölzerne Schreibtafel, auf der eine Botschaft steht. Er soll den Blattkünstler bei Einbruch der Nacht am *Pavillon der Tiefsten Friedlichkeit* treffen, in den Wäldern, die an den südlichen Wall grenzen. Gautama taucht eine Schwanenfeder in ein Tuschefass, schreibt auf die Tafel und gibt sie dem Boten zurück. Bei Sonnenuntergang geht

Gautama durch Parks und Gärten, betritt eine Laube und
steigt über eine Treppe in einen moosbewachsenen Tunnel hinab. Er steigt eine zweite Treppe hinauf, gelangt am
Rande eines Waldes an die Oberfläche und geht zwischen
dunkler werdenden Bäumen hindurch. In den Lücken zwischen schwarzen und violetten Ästen sieht er den Nachthimmel. Der Himmel ist so strahlend blau, so schimmernd
dunkelblau, dass er von innen heraus zu glühen scheint.
Der Mond ist ein weißer Schwan in einem blauen See. Vor
sich sieht Gautama einen zarten Schimmer. Einen Augenblick später schreitet er durch einen Seidenvorhang und
betritt den *Pavillon der Tiefsten Friedlichkeit*. Ein Schatten
steht vor einem Diwan. Gautama begrüßt den Blattkünstler, der sich in einem Streifen Mondlicht hinabbeugt, um
zwei Bündel zu seinen Füßen zu öffnen. Die großen Flügel
sind aus weißen Schwanenfedern gewebt und schimmern
im Licht des Mondes wie weiße Pferde.

Flucht. Der Blattkünstler hebt einen Flügel hoch und befestigt ihn mit Seidenbändern an Gautamas linkem Arm.
Er hebt den zweiten Flügel hoch und befestigt ihn an Gautamas rechtem Arm. Die Flügel sind schwerer, als Gautama erwartet hat, und als er seine Arme langsam vor und
zurück bewegt, scheint es ihm, als bewegte er seine Arme
in tiefem Wasser. Er folgt dem Meister aus dem Pavillon
in die Dunkelheit des Waldes. Auf schattigen Baumstäm-
men, die dicker als die Beine eines Elefanten sind, sieht
er mondbeleuchtete, moosige Flecken. Er spürt, wie ein
Flügel an der Rinde streift und drückt die Arme fest an
seine Seite. In einem hellen Streifen Mondlicht leuchtet

die Kante eines dunklen Flügels wie weißes Feuer. Die Bäume verschwinden. Auf der strahlenden Lichtung sieht er seinen langen, ausgestreckten Schatten. Die Ränder des Schattens reißen auf: Dunkle Schattenflügel breiten sich aus. Der Meister führt ihn über die Lichtung, die sich auf einer Seite zu einem steilen Hügel erhebt. An der Kuppe des Hügels überprüft der Meister die Flügel, zieht an den Federn, zurrt die Seidenbänder enger. Er wiederholt die Anleitung. Gautama blickt auf die Lichtung hinab, auf die dahinterliegenden Wälder, auf die dunkle Wehrmauer, die sich hoch über die Welt erhebt. Er schwingt seine Schwanenarme vor und zurück. Er denkt: Ich bin der Schwan der Nacht. Der Meister nickt bedeutsam. Gautama läuft den Hügel hinab, auf die Lichtung zu, hebt und senkt die Flügel. Gewaltige Bäume erheben sich zu beiden Seiten. Er fühlt sich wie ein Kind, wie ein Narr. Die schwerfälligen Flügel halten ihn zurück, er kann den Boden fest unter seinen Füßen spüren. Er erinnert sich an einen Nachmittag in seiner Kindheit, an dem er beobachtete, wie ein großer Vogel sich langsam von einem See in die Luft schwang. Seine Füße werden den Kontakt zur Erde nie verlieren. Er läuft, läuft. Etwas stimmt nicht. Die Bäume versinken. Versinken die Bäume? Er kann den Pfad unter seinen Füßen nicht mehr spüren. Die großen Flügel heben ihn höher. Er ist über der Lichtung, über den Bäumen. Vor ihm erhebt sich die Wehrmauer. Er ist ein Schwanengott, er ist der Fürst des Nachthimmels, Prinz der Sterne. Er spürt das Blut in seinen Flügeln pulsieren, während er höher und höher auf die Mauerkrone zufliegt.

Yasodharas Traum. Yasodhara träumt, durch einen sonnigen Hof zu gehen. Auf der anderen Seite des Hofes sieht sie ihren Ehemann, der allein ist. Sie ruft ihn. Er lächelt sein jungenhaftes, einnehmendes Lächeln und geht auf sie zu. Die Sonne, die auf sein Gesicht und seine Arme scheint, erfüllt sie mit Wärme, als brächte er ihr das Licht der Sonne. Auf halbem Weg zwischen ihnen bemerkt sie, im Gras des Hofes, einen weißen Gegenstand. Als Gautama ihn erreicht, beugt er sich hinab und hebt ihn auf. Er hält ihn in Händen, als sie an ihn herantritt. Sie sieht, dass es eine weiße Schale ist. Er hält die Schale in beiden Händen, starrt sie an, als erwartete er, sie würde zu ihm sprechen. Sie steht neben ihm, wartet, dass er sie ansieht. »Mein Gebieter«, sagt sie, doch er hört sie nicht. Sie zupft an seinem Arm, doch er bemerkt sie nicht. Erschöpft fällt sie auf die Knie und schmiegt den Kopf an sein Bein.

Die andere Seite. Unter sich sieht Gautama die mondbeschienenen Baumwipfel, die Lichtung und den kleinen Meister auf dem Hügel. Vor ihm erhebt sich die mächtige Wehrmauer. Auf der mondbeschienenen Mauer sieht er die gigantischen Schatten seiner sich hebenden und senkenden Flügel. Er stellt sich vor, dass die Flügelschatten höher und höher steigen, bis sie die Mauerkrone erreichen und plötzlich verschwinden. Und dann? Was liegt auf der anderen Seite? Gautama erinnert sich an die Ausfahrt mit dem Streitwagen, die er als Junge mit seinem Vater gemacht hatte: »Nichts ist dort. Alles ist hier.« Er erinnert sich an philosophische Rätsel, die ihm seine Lehrer stellten. Wenn man eine Linie um alles zieht, was liegt dann auf der anderen Seite? Wenn man keine Linie um alles zieht, hat es dann kein Ende? Jetzt ist er fast an der Grenze der bekannten Welt. Und dahinter? Die Schwanenflügel sind schwer, doch Gautama ist stark. Als er sich der Mauerkrone nähert, hört er ein Geräusch, ein Rattern oder dumpfes Grollen. Er entdeckt eine schmale Öffnung über ihm, die nahe der oberen Kante entlang der Mauer verläuft. Aus der Öffnung taucht ein breites, feinmaschiges Netz auf, das sich zwischen zwei horizontalen Stäben spannt. Unter ihm taucht aus der Mauer ein zweites Netz auf. Das obere Netz fällt nach unten und verstrickt sich in seinen Flügeln. Er flattert vergebens, während er in das untere Netz fällt. Langsam, gefangen in einem Kokon aus Netzen, sinkt er in die Bäume hinab.

Chanda denkt nach. Als die Netze Gautama einhüllen und ihn nach und nach auf den Boden hinablassen, sieht Chanda von einem hohen Ast, auf dem er sich versteckt hat, zu. Er beobachtet, wie der Blattkünstler den Hügel hinabeilt, über die Lichtung und in den Wald, um dem gefallenen Prinzen zu helfen. Nachdem Chanda sich überzeugt hat, dass sein Freund unverletzt ist, kehrt er in den *Palast des Sommers* zurück und entsendet einen Boten zum König, der, wie Chanda genau weiß, das gesamte Unterfangen aufmerksam verfolgt hat. Unmittelbar nach Gautamas erstem Besuch im Quartier der Kunsthandwerker gab es regelmäßige Treffen zwischen dem Blattkünstler und dem König. In Chandas Anwesenheit instruierte der König den Meister, die Schwanenflügel anzufertigen. Am nächsten Tag befahl er einer königlichen Wache, in die Hohlgänge der Wehrmauer einzudringen, die Treppe im Inneren hochzusteigen, um die beiden verborgenen Netzmechanismen zu bedienen, die vor vielen Jahren eingerichtet worden waren, um Invasoren aus fernen Ländern abzuwehren. Chanda hatte eine schlaflose Nacht. Am Morgen geht er in den *Park der Sechs Brücken* und setzt sich unter einen Akazienbaum neben einem Fluss. Welche Sorte Mann ist aus ihm geworden? Er hat sich selbst immer als treuen Freund gesehen, der besorgt über Gautamas Glück wacht. Und doch kommt er in letzter Zeit nicht umhin, sich lediglich als Werkzeug für das Unglück seines Freundes zu sehen, als Verräter und Spion, der niemand anderem als dem König dient. Es stimmt, dass der König seinen Sohn aufrichtig liebt und ihm nichts wichtiger ist als dessen Glück, solange sich das Glück auf die Welt und deren Freuden bezieht. Doch Gautama kann sich diesen Freuden nicht länger hingeben. Oder ist es eher so, dass die kleine Welt der *Drei Paläste* nicht länger groß genug für den rastlosen Sohn eines mächtigen Königs ist? Chanda sieht wieder die großen Flügel vor sich, die gegen das Netz ankämpfen, und wendet seinen inneren Blick ab. Die Welt innerhalb der Welt ist zu klein für einen Mann mit einem rastlosen Herzen. Er muss auf die andere Seite der Wehrmauer gelangen, er muss sich der weiten Welt in all ihrem Glanz stellen. Natürlich: die andere Seite. Es gilt keine Zeit zu verlieren.

Mattigkeit. Gautama spricht mit niemandem über sein nächtliches Abenteuer, das ihm bald kaum mehr zu sein scheint als ein Sommertraum. Wie unwahrscheinlich war es schließlich, dass er sich wie ein großer Vogel über die

Bäume zur Mauerkrone aufgeschwungen hatte, in einer Sommernacht, in der der Mond ein weißer Schwan in einem blauen See war? Doch seit der Rückkehr zu seinem gewohnten Leben hat sich eine Fremdheit über alles gelegt. Wenn er auf dem Schießplatz die Sehne des Bogens zurückzieht, spürt er das Nachgeben des Bogens und die zitternde Spannung in seinem Arm, doch gleichzeitig hat er das Gefühl, sich an einen Moment zu erinnern, der bereits vor langer Zeit stattgefunden hatte: die Sonne, die auf das Holz des Pfeiles scheint, das Eisenfass in der Ferne, die raue Bogensehne, die über seinen Unterarm gleitet, sein Haar, das nach hinten über die Schultern weht. Wenn er Yasodhara nachts in ihrer Kammer besucht und ihr tief in die Augen sieht, spürt er, dass er aus einer Zukunft auf sie zurückblickt, die so fern ist wie das, was hinter jener Linie liegt, die um alles gezogen wird, was immer es auch sein mag. Wenn er mit Chanda lacht, wenn er allein durch den *Park der Sechs Brücken* oder die *Laube der Stillen Freuden* geht, wenn er beobachtet, wie seine Hand sich unter die durchsichtige Seide schiebt, die die Schenkel einer Konkubine verhüllt und enthüllt, ist er so gerührt wie ein Mann, der einen Pfad entlangschlendert und sich plötzlich an eine Szene aus seiner Kindheit erinnert. Eines Nachmittags, als Gautama sich über einen Teich beugt, um das Gras unter der Wasseroberfläche zu betrachten, sieht er sein Gesicht, das ihm aus dem Wasser entgegenblickt. Das Spiegelbild scheint unter der Oberfläche des Teiches zu sein. Sofort stellt er sich vor, das Gesicht würde angestrengt versuchen, ihn deutlich zu sehen, könnte ihn jedoch nur durch das seidige Wasser sehen, das, wenngleich es klar und wellenlos ist, trotzdem zwischen dem Gesicht und dem bleibt, was es zu sehen wünscht, wie die bunten Seidentücher, die in den Palastfenstern hängen. Es liegt eine Ruhe in allem, eine zarte Distanz. Gleichzeitig kann er spüren, wie seine Mundwinkel zu lächeln beginnen, ohne jene Bewegung auszuführen, die man ein Lächeln nennen würde, so als erforderte der Akt des Lächelns seine volle Konzentration, eine unermüdliche Sorgfalt zur Aufmerksamkeit, die er nicht länger aufbringen kann.

Der König fasst einen Entschluss. Der König ist von Chanda zutiefst enttäuscht. Nicht nur weil der ausgeklügelte und kostspielige Plan, den Prinzen mit der *Insel der Verzweiflung* zu fesseln, vollkommen gescheitert ist, sondern weil das Scheitern zur Rebellion seines Sohnes und der versuchten Flucht über die Wehrmauer geführt hat. Gleichzeitig fühlt sich der König Chanda zu Dank verpflichtet, hat dieser doch die Aktivitäten der verborgenen Wachen und die Überprüfung des Netzes beaufsichtigt. Welche Makel Chanda auch haben mochte, er war mehr als jeder andere für die heile Rückkehr seines Sohnes verantwortlich. Der Gedanke an den Prinzen beunruhigt den König. Sein Sohn zieht sich aus der Welt der üppigen Freuden in ein ominöses inneres Reich zurück, welches ihn für den Thron untauglich machen wird. Dabei spürt der König langsam das Alter: Erst vor wenigen Nächten verspürte er, als er sich vom Abendessen erhob, einen leichten Schwindel und war gezwungen, einen Augenblick lang beide Hände auf den Tisch zu stützen, während Gesichter sich zu ihm umsahen und ihm prüfende Blicke zuwarfen. Das Königreich ist stark wie nie, doch Feinde bedrängen die Grenzen und werden jede Schwäche, jede Unentschlossenheit ausnutzen. Könnte es sein, dass er, indem er seinen Sohn vom Wissen um die Welt abschirmte, genau jene nach innen gerichtete Tendenz begünstigt hatte, die er zu verhindern suchte? Der Gedanke ist allgegenwärtig, während er mit Chanda durch den *Garten der Sieben Erhabenen Genüsse* spaziert und skeptisch seinem neuesten Plan lauscht. Chanda schlägt vor, Gautama solle die Erlaubnis erhalten, über die Wehrmauern hinauszureiten, um den Glanz des Königreiches zu sehen, das er eines Tages regieren wird. Die Route werde vorab sorgfältig ausgewählt. Gautama werde durch grüne Alleen reiten, vorbei an den Villen der Edelleute und auf den Stadtrand zu. Die Welt, in ihrer unermesslichen Weite und Vielfalt, werde seine Seele jubeln lassen. Er werde begreifen, was es bedeutet, der künftige Herrscher eines prachtvollen Königreiches zu sein. Der Plan erscheint dem König gefährlich. In der kleinen Welt der *Drei Paläste* gebietet er über jede Bewegung, jedes Lächeln, jeden Schritt, jedes keimende Blatt, doch hinter den Wehrmauern erstreckt sich die weite Welt. Dort entziehen sich die Dinge minutiöser Kontrolle so sehr, dass ganze Bäume umfallen, wann immer es ihnen beliebt. Was, wenn der Prinz, der immer vor der Härte des Lebens beschützt worden war, etwas sieht, das ihn beunruhigt? Was, wenn die große, pulsierende Welt ihn verwirrt und ihn noch stärker in sein Inneres treibt? Der König weist den Vorschlag schroff zurück, legt die Hand über die Augen und stimmt mit Unbehagen zu, unter der Bedingung, dass zehntausend Diener die Route vorbereiten, die Straßen sauber fegen und alles Unerfreuliche entfernen.

Das östliche Tor. Im Morgengrauen schwingt das östliche Tor auf: die beiden Hälften des inneren Tores und die beiden Hälften des äußeren Tores. Hinter tausend Streitwagen und fünftausend Reitern fährt Gautama mit Chanda in einem goldenen Streitwagen, der von zwei weißen Pferden gezogen wird, auf denen Smaragde und Rubine funkeln. Alles fällt ihm ins Auge: der breite, gründlich gefegte Weg, die hoch aufragenden Seidenbäume, die mit Seidenfahnen geschmückt sind, das Aufblitzen einer Schwertklinge neben dem braunen Schimmer einer Pferdeflanke. Weit hinter den Bäumen taucht die Villa eines Edelmannes mit Balkonen und Türmchen auf, als wäre sie eine Vision oder ein Wandgemälde. Als die Prozession weiterzieht, erscheinen zu beiden Seiten der Straße, die zum Stadtrand am Fluss führt, Menschen. Gautama sieht glänzendes schwarzes Haar mit roten und orangefarbenen Blumen, die Knöchel eines Kindes wie Kieselsteine in einem Fluss. Er kann spüren, wie seine Sinne sich explosionsartig öffnen. Wenn er den Arm ausstreckt, wird er mit der Hand den Himmel einfangen, die juwelenbesetzten Pferde, den breiten, mit strahlenden Gesichtern gesäumten Weg. Er will die Welt verschlingen. Er will die Welt mit Blicken in sich aufnehmen. Jeder Grashalm am Wegesrand ragt deutlich empor wie ein Schwert. Neben einer leuchtend gelben Robe bemerkt er eine dunkle Gestalt im Gras. Er lässt Chanda den Streitwagen anhalten. Es ist irgendein Tier – ein Tier mit Händen. Gautama steigt aus dem Streitwagen. Die Kreatur ist ein Tiermensch, der am Wegesrand sitzt. Der Kopf ist kahl, obwohl lange weiße Haarsträhnen über die eingefallenen Wangen fallen. Die Augen sind stumpf und trüb, die Haut im Gesicht hängt lose vom Knochen. Die Finger der Kreatur, auf den Knien

gespreizt, wirken wie die Klauen eines Vogels. Im halb geöffneten Mund sieht Gautama einen einzelnen braunen
Zahn. Ein übler Gestank, beißender als Stallgeruch, steigt
wie Dampf auf. Gautama wendet sich Chanda zu, der noch
immer im Streitwagen steht. »Was ist das für eine Kreatur?«
Er sieht die Angst in Chandas Augen.

Was Chanda weiß. Chanda weiß, dass es noch immer
möglich ist, Gautama zu täuschen, doch er weiß auch, dass
das Ende der Lügen erreicht ist. Seine Antwort wird einen
Schwall bohrender Fragen auslösen, die er wahrheitsge-
mäß beantworten möchte. Die Antworten werden seinen
Freund, dessen Blick sich bereits verfinstert, beunruhigen.
Gautama wird auf das Palastgelände zurückkehren und
sich einsperren. Er wird mit niemandem sprechen. Wie
konnte das geschehen? Man hatte die Straße gereinigt, die
Wälder gestutzt und bemalt, die Häuser sorgfältig nach Alten, Kranken und Deformierten durchsucht. Wäre es nicht
besser zu sagen, die Kreatur sei ein großes Insekt, das am
Wegesrand im Gras lebt? Wäre es nicht besser, sie als Mons-
ter zu beschreiben, das man in einem fernen Königreich
gefangen hat, in dem die Menschen auf dem Grund von
Seen leben? Chanda seufzt, blickt seinem Freund direkt in
die Augen und sagt: »Das ist ein alter Mann.« Hohes Alter
ist in der Welt der *Drei Paläste* nicht erlaubt. Er wird seinem
Freund, der in gewisser Hinsicht noch immer ein Kind ist,
alles erklären müssen. Gautama sieht ihn durchdringend
an. Die Räder der Streitwagen schimmern in der Sonne.

Das südliche Tor. Gautama befiehlt Chanda, sich von der Prozession zu lösen und durch das östliche Tor zurückzukehren. Sieben Tage und sieben Nächte lang sitzt er unter dem Kimshuka-Baum neben dem Springbrunnen in der *Laube der Stillen Freuden* und grübelt über die dunkle Gestalt am Wegesrand nach. Der alte Mann ist in ihm: Er ist dieser Mann. Sein Sohn ist dieser Mann. Der Mann wohnt im Blut seiner Ehefrau, im Blut aller schönen Frauen. Wie kann er es nicht gewusst haben? Er hat es immer gewusst. Er hat es gewusst und nicht gewusst. Er hat es nicht gewusst, aber er hat es gewusst. Am Morgen des achten Tages erhebt er sich und sucht Chanda auf. Er will erneut ausreiten, er hat keine Angst. Gemeinsam reiten sie durch das südliche Tor. Gautama erinnert sich daran, wie ihm alles ins Auge gesprungen ist, als sie sich durch das östliche Tor auf den Weg gemacht haben, und er sehnt sich danach, vom durchdringenden Strahlen der Welt aus seinem finsteren Traum geweckt zu werden. In der Ferne kann er spitze und flache Türme sehen, die in blauem Dunst schimmern. Zu beiden Seiten der Straße stehen königliche Wachen, die ihm auf seinem Weg zujubeln. Als er eine Wache begrüßt, die von der nächsten etwa eine Armlänge entfernt steht, bemerkt Gautama, dass zwischen den beiden jemand auf dem Boden sitzt. Er hält den Streitwagen an, steigt ab und blickt auf einen jungen Mann hinunter, der so dünn ist wie ein Kind. Sein Blick ist wirr. Seine Atemzüge klingen feucht. Der junge Mann zittert und ächzt in der Sonne. Eine grünliche Flüssigkeit läuft ihm aus Mund und Nase. Sein Bein ist gelb von Urin. Gautama dreht sich abrupt zu Chanda um, der seinen Blick nicht senkt. Chanda sagt: »Das ist ein kranker Mann.«

Das westliche Tor. Die Reise wurde abgebrochen. Sieben Tage und sieben Nächte lang reflektiert Gautama über den Verfall des Körpers. Am Morgen des achten Tages reitet er mit Chanda durch das westliche Tor. Kaum hat er es passiert, sieht er einen Pferdekarren, der langsam den Wegesrand entlangfährt, gefolgt von klagenden Menschen, die mit den Fäusten auf ihre Brust schlagen. In dem Wagen liegt ein Mann auf dem Rücken, die Glieder starr wie Säulen, der Blick leer wie Stein. Gautama sieht Chanda schroff an. »Was hat das zu bedeuten?«, fragt er.

Sehen. Gautama kehrt durch das westliche Tor zurück. Er spricht mit niemandem. Er geht direkt in die Gemächer der Konkubinen, um Vergessen zu finden. Irgendetwas stimmt nicht. Die Frauen lächeln ihn an, doch ihre Zähne sind kaputt und braun, ihre Brüste hängen wie Säcke voll Erde, ihre Arme sind krumme Stöcke. Ein nacktes Mädchen, das auf dem Bauch liegt, sieht ihn über die Schulter hinweg an. Eine Schlange kriecht zwischen ihren Gesäßhälften hervor. Ihr Gesicht ist ein grinsender Knochen. Gautama flüchtet in den hellen Nachmittag. Über ihm ist die Sonne eine blutige Kugel. Er sieht auf seine Hand. In der Haut zeigen sich Risse. Eine schwarze Flüssigkeit hängt von seinen Fingerspitzen.

Das nördliche Tor. Am achten Tag befiehlt Gautama, das nördliche Tor zu öffnen. Er muss die Welt sehen, wie sie ist. Was ist die Welt? Er wird brusthoch durch Blut und Exkremente waten, er wird die Münder der Toten küssen. Unweit des Tores sieht er einen Mann am Wegesrand gehen. Der Mann trägt eine weiße Schale. Er hat eine schlichte Robe an und schreitet friedlich voran. Sein Haar ist kurz geschoren. Das Weiß der Schale, die Ruhe der Arme, die Gelassenheit in seinem Blick, all das weckt Gautamas Interesse. Chanda erklärt, der Mann sei ein Asket, der eine Bettelschale trägt. Einst sei er ein wohlhabender Mann gewesen, der Herr eines großen Hauses mit zahlreichen Dienern. Jetzt habe er nichts, was er alles nennt. Als Chanda sich seinem Freund zuwendet, sieht er, dass Gautama grimmig auf die weiße Schale starrt.

Im *Garten der Sieben Erhabenen Genüsse*. In der indigoblauen Nacht spaziert König Suddhodana durch den *Garten der Sieben Erhabenen Genüsse*. Das Mondlicht, das wie weiße Seide über seine Arme streicht, und der dunkle Duft der Javaapfelbäume beruhigen ihn und erfüllen ihn mit Frieden. Er kann es sich erlauben, eine gewisse Ruhe zu fühlen, denn Chandas Berichte haben eine zaghafte Hoffnung in ihm geweckt. Der Prinz ist durch alle vier Tore geritten und jedes Mal schnell zurückgekehrt. Er scheint die vertrauten Freuden der Welt innerhalb der Wehrmauern den komplizierten Freuden der unbekannten Welt vorzuziehen. Er wird niemals ein Eroberer von Königreichen sein. Stattdessen wird er von den *Drei Palästen* aus regieren und die Länder verschönern, die sein Vater einst gewonnen hat. Gut so. Denn es gibt eine Zeit der Expansion und eine Zeit der Konsolidierung, eine Zeit des Blutes und eine Zeit des Weines. Die Soldaten werden ihm gehorchen, denn Ungehorsam bedeutet den Tod. Und nach der Regentschaft von

König Siddharta Gautama wird die Herrschaft von Gautamas Sohn folgen, der sein Pferd schon jetzt wie ein Mann beherrscht und mit der unbeschwerten Autorität eines geborenen Herrschers spricht. Rahula wird das Kommando übernehmen, wie sein Großvater vor ihm, er wird ausreiten und neues Land erobern. Der Junge erfüllt ihn mit Stolz. Doch es gibt keinen Grund, die Dinge zu überstürzen, der König selbst ist noch immer stark. Erst neulich ist er vom Morgengrauen bis zum Einbruch der Nacht auf der Jagd gewesen, und danach entlockte er in den Gemächern der Frauen einer jungen Konkubine Lustschreie.

Abschied. Vor seinem Schlafgemach hebt Gautama die Hand, um den schweren Vorhang vor der Tür beiseitezuschieben. Er zögert und rührt sich nicht. Er kann Yasodhara im Ehebett mit den hohen, von geschnitzten Lotusblumen gekrönten Pfosten und der gewebten, scharlachroten Matte mit dem Saum aus goldenen Mandarinenten atmen hören. Durch eine zweite Tür gelangt man in das Gemach seines Sohnes. Gautama stellt sich vor, wie er sich über Rahula beugt, der mit abgewandtem Gesicht und über die Brust gelegtem Unterarm schläft. Er ist ein gesunder Junge, ein talentierter Bogenschütze und Ringer, ein exzellenter Reiter, ein Anführer unter seinen Freunden. Niemals sucht er einsame Orte auf, wo es kein anderes Geräusch als das Eintauchen eines Schwanenhalses in das Wasser gibt. Jetzt stellt sich Gautama vor, wie er sich über Yasodhara beugt. Das zarte Licht einer Öllampe fällt auf ihre Wange. Im Schlaf ist sie wie der Schwan unter dem Schwan im dunklen Wasser, klar, aber dennoch fern. Er wird die Kammer betreten und sich über sie beugen, er wird sich leise von ihr verabschieden. Als er draußen vor dem Vorhang steht, sich vorstellt, wie er sich über sie beugt und sich leise von ihr verabschiedet, spürt er, dass sie weit weg ist, obwohl er nur den Vorhang zur Seite schieben und zu ihr gehen müsste. Bald wird auch die Tür weit weg sein. Etwas stört seine Gedanken, es wird immer klarer, gleich hat er es, er erkennt: Selbst hier, auf der Schwelle zum Gemach seiner Ehefrau, wo seine Hand vor dem Vorhang erhoben ist, ist er bereits woanders. Durch den Vorhang zu treten bedeutet keinen Abschied, sondern eine Rückkehr von einer Reise, die keine Rückkehr erlaubt. Gereiztheit macht sich in ihm breit. Ist er den Freuden noch immer so verbunden? Er wendet sich ab und der Nacht zu.

Mondlicht. Chanda wirft einen Blick zurück, als die großen Türen des nördlichen Tores sich hinter ihm schließen. Dann reiten er und Gautama, jeder auf einem eigenen Pferd, den mondbeschienenen Weg entlang. Chanda ist beschwingt und niedergeschlagen: beschwingt, weil er seinem Freund zur Flucht aus der Gefängniswelt der *Drei Paläste* verhilft, niedergeschlagen, weil er weiß, dass ein Leben ohne Gautama bedeutungslos ist. Es war Chanda, der die dreißig Wachen des nördlichen Tores heimlich angewiesen hat, sich zu den anderen drei Toren zurückzuziehen, Chanda, der sie durch sechs vertrauenswürdige Diener ersetzt hat, es war Chanda, der die Pferde vorbereitet und den Zeitpunkt des Aufbruchs bestimmt hat. Der König wird wütend sein, womöglich wird er Chanda sogar festnehmen und ins Gefängnis werfen lassen, doch er wird ihm rechtzeitig vergeben und ihm am Ende danken. Gautamas Aufbruch, so wird der König begreifen, wäre nicht zu verhindern gewesen. Es ist viel besser, wenn sein Sohn mit einem treuen Freund flieht, der ihn durch die Gefahren der Nacht sicher an den Rand des großen Waldes führen kann. Als sie den Weg entlangreiten, sieht Chanda wiederholt den Prinzen an, der seinen Blick nach vorn richtet. Sein langes Haar, im Nacken zusammengebunden, wippt sanft zwischen seinen Schultern. Chanda stellt sich plötzlich das Messer vor, das in der Zukunft die stolze Mähne abschneiden wird, die raue Robe, die das feine Seidengewand, das im Mondlicht Wellen schlägt wie zitterndes Wasser, ersetzen wird. König Suddhodanas Sohn wird eine weiße Schale tragen. Seine langen Finger werden sich um das Weiß der Schale legen. Die Vorstellung des bettelnden Gautama ist so real, dass Chanda überrascht ist, den Prinzen mit dem langen Haar und der Seidenrobe neben sich auf einem weißen Pferd zu sehen. Die Bäume lichten sich nach und nach. An einer Weggabelung führt Chanda sie auf den rechten Pfad, der von der am Fluss gelegenen Stadt wegführt. Dunkle Felder erstrecken sich zu beiden Seiten in die Nacht. Obwohl Gautama nichts sagt und nur nach vorn blickt, spürt Chanda eine seltsame Unbeschwertheit aus seinem Freund strömen. Und warum schließlich nicht? Sie reiten auf ein Abenteuer zu, ein Abenteuer in der Welt, in einer angenehmen Sommernacht. Sie sind wie eine Gruppe von Jungen, die im Mondlicht spielen, während die Erwachsenen schlafen. In der Nacht eines strahlenden Mondes ist alles möglich, denn Mondlicht ist Traumlicht. Möge die Nacht niemals enden. Leben! Atmen! Und wenn das Abenteuer, wie alle Abenteuer, ein Ende findet, werden andere folgen. Morgen, im Sonnenlicht, werden sie über den Hof in die Quartiere der Musiker gehen, sie werden in der Sommerluft lachen. Doch er denkt nicht klar. Morgen wird sein Freund nicht bei ihm sein. Sein Freund wird nie wieder bei ihm sein. Unbehagen überkommt Chanda. Die lange Nacht hat ihn ermüdet. Er kann spüren, wie die Müdigkeit in seinem Inneren an ihm zehrt. Er muss aufmerksam bleiben, in dieser Nacht, die niemals enden darf. Wie konnte das geschehen? Der Wald rückt näher, er eilt ihnen entgegen. Sollte er nicht besser aufpassen? Jetzt hat Gautama angehalten. Er steigt ab, übergibt Chanda das Pferd. Er beginnt, juwelenbesetzte Bänder von seinen Armen zu lösen. Chanda will ihn bremsen, ihn für immer aufhalten, ihm erklären, dass alles viel zu schnell ginge, erst vor wenigen Momenten ritten sie noch nebeneinander, zwei Freunde in einer Sommernacht. Als Chanda die Edelsteine entgegennimmt, noch immer warm von den Armen des Prinzen, spürt er ein Beben in seinem Körper. Im Bewusstsein eines heftigen Verstoßes fällt er auf die Knie und fleht seinen Freund an, ihn auf seiner Reise begleiten zu dürfen. Es gebe Schlangen und Wölfe im Wald. Die Füße des Prinzen, an gefegte Wege gewöhnt, werden über Dornen gehen. Was würde er essen? Wie würde er schlafen? Noch während Chanda seinen Wunsch ausspricht, ist er krank vor Scham und beugt das Haupt. Er wird sich einer Stille um ihn gewahr und sieht erschrocken hoch, doch Gautama steht noch immer vor ihm. Chanda hört sanften Wind in den Bäumen, die zu sprechen scheinen, oder ist es der Nachthimmel: »Die Zeit des Schlafens ist vorbei.« Er versucht zu verstehen, doch er hört nur den Wind in den Blättern. Gautama zeigt auf den Himmel im Osten. »Sieh nur. Tagesanbruch.« Über einer

Hügelkette ist ein dünner Streifen Morgenrot zu sehen. Eine heftige Müdigkeit überkommt Chanda, wie das Gewicht eines Tuches. Ein Gähnen lässt sein Gesicht erzittern und strömt durch seinen knienden Körper. Erschöpft beugt er das Haupt. Er spürt etwas auf der Schulter. Ist es die Berührung einer Hand? Er will vor unbändiger Freude aufschreien, er will in bittere Tränen ausbrechen. Als er die Augen öffnet, sieht er Gautama in den Wald verschwinden. Chanda wartet kniend vor den Bäumen. Der Himmel wird hell. Ein Vogel landet auf einem Ast. Nach einer Weile erhebt sich Chanda und geht, beide Pferde an der Hand, den Weg zurück.

Der Ort

1

Man nannte ihn *Den Ort*. Selbst als Kinder wussten wir, dass an diesem Namen etwas nicht stimmte – man konnte sich nichts darunter vorstellen, so wie man sich JoAnn's Diner oder den Indian Lake oder das Palace Cinema auf der South Main vorstellen konnte. Es war, als hätte wer auch immer sich den Namen ausgedacht hatte, nicht viel darüber nachgedacht, oder als hätte er sich nicht entscheiden können. Später, als wir älter waren, dachten wir, genau dieses Falsche an dem Namen sei das Richtige an ihm. Er war wie ein leerer Raum, in den man etwas hineinstellen konnte. Noch später dachten wir überhaupt nicht mehr über den Namen nach. Er war einfach da, genau wie Sommer und Nacht.

2

Er ist leicht zu erreichen: Man fährt einfach nach Norden zum Hügel am Stadtrand. Wenn man näher kommt, werden die Häuser spärlicher und weichen Autohändlern, einem Seniorenzentrum und einem überdachten Kaufhaus neben einem Freiluft-Einkaufszentrum, bis man schließlich einen Streifen aus Wald und Wiesen erreicht. Auf der

310

anderen Seite des Waldes fängt der Hügel an. Man kann ein kleines Stück hinauffahren, muss das Auto jedoch auf einem der asphaltierten Parkplätze abstellen und zu Fuß weitergehen. Von den Parkplätzen aus winden sich ein halbes Dutzend Trampelpfade an die Spitze. Die meisten Menschen brauchen nicht mehr als zwanzig oder dreißig Minuten dorthin, doch einige machen auf den Holzbänken Rast, die entlang den Pfaden stehen. Wenn man nicht gehen will, fährt jede halbe Stunde ab dem Hauptpfad ein kleiner Bus den Großteil des Weges hinauf, wochentags zwischen neun und fünf Uhr, am Wochenende zwischen zehn und sechs Uhr. Während der Schlechtwettersaison, vom ersten November bis ersten Mai, ist alles abgesperrt. Radios und Mobiltelefone sind streng verboten, doch niemand scheint sie zu vermissen. Es ist immerhin kein Ausflug an den Strand des Indian Lake zwei Städte weiter, oder an den Picknickplatz in Burrows Park. Man weiß, dass man nicht dafür herkommt.

3

Ich erinnere mich an meinen ersten Besuch im Alter von sechs oder sieben Jahren. Ich sehe mich an der Hand meiner Mutter, während wir einen bergauf führenden Pfad entlanggehen. Ich konnte die Sonne spüren, warm auf meinen Armen. Es wurde immer mehr vom Himmel sichtbar, als schöben wir etwas beiseite, das ihn verdeckt hatte. Ich spürte eine vertraute Aufregung, so wie beim Ausflug zum Vergnügungspark, mit den Holzpferden, die sich auf silbernen Stangen auf und ab bewegen, und der rosafarbenen

Zuckerwatte, die in Papiertüten zittert, oder dem Sommerzirkus auf der Wiese am Fluss. Ich fragte mich, ob Der Ort ein Vergnügungspark mit Fahrgeschäften war oder vielleicht eine Burg mit einem Laden, in dem Schwerter verkauft wurden. »Wir sind da«, sagte meine Mutter, und als ich meinen Kopf von einer Seite zur anderen drehte, in einer Art Verzweiflung, dachte ich: Hier ist nichts. Das andere, woran ich mich erinnere, ist der veränderte Gesichtsausdruck meiner Mutter. In jenen Tagen hatte ich stets ihre ungeteilte Aufmerksamkeit. Sogar wenn ich von ihr getrennt war, wusste ich, dass sie an mich dachte, sich um mich sorgte, sich über meine Existenz freute. Doch hier oben, an Dem Ort, hatte sich etwas verschoben. Es war nicht, weil sie meine Hand losgelassen hatte, denn sie ließ sie oft los, wenn sie wusste, dass es für mich sicher war. Es war, weil sie irgendwie nicht hier bei mir war. Ich dachte, sie müsse wohl etwas beobachten, doch als ich versuchte, ihrem Blick zu folgen, konnte ich sehen, dass sie überhaupt nichts ansah. Später, als sie mich an ihre Seite holte und auf die kleine Stadt weit unten zeigte, warf ich ihr einen strengen Blick zu und sah weg. Nach einer Weile begann ich, mit dem Fuß einen Stein im Gras vor mich her zu stoßen.

4

Manchmal überkommt einen ein Gefühl. Man geht über einen Bürgersteig, an einem Samstagnachmittag im Sommer. Man geht in der Sonne und im Schatten der Ahornbäume und alten Eichen, vorbei an den vertrauten Gärten und Veranden seines Viertels. Mrs. Witowski kniet auf ihrem Kissen neben einem Malvenstrauch, sticht mit der Unkrautharke auf den Boden ein. Der Sohn der Andersons hebt ein Kellerfenster mit zwei Scheiben aus dem Kofferraum seines Hondas, er wird es in die holzgerahmte Lücke im Betonstreifen unten am Haus einpassen, wo man zwei Flügelmuttern sehen kann, mit denen der Rahmen befestigt wird. Die Rasenmäher sind draußen, in der warmen Luft liegt der Duft von geschnittenem Gras, Flieder und frischem Teer. Die Sonne auf den Armen fühlt sich gut an. Auf einmal überkommt einen dieses Gefühl. Es ist keine Rastlosigkeit, nicht wirklich. Es ist das unverwechselbare Gefühl, präzise wie ein Schnitt mit einem Messer, dass man woanders sein muss. Die Straße engt einen ein, drückt sich an einen, macht es unmöglich zu atmen. Es ist ein Gefühl, das einem sagt, nach Hause zurückzugehen, ins Auto zu steigen und an Den Ort zu fahren.

5

Es ist schwer zu beschreiben, was dort ist. Im Gegensatz zu Burrows Park und dem South Side Sportplatz hat Der Ort keine Grenze, obwohl es sehr wohl stimmt, dass er auf der Kuppe des Hügels liegt. Der Hügel erhebt sich zu einer ziemlich flachen Kuppe, die man sich als Plateau vorstellen kann, das seinerseits ebenfalls kleine Erhebungen und Mulden hat. Wo genau die Kuppe des Hügels beginnt oder endet, wer weiß das schon? Dort hat man eine gute Aussicht in alle Richtungen. An einem Ende kann man die Wälder und Wiesen am Fuße des Hügels sehen, dann die kleinen rot überdachten Gebäude des Seniorenzentrums, die Landstraße und, weiter entfernt, die Stadt – die Main Street mit ihren Läden und winzigen Autos, das Dach des VAN BUREN HOTELS, die Wohnsiedlung, den Teich, den Park, alles so klein, dass man völlig überrascht ist. Hinter der Stadt kann man andere Städte sehen, ein Dorf mit einer weißen Kirchturmspitze, verschlungene Straßen, eine Autobahnschleife, Felder, einige kleine Hügel. Von allen Seiten des Plateaus kann man weit entfernte Orte sehen. Auf dem grasbedeckten Plateau gibt es nackte Felsstellen, ein Fleckchen mit Wiesenblumen, kleine Eichen- und Kieferngrüppchen, einige Blaubeersträucher. Hie und da findet man Bänke, solche von der altmodischen Sorte mit Holzbrettern, die von der Stadt als geeignet für müde Reisende befunden wurden. Das Bemerkenswerteste an Dem Ort sind die rund ein Dutzend verfallenden Steinmauern, etwa hüfthoch, die sich in alle Richtungen über sechs bis neun Meter auf der Wiese des Plateaus erstrecken. Laut Heimatverein sind es die alten Grundstücksmauern, die im späten siebzehnten oder frühen achtzehnten Jahrhundert von Bauern errichtet wurden, wobei die Meinungen, ob Getreide angebaut worden war oder andere Gebäude auf dem Plateau gestanden hatten, auseinandergehen. Ein Historiker behauptet, die Mauern stammten überhaupt nicht von Bauern, sondern seien die Überreste einer Siedlung der amerikanischen Ureinwohner, die in die Mitte des sechzehnten Jahrhunderts zurückreicht. Man kann die niedrigen Mauern entlanggehen, sich daraufsetzen oder sie ignorieren, ganz wie man möchte. Manchmal sieht man Gottesanbeterinnen, Feldmäuse, einen Falken mit rotem Schwanz. Das Plateau bricht nicht steil ab, sondern fällt zu allen Seiten sanft ab, sodass es, wie erwähnt, schwer zu sagen ist, wo es beginnt und endet. Ich habe versucht zu beschreiben, wie Der Ort aussieht, obwohl der Versuch an sich fragwürdig ist. Es geht immerhin nicht so sehr darum, wie Der Ort aussieht, sondern darum, was er mit einem macht.

6

So wie sich Geschichten um alte, verlassene Häuser ranken, so kursieren auch Gerüchte über Den Ort. Manchmal sind diese Gerüchte so verworren, dass man sich durchkämpfen muss, um Den Ort überhaupt darin zu finden. Einige sagen, Der Ort befinde sich auf dem Boden eines uralten Monuments für den Großen Geist, errichtet von den Urahnen eines kaum bekannten Stammes. Einige behaupten, Der Ort habe besondere Kräfte, die Krankheiten heilen, das Leben verlängern und Gedächtnisverlust rückgängig machen könnten. Der Ort, so sagen einige, habe Energiefelder, die es erlaubten, vergangene Ereignisse wahrzunehmen und mit den Toten zu kommunizieren. Obwohl die meisten von uns derartige Gerüchte verachten, weil sie Den Ort herabsetzen und das Risiko bergen, ihn in eine Jahrmarktsattraktion zu verwandeln, ist uns bewusst, dass diese Gerüchte in gewisser Weise ein Teil dessen sind, was Der Ort darstellt: Der Ort beschwört sie, erweckt sie zum Leben, genau so, wie er gelbe Veilchen, haarige Früchte von Seidenpflanzen und hohe, knotige Königskerzen gedeihen lässt.

7

Im Frühling meines dritten Highschool-Jahres begann ich, Zeit mit Dan Rivers zu verbringen. Er war im Dezember von irgendwo aus Colorado in unsere Stadt gezogen und war jene Sorte Jungs, der ich immer aus dem Weg gegangen war – gut aussehend, selbstsicher, selbstbewusst in seinem Körper, selbstbewusst im Umgang mit Mädchen. Jeder mochte Dan Rivers. Vielleicht war es, weil ich entschieden höflich und distanziert war, dass er meine Nähe zu suchen begann. Eines Tages ging er mit mir von der Schule nach Hause. Er fing an, in mein Haus zu kommen, wo wir Schach spielten und über Bücher redeten. Auf der sonnigen Veranda hinter dem Haus pflegte er in einem der Korbsessel zu sitzen, wo er meiner Mutter Geschichten über das kleinstädtische Colorado erzählte und ihren Geschichten über die Lower East Side lauschte. Im Wohnzimmer saß er im Lehnsessel neben dem Klavier und unterhielt sich mit meinem Vater über das Problem des freien Willens oder über die Korrespondenztheorie der Wahrheit. Ich spürte in ihm die Bereitschaft zur Freundschaft, den Wunsch, zum Kern eines anderen Charakters vorzudringen. Wir sprachen über unsere Ambitionen, unsere Träume. An einem Samstagmorgen kam er zu uns und sagte, er wolle Den Ort sehen. Ich war seit dem einen Mal mit meiner Mutter nicht dort gewesen. Wir fuhren hinaus, vorbei an den Autohändlern, an dem Seniorenzentrum, vorbei an dem Kaufhaus und dem Einkaufszentrum, fuhren in den Wald und erreichten den Hügel. Wir parkten auf einem asphaltierten Parkplatz, der von Holzpfosten begrenzt wurde, und machten uns über einen gewundenen Pfad auf den Weg nach oben. Gras erstreckte sich zu beiden

Seiten, die Sonne wärmte meine Arme. Ich erinnerte mich daran, als ich neben meiner Mutter ging, erinnerte mich an die Ledertasche, die über ihrer Schulter hing, den Schatten ihres Hutes auf der oberen Hälfte ihres Gesichts. Oben angekommen, drehten Dan Rivers und ich uns um, um die Aussicht zu genießen. Weit entfernt, in der kleinen Stadt, konnte ich unsere Highschool sehen, das Dach der EQUITY TRUST auf der Main Street, eine Ecke von Burrows Park. Ich wandte mich Dan Rivers zu, der denselben Ausblick hatte, doch ich konnte noch etwas anderes in ihm wahrnehmen, etwas, das mich an den veränderten Gesichtsausdruck meiner Mutter erinnerte. Ich ging weg und setzte mich auf eine der Mauern. Ich konnte spüren, wie sich der warme Stein an die Waden meiner Jeans schmiegte. Nach einer Weile ging ich zum anderen Ende des Plateaus, von wo aus ich auf einen braunen Fluss, einen Fabrikschlot, blaue Hügel blickte. Einige andere Menschen flanierten umher. Es war still dort oben. Ich war sehr gesprächig, aber das war nicht der Ort für Gespräche. Dan Rivers kam zu mir, setzte sich, stand auf, ging umher. Eine Stunde später gingen wir wieder zum Auto. Am nächsten Tag kehrte er allein an Den Ort zurück. Am Montag kam er nicht zu meinem Haus. Er fuhr an Den Ort, Tag für Tag. Er zog sich aus seinen Vereinen zurück, ging nicht mehr auf Partys, schien mit den Gedanken woanders zu sein. Er kam jetzt nur noch selten zu meinem Haus, sagte, er sei beschäftigt. Ein- oder zweimal, wenn wir uns auf dem Highschool-Flur über den Weg liefen, lud er mich ein, mit ihm dorthin zu fahren. Ein andermal, sagte ich. Wenn wir doch etwas gemeinsam unternahmen, ab und an, wollte er nur über Den Ort sprechen, doch gleichzeitig wollte er nicht darüber sprechen. Er sagte, er mache seinen Kopf frei, helfe ihm, gewisse Dinge loszu-werden. Welche Dinge, wollte ich wissen. Gedankenmüll, sagte er und schenkte mir eines seiner einseitigen Schul-terzucken. Ich spürte etwas Neues, Verborgenes in ihm. Er hatte sich in sich zurückgezogen und die Tür geschlossen, die Jalousien heruntergelassen. Als ich im Juni erfuhr, dass er mit seiner Familie nach Austin, Texas, zog, hatte ich das Gefühl, wir hätten uns bereits verabschiedet. Am Tag nach seinem Aufbruch nach Texas beschloss ich, Den Ort allein aufzusuchen.

8

Obwohl Sie vielleicht nicht daran denken, bei uns vorbei-zukommen, zieht unsere Stadt Sommertouristen an. Wir sind besonders gefragt bei Großstädtern, die die Vorstel-lung lieben, von allem wegzukommen, vor dem Druck des urbanen Lebens in eine in ihren Augen friedliche, einfache Existenz zu flüchten. Doch wir sind auch bei den Bewoh-nern der umliegenden Kleinstädte beliebt, die sich von den Straßencafés, den Läden und Restaurants, dem lebendigen Nachtleben mit Tanzclubs und Jazzbars angezogen fühlen. Die Sommertouristen übernachten in den beiden Gast-häusern, deren Zimmer in zeitgenössischem Stil möbliert sind, in unserem renovierten Hotel aus dem neunzehnten Jahrhundert und in den zahlreichen Frühstückspensionen und familienfreundlichen Motels, oder sie mieten sich für einen Monat in unseren Häusern ein. Jeder mag unsere von Baumen gesäumte Altstadt mit den kleinen, von Einhei-mischen geführten Läden und idyllischen Restaurants, den schattigen Bänken und Eissalons, wobei wir auch einige Luxusboutiquen und noble Kleidergeschäfte haben. Burrows Park mit den Picknicktischen, dem Bach und dem Spielplatz ist immer beliebt. Im Juli gibt es dort Konzerte unter freiem Himmel. Nicht weit außerhalb der Stadt liegt der Indian Lake, wo man schwimmen oder ein Kanu mieten oder die Wege entlangspazieren kann, ein wenig weiter draußen findet man einen Wildpark, einen Golfplatz und ein rekonstruiertes Dorf aus dem achtzehnten Jahrhundert mit Handwerksläden und einem Museum. Die Sommertouristen kommen auch wegen Des Ortes. Sie gehen zur Kuppe des Hügels, flanieren umher, bewundern die Aussicht und gehen wieder nach unten. Wenige kehren zurück, besonders wenn sie erfahren, dass Picknicks dort oben nicht erlaubt sind. Die Sommergäste können uns nerven, aber wir finden sie auch interessant: Sie wecken in uns die Frage, wie sich Der Ort für jene anfühlt, die niemals etwas anderes sein können als das, was sie bereits sind.

9

Ich weiß nicht, was ich an dem Tag erwartet hatte, als ich allein zum Ort hinaufging. Ich nehme an, ich hoffte herauszufinden, was Dan Rivers angezogen hatte, immer wieder. Es war ein heißer Vormittag im Juli. Ich flanierte am Ort umher, bemerkte erneut, dass er keine durchgehende Fläche war, sondern aus mehreren kleineren Erhöhungen und Vertiefungen bestand, sodass es möglich war, sich sogar an der Kuppe des Hügels in einem schattigen Tal wiederzufinden. Ich ging neben den niedrigen Mauern, die hie

und da in den Anhöhen und Einbuchtungen verliefen, trat
über Grasabschnitte, die Spuren überwucherter Pfade auf-
wiesen, ging an einem Mann vorbei, der unter einem Baum
saß und mit Kohle auf einem großen Block, der auf seinen Knien lag, zeichnete. Nach einer Weile setzte ich mich
an eine niedrige Steinmauer in den warmen Schatten, die
Sonne hinter mir. Weiter unten gab es eine weitere Steinmauer, die an einigen Stellen beschädigt war. In der Ferne
sah ich blau-grüne Hügel. Es war ziemlich friedlich hier
oben, obwohl Frieden nicht der Grund war, aus dem ich
hierhergekommen war. Ich wusste nicht, weshalb ich hergekommen war. In der Wärme und im Schatten überkam
mich eine Schläfrigkeit. Ich schlief nicht ein, denn ich war
siebzehn Jahre alt und voller Energie, aber ich saß sehr still
und stellte mir vor, dass ein Beobachter denken könnte, ich
sei in tiefen Schlaf versunken. Dann sah ich, wie eine Frau
sich meiner Mauer näherte. Sie trug ein weißes Kleid, das
ihr bis zu den Knöcheln reichte, und einen weißen Sonnen-
hut, der tief in ihrem Gesicht saß. Obwohl nichts Beson-
deres an ihr war, bis auf das Weiß ihrer Kleidung, hatte ich
das Gefühl, einen dieser Wachträume zu haben, aus dem
ich jeden Augenblick aufwachen könnte. Sie kam näher, offenbar ohne mich zu sehen, dann sah sie unter ihrem Hut
zu mir herab und entfernte sich entlang der Mauer, wobei
sie zurückblickte, als erwartete sie von mir, ihr zu folgen.
Ich erhob mich ohne zu zögern und folgte ihr, hatte allerdings das Gefühl, noch immer dort zu sitzen, eine Hand
im Gras, im warmen Schatten ruhend. Bald erreichte sie
das Ende der Mauer. Dort stieg sie durch eine Öffnung in
den Boden. Ich folgte ihr die raue Steintreppe hinab, die
von Zeit zu Zeit die Richtung änderte, und als die Treppe

endete, fand ich mich in einem hohen, engen Korridor wieder, in dessen beiden Wänden Türen waren. Die Frau in dem weißen Kleid ging den Korridor zügig entlang und auf eine geschlossene Tür am anderen Ende zu. Sie öffnete die Tür und verschwand im Inneren, doch nicht, ohne mir vorher einen Blick über die Schulter zuzuwerfen. Ich ging durch die offene Tür und betrat einen weitläufigen Raum oder eine Halle, in der das Licht zitterte. Zu beiden Seiten sah ich enorm hohe Fenster, durch die helles Licht nach innen drang. In der Halle standen viele lange Tische, an denen Menschen saßen: Ihre Gesichter und Arme schimmerten, als leuchteten sie von innen heraus. Ein ernster, vornehmer Mann in einer weißen Robe führte mich an einem der Tische vorbei. Während ich ihm folgte, konnte ich aufgrund der Helligkeit kaum etwas erkennen. Dann schien ich, an der gegenüberliegenden Seite, Dan Rivers zu sehen, der im Licht flimmerte. An einer anderen Stelle sah ich meine Mutter, die ihre Wange in die Handfläche stützte. Der Mann führte mich zu einem leeren Stuhl mit hoher Lehne, es fiel mir schwer, auf den Sitz zu klettern. Er legte ein geöffnetes Buch vor mich, dessen Seiten so groß waren, dass ich mich fragte, ob meine Arme lang genug wären, um sie umzublättern. Der weiße Raum, die gleißenden Fenster, das offene Buch erfüllten mich mit dem Gefühl friedlicher Erregung, als hätte ich einen Ort gefunden, von dem ich nicht wusste, danach gesucht zu haben. Als ich mich über das weiße Buch beugte, welches Worte enthielt, die alles erklären würden, überkam mich eine Stille, eine innere Ruhe, als hätte ich etwas hinter mir gelassen. Langsam lehnte sich mein Körper nach vorn, und als meine Stirn die Seite berührte, verspürte ich ein Zerfließen, ein Nachgeben, ich bewegte mich hindurch, an meinem Hinterkopf begann sich eine Härte zu sammeln und ich fand mich an der Steinmauer sitzend wieder, im warmen Schatten. Sofort schloss ich die Augen und versuchte, das weiße Kleid zurückzugewinnen, die Treppe, den strahlenden Raum, doch durch die geschlossenen Lider nahm ich lediglich tanzende Sonnenpunkte wahr. Ich spürte eine neue Leichtigkeit, als wäre etwas Schweres von mir abgefallen. Ob man es nun einen Traum nennt oder eine schläfrige Sonnenvision an einem gemütlichen Sommertag, es war dort oben zu mir gekommen und es gehörte mir. Ich verbrachte den Rest des Tages damit, an das andere Ende Des Ortes zu spazieren, auf der Suche nach einem weißen Kleid, von dem ich wusste, dass es nicht existierte, wobei ich auch wusste, dass Der Ort es irgendwie heraufbeschworen hatte. Er hatte mich jetzt. Er hatte mich. Bevor ich ging, untersuchte ich sorgfältig das Ende der Mauer, wo es, wie ich wusste, keine Treppe geben würde. Lediglich ein paar abgebröckelte Steine zwischen staubigen Grasbüscheln, lediglich eine gelbe Wildblume und eine dicke Biene, die über einer Kleeblüte schwebte.

10

Wir nennen sie die Halbstreckenwanderer. Es sind jene, die den Aufstieg beginnen, aber mittendrin anhalten, angelockt von den Holzbänken entlang des Weges oder von der kleinen Lichtung, die zum Verweilen einlädt. Sie setzen sich, genießen die Aussicht, ziehen womöglich eine kleine, unter den Kleidern verborgene Energydrink-Flasche hervor. Manchmal breiten sie Handtücher in der Sonne aus, legen sich hin und schließen die Augen, manchmal lesen sie eine Zeitung oder beobachten ihre Kinder, die in den Bach hinauswaten. Nach einer Weile ziehen sie womöglich zu einer anderen, höher gelegenen Bank weiter, zu einer anderen Lichtung, einer besseren Aussicht. Doch sie wandern nicht bis ganz nach oben, und es kommt immer der Moment, in dem sie beschließen, genug zu haben, also kehren sie zu ihren Autos zurück und fahren nach Hause. Die Frage, die wir uns zu den Halbstreckenwanderern stellen, ist folgende: Warum kommen sie überhaupt? Um fair zu sein: Die Aussicht entlang des Weges ist sehr schön, an einem heiteren Tag kann man viele Gebäude in unserer Ministadt ausmachen und die Dörfer und Hügel in der Ferne sehen. Aber nicht viel weiter oben liegt Der Ort, der Grund, überhaupt hierherzukommen. Die Halbstreckenwanderer wissen, dass dort Der Ort ist, unmittelbar am Ende des Pfades. Warum halten sie an? Könnte es sein, dass es ihr einziger Wunsch ist, sich Dem Ort zu nähern, ohne ihn jemals zu erreichen? Es ist ein verlockender Gedanke, die Halbstreckenwanderer als faul zu betrachten, doch das ist wohl kaum die Wahrheit, da viele von ihnen fast den ganzen Weg nach oben gehen und uns oft energischen Schrittes überholen. Ist es möglich, dass Der Ort sie in gewisser Weise verängstigt? Haben sie Angst, dass sich eine Veränderung in ihnen vollziehen könnte, die sie nicht ertragen könnten? Vielleicht ist es einfach ihr Wunsch, der Stadt eine Zeit lang zu entfliehen, aber nicht woanders anzukommen, da ein Ankommen ihre Verbindung zur Stadt schwächen könnte – eine Verbindung, die durch die Flucht lediglich stärker wird. Es gibt eine weitere mögliche Erklärung. Erhoffen sie sich so viel von Dem Ort, dass sie sich, von Zweifel erfüllt, weigern, den ganzen Weg

hinaufzugehen, um die Zerstörung ihrer Illusionen zu vermeiden? Sie interessieren uns, diese Halbstreckenwanderer.
Beinahe ankommen, beinahe etwas Verlockendes, Unvor-
stellbares erleben – ist das wirklich genug für sie?

11

Im vierten Highschool-Jahr verliebte ich mich in Diane De-
Carlo. Ich wusste, dass es Liebe war, weil ich nicht nur ihren
ganzen Körper berühren wollte, so wie sie meinen berühren
sollte, ich wollte ihren ganzen Verstand berühren, so wie
sie meinen berühren sollte. Manchmal stellte ich sie mir als
sonniges Haus vor, in dem ich für den Rest meines Lebens
wohnen wollte. Wir lasen einander unsere liebsten Kinder-
bücher vor, erkundeten den Dachboden des anderen, schli-
chen uns nachts zum Haus des anderen. Die meiste Zeit
lachten wir und fuhren im Auto meines Vaters durch die
Gegend. Eines Tages nahm ich sie mit an Den Ort. Ich war
sehr oft dorthin gegangen, seit Dan Rivers weggezogen war,
und obwohl ich die Dame in Weiß nie wiedersah, fühlte ich
mich dort oben wohl, als könnte ich eine Zeit lang etwas
hinter mir lassen. Ich wollte, dass Diane Den Ort mit mir
sieht, so wie ich wollte, dass sie mein Zimmer sieht, meinen
Körper, meinen Teddy mit dem fehlenden Arm aus meiner
Kindheit. Es war ein sonniger Tag im Frühling, einer jener
Tage, an denen man laut auflachen will, weil es wirkt, als
würde er allzu angestrengt versuchen, die Vorstellung eines
perfekten Frühlingstages nachzuahmen. Während wir den
Weg hochstiegen, nahm sie alles in sich auf – die grünen
Wiesen, die Blumen, einen hellgrünen Grashüpfer auf einer

dunkelgrünen Bank. Wir hielten Händchen, schwangen die Arme. Als wir die Kuppe erreichten, schloss sie die Augen und wandte das Gesicht der Sonne zu, ihre Wangen schimmerten im Licht, als wären sie feucht. »Ich liebe es hier oben«, sagte sie und warf mir einen ihrer sanften, verspielten Blicke zu. »Was ist los?«, fragte sie. Ich erinnerte mich an die Zeit, als ich mit meiner Mutter an Den Ort gekommen war, doch jetzt war es umgekehrt: In Dianes Augen sah ich den Blick, den ich als Kind gehabt haben musste, als meine Mutter mir nicht ihre Aufmerksamkeit schenkte. »Nichts«, sagte ich. Mir wurde klar, was für ein Dummkopf ich gewesen war, sie hier nach oben einzuladen, wo sie sich nach Intimität sehnte, wohingegen ich – aber wer weiß, was ich wollte? Ich wusste nur, dass Der Ort nicht dazu da war, um Händchen zu halten und gemeinsam die schöne Aussicht zu genießen. Ich verspürte Ärger über mich selbst, und Ärger über Den Ort, und Mitleid mit ihr. Unter dem blauen Himmel spazierten wir unbehaglich Seite an Seite, setzten uns auf eine der Mauern, sahen uns um. Wir kehrten schweigend zum Auto zurück. Ich traf mich danach weiterhin mit Diane, nahm sie aber nie wieder mit an Den Ort, und zwei Wochen vor dem Abschluss trennten wir uns.

12

Manche nennen es den *Großen Ekel*. Dabei richtet man sich plötzlich gegen Den Ort, ohne ersichtlichen Grund. Die Steinmauern scheinen einen feindselig anzustarren, der Himmel ist eine Hand, die einem die Kehle zuschnürt. In der Stille kann man beinahe Stimmen hören, die von der Stadt aus nach einem rufen. Und so eilt man zurück in die Welt dort unten, wo man mit Freunden lacht, mit der Ehefrau und den Kindern zu den Picknicktischen nach Burrows Park fährt, Urlaub an der Küste plant. Man kann nicht verstehen, warum man jemals wertvolle Zeit auf der öden Kuppe eines langweiligen Hügels verbracht hat, während darunter das Leben pulsierte. Manchmal vergisst man Den Ort einen Monat lang, ein Jahr. Doch es kommt der Moment, da man der Stadt mit den vertrauten Dachschrägen, den vereinzelten Tassen auf Kaffeetischen in der Main Street, den schimmernden Wasserfontänen aus Rasensprengern, den knarzenden Schaukelbänken auf den Veranden überdrüssig wird. Dann erinnert man sich wieder an Den Ort, dort oben, abseits all dessen, und man ist ergriffen: von Reue, von Sehnsucht, von Dankbarkeit.

13

Weil Der Ort im Besitz unserer Stadt ist, verwaltet von der Abteilung für Grünflächen und Freizeit, und von unseren Steuergeldern finanziert wird, ist es nicht verwunderlich, dass regelmäßig Stimmen laut werden, das Land anders zu nutzen. Die Stadtvertretung wird immer wieder gebeten, Geschäftsvorschläge hiesiger Parteien und auswärtiger Entwickler zu berücksichtigen, die begierig darauf sind, Den Ort einem profitablen Nutzen zuzuführen. Einer der beliebteren Pläne ist ein sechsstöckiges Hotel mit großzügigen Balkonen, einem Speiseangebot aus selbst angebauten Zutaten und einem öffentlichen Freiluft-Café. Zu den anderen Immobilienprojekten zählt eine Wohnhausanlage im Stadthaus-Stil für zweiunddreißig Parteien, eine Privatschule für Mädchen, ein familiengeführtes Irish Pub, eine Einrichtung für betreutes Wohnen, ein Freizeitzentrum mit Krafträumen und Indoor-Pool und eine medizinische Einrichtung, die auf Demenzpflege spezialisiert ist. Alle Vorschläge wurden bei den über das Jahr verteilten Stadtversammlungen zur Abstimmung gebracht. Jenen von uns, die Den Ort gegen gewerbliche Nutzungsideen verteidigen, die klar und gut durchdacht sind und der Stadt zweifellos finanzielle Vorteile brächten, fällt es oft schwer zu sagen, was genau uns dazu bringt, Den Ort in seinem unprofitablen Zustand bewahren zu wollen.

14

Im College stürzte ich mich in Bücher und Freundschaften, als hätte ich nur noch wenige Monate zu leben. Ich begann mit Fechten, trat einem Debattierclub bei, blieb bis fünf Uhr morgens wach, um mit anderen zu diskutieren, ob Glück das wahre Ziel des menschlichen Lebens sei. Ich verbrachte die Sommer zu Hause, hatte Gelegenheitsjobs und besuchte an den Wochenenden Collegefreunde. Ich dachte daran, an Den Ort hinaufzugehen, aber irgendwie ergab es sich nie. Der Ort war wie ein altes Brettspiel, an das ich liebevoll zurückdachte, das ich aber nicht länger spielte. Gleichzeitig verkörperte er eine Versuchung, der ich widerstehen musste: die Versuchung, in eine Vorstadt-Jugend zurückzufallen, die ich so gerne überwinden wollte. Nach dem College kehrte ich über den Sommer nach Hause zurück, feilte an meiner Bewerbung und sprach für Jobs vor,

die ich als Experimente betrachtete, während ich darauf
wartete, meinen wahren Beruf zu entdecken, was immer es
auch sein mochte. Als man mich als Rechtsanwaltsgehilfe
in einer Anwaltskanzlei für ärztliche Kunstfehler in einer
zwei Stunden entfernten Stadt einstellte, machte ich Kurz-
besuche dorthin, um eine Wohnung zu finden. Am Tag vor
meinem Auszug von zu Hause fuhr ich zu dem Hügel. Ich
hatte allen Lebewohl gesagt und ich nehme an, dies war
ein weiteres. Als ich unter der Augustsonne den Weg nach
oben ging, fragte ich mich, was ich mir dabei dachte. Auf
der Kuppe sah ich mich um. Außer einer Bank mit Metall-
latten, die eine der alten Holzbänke ersetzt hatte, hatte sich
nichts verändert. Mir fiel auf, dass jeder Grashalm in exakt derselben Position war wie bei meinem letzten Besuch.
Das war der Sommer vor dem College gewesen, als ich
hinter einer der Erfrischungstheken am South Side Sportplatz arbeitete, mit Freunden am Indian Lake schwimmen
ging und Dem Ort wegen der Erinnerungen an Diane
DeCarlo meistens fernblieb. Zuletzt war ich gegen Ende
des Sommers hochgekommen und hatte angestrengt hin-
gesehen, wie auf etwas, das bereits davongleitet. Jetzt ging
ich umher, sah auf die Stadt hinunter, setzte mich an eine
Mauer, deren Steinkanten ich in meinem Rücken spürte,
und stand schnell auf. Ich wartete auf etwas, ohne zu wissen, was es war. Ich starrte auf die Grashänge, die fernen
Hügel, als erwartete ich von ihnen, laut zu sprechen. Eine
Ungeduld überkam mich. Warum war ich hergekommen?
Ich fing ein neues Leben an. Das war das alte Leben, die
Zeit der Kindergeburtstage und Familienpicknicks im Park
und Dan Rivers und Diane DeCarlo. Ich erinnerte mich
an das weiße Kleid, den gleißenden Raum, doch das war

nur ein Sommertraum. Der Ort konnte mir nichts geben, ich war so erfüllt von der Zukunft, dass ich kaum an einem Fleck war. Trotzdem wartete ich, verlangte, dass Der Ort mir etwas gibt, irgendetwas – was immer es war, weshalb ich gekommen war. Mir war danach, wild drauflos zu lachen, mich hinzuhocken und mit meinen Fäusten auf den Boden zu hämmern. Ich öffnete den Mund, wie um zu schreien. Dann warf ich einen Blick auf die Armbanduhr und machte mich auf den Weg zum Auto.

15

Einige Leute sagen, Der Ort sei die Sphäre des Geistes, im Gegensatz zur Sphäre des Körpers. Unten nähren wir unsere Körper, kleiden sie ein, arbeiten in unseren Jobs, essen, heiraten und sterben wir. Oben, wo unsere Körper frei von weltlichen Belangen sind, kann unser Geist ungehindert gedeihen, während wir einen Ort des Nachdenkens, der Ruhe und des stillen Hochgefühls betreten. Diese Erklärung, beliebt bei jenen, die Den Ort als spirituelle Zufluchtsstätte sehen, wie auch bei jenen, die Den Ort ignorieren, aber akzeptieren, dass er für andere von Wert ist, ist nicht überzeugend. Eine der Freuden des Ortes ist das schiere Entzücken, das unsere Körper verspüren, hoch über den Anstrengungen und dem Druck der Stadt unter uns. Die Luft, frischer und sauberer, wird tief in unsere Lungen gesogen, wie eine durstige Kehle kühles Wasser aufnimmt. Der Körper wird neu belebt, mit einer Energie gefüllt, die sich nährend, nicht rastlos anfühlt. Gleichzeitig ist es gewiss ein Fehler zu denken, die Stadt sei lediglich von materiellen

Dingen erfüllt. Dort unten lesen wir, denken wir, gehen zur Schule, besuchen Klavierkonzerte, treffen moralische Entscheidungen, erleben die Ekstase, die wir Liebe nennen. Wenn wir an Dem Ort die Stadtwelt für etwas anderes verlassen, dann verlassen wir alles, inklusive unserer teuersten gedanklichen Abenteuer. Wozu Der Ort einlädt, ist der Rückzug von allem Menschlichen – ein Rückzug, der einer Kapitulation gleichkommt.

16

An ihrem dreißigsten Geburtstag stand Lucy Wheeler in ihrem sonnig-schattigen Garten hinter dem Haus, umgeben von Freunden und Familie, die lachten und Geschichten erzählten und mit Weingläsern und Papptellern mit Schrimps und gegrilltem Hähnchen umhergingen. Sie beobachtete die rot-gelben Ballons, die ihr Ehemann an den Ästen des alten Zuckerahorns festgebunden hatte, und während sie die Augen halb schloss, spürte sie, wie das Glück ihres Lebens sie durchströmte wie das Sonnenlicht den Wein. Gleichzeitig hatte sie das Gefühl, sie stehe etwas abseits ihrer selbst und beobachte Lucy Wheeler dabei, wie sie mit vor Glück gerötetem Gesicht dastand, ein markantes Gesicht mit beinahe dunklen Augenbrauen und leuchtend blondem Haar, das locker zurückgebunden war. Sie hatte in letzter Zeit diese kurzen Momente der Selbstabkapselung, diese Brüche, wie sie es gerne nannte, und jetzt, während sie im Kreise ihrer Freunde dastand und spürte, wie Glück sie durchströmte, hatte sie den plötzlichen Wunsch, sich selbst dort stehen zu lassen und fortzugehen, aus dem Garten, aus ihrem

330

Leben, ein Wunsch so bohrend, dass sie sich schnell umsah, als hätte sie Angst, etwas Hartes oder Kaltes könnte sich in ihrem Gesicht zeigen. Am darauffolgenden Tag, als ihr Ehemann im Büro war und die Kinder den Nachmittag in Judy Gelbers Haus verbrachten, fuhr Lucy Wheeler an Den Ort. Sie war einmal mit ihrem Ehemann hinaufgewandert, als sie vor sechs Jahren in unsere Stadt gezogen waren, und hatte die Aussicht bewundert. Jetzt stand sie allein an der Spitze einer Anhöhe und spürte etwas von sich abfallen. Sie blieb eine Weile dort stehen und war überrascht, auf ihrer Armbanduhr zu sehen, dass bereits drei Stunden vergangen waren. Sie hatte die Kinder vergessen, ihr Ehemann war bereits auf dem Heimweg, sie musste noch die Hühnerbrust für das Abendessen abholen. Sie fuhr nun jeden Tag an Den Ort, nachdem sie die Kinder bei Freunden untergebracht hatte. Nachts wachte sie um vier Uhr morgens auf und sehnte sich nach dem Moment, in dem sie zurückkehren konnte. Beim Abendessen bemerkte sie, wie ihre Tochter sie ansah. »Ist alles in Ordnung?«, fragte ihr Ehemann sie eines Abends, und einen Augenblick lang erinnerte sie sich nicht, wer er war. Am Samstag fuhr sie an Den Ort und blieb, bis die Sonne hinter den Hügeln in der Ferne untergegangen war. Zu Hause fühlte sie sich schuldig, defensiv, trotzig. Eine Woche später blieb sie bis nach Sonnenuntergang, bis nach der Schließzeit. Sie wollte zusehen, wie der Himmel sich verdunkelt, wollte die Vollkommenheit der Nacht sehen. Sie lag auf einem flachen Abhang unter einer der Mauern auf dem Rücken. Als sie hörte, wie ein Auto vom Ausgangspunkt des Weges nach oben fuhr, wurde ihr klar, dass jemand sie holen kam, und sie dachte daran, sich zu verstecken, doch wozu. Sie hörte die Schritte und sah den dunklen Polizisten, der näher kam. Sie dachte: Ich bin so glücklich. Stimmt etwas nicht mit mir? Sie dachte: Jetzt wird mein Leben nie wieder so sein, wie es einmal war.

17

Nach sechs Jahren in der Großstadt, in denen ich meine Ehefrau kennenlernte, meinen Jura-Abschluss machte und eine Stelle in der Rechtsabteilung des Rathauses angenommen hatte, zog ich zurück in meine alte Stadt, um eine Familie zu gründen. Ich hatte mich nie als die Art Mensch gesehen, der in seine alte Stadt zurückziehen würde, doch hier war ich, in einem Haus mit Veranda in einer schattigen Straße eines guten Schulbezirkes. Ich arbeitete in einer hiesigen Anwaltskanzlei für Familienrecht mit Schwerpunkt Mediation, Scheidungen und Kindesunterhalt und war später in der Lage, eine eigene Kanzlei zu eröffnen. Wir begannen ein Leben voller Gartengrillfeste, Partys, Kinderbetreuung, Ballettstunden, Baseballtraining, Familienurlauben auf dem Campingplatz am See. Ich liebte meine Frau, meine Familie, meine Arbeit. Gelächter strömte aus mir wie mein Atmen. Eines Nachmittags im Sommer fuhren wir beide, Lily und ich, an Den Ort, wo wir auf einer Bank saßen und Händchen hielten, während wir auf die Stadt unter uns blickten. Eine Woche später kehrte ich allein zurück. Ich war seit zehn Jahren nicht mehr allein dort oben gewesen und ich weiß nicht, was ich erwartet hatte, jetzt, wo ich mich nicht länger als Sohn und Schüler sah, doch es war, als wollte ich etwas klarstellen. Die Erinnerung an meinen gescheiterten Besuch nagte an mir. Ich erkannte, dass ich an jenem Tag alles falsch gemacht hatte – ich hatte Forderungen an Den Ort gestellt, als schuldete er mir etwas. Diesmal bat ich um nichts. Ich wollte lediglich raus aus der Stadt, für kurze Zeit. Obwohl es warm war, füllte sich der Himmel mit dunklen Wolken. Ich spazierte unter dem stürmischen Himmel an den Steinmauern entlang. Unten, in der Ferne, konnte ich den Regen neben hellem Sonnenlicht in schrägen Linien herabfallen sehen. Ich wurde mir eines Gefühls gewahr, das beinahe körperlich war: eine Enge, eine innere Dichte, strömte aus mir. Ich blickte auf meine Hände, als erwartete ich, etwas aus meinen Fingern fließen zu sehen. Ich setzte mich an eine Mauer. Ich konnte meinen Rücken auf dem Stein spüren, meine Beine auf dem Boden. Es ist schwer zu sagen, was ich als Nächstes fühlte. Ich bin versucht, es Zufriedenheit zu nennen, eine intensive Ruhe, doch es war mächtiger als das – es war wie eine Auflösung, ein Aufdröseln dessen, was auch immer ich war. Ich war der Stein in der Mauer, ich war das Gras in der Wiese, ich war die Honigbiene, die über der Kleeblüte schwebte, ich war alles, ich war überhaupt nichts. Als es zu regnen begann, blieb ich dort sitzen. Ich konnte spüren, wie das Wasser über mein Gesicht lief, auf das Hemd prasselte, meinen Umriss verwischte, schräg durch mich hindurchfiel.

18

Es gibt jene, die Den Ort nicht mögen. Sie verweisen auf extreme Fälle, etwa Lucy Wheeler, oder auf viel harmlosere Fälle der Verwirrung, emotionaler Unruhe und innerer Zerrissenheit. Der Ort, so sagen sie, sei eine zerstörerische Macht, die unsere Stadt untergrabe, indem sie uns von gesunden Beschäftigungen in eine Welt der ungesunden Träumerei führe. Viele, die Den Ort gegen derartige Anschuldigungen verteidigen, halten dagegen, er habe vorteilhafte, das Leben bereichernde Effekte, die nicht nur in sich wertvoll seien, sondern auch die Gesundheit unserer Stadt stärken könnten. Andere beharren darauf, dass die Ausgangssituation der Anschuldigung falsch sei: Das Leben in unserer Stadt sei nicht per definitionem gesund, und die Ereignisse, die mit Dem Ort in Verbindung stehen, seien keinesfalls ungesund. Wiederum andere argumentieren, Der Ort sei ein essenzieller Bestandteil unserer Stadt, denn ohne ihn mangele es der Stadt am Bewusstsein ihrer selbst, weshalb sie in diesem Falle nicht mehr menschlich sei. Für jene von uns, die Den Ort schätzen, aber nicht behaupten, sein Geheimnis gelüftet zu haben, sind die Argumente seiner Gegner besonders wertvoll. Wir denken über sie nach, wir entwickeln unsere eigenen subtilen Verbesserungen und Variationen, wir tun alles in unserer Macht stehende, um die Anklage gegen uns zu stärken, im Versuch, das sichtbar zu machen, was vor uns verborgen wird.

19

Ich stand in einer großen Halle, voller Menschen, die wie bizarre Versionen ihrer selbst aussahen. Oder besser gesagt: Sie sahen aus wie Teenager, die sich spielerisch schick gemacht hatten, jede Menge Schminke und die Kleidung ihrer Eltern verwendet hatten, um der Welt ihr älteres Ich zu präsentieren, zu dem sie in ihrer Vorstellung eines Tages werden würden. Ich war nie zuvor bei einem Highschool-Klassentreffen gewesen. Ich hatte geplant, dieses nicht zu besuchen, das vierzigste, doch im letzten Moment gab ich einem unerwarteten Impuls der Neugier nach. Als ich dastand und versuchte, mich zwischen zwei Getränken zu entscheiden, die auf unsere Schulfarben abgestimmt waren, fragte ich mich, ob auch ich wie ein nicht überzeugender Schauspieler wirkte, und in dem Moment sah ich zufällig, etwa drei Meter von mir entfernt, Dan Rivers. Er sah mich direkt an. Ich erkannte ihn sofort – dieselben Augenbrauen, dasselbe schnelle Lächeln, dasselbe Selbstbewusstsein in seinem Körper. Nicht ganz dasselbe, natürlich, aber es war, als hätten sich seine Züge und Gesten zu einer kompletteren und unerschütterlicheren Version verfestigt. »Ich habe es gehofft«, sagte er, während er auf mich zukam und beide Hände ausstreckte. »Es ist eine Weile her.« »Wenn vierzig Jahre eine Weile sind«, sagte ich und nahm seine Hände, größer, als ich sie in Erinnerung hatte, aber noch immer hager und kräftig. »Ich wollte dich kontaktieren«, sagte er, »aber, du weißt ja« – und da war es, dieses langsame, einseitige Schulterzucken. »Aber jetzt«, sagte er, »können wir das nachholen.« Wir fingen eine der alten, unbeschwerten Unterhaltungen an, zwei siebzehnjährige Jungs im Körper alternder Männer. Dan Rivers war verheiratet, hatte zwei Kinder, war Architekt und hatte Dämme und Brücken entworfen. Irgendwann fragte ich ihn, ob er jemals zurückgegangen war, um Den Ort zu besuchen. Ich nehme an, ich wollte wissen, ob er sich daran erinnerte. »Ach, das«, sagte er mit seinem jugendlichen Lachen. »Natürlich erinnere ich mich daran – dritte Klasse. Diese Phase, die ich durchgemacht habe. Mein Sohn hat früher sechs Stunden pro Tag Fantasy-Spiele auf dem Computer gespielt. Es vergeht alles von selbst.« Wir sprachen über Familie, Reisen,

Collegegebühren. Als ich vorschlug, er solle uns zu Hause besuchen, sah er mich mit ehrlichem Bedauern an. »Würde ich liebend gerne – aber ich muss zurück nach Hause. Eine Konferenz. Ich hatte Glück, überhaupt wegzukommen. Aber nächstes Mal – nächstes Mal – auf jeden Fall.« »Auf jeden Fall«, sagte ich. Er schenkte mir einen freundlichen, langen Blick. »Ich bin froh, dass wir uns getroffen haben«, sagte er. Jemand zupfte an seinem Arm. »Bist du das, Emily?«, rief er. »Ich kann es nicht glauben!« »Hallo, Emily«, sagte ich. »Ist es wirklich schon vierzig Jahre her?«, fragte sie. »Es kommt mir wie gestern vor.«

20

Einige behaupten, die belebende Wirkung Des Ortes habe eine natürliche Ursache. Die frische Luft, frei von den Abgasen der Autos, Busse, Lieferwagen, Rasenmäher, gasbetriebenen Kantenschneider und Heckenscheren und den alten Schornsteinen der zwei Städte entfernten Elektrofabrik enthalte mehr Sauerstoff als die Luft unten. Der erhöhte Sauerstoffgehalt im Gehirn erleichtere die Ausschüttung von Neurotransmittern, die ein Gefühl des Glücks und des Wohlbefindens auslösen. Außerdem stärke jeder Atemzug das Immunsystem, verbessere die Energie und schärfe die Fähigkeit, klar zu denken, während der Überfluss an natürlichem Licht die körpereigene Produktion von Vitamin D anrege, welches die Knochendichte verbessere und die Wahrung des hormonellen Gleichgewichts unterstütze. Obwohl niemand die Vorteile von frischer Luft und Sonnenlicht abstreitet, haben jene von uns, die Den Ort aus anderen

Gründen befürworten, nichts für diese natürliche Erklärung übrig. Ihre unmittelbare Schwachstelle ist, dass sie Den Ort nicht von anderen ländlichen Plätzen unterscheidet. Ihre gravierendere Schwachstelle ist, dass sie versucht, Den Ort zu domestizieren, ihn zu zähmen, ihn auf das Niveau der Stadt herabzusetzen. Der Ort wird zu einer Gesundheitseinrichtung unter freiem Himmel, einem Konkurrenten für das neue Fitnessstudio in der Auburn Avenue. Doch für jene von uns, die seine Bedeutung verstehen wollen, ist Der Ort keine Verlängerung der Stadt. Er ist, was die Stadt nicht ist. Er ist die Ablösung der Stadt, die Auslöschung der Stadt. Er ist die Un-Stadt.

21

Vor nicht allzu langer Zeit ging ich an Den Ort und setzte mich auf eine warme Bank, von wo aus ich die kleine Stadt überblicken konnte. In der klaren Luft konnte ich die Baustelle sehen, auf der sich die neuen Wohnungen erhoben, sowie das beinahe fertiggestellte Parkhaus der North Main. Ich dachte: Jetzt bist du einer der Banksitzer geworden, die für die Aussicht hochkommen. Doch in Wahrheit ruhte ich mich nur von dem langen Aufstieg aus. Meine Beine sind noch immer stark, aber mein Herz neigt dazu, beim Bergaufgehen zu hämmern – es ist einer der Gründe, weswegen Lily mich zu einem Arztbesuch gedrängt hätte. Aber alles, was ich brauchte, war eine kleine Pause, bevor ich weiter nach oben ging. Nach einer Weile stand ich von der Bank auf und spazierte die vertrauten Mauern entlang, blieb stehen, um die Wärme der obersten Steine zu fühlen, die der

Sonne zugewandt waren. Ich bat Den Ort um nichts. Ich wollte nur der Stadt entfliehen, wo die Kanten der Häuser wie Messerklingen zu blitzen begonnen hatten. Und ich nehme an, ich hatte über all das jüngste Gerede nachgedacht, die Steinmauern abzureißen, die Vertiefungen und Höhlen aufzufüllen und das begradigte Land in einen Hightech-Gewerbepark zu verwandeln, eine Veränderung, die unzählige Arbeitsplätze schaffen und die Grundstückswerte in den Himmel schießen lassen würde. Seit dem Ableben meiner Frau hatte mich mein Sohn, ebenfalls Anwalt, gedrängt, das Haus zu verkaufen und in eine betreute Wohneinrichtung zu ziehen, doch ich habe mich daran gewöhnt, wie das Licht in jeden Raum fällt, und ich verspüre nicht den Wunsch fortzugehen. In der warmen Sonne stieg ich langsam einen Hang hoch. Ich konnte spüren, wie mein Herz wieder zu pochen begann. Als ich eine Mauer an der Kuppe erreichte, sah ich, auf einer Wiese auf der anderen Seite, eine Frau in einem weißen Kleid. Sie blickte in die andere Richtung. Und ich war gerührt, zutiefst gerührt, dass sie zu mir zurückgekommen war, nach all den Jahren. Ich war nicht überrascht, dass sie jung geblieben war, als wäre keine Zeit verstrichen, seit ich ein siebzehnjähriger Junge gewesen war. Soweit ich wusste, saß ich noch immer an diese Mauer gelehnt, mit halb geschlossenen Augen, und wartete darauf, dass mein Leben beginnt. Die junge Frau trug keinen Hut. Das Haar, hellbraun, fiel ihr bis zur Mitte des Rückens, sie stand mit leicht einwärtsgedrehtem Fuß da und stützte mit einer Hand den Ellenbogen des anderen Armes. Einen Augenblick später erkannte ich, dass es die Tochter eines Freundes aus der Stadt war, die mit einer weißen Handtasche über der Schulter dastand. Sie musste zur selben Zeit hochgekommen sein wie ich. Sie sah nicht, dass ich sie beobachtete, und ich wendete mich ab, um sie nicht zu stören. Der Anblick des Mädchens in Weiß hatte mich besänftigt und aufgewühlt, als hätte man mir die Gabe verliehen, die Vergangenheit zu erleben und die Zukunft zu sehen. Von einer Mauer in der Nähe schwang sich plötzlich eine glänzende schwarze Grackel, die Purpur schimmerte, in die Lüfte.

22

Jene, die uns zu kennen glauben, nennen uns manchmal die Unzufriedenen. Jeden Augenblick, so sagen sie, würden wir unsere Gärten und Veranden und Wohnzimmersofas verlassen, wir würden uns von unseren Tischen im Restaurant erheben, unsere Rasenmäher und Gartenschläuche beiseitelegen, unsere Familien und Freunde zurücklassen und zum Ort fahren. Wir würden auf einem der Parkplätze parken und einen gewundenen Weg hinaufwandern, ab und zu auf dem Weg Rast machen, bis wir die Kuppe erreichten. Doch kaum an den Wiesen und Steinmauern angekommen, würden wir von dem Wunsch gepackt, in die Stadt zurückzukehren, mit ihren Softball-Spielen und den Geldautomaten und Grillfesten. Rastlos würden wir uns zwischen den beiden Welten hin und her bewegen, nie zufrieden, nie ruhig. Auf derlei Vorwürfe antworten wir nicht. Wir sind versucht zu sagen: Und ihr? Seid ihr so zufrieden mit euch selbst? Oder sogar: Ruhe ist für die Toten. Stattdessen bewegen wir uns weiter zwischen der Stadt und Dem Ort hin und her, in einem Rhythmus, der uns wichtiger erscheint als Ruhe. Das eine oder das andere zu haben erscheint uns wie eine Entbehrung, gar wie eine Strafe. Die Last der Stadt würde uns früher oder später erdrücken, die Leichtigkeit Des Ortes würde uns in die Luft steigen lassen. Viel besser, zwischen den beiden hin und her zu gehen, die Straßen der Stadt zurückzulassen, um Momente des Loslassens zu finden, die Höhe zurückzulassen, um zur befriedigenden Schwere der Dinge zurückzukehren. Einige werfen ein, die Stadt und Der Ort seien nichts anderes als äußerliche und sichtbare Zeichen einer inneren und unsichtbaren Wahrheit: Die Stadt und Der Ort, so behaupten sie beharrlich, lägen im Inneren. Dazu kann ich nur sagen, dass ich derartige Dinge nicht verstehe. Für mich geht es darum, auf diesen Augenblick zu warten. Dann weiß ich, dass ich die Stadt verlassen und zum Hügel fahren muss. Man könnte sagen, ich gehe nur zum Ort hinauf, um wieder hinabzusteigen, oder ich gehe nur in die Stadt, um zum Ort zurückzukehren. Das mag so sein. Das sollen andere entscheiden. Doch wenn Sie mehr darüber wissen möchten, sollten Sie es am besten mit eigenen Augen sehen. Kommen Sie. Es ist nicht schwer, uns zu finden. Wir sind genau hier. Kommen Sie für einen Tag. Sie können in einem der Straßencafés zu Mittag essen und flanierende Touristen beobachten. Sie können die Main Street entlangspazieren, in ein paar Läden haltmachen. Dann ist es Zeit, zum Hügel zu fahren. Sie werden an den Autohändlern vorbeifahren, an den roten Dächern des Seniorenzentrums, an dem Kaufhaus und dem Freiluft-Einkaufszentrum, bevor Sie schließlich den Wald erreichen. Auf der anderen Seite können Sie den Hügel ein Stück hinauffahren und auf einem der Stellplätze parken. Steigen Sie aus und sehen Sie sich um. Gehen Sie den Weg hinauf. Sie können unterwegs Rast machen, wenn Sie wollen. Es gibt keinen Grund zur Eile. Es ist nicht weit. Kommen Sie.

Home Run

Zweite Hälfte des neunten Innings, zwei Outs, Gleichstand, die Runner in den Ecken, alle verlassen sich auf McCluskey, die Fans sind aufgesprungen, das Stadion tobt, der Outfielder rückt in Erwartung eines Bloop-Singles vor, der Pitcher sieht zum Catcher, schüttelt den Kopf, ein großer Abstand zur ersten Base, sie täuschen ihn nicht, der einzige Run, der zählt, ist der Spieler, der um die dritte tänzelt, er schüttelt erneut den Kopf, McCluskey verlangt eine Auszeit, verlässt die Box, zieht seinen Batting Glove hoch, klopft die Erde von den Schuhen, es ist ein Katz-und-Maus-Spiel, den Rhythmus stören, ihn warten lassen, jetzt ist der Hüne zurück in der Box, geht in die Knie, der hochgewachsene Linkshänder stellt sich an den Rubber, sieht zum Catcher, nickt, wird es ein Breaking Ball oder doch ein Slider, der Spieler an der dritten Base macht einen Schritt zurück, der Catcher geht in Position, der Pitcher lässt sich Zeit, ganz bewusst, jetzt ist er so weit, Kick, Schritt, Wurf, es ist ein Fastball, kerzengerade, McCluskey holt aus, ein gewaltiger Schlag, er hat abgeliefert, die Menge kreischt, der Center Fielder weicht zurück, zurück, lehnt sich nach rechts, jede Menge Platz dort draußen im Niemandsland, weicht noch immer zurück, er ist auf dem Warning Track, der Ball fliegt, fliegt, er ist am Zaun angekommen, sieht hoch, der Ball ist verschwunden, *bye bye, hasta la vista, baby*, McCluskey setzt zum Home Run an, über die 390-Fuß-Marke im

Rightcenter, Game over, er hat's ihnen gezeigt, der Ball ist fort und wir werden ihn nicht so bald wiedersehen, *sayonara*, die Menge jubelt, der Ball ist noch immer in der Luft, die Fans sind nicht zu halten, McCluskey umrundet die zweite Base, der Ball ist noch immer dort oben, weit oben, hoch über der Tribüne, fliegt auf das Oberdeck zu, was für ein Schlag, ein weiterer Monsterschlag des großen Big M, er lieferte dieses Jahr einen nach dem anderen, er umrundet die dritte Base, der Ball fliegt und fliegt, er fliegt schnell wie der Blitz, ein sicherer Home Run, einen Augenblick, einen Augenblick, oh, oh, oh, er ist draußen, er ist raus aus dem Stadion, über die Tribüne geflogen, über das Budweiser-Schild, Jimmy, hast du dazu Zahlen für mich, er hat ihn einfach so rausgehauen, komplett raus, ist das zu glauben, schlägt der den Ball doch glatt aus dem Stadion, heiliger Strohsack, wie weit der fliegt, der Hüne erreicht die Plate, sein Team stürmt auf ihn zu, die Menge tobt, was, Jimmy, Jimmy, bist du sicher, ich höre gerade, dass wir eine Premiere haben, ganz genau, eine Premiere, noch nie zuvor hat ihn jemand rausgeschlagen, Clusker hat den Dreh echt raus, hat den Fastball sofort kommen gesehen und ihn perfekt getroffen, hat eine Rakete gezündet, Donnerwetter, hat der ihn versenkt, ich meine, er hat ihn echt rausgeknallt, der Hüne ist stark, aber es war wieder sein geschmeidiger Schlag, der King of Swing, er setzt seinen ganzen Körper ein, schlägt aus den Beinen heraus, er hat ihn hochkatapultiert, der Schlag wird in die Baseball-Geschichte eingehen, punktgenau getroffen, der Ball steigt noch immer höher, unfassbar, über den Goodyear-Blimp, *see you later alligator*, in luftige Höhen, weiter und weiter, der ist nicht mehr aufzuhalten, sie bringen McCluskey zum Dugout zurück,

Fans strömen über das Feld, sie zeigen in den Himmel, der Ball ist noch immer dort oben, hoch oben, der Ball ist unfassbar weit oben, Jimmy, was hast du für mich, weiter, weiter, einen Moment, was sagst du, Jimmy, ich höre gerade, dass der Ball in die Troposphäre eingetreten ist, wissen wir das ganz sicher, was sagt man dazu, der Hüne hat ihn in den Himmel geschossen, jetzt ist er in der Stratosphäre, ich glaub, mein Schwein pfeift, hilf mir mal, Jimmy, die Stratosphäre beginnt bei rund 10 Kilometern und ist etwa 50 Kilometer hoch, was hat der für eine Kraft, ein sensationelles Ding von McSwing, ein Spitzenschlag vom großen Klopper, höher und höher, die Tribüne leert sich, der Ball ist jetzt in der Mesosphäre, der Hüne hat ihm ordentlich Feuer unterm Hintern gemacht, er hat einen Kometen geschaffen, das Reinigungsteam sammelt Flaschen, Pappbecher, Erdnussschalen, Hotdog-Verpackungen auf, reinigt die Sitze, von dem Schlag werden die Leute mit Sicherheit noch lange Zeit reden, er hat den Ball in Licht verwandelt, ein Pitch bis zum Broadway, hat versucht, in die innere Ecke der Strike Zone zu treffen, aber verfehlt, man will es nicht drauf anlegen, dass der Hüne die Arme ausstreckt, jetzt ist er in der Exosphäre, weit, weit oben, so etwas habe ich noch nie erlebt, der kann noch den ganzen Tag weiterfliegen, aber wer hätte gedacht, einen Moment, warten Sie eine Sekunde, Potzblitz, er hat die Erdatmosphäre verlassen, mach's gut, war nett, dich kennengelernt zu haben, viel Spaß im Weltall, ich meine, der Ball ist dort draußen, flieg Vögelchen, fliegt immer höher, hier unten im Stadion ist die Tribüne leer, die Sonne geht unter, der Mond geht auf, fast Vollmond, es ist eine wunderschöne Nacht, 23 Grad, morgen ist ein weiteres Spiel, dann geht's ab zur

Westküste für eine knallharte Serie aus drei Spielen, der Ball steigt noch immer auf, der will wohl zum Mond, so viel zum Thema Mondlandung, Mann, was hat der für einen Zunder, höher, weiter, er fliegt und fliegt, er ist am Mond vorbeigeflogen, den sehen wir nie wieder, *Good night Irene, I'll see you in my dreams*, der Hüne hat dem wirklich Dampf gemacht, hat voll ins Schwarze getroffen, ein echter Überflieger, der Ball steigt immer noch höher, zischt am Mars vorbei, durch einen Asteroidengürtel hindurch, das muss man einfach lieben, am Jupiter vorbei, tschüss Saturn, lebe wohl Uranus, *arrivederci* Neptun, jetzt ist er in der Milchstraße, tanzt dem Großen Bären auf der Nase herum, ein galaktischer Schlag, kometenhaft, von wie vielen Sternen reden wir hier, Jimmy, Jimmy sagt zweihundert Milliarden, es gibt zweihundert Milliarden Sterne in der Milchstraße, fünf Cent für jeden Stern und die Rente ist gesichert, der Ball steigt noch immer auf, lässt die Milchstraße hinter sich und fliegt in den intergalaktischen Raum, Wahnsinn, was für ein Schlag, ein Urknaller, es war eine gute Saison, obwohl sie die Play-offs knapp verfehlt haben, wir werden McCluskey im nächsten Jahr wiedersehen, der Ball ist über das Andromeda-System hinausgeflogen, höher und höher, der Hüne hat es allen gezeigt, wusch, boing, zack, zisch, auf Nimmerwiedersehen, er macht sich gut im Frühjahrstraining, ist zurück mit seinem lässigen Schlag, vorbei am Virgo-Superhaufen mit den Tausenden Galaxien, der Ball hat ordentlich eins auf die Mütze gekriegt, ein Big Bang für die Hitliste, ein Home Run mit Pfeffer, vorbei am Hydra-Centaurus-Superhaufen, noch immer höher, vorbei am Aquarius-Superhaufen, Tausende und Abertausende Superhaufen da draußen, McCluskey erinnert sich noch immer daran, er ist Coach in der Triple-A, der Hüne war seinerzeit eine Sensation, der Ball ist noch immer dort draußen, steigt noch immer höher, fliegt an den Rand des sichtbaren Universums zu, entfernt sich schneller als mit Lichtgeschwindigkeit, der Ball fliegt und fliegt, er erinnert sich an das Gefühl des Schlägers in seinen Händen, den schönen Klang beim Schlag, den Duft von Holzteer, an das Ende des neunten Innings, zwei Runner, zwei Outs, ein Sommertag.

Ein amerikanisches Lügenmärchen

Von grünem Regen und Stachelschweinkämmen, von Hot Biscuit Slim und dem fantastischen Grill

Ich will euch von Paul Bunyan erzählen. Ihr alle habt schon die eine oder andere Geschichte über Paul Bunyan gehört. Ihr wisst, welche Sorte Mann Paul Bunyan war. Er konnte weiter rennen, weiter springen, weiter spucken und weiter schießen als irgendwer sonst. Er konnte besser fluchen, besser angeben, besser zuschlagen und besser pinkeln als irgendwer sonst. Er konnte seine Axt so kräftig schwingen, dass der dabei entstehende Wind in einem Umkreis von zweihundert Metern alle Nadeln von den Kiefern blies. Es regnete tagelang Kiefernnadeln. Kein anderer Holzfäller konnte die Axt so schwingen wie Paul Bunyan. Was seine Arbeit anging? Tja, er sprang von der Pritsche auf, noch bevor die Sonne aufging, schlüpfte in seine schmierigen Stiefel und hatte den Mantel zugeknöpft, bevor er überhaupt die Augen öffnete. Er trat ins Freie und riss eine Kiefer aus, um sich den Bart zu kämmen. Sein Haar kämmte er mit einem Stachelschwein. Dann ging er zur Kochhütte, während seine Männer noch schnarchten wie ein Moskitoschwarm. Hot Biscuit Slim wartete hinter dem Grill. Ihr kennt die Geschichten über Paul Bunyans Grill. Die Grillplatte war so groß, dass drei Männer mit um die Fußsohlen gebundenen Speckschwarten darauf Schlittschuh laufen mussten, um ihn einzufetten. Paul Bunyan verschlang diese Pfannkuchen ohne zu kauen. Er spülte sie mit einem Fass Melasse hinunter. Er verschlang so viele Pfannkuchen, dass sie aneinandergereiht bis nach Minnesota reichen würden, und dafür musste er sich noch nicht einmal anstrengen. Danach trank er zwei Kessel schwarzen Kaffee und ein Fass Cider und machte sich auf in den Wald. Wenn es um das Holzfällen ging, konnte niemand Paul Bunyan das Wasser reichen. Er schwang seine Axt so kräftig, dass die Klinge in eine weiße Kiefer drang, die hoch wie ein Hügel und breit wie eine Scheune war, und auf der anderen Seite schwungvoll wieder austrat. Nach einem einzigen Axtschwung lagen zweihundert Bäume zu seinen Füßen. Noch vor dem Mittagessen konnte er achtzigtausend Quadratmeter eines Kiefernwaldes abholzen. In der Zwischenzeit ebneten seine Arbeiter den Weg zum Flussufer, die Entaster entfernten die Äste, die Säger teilten die Kiefern in dreißig Meter lange Stämme, die Träger brachten die Stämme zu Babe, dem blauen Ochsen, der sie über die Wege zu den Anlegestellen am Fluss brachte. Gegen Paul Bunyan hatte kein Wald eine Chance. Ihr wisst ja, was man über North Dakota sagt. Es bestand nur aus Wald, bis Paul mit seinen Holzfällerjungs auftauchte. Sie schlugen eine Schneise von Maine nach Michigan und von Michigan nach Wisconsin und von Wisconsin nach Minnesota. Sie hackten sich von Minnesota durch beide Dakotas nach Montana, fällten und sägten und spalteten wie besessen. Nie zuvor hatte es so etwas gegeben. Das wisst ihr alle. Ihr kennt die Geschichten. Doch es gibt eine Geschichte, die ihr vielleicht noch nicht kennt. Womöglich habt ihr noch nie die Geschichte von Paul Bunyans Bruder gehört.

Die Geschichte von Paul Bunyans Bruder

Paul Bunyan sprach nie über seinen Bruder, kein Wunder. Dieser nichtsnutzige Träumer trieb Paul in den Wahnsinn. Allein sein Anblick reichte aus, um einen Holzfäller zur Weißglut zu bringen. Gut, er war genauso groß wie Paul, aber das war auch schon alles. Er war der dünnste Mann der Welt, der noch in der Lage war, sich zu bewegen. Er war so dünn, dass die Sonne sich nicht entscheiden konnte, wie sie seinen Schatten werfen sollte, weshalb sie den Versuch schließlich aufgab. Er war so dünn und dürr, dass man, wenn er sich zur Seite drehte, lediglich seine Nasenspitze sehen konnte. Er war ein schmalschultriges, spindelbeiniges, knubbelknieiges, hühnerbrüstiges, storchenhalsiges, streichholzarmiges Strichmännchen mit watschelnden Schaufelfüßen, die in zwei verschiedene Richtungen marschierten. Seine Schultern waren so schmal, dass er die roten Hosenträger um seinen mickrigen Hals wickeln musste, damit die schlackernden Hosen nicht hinunterrutschten. Seine Knie waren so knochig, dass sie beim Gehen dasselbe Geräusch machten wie Löffel, die gegen Blechschüsseln schlagen. Doch schlimmer als sein Klappergestell war, dass dieser schlechte Witz einer Mutter Sohn so stinkfaul war, dass ein toter Hund neben ihm lebhaft wirkte. Er stand so spät auf, dass es schon wieder Schlafenszeit war. Und was tat dieser schläfrige Tagedieb, sobald er sich langsamer aus dem Bett gehievt hatte, als ein Baumstamm bergauf rollt? Überhaupt nichts. Er war so faul, dass er zwei Tage brauchte, um sich am Kopf zu kratzen. Er war so träge, dass er sechs Tage brauchte, um zu gähnen. Er war so schwerfällig, dass wenn er während eines Gewitters blinzelte, bereits wieder die Sonne schien, wenn er damit fertig war. Dieser spindeldürre, hauchdünne Streifen von einem halb toten Halbmann aß in zwei Tagen nicht genug, um eine hungrige Spinne satt zu kriegen. Wenn er hinter einem Küchenschrank eine alte grüne Erbse fand, schnitt er sie in sieben Stücke und hatte eine Woche lang genug zum Abendessen. Wenn er auf dem Tisch einen Krümel fand, brach er ihn entzwei und fragte sich, welche Hälfte er zu Mittag essen sollte. Und wenn er seine Zeit nicht mit nichts essen und noch weniger tun verbrachte, traf man dieses Bündel aus Haut und Knochen über ein Buch gebeugt an, so wie ein hungriger Mann sich über eine Rehkeule beugen würde. Bücher! Ihr habt noch nie so einen Bücherhaufen gesehen, wie ihn diese schmächtige Schlafmütze besaß. In den Küchenschränken waren Bücher und aus dem Spülbecken flossen Bücher. Es gab sogar rutschige Bücherstapel auf Sesseln und Bücher auf der Bettdecke und wackelige Büchertürme, die so hoch aufragten, dass man nicht aus den Fenstern sehen konnte. Man konnte sich in dem Haus nicht bewegen, ohne dass Bücher zu Boden fielen wie vom Himmel geschossene Enten. Und wenn er aufhörte in seine Bücher zu glotzen, denkt ihr, dass dieser plumpe Faulenzer sich dann dazu aufgerafft hätte, einer Arbeit nachzugehen? Keine Chance. Ehe man sich's versah, machte er einen Spaziergang im Wald, mit den Händen in den Hosentaschen, ganz lässig, oder er saß unter einem Baum und starrte auf einen Sonnenstrahl auf einer Baumwurzel oder einen Mondstrahl auf einem Teich. Wenn man ihn fragte, warum zum Henker er unter diesem Baum sitze, sah er hoch, als hätte er ein menschliches Wesen womöglich schon einmal gesehen, wäre sich aber nicht ganz sicher. Dann sagte er: Ich träume nur. Träumen! Dieser James Bunyan trank niemals Whiskey, steckte sich niemals einen ganzen Block Starr-Kautabak in die Backe, spuckte niemals einen süßen Strahl Tabaksaft über die Brüstung einer Veranda, schoss niemals ein Opossum, weidete niemals ein Kaninchen aus und häutete niemals ein Reh. Er konnte einen Flößerhaken nicht von einem Axtstiel unterscheiden. Er konnte nicht sagen, wie man ein Arbeitspferd beschlägt oder eine gebrochene Speiche eines Wagenrades repariert. Und doch war dieser rundrückige Träumer, diese wandelnde Bohnenstange, dieser nutzlose Mickerling, dieser schnarchnasige Taugenichts der Bruder von Paul Bunyan, der ein Seil um einen gewundenen Fluss schlingen und ihn so mit einem einzigen kräftigen Ruck begradigen konnte.

Wie der große Wettbewerb seinen Anfang nahm

Was immer man auch über Paul Bunyan sagen mochte, mit seiner stolzen, großtuerischen Art und seinem großen blauen Ochsen, der zweiundvierzig Axtstiele lang war und zwischen dessen Augen ein Block Kautabak passte, man konnte nicht abstreiten, dass er einen gewissen Familiensinn hatte. Paul Bunyan fühlte sich verpflichtet, seinen nichts arbeitenden, ständig Unsinn treibenden Bruder zweimal im Jahr zu besuchen. Das war einmal nach der Frühjahrsfahrt, wenn die Männer die Stämme flussabwärts zur Mühle brachten, und einmal kurz vor Beginn der Herbstsaison. James Bunyan lebte in einem heruntergekommenen Haus in Maine, inmitten dessen, was von den Wäldern im Nordosten übrig geblieben war. Paul übergab das Kommando an

Johnny Inkslinger oder Little Meery, ging rüber zum Stall und kraulte den blauen Ochsen Babe ausgiebig hinter den Ohren. Dann schulterte er seine Axt und machte sich auf in Richtung Osten. Anfangs kam er dank seiner Riesenschritte schnell voran, ein Fuß trat patschend in den Lake Michigan, während der andere am Ufer des Lake Huron Wellen schlug, doch je näher er Maine kam, desto langsamer wurde er, denn der letzte Mann auf Erden, den er sehen wollte, war sein eigenbrötlerischer Bruder. Bei jenem Besuch, von dem ich euch erzählen möchte, traf er an einem schönen Septembernachmittag ein, die Sonne schien, die Vögel zwitscherten und der Himmel war wolkenlos. Er fand seinen Witz von einem Bruder auf dem Rücken liegend im Bett vor, wo er soeben erst die Augen aufschlug und sich umsah. Da lag also James Bunyan und sah hoch zu seinem Bruder Paul, der über ihm stand wie die größte Kiefer, die man je gesehen hatte, und da stand Paul Bunyan, der auf seinen Bruder James hinabsah, der dalag wie ein Stück Seil, für das niemand Verwendung hatte, und jeder der beiden dachte, er würde lieber bis zum Hals im Sumpf stecken, bei Regen und steigendem Wasserstand, als dort zu sein und den anderen anzusehen, als wären sie zwei Hähne in einem Hühnerstall. Keiner von beiden wusste, was er sagen sollte. Wie geht's Mama. Wie geht's Paps. Das ist gut. Paul stand nur da und zappelte und zuckelte und beäugte die Bücher und die Apfelgehäuse, die auf dem Bett verteilt waren, und einen Stiefel auf dem Stuhl und einen Hemdsärmel, der unter dem Bett hervorlugte, und er sehnte sich inbrünstig nach seiner sauberen Schlafbaracke mit den an der Wand aufgereihten Pritschen und den aufgereihten Waschschüsseln mit den Krügen und den Stiefeln am Bettende. Du stehst jetzt auf, sagte Paul, und ich besorge uns etwas zu essen. Doch in der Küche fand er lediglich den zweiten Stiefel im Spülbecken, einen Waschbären auf dem Tisch, aber nichts Essbares, außer ein paar ausgetrocknete Beeren und einen Krug voll saurem Cider. Im Wohnraum nahmen er und sein Bruder Platz, um sich zu unterhalten, doch es gab nicht mehr zu bereden als üblich. Paul erzählte ihm von der Frühjahrsfahrt flussabwärts, als Febold Feboldson von einem Baumstamm fiel und mit einem Flößerhaken aus den Fluten gezogen werden musste, und er erzählte, wie gut das Holz in Oregon war, und James hörte mit dem Gesichtsausdruck eines Mannes zu, der sich nicht entscheiden kann, ob er die Augen schließen und ein kurzes Nickerchen machen oder den Mund öffnen und langsam gähnen sollte. Je mehr Paul erzählte, desto mehr schwieg James, bis Paul es nicht mehr aushielt und sagte: Ich versteh nicht, wie ein Mann so leben kann, und James sagte: Mir gefällt es. Und ehe man sich's versah, brüllte Paul: Warum machst du nichts aus deinem Leben, anstatt den ganzen Tag rumzuliegen wie ein Hund und nichts zu tun, und James sagte: Lieber liege ich den ganzen Tag rum wie ein Hund und tue nichts, als meine Zeit damit zu verschwenden, freundliche Bäume zu töten, die niemandem auch nur ein Haar gekrümmt haben, und das machte Paul so wütend, dass er sagte: Ich kann weiter rennen, weiter springen, weiter spucken und weiter schießen als du, und ich kann besser fällen, besser hacken, besser spalten, besser sägen als du, woraufhin James sagte: Mag sein, dass du weiter rennen, weiter springen, weiter spucken und weiter schießen kannst als ich, mag sein, dass du lauter brüllen, lauter schreien, lauter heulen und lauter grölen kannst als ich, aber es gibt eine Sache, die du niemals schaffst, selbst wenn du fünfhundert Jahre alt wirst, nämlich besser zu schlafen als ich. Nun hatte Paul niemals zuvor solche Worte aus dem Mund seines Bruders vernommen. Und als Paul diese Worte aus dem Mund seines Bruders strömen hörte wie einen Schwarm wütender Bienen, wusste er nicht, ob er beim Anblick seines knorrigen Bruders, der ihn herausforderte wie ein muskelbepackter Mann, lachen sollte, bis er weinte, oder bei dem Gedanken, er, Paul Bunyan, gehe auf eine Herausforderung eines blutleeren Un-Mannes, der sich seinen Bruder schimpfte, weinen sollte, bis er lachte. Dann sagte er: Ich kann besser laufen, besser raufen, besser saufen und besser schnaufen als du, und es gibt noch etwas, was ich besser kann als jeder andere, und das ist besser schlafen. Und so nahm der große Schlafwettkampf seinen Anfang.

Das größte Bett aller Zeiten

Nach der Rückkehr in das Lager ging Paul Bunyan als Erstes in seine Schlafbaracke und begutachtete ausgiebig sein Bett. Sein Bett war so lang, dass es an einem Ende Morgen war und am anderen Mitternacht. Sein Bett war so breit, dass Johnny Inkslinger die Mitte erreichte, nachdem er den ganzen Tag auf einem schnellen Pferd geritten war. Paul Bunyan warf einen Blick auf das Bett und wusste, dass es im Vergleich zu anderen Betten nicht so übel war, etwas beengt vielleicht, gut genug, um sich hinzulegen und eine Mütze voll Schlaf zu nehmen, bevor man aufsprang und sich wieder an die Arbeit machte. Doch an der anderen Wand gab es überall Pritschen voller Männer, die im

Schlaf schnarchten, grunzten und sprachen, und manchmal steckte Babe den Kopf durch das Fenster der Baracke und leckte Paul wach. Was er brauchte, war ein Bett, das irgendwo abseitsstand, ein Bett, in dem ein Mann ein schönes, langes Schläfchen machen und sich hin und her wälzen konnte, wie es ihm beliebte, ohne aufzuwachen. Je mehr er darüber nachdachte, desto klarer wurde ihm, was er zu tun hatte. Also spannte er Babe vor einen Karren und fuhr nach Iowa. Ihr wisst ja, was man über Iowa sagt. In Iowa wächst der Mais so hoch, dass ein einzelner Mann nur bis zur Mitte des Halmes sehen kann und es einen zweiten Mann braucht, um den Rest zu sehen. In Iowa wächst der Mais so hoch, dass Falken und Adler ihr Nest an der Spitze bauen. Man sagt, die Maisstängel in Iowa würden so dick, dass die Bauern Holzfäller aus Michigan anheuern müssten, um alles abzuholzen und in die Silos zu karren. Es heißt, es gebe so viele Maisfelder in Iowa, dass man, wenn man den Arm heben wollte, um sich an der Nase zu kratzen, nach Nebraska ausweichen müsse. Paul Bunyan tat also Folgendes. Er heuerte an, die Hälfte des gesamten Maises in Iowa zu ernten. Er und Big Babe begaben sich genau in die Mitte der Iowa-Maisfelder. Paul schwang seine Axt, und die Stängel fielen so schnell und krachend um, dass die Kolben aus den Hüllblättern flutschten und auf dem Wagen landeten. Paul karrte die Kolben zu den Silos und lud die Stängel auf den Wagen, so hoch, dass die Seitenwände unter dem Gewicht knarrten. Er spuckte etwas Tabaksaft aus und ließ Iowa hinter sich, passierte Nebraska und Colorado und erreichte Arizona, noch bevor der Tabaksaft auf den Boden traf. Er kam am Grand Canyon vorbei und blickte in die Schlucht. Ihr kennt ja die Geschichte vom Grand

Canyon. Das war damals, als Paul Bunyan westwärts reiste und einen Flößerhaken hinter sich her zog. Jener Haken hat die Schlucht gegraben. Am Rande der Schlucht tat Paul Folgendes. Er kippte den Wagen zur Seite und sah zu, wie die Maisstängel nach unten krachten. Sie verteilten sich auf dem Boden der Schlucht und füllten sie bis zur Hälfte auf. Paul gefiel, was er sah, doch er war noch nicht fertig, noch lange nicht. Die Maisstängelschichten ergaben eine passable Matratze für einen Mann seiner Größe, aber sie war kratzig wie eine Meute Straßenkatzen. Er stand am Rande der Schlucht, sah nach unten und dachte angestrengt nach. In dem Moment flog eine große Schar Gänse vorüber und Paul hatte eine Idee. Er holte tief Luft, bis seine Brust einem Großsegel in einem Sturm glich. Er wandte sich dem Himmel zu und blies so fest, dass die Sonne kurz flackerte und beinahe erlosch. Der starke Luftstoß blies sämtliche Federn von den Gänsen. Die Federn schwebten hinab, wunderbar weich, und legten sich über die Maisstängel. Als ein weiterer Schwarm vorüberzog, plusterte Paul sich auf und blies erneut. Er blies die Federn von so vielen Gänsen, dass er am Ende eine dicke Federnschicht vor sich hatte, die über den Maisstängeln lag wie eine große Bettdecke, unter die man schlüpfen konnte, um sich zu wärmen. Fehlte nur noch das Kissen. Also fuhr Paul zum Lager zurück und befahl einigen seiner Jungs, fünftausend gute Merinoschafe zu kaufen. Ihr kennt ja die Ranches in Montana und Utah, wo sie so viele Schafe haben, dass man seine Schuhe ausziehen und über einen See aus Schafen spazieren kann. Während die Männer loszogen, um Schafe zu kaufen, machte sich Paul daran, die Baumstümpfe von einem abgeholzten zweihunderttausend Quadratmeter großen Waldstück zu entfernen.

Und das gelang ihm folgendermaßen. Er ging umher und stampfte einen Baumstumpf nach dem anderen mit einem einzigen Stiefeltritt in den Boden, bis die Erde völlig eben war. Sobald die Jungs mit den Schafen zurück waren, führte Paul jedes einzelne von ihnen auf das leer geräumte Grundstück. Er schärfte zwei Äxte und schlug die Griffe in die Erde, sodass die beiden Klingen einander zugewandt waren. Danach stellte er zwei weitere Äxte mit einander zugewandten Klingen auf, die er etwas tiefer versenkte. Dann machte er Folgendes. Er trieb die Schafe zwischen den Doppeläxten hindurch, sodass zu beiden Seiten makellos geschorene Wollstreifen zu Boden fielen. Das war die allererste Schafschermaschine. Er lud die geschorene Wolle auf den Wagen und fuhr zum Grand Canyon zurück. Er nahm die Wollstreifen und legte sie an ein Ende seiner Gänsefederdecke und hatte damit ein Kissen, das so herrlich und weich war, dass sich, noch während er daran arbeitete, drei Nordamerikanische Katzenfrette, zwei Berglöwen und ein Maultierhirsch darauf zusammengerollt hatten und tief und fest schliefen.

Währenddessen in Maine

Während Paul einen Federsturm vom Himmel blies und Merinoschafe durch die Schermaschine jagte, verbrachte sein kümmerlicher, wackelbeiniger Bruder seine Zeit damit, auf einem Lehnsessel mit kaputten Beinen eingesunken neben einem spinnwebverhangenen Fenster zu sitzen oder, drei schlappe Schals um den Schlackerhals gewickelt, schleifenden, Laub scharrenden Schrittes einen schlammigen Weg in den Wäldern entlangzugehen, während ein schmuddeliger Schmöker aus der Tasche seiner Wolljacke ragte.

Die, in der Paul seine Axt schultert und loszieht

Der große Schlafwettbewerb sollte gut einen Monat nach Beginn der Herbstsaison starten, in der ersten Oktobernacht, punkt neun Uhr. Um für faire Bedingungen zu sorgen, engagierte Paul ein Team von Schlafkontrolleuren, die in Dreistundenschichten ein Auge auf die beiden selig schlummernden Schläfer haben sollten. Man durfte im Schlaf zucken und man durfte sich im Schlaf umdrehen, man durfte im Schlaf ächzen und man durfte im Schlaf stöhnen, doch sobald man ein Auge auch nur einen winzigen Spalt öffnete, schlief man nicht mehr. Diese Schlafkontrolleure waren argusäugige, hartgesottene, pragmatische Männer, die für ihren steinharten Charakter und messerscharfen Blick bekannt waren – einige Arbeiter von einem Keelboat auf dem Ohio River, ein Büffeljäger aus Oklahoma, drei Steckrübenbauern aus Minnesota, ein Scharfschütze aus Kentucky, zwei Wanderführer aus dem Bergland Colorados, ein Grenzer aus Missouri, ein Viehzüchter aus Texas, zwei Schafzüchter aus Utah, ein Cheyenne-Indianer aus Colorado und zwei Pelztierjäger aus Tennessee. Nach dem Abendessen in der Kochhütte mit dickflüssiger Erbsensuppe und gewürztem, in Cider gebratenem Speck, stand Paul Bunyan auf und richtete das Wort an seine Holzfällerjungs. Er sagte ihnen, er könne besser springen, besser laufen, besser kämpfen und besser arbeiten als jeder andere, der jemals in den nördlichen Wäldern Holz gefällt hat oder in Nietenstiefeln auf Erden gewandelt ist, und er würde nun beweisen, dass er besser schlafen, besser schlummern, besser ruhen und besser dösen könne als jeder andere Mann, der groß und hitzköpfig genug war, um es mit ihm aufzunehmen. Johnny Inkslinger würde in seiner Abwesenheit die Geschäfte am Laufen halten. Falls Probleme auftauchten, würden sich Little Meery und Shot Gunderson mit vier harten Fäusten und einem zwei Meter langen Flößerhaken darum kümmern. Dann verabschiedete sich Paul von seinen Männern, besonders von Johnny Inkslinger und Little Meery, Hot Biscuit Slim und dem Schmied Big Ole, Febold Feboldson und Shot Gunderson, Sourdough Sam und Shanty Boy, ging dann zum Stall, fiel dem alten Babe um den Hals, kraulte ihn hinter den blauen Ohren und spazierte dann mit schwungvollem Schritt und geschulterter Axt davon. Er stapfte durch Wälder und Flusstäler, übersetzte mit einem Schritt den Missouri River und betrat die Ebenen von Nebraska, in Colorado klopfte er sich den Staub von den Stiefeln. In Arizona angekommen, reißt er zuallererst einen fünfzehn Meter hohen Saguaro-Kaktus aus, mit dem er sich den Bart kämmt. Zwei Minuten vor neun ist er am Grand Canyon. Eine Minute vor neun ist er unten in seinem knisternden Maisstängelbett. Er legt sich auf den Rücken und sinkt in die Gänsefedern, die Füße berühren eine Klippe, der Kopf ruht auf fluffiger, flauschiger Wolle. Er steckt seine Axt mit der Klinge nach unten in die Maisstängel, sodass der Griff aus Hickoryholz neben ihm aufragt, und um Punkt neun schließt er die Augen und sinkt in einen tiefen Schlaf.

Die, in der James sich vorbereitet

Am Tag des großen Schlafwettbewerbs geht die Sonne in
Maine unter und James Bunyan schleppt sich langsamer
aus dem Bett als eine Schnecke in einem Eishaus. Gäh-
nend geht er in seine knarrende Küche und sieht sich nach
etwas Essbarem um, doch er findet lediglich eine tote
Maus in einem Küchenschrank und eine alte Rosine in einem Karton. Er setzt sich auf einen dreibeinigen Stuhl an
einen schiefen Tisch, auf dem eine hungrige Katze sitzt,
und sieht die eingetrocknete Rosine an, als wäre sie ein
Teller Bäreneintopf, serviert mit in Melasse gebackenen
braunen Bohnen. Er macht sich langsam über die mick-
rige Rosine her, und als er fertig ist, ist er so satt, dass er
dasitzt wie ein abgebrochener Ast, der an einer Scheune
lehnt. Er starrt so lange auf seinen rechten Fuß, dass sich
dieser in eine Nase verwandelt. Er beschließt, dass es nach
dieser Anstrengung Zeit für eine Pause ist, also geht er
wieder in sein Zimmer, kriecht ins Bett und streckt sich
auf seinem knochigen, knubbeligen Rücken aus, verschränkt die Hände hinter dem Schnürsenkel von einem
Hals, überkreuzt die knorrigen Knöchel seiner Strichbeine
und blickt an die Zimmerdecke, auf die die Kerze auf dem
Nachttisch tanzende Schatten wirft. Er sieht blaue Pferde
über Hügel reiten. Der Zeiger der gesprungenen alten
Wanduhr kriecht so langsam auf die Neun zu, als wäre
er eine Katze auf Krücken. James schließt die Augen und
beginnt zu schnarchen.

Wie die Holzfällerjungs die Nacht verbrachten

Im Lager fällten, entwipfelten und sägten die Männer von Sonnenaufgang bis Mittag. Sie setzten sich auf Baumstümpfe, um Sauerteigkekse und schwarzen Kaffee, den ihnen ein Karren brachte, hinunterzuschlingen, und machten sich wieder an die Arbeit, bis die Sonne unterging. Ohne Paul Bunyan war es aber nicht dasselbe. Nach dem Abendessen in der Kochhütte tauschten sie, um die Öfen der Schlafbaracken geschart, Geschichten aus, doch sie alle wussten, dass sie nur dasaßen und warteten. Paul Bunyan war der nichtschlafendste Mann, den sie je gesehen hatten. Er warf sich auf den Rücken und noch bevor sein Kopf das Kissen berührte, stand der Rest von ihm schon wieder auf und konnte es nicht erwarten, sich an die Arbeit zu machen. Einige sagten, er werde mit Sicherheit vor Mitternacht zurückkehren, andere sagten, er würde dort draußen in der Dunkelheit schon längst wieder Holz fällen. Little Meery sagte, sie sollten sich etwas Schlaf gönnen, denn er war überzeugt, dass ein Mann wie Paul Bunyan vor dem Morgengrauen nicht zurückkehren werde. Nach Mitternacht ertönte ein krachendes Geräusch in Paul Bunyans Schlafbaracke und die Männer fuhren hoch, um in Jubelschreie auszubrechen und ein Willkommenstänzchen hinzulegen, doch es war nur Big Babe, der aus dem Stall ausgebüxt war, um den Kopf durch ein Fenster der Baracke zu stecken. Den ganzen folgenden Tag hackten und fällten und sägten die Männer, doch sie waren nicht mit dem Herzen bei der Sache. In jener Nacht wurde im Kreis der Barackenöfen keine einzige gute Geschichte erzählt. Die Männer lagen auf ihren Pritschen, die Ohren so weit geöffnet wie Scheunentore und die Augen so fest geschlossen wie Austern, und warteten auf Paul Bunyans Rückkehr von seiner Maisstängelmatratze und dem Schafskissen in der weit entfernten Schlucht unter den Sternen.

Der lange Schlaf

Johnny Inkslinger vermochte die Männer mit strenger Hand zu führen, wenn es nötig war. Er erzählte ihnen, Paul Bunyan werde eine Woche lang schlafen, und sie sollten aufhören, darüber nachzudenken, und sich wieder an die Arbeit machen. Ein Mann wie er könne zwei Wochen schlafen, vielleicht sogar drei. Wochen vergingen, der erste Schnee fiel. Es schneite so stark, dass man die eigene Axt nicht mehr sehen konnte. Eines Tages kam die Sonne hervor, Vögel sangen in den Bäumen. Die Männer brachten die Stämme flussabwärts zur Mühle und lösten das Lager über den Sommer auf. Im Herbst spannten sie die Schlafbaracken, die Kochhütte und den Stall vor Babe, den blauen Ochsen, der alles über Hügel und Flüsse zu einem Tannenwald schleppte, der so hoch war, dass die Baumwipfel herunterhingen, um dem Mond Platz zu machen. Nachts sprachen sie im Kreis der Barackenöfen immer noch von Paul Bunyan, doch es war, als würden sie Geschichten über jemanden erzählen, der längst fort war und womöglich überhaupt nie existiert hatte. Erinnert ihr euch an den Winter mit dem blauen Schnee? Wisst ihr noch, als der alte Paul Bunyan durch Minnesota gereist ist und seine Stiefelabdrücke die zehntausend Seen geformt haben? Wisst ihr noch, als Paul Bunyan das Wasserloch für den blauen

Ochsen Babe gegraben hat? Dieses Wasserloch ist der Lake Michigan. Dann war da noch dieses eine Mal, als Paul Bunyan irrtümlich einen Hund entzweigehackt hat. Und ihn falsch wieder zusammengesetzt, zwei Beine nach oben, zwei nach unten. Erinnert ihr euch an den Hodag? Den wirbelnden Whimpus? In der Kälte standen die Männer spät auf und stellten die Arbeit früh ein. Johnny Inkslinger fluchte und heulte, doch es half nichts. Babe war so traurig, dass er im Stall blieb und um nichts in der Welt hinauszubewegen war. Die Männer vergaßen ihn völlig, alle bis auf Hot Biscuit Slim, der jeden Morgen fässerweise Pfannkuchen in den Stall brachte. In jenem Winter schneite es siebenundvierzig Tage lang. Der Schnee war so hoch, dass man Tunnel graben musste, um zu den Bäumen zu gelangen. Die Stämme waren hart wie Wetzsteine. Wenn Axtköpfe auf sie trafen, wurden die Klingen so scharf, dass sie Schneeflocken spalten konnten. Einige der Männer sagten, sie hätten von Paul Bunyan gehört, doch es war so kalt, dass ihre Worte in der Luft gefroren und erst im Frühling wieder auftauten. In der warmen Jahreszeit brachten die Männer die Stämme flussabwärts zur Mühle, und als sie fertig waren, suchten einige der Männer Arbeit in der Mühlenstadt und kehrten im Herbst nicht ins Lager zurück. John Inkslinger verlegte das Lager auf einen erhöhten Platz, von dem aus man kilometerweit jungen Fichtenwald sehen konnte. Die Männer schlugen eine Schneise zum Fluss und fällten Bäume, brachten sie zur Anlegestelle am Fluss. Schnee stob heulend aus dem schwarzen Himmel. In den warmen Nächten saßen die Männer vor den Baracken, spuckten Tabaksaft ins Feuer. Es hieß, Paul Bunyan habe sich dort unten im Grand Canyon schlafen gelegt und sei ertrunken, als der Wasserpegel anstieg. Es hieß, Paul Bunyan sei eine Geschichte, die man sich früher nachts im Kreis der Barackenöfen erzählte.

Die, in der James ein wenig träumt

Während Paul Bunyan auf seinem mächtigen Bett den tiefen Schlaf eines axtschwingenden Mannes schlief, der der Welt den Rücken gekehrt hatte, tat sein von niemandem vermisster Bruder in den Wäldern Maines das, was er immer tat: Er verbrachte sein Leben mit träumen. Niemand träumte jemals so viel wie dieses Traummännlein von einem Bruder. Auf seiner knochenharten Kehrseite verträumte er den ganzen Tag, und auf seinem muskellosen Rücken verträumte er die ganze Nacht. Jetzt lag er mit der Nase nach oben im Bett und träumte so viele Träume, dass man erwarten würde, seinen Kopf wie das Kiefernholzfeuer in einem Barackenofen knistern zu hören. Er träumte, er sei ein Fisch, der in einem Fluss schwimmt. Er träumte, er fliege durch den Himmel wie ein Bussard oder ein Rotschwanzbussard. Er träumte von Dingen, die man nicht sehen sollte, etwa wie es war, im Himmel umherzuwandeln, während Engel an einem vorübergehen, oder wie es tief unter der Erde war, wo man im Dunkeln von etwas beobachtet wurde. Er träumte, er sei rotes Feuer. Er träumte, er sei tot. Er träumte, er sei so groß, dass sein Bruder Paul mit der kleinen Axt auf der Schulter in seiner Handfläche stehen konnte. Er träumte, er werfe Händevoll Kiefernzapfen in jeden Bundesstaat, und weitläufige Kiefernwälder würden im ganzen Land aus dem Boden sprießen. Die Bäume wurden so hoch, dass sie bis zum Großen Wagen reichten. Es waren überall Bäume, so weit das Auge reichte. Dörfer und Städte wurden verschluckt. Die Vögel sprachen Worte, die man verstehen konnte. Die Leute lebten am Flussufer und bauten an, was sie zum Leben brauchten. Bären und Kojoten paarten sich mit Wildtruthähnen und Rehen. Holzfäller tauschten ihre Äxte gegen Mundharmonikas. Es war immer Sommer. Man sagt, James Bunyan träumte so intensiv, dass es ihn völlig erschöpfte und er weiterschlafen musste, um genügend Kraft zum Weiterträumen zu haben.

Die, in der sich der große Wettbewerb entscheidet

Ihr wisst ja, was für eine Sorte Mann Paul Bunyan war. Sobald er sich etwas in den Kopf gesetzt hatte, war er nicht zu bremsen. Er schlief dort unten in der Schlucht, als es so kalt war, dass drei Meter lange Eiszapfen von seinem Kinn hingen. Er schlief in der Schlucht, als es so heiß war, dass die roten Felsen unter der Sonne schmolzen. Er schlief zusammen mit Kojoten und Rotluchsen, die sich in seinem Bart zusammenrollten, und mit zwei Weißkopfseeadlern, die in seinem Haar nisteten. Er schlief, als heulende Winde Felsbrocken aus der Schlucht rissen, die mitten auf sein Bett krachten, und er schlief, als Regentropfen so groß wie McIntosh-Äpfel auf sein Gesicht prasselten und seinen Wollmantel durchnässten. Eines Tages geschah etwas Seltsames. Paul Bunyan öffnete die Augen. Einfach so. Hoch über ihm stand eine Menschentraube auf einem Felspfad, sie zeigten auf ihn und begannen zu schreien. Jemand rief: Zehn Jahre und zwölf Stunden! Paul stand so schnell auf, dass Gänsefedern um

ihn aufwirbelten wie ein Schneesturm. Seine erste Tat war
es, eine Kiefer von der Spitze des North Rim zu reißen und
seinen Bart damit zu kämmen. Der Bart war so lang, dass er
über seine Füße fiel, sich um seine Wollsocken wickelte und
noch länger reichte. Er reichte bis zu einer Klippe und wuchs
zur Hälfte an ihr hoch wie Efeu. Als Nächstes stieg er aus der
Schlucht, ganz mit Federn bedeckt wie eine riesige Gans. Er
bürstete seinen Wollmantel mit einer Gelb-Kiefer ab und
schulterte seine Axt. Er hatte gewaltigen Hunger, doch vor
dem Essen musste er noch eine Sache erledigen und seinem
angeberischen Bruder einen Besuch abstatten. Er ging nach
Osten und war so schnell in Maine, dass er bis zum Hals im
Ozean steckte, bevor er bemerkte, dass er umkehren musste.
Das Haus in den Wäldern war nicht mehr dasselbe. Sträucher wuchsen über sämtliche Fenster, Wildblumen wucher-
ten auf dem Dach. Die Veranda war von einer umgefallenen
Kiefer zerstört, die mit Moos bewachsen war. Im Inneren
ragten lange Äste durch eingeschlagene Fenster. Eichhörnchen und Opossums huschten über die moosbewachsenen
Möbel. Die Tür zum Schlafzimmer stand offen, und in der
Dunkelheit des Raumes sah er einen Fremden auf einem
Stuhl neben dem Bett sitzen. Im Bett lag sein Bruder ausgestreckt auf dem Rücken, die zaundürren Arme über der
hauchdünnen Brust verschränkt. Sein schmaler Bart war so
lang, dass er sich über seine Beine schlängelte und um seine
Mäusefüße ringelte. Von dort aus fiel er auf den Boden,
wo er sich um ein Bein des Bettes wickelte. Ein knochiger
Hund lag neben ihm auf dem Bett und winselte, was das
Zeug hielt. In seinem Bart wuchsen Moos und Waldpilze.
Die lange Nase seines Bruders war schmal und scharf wie
eine Axtklinge. Der winselnde Hund, der dunkle Raum, der

Fremde im Stuhl, die Totenstille, all das löste in Paul gehöriges Unbehagen aus. Er betrachtete die eingefallenen Wangen seines Bruders und vergaß den großen Schlafwettbewerb. Er vergaß alles in diesem totenstillen Raum. Er wollte nichts lieber, als so schnell wie der Wind von dort zu verschwinden und zu seinen Holzfällern zurückzukehren, doch er schaffte es kaum, sich zu bewegen. Er beugte sich vor und sah seinen Bruder prüfend an. Diese kaum existenten Schultern bohrten sich durch das Hemd wie Hühnerknochen. Paul fragte sich, wie es sich anfühlen mochte, ihn zu berühren. Er wollte ihm etwas geben. Er nahm die Axt von der Schulter und legte sie neben seinem Bruder auf das Bett. Er legte sie ganz langsam ab. In dem Moment öffnete James ein Auge und sah ihn an. Der Fremde in dem Stuhl sagte: Zehn Jahre, zwölf Stunden und sechzehn Minuten. Paul sprang zurück und brüllte. Er brüllte so laut, dass der knochige Hund, der über James' Gesicht leckte, fluchtartig das Bett verließ und sich in eine Ecke kauerte. Paul Bunyan brüllte so laut, dass die Äste aus den Fenstern stoben und die Sonne hereinließen. James kniff ein Auge im Licht der Sonne zu und legte einen Spinnenarm über das Gesicht. Er sagte: Darf ein Mann hier nicht mal ein Nickerchen machen? Dann rollte er sich zur Seite und schlief weiter.

Danach

Paul wusste, dass er geschlagen war, geschlagen von seinem eigenen, klapprigen, nichtsnutzigen Knochenhaufen von einem Bruder. Doch bevor er Gelegenheit hatte, sich richtig mies zu fühlen, überkam ihn ein gewaltiger Hunger.

Er hatte in den vergangenen zehn Jahren, zwölf Stunden, sechzehn Minuten und länger keinen Bissen gegessen. Er war so hungrig, dass er seine eigenen, in Butter geschwenkten Stiefel gegessen hätte. Er war so hungrig, dass er die Hälfte von Maine abbeißen und mit dem St. Lawrence River hätte hinunterspülen können. In Gedanken sah er Hot Biscuit Slim, der sich über den Grill beugte, während der Teig spritzte und die Pfannkuchen durch die Luft flogen. Paul nahm seine Axt und verließ eilig die Hütte. Er hatte es so eilig, dass er in einen Hurrikan sprang, der in seine Richtung blies, er stieg aber schnell wieder aus, als er merkte, dass er zu langsam vorankam. Er machte sich einen Stiefel im Lake Huron nass und den zweiten im Lake Michigan. Als er das Lager erreichte, kamen die Männer aus dem Wald, um nachzusehen, was der ganze Krawall sollte. Als sie Paul Bunyan sahen, der dort stand wie der höchste Baum des Waldes, stießen einige Freudenschreie aus, einige machten ein überraschtes Gesicht und andere kratzten sich verblüfft am Kopf. Paul ging schnurstracks zum Stall und umarmte seinen blauen Ochsen so fest, dass Babe, wie es heißt, zuerst grün und dann rot angelaufen sei, bevor er seine ursprüngliche Farbe wiedergewann. Dann lief er so schnell in die Kochhütte, dass die Umarmung ihn erst später einholte. Es heißt, Hot Biscuit Slim habe sich an jenem Tag am Grill selbst übertroffen. Er baute eine große Rinne neben dem Grill auf und ließ die Pfannkuchen einen nach dem anderen hineinfallen, sodass sie direkt auf Pauls Teller landeten und sich von selbst stapelten. Zehn Männer füllten den Teigkessel immer wieder nach, während zwanzig Männer fortwährend Holzscheite und Buschwerk unter den Grill warfen, damit das Feuer heiß blieb. Paul aß an jenem Morgen so viele Pfannkuchen, dass Flößer und Säge-werkarbeiter sogar aus Idaho anreisten, nur um diesem Axt-mann beim Essen zuzusehen. Er aß so viele Pfannkuchen, dass es von Maine bis Oregon kein Mehl mehr gab und es fässerweise mit Flachbooten aus Kanada herangeschafft werden musste. Paul stopfte immer weiter Pfannkuchen in den Mund und spülte sie mit einem Fass Molasse hinunter, bis es für ihn an der Zeit war, die Axt zu nehmen und ein wenig zu arbeiten. Er ging in die Wälder und schwang seine Axt so kräftig, dass sich die Bäume beim Aufprall feinsäu-berlich zu Kiefernholzbrettern spalteten und auf dem Bo-den stapelten. Er arbeitete so schnell, dass er viertausend Quadratmeter Kiefernwald fällte, bevor der Klang seiner Axt zu hören war. Während er die Axt schwang, brüllte er: Ich kann weiter rennen, weiter springen, weiter spu-cken und weiter schießen als du, ich kann besser laufen, besser raufen, besser saufen, besser schnaufen als du, und mein kleiner Bruder in Maine kann besser schlafen, bes-ser schlummern, besser ruhen, besser dösen als du, selbst wenn du ein Grizzly bist, der in einer Höhle überwintert. Die ganze Nacht lang konnten die Männer in den Bara-cken Bäume umstürzen hören, doch kein Zeichen von Paul Bunyan. Es heißt, er habe vierzehn Tage und vierzehn Nächte lang die Axt geschwungen, bevor er innehielt, um sich einen Schweißtropfen von der Wange zu wischen. Ei-nige sagen, er habe sich eine Schneise bis zu den Rockies vorbei an der Küste Oregons gehackt und stehe knietief im Pazifik, wo er Wellen entzweihacke. Er hackte so wild, dass er keine Zeit hatte, seinen muskellosen Bruder je wieder-zusehen. Es heißt, James Bunyan sei nach dem Wettkampf mit seinem Bruder so schrecklich müde gewesen, dass er seine Zeit damit verbrachte, Schlaf nachzuholen. Einige sagen, er schlafe noch immer. Ich kann dazu nichts sagen. Es sind nur Geschichten.

Eine Stimme in der Nacht

1

Der Knabe Samuel erwacht in der Dunkelheit. Irgendetwas stimmt nicht. Die meisten Exegeten sind sich einig, dass der Vorfall im Tempel stattfindet und nicht vor den Türen des Tempels, unter den Sternen. Unklar ist, ob sich Samuels Bett im Heiligtum selbst befindet, wo die Bundeslade vor einem siebenarmigen Ölleuchter steht, der die ganze Nacht lang brennt, oder in einer angrenzenden Kammer. Gehen wir davon aus, dass er in einer Kammer im Inneren liegt, in der Nähe des Heiligtums, vielleicht direkt daneben. Ein mit Vorhängen begrenzter Durchgang führt zur Kammer Elis, dem Hohepriester des Tempels von Silo. Derartige Details gefallen uns, sie sind aber nicht wichtig. Wichtig ist, dass Samuel in der Nacht plötzlich erwacht. Nach Flavius Josephus ist er zwölf Jahre alt, er könnte auch ein oder zwei Jahre jünger sein. Etwas ließ ihn aus dem Schlaf hochschrecken. Er hört es wieder, diesmal deutlich: »Samuel!« Eli ruft seinen Namen. Was war los? Eli ruft niemals mitten in der Nacht seinen Namen. Hatte Samuel vergessen, bei Sonnenuntergang die Tempeltore zu schließen, hatte er zugelassen, dass eine der sieben Flammen der Lampe ausging? Doch er erinnert sich genau daran: gegen die schweren Zederntüren zu drücken, das Heiligtum zu betreten und die sieben goldenen Arme mit geweihtem Olivenöl zu füllen, sodass die Flammen die ganze Nacht über hell leuchten. »Samuel!« Er stößt seine Ziegenhaardecke beiseite und eilt, rennt beinahe, durch die Dunkelheit. Er schiebt sich durch den Vorhang und betritt Elis Kammer. Der alte Mann liegt auf dem Rücken. Da er der Hohepriester des Tempels von Silo ist, ist seine Matratze auf dem hölzernen Unterbau mit Wolle gefüllt, nicht mit Stroh. Elis Kopf ruht auf einem Kissen aus Ziegenhaar und seine langgliedrigen Hände sind auf seiner Brust, unter dem weißen Bart, verschränkt. Seine Augen sind geschlossen. »Du hast gerufen«, sagt Samuel, oder vielleicht lauten seine Worte: »Hier bin ich. Denn Ihr habt mich gerufen.« Eli öffnet die Augen. Er wirkt etwas verwirrt, wie ein Mann, der aus dem Schlaf gerissen wurde. »Ich habe dich nicht gerufen«, antwortet er. Oder vielleicht, mit einem Anflug von Schroffheit, da er es nicht leiden kann, nachts geweckt zu werden: »Ich habe nicht gerufen; leg dich wieder schlafen.« Samuel wendet sich gehorsam ab. Er kehrt in seine Kammer zurück, wo er sich hinlegt, doch er schließt die Augen nicht. Im Laufe der Jahre, in denen er in Elis Diensten stand, hatte er sehr viel über den Tempel und dessen Regeln gelernt, und er versucht, auch diese Nacht zu verstehen. Ist es möglich, dass Eli seinen Namen gerufen hat, ohne es zu wissen? Der Priester ist alt, manchmal macht er im Schlaf Geräusche mit den Lippen oder murmelt seltsame Worte. Doch nicht ein einziges Mal hatte er Samuel nachts gerufen. Hatte Samuel einen Traum gehabt, in dem eine Stimme seinen Namen rief? Erst vor Kurzem hatte er geträumt, dass er allein durch das geteilte Rote Meer ging. Schimmernde Wassermauern türmten sich zu beiden Seiten auf, und als die nassen Wände plötzlich auf ihn hinabstürzten, erwachte er schreiend. Vor den Mauern des Tempels hört er den schrillen Schrei eines jungen Schafes. Langsam schließt Samuel die Augen.

2

Eine Sommernacht in Stratford, Connecticut, 1950. Der Junge, sieben Jahre alt, liegt wach in seinem Bett in der oberen Etage, unter den beiden mit Fliegengittern geschützten Fenstern mit Blick auf den Garten hinter dem Haus. Durch die Fenster kann er den Klang des Sommers hören: das *Chr Chr Chr* der Grillen auf dem leeren Grundstück jenseits der Gartenhecke. Für Esel gibt es Iah, für Hähne Kikeriki, aber für Grillen muss man seinen eigenen Laut erfinden. Manchmal fährt ein Auto auf der neben dem Garten verlaufenden Straße vorbei und wirft zwei Rechtecke aus Licht an die dunkle Zimmerdecke. Der Junge denkt, die Rechtecke seien die Formen der geöffneten Fenster unter den zur Hälfte hochgezogenen Jalousien, aber er ist sich nicht sicher. Er lauscht: angestrengt. An jenem Nachmittag, in der Sonntagsschule im jüdischen Gemeindezentrum, las Mrs. Kraus die Geschichte des Knaben Samuel vor. Mitten in der Nacht hatte eine Stimme seinen Namen gerufen: »Samuel! Samuel!« Er war ein Diener des Hohepriesters und lebte im Tempel von Silo, ohne seine Eltern. Als er seinen Namen hörte, dachte Samuel, der Hohepriester habe ihn gerufen. Dreimal hörte er in jener Nacht seinen Namen, dreimal trat er vor Elis Bett. Doch es war die Stimme des Herrn, die ihn rief. Der Junge in Stratford lauschte nach seinem Namen in der Nacht. Samuels Geschichte hatte ihn nervös gemacht, angespannt wie eine Katze. Das geringste

Geräusch ließ seinen ganzen Körper erstarren. Er denkt nie an den alten Mann mit dem Bart auf seinem *Illustrierten Alten Testament für Kinder*, aber jetzt ist er nachdenklich. Wie würde seine Stimme klingen? Sein Vater sagt, Gott sei eine Geschichte, die Menschen sich ausgedacht hätten, um jene Dinge zu erklären, die sie nicht verstehen. Wenn sein Vater beim Abendessen mit Gästen über Gott spricht, werden seine Augen hinter der Brille zornig und schadenfroh. Doch die Stimme in der Nacht ist furchteinflößend wie Hexen. Die Stimme in der Nacht weiß, dass du da bist, obwohl du dich in der Dunkelheit versteckst. Wenn die Stimme deinen Namen ruft, musst du antworten. Der Junge stellt sich vor, dass die Stimme seinen Namen ruft. Sie kommt aus der Zimmerdecke, sie kommt aus den Wänden. Es ist eine furchtbare Berührung, auf seinem ganzen Körper. Er will die Stimme nicht hören, doch wenn er sie hört, wird er antworten müssen. Da kommt man nicht umhin. Er zieht die Bettdecke über das Kinn und denkt an die Wasserwände, die auf die Ägypter hinabstürzen, auf ihre Streitwagen und Pferde. Vor den Fliegengittern der Fenster scheinen die Grillen lauter zu werden.

3

Der Autor ist achtundsechzig Jahre alt, bei guter Gesundheit, hat noch den Großteil seiner Zähne, die Hälfte seines Haars, ist noch nicht tot, obwohl er in letzter Zeit nicht gut schläft. Er hatte schon immer einen leichten Schlaf, das kleinste Geräusch lässt ihn hochschrecken, doch das hier ist anders: Er schläft mit einem Buch auf der Brust ein, erwacht dann ohne verfluchten Grund und reckt den Hals, um den grünen Schein seines Digitalweckers zu sehen, der immer deprimierende Zeiten anzeigt, wie 2:16 Uhr oder 3:04 Uhr am vermaledeiten Morgen. Eine höllische Zeit, eine vernichtende Zeit, die Stunde, zu der es keine Rückkehr gibt. Er fragt sich, ob er die Lampe auf dem Nachttisch anknipsen sollte, versuchen sollte, ein wenig zu lesen, sich zu entspannen, doch er weiß, dass der Akt des Anknipsens der Lampe ihn sogar noch wacher machen würde, und außerdem ist da die Frage, was man lesen soll, wenn man um zwei oder drei Uhr am gottverdammten Morgen aufwacht. Liest er etwas, das ihn interessiert, regt es seinen Verstand an und ruiniert jede Aussicht auf Schlaf, liest er allerdings etwas, das ihn langweilt, wird er ungeduldig werden, unruhig und unfähig zu schlafen. Besser hier liegen und das Schicksal verfluchen, wie ein Mann mit einem gebrochenen Bein, der in einem Graben liegt. Er lauscht den Geräuschen der Dunkelheit: das *Schhhh* eines vorbeifahrenden Autos, das *Mmmmm* der Klimaanlage eines Nachbarn, das *Schriiik* einer Diele auf dem Dachboden – ein Geistermitbewohner. Zur Unheilsstunde am Morgen schleichen sich Dinge in die Gedanken, und während er lauscht, denkt er an den Jungen in dem Haus in Stratford, das Bett neben den zwei Fenstern, die Stimme in der Nacht. Er denkt in letzter Zeit sehr oft an den Jungen, manchmal mit Ärger, manchmal mit einer heftigen Liebe, die sich wie Kummer anfühlt. Der Junge, angespannt, aufgewühlt, lauscht nach einer Stimme in der Nacht. Ihm ist danach, den Jungen anzuschreien, ihm den Kopf zu waschen. Öle deinen Baseballhandschuh! Schwing dich auf dein Fahrrad! Mach Klimmzüge auf dem Gerüst der Schaukel! Werde stark! Aber weshalb den

Jungen anschreien? Was hat er ihm jemals getan? Besser, sich die Stimme vorzustellen, die genau hier ruft, genau jetzt: Hallo, alter Atheist, ich habe Neuigkeiten für dich. Tut mir leid, Kumpel. Verschwende nicht deine Zeit. Du hättest mich auf deine Seite ziehen sollen, als ich sieben war. Hatte der Junge wirklich erwartet, in der Nacht seinen Namen zu hören? Vor so langer Zeit: *Bobby Benson und die B-Bar-B Riders* im Radio, sein Vater, der beim Abendessen McCarthy angreift. Krieg in Korea, der Vorstoß nach Busan. Jene alten Geschichten gingen einem nahe: Josef in der Grube, die Teilung des Roten Meeres, David, der Sauls Seele mit der Harfe besänftigt. Im Stratford der katholischen Arbeiterklasse war er der einzige Junge, der kein Kreuzzeichen machte, wenn er auf dem Schulweg an der Holy Name Church vorbeikam. Mädchen mit verwischter Asche auf der Stirn. Sein Gott verachtender Vater, der ihn zur Sonntagsschule fährt, ihn aber wieder nach Hause bringt, wenn die anderen zum Hebräischunterricht gehen. Keine Bar-Mizwa für ihn. Sein Vater, der sich über seinen eigenen Rabbi lustig macht, weil er die Buben Worte plappern lässt, die sie nicht verstehen. »Das reinste Kauderwelsch.« Ein neues Wort: Kauderwelsch. Es gefiel ihm: Kauderwelsch. Trotzdem: Sonntagsschule. »Fels des Heils«, die Geschichte von Samuel, weshalb ist diese Nacht anders als die anderen Nächte. Der Junge, der im Liegen lauscht, will, dass sein Name gerufen wird. Hatte er gewollt, dass sein Name gerufen wird? Durch das Fenster hört der Autor den Klang eines Autos in der Ferne, den Ruf der Grillen. Sechzig Jahre später, im Staat New York, und noch immer der Ruf der Grillen im Sommer von Stratford. Zeit zu schlafen, alter Mann.

1

Samuel erwacht erneut. Diesmal ist er sicher: Eli hat seinen Namen gerufen. Die Stimme war klar auszumachen, wie ein Name, der auf eine Wand geschrieben steht: »Samuel!« Er stößt die Ziegenhaardecke beiseite und steigt auf die Strohmatte auf dem Boden neben seinem Bett. Solange er denken kann, lebt er mit Eli im Tempel von Silo. Einmal im Jahr besuchen ihn seine Mutter und sein Vater, wenn sie von Rama hierherkommen, um ihr jährliches Opfer darzubringen. Als er geboren wurde, schenkte seine Mutter ihm Gott. Sie hatte Gott um einen Sohn gebeten, deshalb lautet sein Name »von Gott erhört«. Deshalb trägt er einen Leibrock aus Leinen und deshalb fällt ihm das Haar bis über die Schultern: kein Schermesser soll auf sein Haupt kommen. Samuel: Von Gott erhört. Er betritt Elis Kammer, wo er erwartet, Eli im Bett sitzend und ungeduldig auf ihn wartend vorzufinden. Stattdessen liegt Eli mit geschlossenen Augen auf dem Rücken, wie ein schlafender Mann. Sollte er Eli wecken? Hatte Eli Samuels Namen gerufen und ist dann wieder eingeschlafen? Samuel zögert, einen Mann zu wecken, der alt und voller Sorgen ist. Obwohl Eli der Hohepriester des Tempels ist, sind seine Söhne niederträchtig. Es sind Priester, die nicht gehorchen. Wenn Fleisch als Opfer dargebracht wird, behalten sie die besten Stücke für sich. Sie treiben Ungeheuerliches mit den Frauen, die zu den Tempeltoren kommen. »Hier bin ich!«, sagt Samuel, etwas lauter, als er es wollte. Eli regt sich und öffnet die Augen. »Denn Ihr habt mich gerufen«, sagt Samuel, leiser. Der alte Priester hebt schwerfällig den Kopf. »Ich habe nicht gerufen, mein Sohn. Leg dich wieder schlafen.« Samuel widerspricht nicht, sondern senkt den Blick und wendet sich mit dem unbehaglichen Gefühl ab, den Schlaf eines alten Mannes gestört zu haben. Als er seine eigene Kammer betritt, versucht er zu verstehen. Warum hat Eli seinen Namen zweimal in dieser Nacht gerufen? Er rief ihn mit lauter, deutlicher Stimme, einer Stimme, die nicht mit einem anderen Geräusch zu verwechseln gewesen war. Doch Eli, der nur die Wahrheit spricht, hat es abgestritten. Samuel legt sich auf sein Bett und zieht die Decke über die Schultern. Eli ist sehr alt. Ruft er Samuels Namen und vergisst dann, wenn Samuel neben ihm erscheint, dass er gerufen hatte? Alte Männer sind vergesslich. Neulich, als Eli Samuel von seiner eigenen Kindheit erzählte, fiel ihm ein Name, an den er sich erinnern wollte, nicht ein, was ihn beunruhigte. Samuel hat einen alten Mann im Tempel gesehen, dessen Körper zittert wie das Wasser eines Brunnens in einem Eimer aus Ziegenhaut. Seine Augen sind erloschene Lichter. Eli ist alt, seine Sehkraft lässt nach, doch sein Körper zittert nicht und seine Stimme ist noch immer kräftig. Auf der Schulter seines purpur- und scharlachroten Leibrocks sind zwei Onyx-Steine, in jeden die Namen von sechs Stämmen Israels eingraviert. Wenn er im Sonnenlicht steht, schimmern die Steine wie Feuer. Langsam sinkt Samuel in den Schlaf.

2

In der darauffolgenden Nacht liegt der Junge in Stratford wieder wach, lauscht. Er glaubt nicht wirklich, dass er seinen Namen hören wird, doch im Falle des Falles will er wach sein. Er mag es nicht, etwas zu verpassen. Wenn er weiß, dass etwas Wichtiges passiert, wie ein Ausflug zum Riesenrad und dem Autoscooter in Pleasure Beach, wartet er Minute für Minute darauf, Tag für Tag, als würde er, wenn er seine Aufmerksamkeit auch nur eine Sekunde davon ablenkte, dafür sorgen, dass es niemals geschieht. Doch das hier ist anders. Er weiß nicht, ob es passieren wird. Wahrscheinlich wird es nicht passieren, wie könnte es passieren, doch es wäre möglich, wer weiß. Was er wirklich herausfinden muss, ist, wie er antworten soll, wenn sein Name gerufen wird. In der Geschichte sagte man Samuel, er solle antworten: »Rede, Herr, denn dein Diener hört zu.« Er versucht, es sich vorzustellen: »Rede, Herr, denn dein Diener hört zu.« Es klingt wie ein Junge in einem Theaterstück. Besser er sagt »Ja?«, so wie er es täte, wenn sein Vater seinen Namen riefe. Doch der Herr ist nicht sein Vater. Der Herr ist mächtiger als sein mächtiger Vater. Er ist eher wie der Polizist vor der Schule auf der Barnum Avenue, mit dem gefährlichen Stock am Gürtel. Besser er sagt »Ja, Sir«, so wie er es täte, wenn der Polizist seinen Namen riefe. Wenn er seinen Namen hört, wird er genau das sagen: »Ja, Sir.« Nicht rufen: sagen. Ja, Sir. Eine Stimme in der Dunkelheit, die seinen Namen ruft. Der Gedanke wühlt ihn erneut auf. Er ist zu alt, um Angst vor der Dunkelheit zu haben, doch die Angst überkommt ihn dennoch manchmal. Er spielt gerne Erschrecken mit seiner Schwester, so wie sie es früher gespielt haben, als er fünf und sie zwei Jahre alt war. Sie liegt in ihrem dunklen Zimmer und gibt vor zu schlafen, und er flüstert: »Buhuuu gruseliges Ächzen. Buhuuu gruseliges Ächzen.« Dann brechen beide in wildes, ängstliches Gelächter aus. Doch eine Stimme in der Nacht ist nicht witzig. Er ist fertig mit Hexen, Geistern, Monstern, oder etwa nicht, sie sind nicht real, warum macht er sich mit Samuels Geschichte also selbst Angst? Es ist nur eine Geschichte. Sein Vater hat es ihm erklärt. Die Bibel besteht aus Geschichten. Wie *Tootle, die kleine Lokomotive* oder *Doktor Dolittle und seine Tiere*. Züge verlassen die Gleise nicht, um Schmetterlinge zu jagen, das Stoßmich-Ziehdich mit einem Kopf an jedem Ende ist kein Tier, das man jemals im Zoo finden würde, und der Herr ruft deinen Namen nicht in der Dunkelheit. In Geschichten geht es um Dinge, die nicht passieren. Sie könnten passieren, tun sie aber nicht. Doch sie könnten. Was, wenn sein Name doch gerufen wird? Er würde da sein wollen. Er würde wissen wollen, was folgt. Was sagte der Herr zu Samuel? Er kann sich nicht erinnern. Der wichtigste Teil, und er kann sich nicht erinnern. Das ist typisch für ihn: An die wichtigen Dinge kann er sich einfach nicht erinnern. Er kann sich erinnern, dass der Prinz den Turm am Haar erklimmt, aber er kann sich nicht die Hauptstadt von Connecticut merken. Ist es Bridgeport? Die Bücherei in Bridgeport hat eine lange Steintreppe und hohe Säulen. Daran hat er zuerst gedacht, als er gehört hat, dass Samuel dem Herrn im Tempel von Silo dient. Ein Tempel ist anders als eine Kirche. Juden gehen in Tempel, Christen in Kirchen. Aber Katholiken gehen in die katholische Kirche. Und jeder geht in die Bücherei. Er wird müde. An der Hecke im Garten drehte Billy sich zu ihm um und fragte: »Glaubst du an Jesus?« Sein Blick war hart. Es gibt zwei Antworten auf diese Frage. Eine ist »Nein«. Die andere ist, was sein Vater zu ihm gesagt hatte: »Jesus war ein großartiger Lehrer.« Doch er war ein Feigling und hatte den Blick gesenkt. Eine Tür öffnet sich und er hört Schritte im Flur. Wissen seine Eltern, dass er wach ist, nach seinem Namen lauscht? Er hört, wie die Tür zum Badezimmer geöffnet und geschlossen wird. Manchmal ist sein Vater nachts wach. Und wenn er die Tür öffnete und auf seinen Vater wartete? Erzähl mir von Samuel. Erzähl's mir. Erzähl mir über die Stimme in der Nacht. Würdest du diese Stimme hören, wäre nichts mehr, wie es war. Er schiebt den Gedanken beiseite. Morgen werden sie an der Sikorsky-Fabrik vorbei nach Short Beach fahren, wo er zur Sandbank hinauswaten kann.

3

1:54 Uhr morgens. Die Götter haben es auf mich abgesehen. Eine Stunde schlafen, ohne Grund aufwachen, wie ein Verrückter vor sich hin starren, auf der Suche nach Schlaf. Sich durch den Tag schleppen wie eine platt getretene Schnecke. Tabletten nimmt er nicht, die machen ihn matt. Platt wie ein Blatt. Mehr hast du nicht drauf? Schlaff und schlapp. Papperlapapp. Jetzt ist er wach, voll überflüssiger Energie. Früher hatte er jede Menge Sonette rezitiert. *Der Liebsten Aug' ist nicht wie Sonnenschein. / Da sind drei Dinge, die recht schön gedeihen, solang sie sehr weit voneinander blühen.* Jetzt kann er nichts weiter tun als dazuliegen und an Dinge zu denken, weit entfernte Dinge, Highschool, Grundschule, den Jungen in dem Zimmer in Stratford, der nach einer Stimme in der Nacht lauscht. War es wirklich so geschehen oder schmückt er es aus? Berufskrankheit. Aber nein, er hatte dagelegen und auf seinen Namen gewartet. Die beiden Fenster, die beiden Bücherregale, die sein Vater aus Orangenkisten gebaut hatte, das Bett an der anderen Wand, in dem seine Schwester schlafen konnte, wenn eine der Großmütter zu Besuch kam. Eine Großmutter aus der West 110th Street, eine aus Washington Heights. Vaters Mutter, Mutters Mutter, zuerst eine, dann die andere, niemals gemeinsam. Das Warten auf den Zug am Bahnhof Bridgeport, mit den langen dunklen Bänken und den Reihen mit Handkurbel betriebener Filmautomaten. Die Irgendwas-skope. Die Kurbeln drehen, die Bilder in Bewegung setzen. Die Großmutter mit den verkrümmten Fingern, die Päckchen mit Spielkarten mitbrachte, ihr Haar orange färbte und viele rasselnde Armbänder trug, die Großmutter mit dem Akzent, die kalte rote Suppe mit saurer Sahne machte. Mutoskope. Zwei Frauen, die im 19. Jahrhundert geboren wurden, wer kann das fassen, eine in New York, eine in Minsk, vor Wolkenkratzern, vor Kutschen ohne Pferde, vor dem Aussterben der Dinosaurier. Seine eigene Mutter wuchs mit russisch-jüdischen Eltern in der Lower East Side auf. Ihr Vater entkam dem Zaren, ließ sich in Amerika nieder, nannte seinen ersten Sohn Abraham, mittlerer Name Lincoln. Er zog alle paar Monate mit ihnen in eine neue Wohnung, prellte die Rente. Sie sagte, er habe Dostojewski auf Russisch gelesen, während seine Söhne im Laden auf Kundschaft warteten. Die eigene frühe Kindheit des Jungen aus Stratford in Brooklyn, alles da in den Fotoalben: hübsche Mutter mit Blume im Haar auf einer Bank im Prospect Park, hübsche Mutter mit breitkrempigem Hut steht mit kleinem Sohn im Matrosenanzug auf der Promenade von Coney Island. Die beiden in der Straßenbahn. Straßenbahnschienen auf der Straße, Leitungen im Himmel, das gerillte Rädchen oben am Stromabnehmer der

Straßenbahn: eine vergessene Welt. Sein unsichtbarer Vater, der den Belichtungsmesser hochhält, die Blendenzahl einstellt, auf den milchigen Glasschirm der zweiäugigen Spiegelreflexkamera hinabsieht. Dann Stratford, Arbeiterklasseviertel, wo sonst könnte sich ein Professor ein Haus leisten. Milch, die jeden Morgen in Glasflaschen auf die Veranda hinter dem Haus geliefert wird, Italiener und Osteuropäer, Zielski und Stoccatore und Saksa und Mancini. RICCIO'S DROGERIE. Ciccarellis Grundstück. Ralph Politano. Tommy Pavluvcik. Mario Recupido. Was ist ein Jude? Ein Jude ist jemand, der vor der Holy Name Church kein Kreuzzeichen macht. Ein Jude ist jemand, der an sonnigen Sonntagmorgen drinnen bleibt und Klavierspielen übt, während alle anderen draußen Baseball spielen. Seine Mutter, die Nachtstücke von Chopin und Walzer spielt, DI da-da-da, DI da-da-da, ihm die Tonleiter beibringt, mit eingezogenen Beinen auf dem Sofa liest. Das Bücherregal aus Mahagoni neben der Treppe, die beiden Bücherregale neben dem Kamin. Sein Vater, der sie eines Nachts nach Hause fährt. »Habt ihr das gesehen? Kein einziges Buch in dem Haus!« Was ist ein Jude? Ein Jude ist jemand, der zu Hause Bücher hat. Sein Vater, der Beweise für die Existenz Gottes abschmettert, die Lippen vor Verachtung verzieht. Jüdisches Gemeindezentrum, aber keine Bar-Mizwa. Jedes Weihnachten ein Baum, das eine oder andere Mal eine Menora. Keine Jesuskinder, keine Marien, keine Krippen. Eine Packung Matze einmal pro Jahr: wie große Kräcker. Das seltsame Wort: ungesäuert. Ostereierfärben, an Sukkot unter dem Dach aus Maisstängeln und Laub gehen, in hohle, bröselige Schokoladenhasen beißen, das Jahrzeitlicht für die Großmutter aus Minsk entzünden. Was ist ein

Jude? Ein Jude ist jemand, der denkt, Ostern sei ein Feiertag zu Ehren der Hasen. Seine Mutter eine Lehrerin in der ersten Klasse, sein Vater ein Lehrer an der Universität. Die Großmutter mit den gekrümmten Fingern früher Klavierlehrerin. Die ganze Familie, die unentwegt unterrichtet. Ein Lehrer, der das Lehren liebt, lobt seinen lernenden Lehrling. Was ist ein Jude? Ein Jude ist jemand, der von Menschen abstammt, die unterrichten. Erleen vom Sozialbau in Bridgeport, die jeden Tag, wenn er von der Schule nach Hause kam, behutsam auf ihn aufpasste. Der Reim auf der Straße: Zehn kleine Negerlein, schlachteten ein Schwein. Sein Vater ernst, mit leiser Stimme, seine Lippen schmal: »Die Leute verwenden dieses Wort – aber nicht in diesem Haus. Es ist ekelhaft.« Negro: ein Ausdruck des Respekts. Die Leute respektieren. Seine rein jüdische Pfadfindergruppe. »Ihr fangt keinen Streit an«, sagte der Pfadfinderführer. »Aber ihr lasst euch von niemandem Itzig nennen.« Nicht in diesem Haus. Ein neues Wort: Itzig. Er versuchte, es sich vorzustellen. Hey, Itzig! Schlag ihn, bring ihn um. Hatte er wirklich Nacht für Nacht wach gelegen und nach seinem Namen gelauscht? Das Kind Samuel. Alles dreht sich um Gehorsam. Sauls Makel: Ungehorsam. Samuel, der sein Schwert in den Bauch des Königs der Amalekiter rammt. Das passiert, wenn dein Name in der Nacht gerufen wird. Ein rechtschaffenes Leben, ein Leben moralischer Verbissenheit. Sein Vater und Samuel, zwei vom selben Schlag: »Du bist niederträchtig.« Sein Vater: »Du bist dumm.« Eine besondere Sekte: der jüdische Atheist. Der dreizehnte Stamm. Und du? Wer bist du? Ich bin der, dessen Name in der Nacht nicht gerufen wurde.

1

Die Stimme ruft erneut. Diesmal zögert Samuel nicht. Er schwingt seine Beine aus dem Bett und eilt durch die Dunkelheit an Elis Seite. »Hier bin ich«, ruft er, diesmal ungeduldig, »denn Ihr habt mich gerufen«. Eli liegt auf dem Rücken, die Augen geschlossen, die Hände auf der Brust verschränkt. Plötzlich stützt er sich auf den Ellenbogen, betrachtet prüfend Samuels Gesicht. Samuel ist bedrückt, beunruhigt, erwartungsvoll. Was geht hier vor? Irgendetwas geht hier vor. Er weiß nicht was. Die lange Hand des Priesters ruht auf Samuels Arm. Plötzlich erkennt Samuel zwei Dinge: Eli hatte nicht seinen Namen gerufen und Eli wusste, wer es war. Weiß Samuel es auch? Er weiß es beinahe. Er weiß es und wagt nicht, es zu wissen. Doch Eli spricht, Eli sagt ihm, wer da seinen Namen ruft. Es ist der Herr. »Geh, leg dich schlafen. Und falls er dich ruft, so antworte: ›Rede, Herr, denn dein Diener hört zu.‹« Der prüfende Blick, die Hand auf seinem Arm. Samuel weiß, dass er keine weiteren Fragen mehr stellen darf. Er kehrt in sein Bett zurück und legt sich mit offenen Augen auf den Rücken. Er will mit beiden Ohren hören. Eine Hand ist an seine Brust gedrückt. Sein Herz ist wie eine Faust, die gegen das Innere eines Knochens schlägt. Was, wenn sein Name nicht mehr gerufen wird? Eli sagte: »Falls er dich ruft.« Dreimal, und er hat es verabsäumt zu antworten. Hätte er es wissen sollen? Er wusste es, er wusste es beinahe, er war kurz davor, es zu wissen. Jetzt weiß er es. Was er nicht weiß, ist, ob er die Stimme erneut hören wird. Wenn sein Name nicht gerufen wird, wird er sich nie verzeihen. Und wenn sein Name gerufen wird? Was dann? Was sollte er sagen?

Ach, erinnerst du dich nicht? Rede, Herr, denn dein Diener hört zu. Rede, Herr, denn dein Diener hört zu. Er denkt an das erste Mal, als er Eli, den Hohepriester des Tempels, sah. Ein mächtiger Mann mit schimmernden Edelsteinen auf den Schultern seines Leibrocks. Seine Beine waren wie hohe Säulen aus Stein. Seine Hände so groß wie Ölkrüge. Jetzt war Elis Bart weiß, er murmelt im Schlaf. Schwierige Söhne, niederträchtige Söhne, die er nicht im Zaum halten kann. Beruhig dich. Hör auf zu zittern. Lausche.

2

Die dritte Nacht, und der Junge in seinem Bett in Stratford hat seinen Namen noch immer nicht gehört. Er hört nicht wirklich hin, nicht wahr? Er dachte einmal, er habe ihn gehört, ein ferner Ruf, der ihn einen Augenblick lang täuschte, dieser Katzenruf oder was immer es war. Er erwartet nicht mehr, etwas zu hören, also warum wartet er noch immer? Mittlerweile liegt in dem Ganzen ein Anflug von Sturheit: Er hat so lange gewartet, jetzt kann er auch noch länger warten. Doch daran lag es nicht. Woran es lag, ist, dass er nicht glaubt, dass die Stimme in der Nacht ertönen wird, aber sein Unglaube verärgert ihn ebenso sehr, wie es sein Glaube getan hätte, wenn er glauben würde. Wenn die Stimme nicht ertönt, bedeutet es, dass er nicht auserwählt wurde. Er mag es, auserwählt zu sein. Er wurde gewählt, um seine Klasse beim Buchstabierwettbewerb zu vertreten, Buchstabieren ist einfach, er kann Wörter gar nicht falsch buchstabieren, aber es fühlt sich trotzdem gut an, auserwählt zu werden. Beim Kickball auf dem Spielplatz ist er nicht so geschickt, er kann den Ball nicht so weit kicken wie die meisten anderen, mit viel Glück schafft er es zur ersten Base. Er will, dass die Stimme ihn in der Nacht ruft, obwohl es nicht geschehen wird. Er glaubt nicht an diese alten Geschichten, glaubt nicht, dass der Prinz das Haar hochkletterte oder dass die Dornen hochwuchsen und das Schloss bedeckten, also warum sollte er die Geschichte von der Stimme in der Nacht glauben? Sein Vater glaubt diese Geschichten nicht. Sein Vater glaubt nicht an Gott. Doch als der Junge fragte, setzte sein Vater nicht den zornigen Gesichtsausdruck, er setzte einen ernsten, ruhigen Gesichtsausdruck auf. Er sagte, du musst selbst darüber nachdenken und dir eine Meinung bilden, wenn du älter bist. Der Junge fragt sich, wie alt älter ist. Wann ist wenn? Wenn er die Stimme jetzt hört, wird er es wissen. Aber er weiß es bereits. Er weiß, dass er die Stimme nicht hören wird. Warum sollte er auserwählt sein? Er ist kein Samuel. Er ist ein guter Buchstabierer. Er kann beidhändig Klavier spielen, er kann ein Gedicht über George Washington schreiben und ein Bild von einem Eisvogel oder einer Amsel mit roten Flügeln malen. Doch Samuel öffnet die Türen des Tempels, wenn die Sonne aufgeht, Samuel füllt die Lampe mit Öl, damit sie die ganze Nacht brennt. Unten hört er ein Auto vorbeifahren. Es fährt an seinem Garten und einem leeren Grundstück vorbei, die beiden Lichtstreifen gleiten über die Zimmerdecke, jetzt fährt es an der Bäckerei unten am Fluss vorbei, er liebt die Bäckerei, den Geruch von warmem Roggen, das Lebkuchenmännchen und die Muffins mit Rosinen, jetzt erklimmt es den Hügel, das Geräusch von Reifen wie der Wasserfall im Park zu Sommerbeginn, über den Hügel in Richtung Bridgeport. Er fühlt sich alt, sehr alt, älter als Eli, er wünschte, er wäre wieder jung, ein Kind. Er wünschte, er hätte diese dämliche Geschichte nie gehört. Schhhh. Schlaf jetzt.

3

Eine weitere Nacht, ein weiteres Erwachen. Kein gutes Zeichen. Tod durch Schlaflosigkeit mit achtundsechzig. Alles Samuels Schuld. Hält jeden wach, der eigentlich vor sich hin schlummern sollte. Der Junge in Stratford focht den Kampf im Alter von sieben Jahren aus. Ab der Highschool: Null Toleranz für Kirchengeher. Priester oder Atheist: Entscheide dich. Der Umzug nach Fairfield, der Strand, haufenweise evangelische Kirchen. Presbyterianer, Kongregationalisten, Episkopalkirche. Roper, Warren, Kane. Keine Juden im Strandclub erlaubt. Wer will schon einem Strandclub beitreten? Er liest die fünf Gottesbeweise und deren Widerlegung. Der ontologische Gottesbeweis. Der theologische Gottesbeweis. Geht nachts am Strand entlang, die verlassenen Hochstühle der Rettungsschwimmer, die Lichter auf Long Island. Herausfordernde Frage an einen Freund: Warum gehst du zur Kirche? Warum nur am Sonntag? Er wusste, was er wusste: immer oder nie. Wenn die Stimme deinen Namen ruft, ist dein anderes Leben vorbei. Kein zurück. Falls nicht, tut mir leid, bitte reich mal den Ketchup rüber. Mit Fünfzehn: fertig mit der Religion, wie auch mit den Baseballbüchern seiner Kindertage. Keine Reue. Mädchen in engen Röcken, die zu ihren Schließfächern hochgreifen, Mädchen in engen Blusen, die ihre Bücher an die Brust drücken, während sie die Hüfte schwingend den Flur entlanggehen. Lasst mich anfassen! Lasst mich sehen! Das zum Verkauf stehende Haus in der Straße seines Freundes nahe der Junior High. »An einen Juden werden sie nie verkaufen.« »Warum nicht?« »Du weißt doch, wie diese Leute sind.« »Wie sind sie?« »Die übernehmen das ganze Viertel.« »Du sprichst mit einem.« »Ach, du bist nicht *so* ein Jude.« Mit elf das Gespräch mit seinem Vater: »Wir machen überhaupt nichts in der Sonntagsschule. Nur spielen und Blödsinn. Ich will dort nicht mehr hingehen.« Sein Vater, der die Pfeife aus dem Mund nimmt, ihn ernst ansieht: »Du musst nicht hingehen.« Er hatte Widerstand erwartet, einen vorwurfsvollen Blick. Könnte genauso gut Jehova die Schuld an allem geben. Hätte nachts seinen Namen rufen können. Der Junge in Stratford, der lauscht. Etwas Extremes in seinem Temperament, selbst damals. Schüchtern und extrem. Stur. Du rufst meinen Namen nicht, ich rufe deinen nicht. Wie du mir, so ich dir. Dr. Dolittle und Pecos Bill statt Samuel und König Saul. Musst nicht hingehen. Das ganze Viertel geht in die Kirche, die Familie bleibt zu Hause und liest. In der Highschool fragt er seinen Vater, ob er gerne unterrichte. Die Pause seines Vaters, sein ernster Blick, seine uneingeschränkte Aufmerksamkeit: »Wenn ich Millionär wäre, würde ich zahlen für das Privileg des Unterrichtens.« Der Sohn weiß, dass er etwas Wichtiges gehört hat. Er ist gerührt, er ist stolz auf seinen Vater, er ist neidisch. Er denkt: Eines Tages will ich das sagen. Sie nennen es Berufung. Samuels Berufung in der Nacht. Die Berufung seines Vaters. Wach liegen und an diese Dinge denken. In seiner Badehose, das Handtuch um den Hals, zum Strand von Fairfield gehen, mit den Freunden seiner Eltern aus der Stadt. Janey mit dem langen schwarzen Haar und dem engen weißen Einteiler, die mit dem Arm in Richtung der Straße mit Farmhäusern winkt: »Vorstadt.« Ihre Stimme spöttisch, verächtlich. New York verurteilt Connecticut. Juden ziehen von New York weg: lassen den Stamm zurück. Immer die Verbindung zur Stadt. Die vier Jahre in Brooklyn, Ecke Clinton und Joralemon, die Großmutter in der West 110th Street und die Großmutter in Washington Heights, Mutter wuchs an der Lower East Side auf, Vater an der Upper West Side. In seiner Kindheit Ausflüge in die Stadt, die Steinbrücken des Merritt Parkway. Das Museum of Natural History mit Dinosaurierskeletten wie gigantische Fischgräten, Mittagessen aus dem Automaten: die Sandwiches hinter den kleinen Glasfenstern. HORN & HARDART. Frühe Zulassung in Oberlin, doch er entscheidet sich für Columbia. Den achten Stock der John Jay Hall entlanggehen, der ergreifende Klang von Geigen und Cellos hinter geschlossenen Türen: Die braven jüdischen Jungen üben mit ihren Instrumenten. Weingarten, oder war es Marinoff: »Welche Art Jude bist du?« Ein Vorstadtjude. Ein Nicht-Jude. Ein profaner Jude, ein unjüdischer Jude. Ein Jude ohne Bar-Mizwa, ein Jude ohne Höcker auf der Nase. Später entwickelte er die Idee eines Negativ-Juden. Ein Negativ-Jude ist ein Jude, zu dem ein anderer Jude sagt: »Du siehst *nicht* jüdisch aus.« Ein Negativ-Jude ist ein Jude, der zu einem anderen Juden sagt: »Judentum ist ein Aberglaube, den ich ablehne«, und zu einem Antisemiten: »Ich habe jüdisches Blut.« Ein Negativ-Jude ist ein Jude, der sagt: »Ich glaube nicht ans Judentum«, während er in einen Viehwaggon gepfercht wird. Hitler, der große Säuberer. Die deutsch-jüdische Kollegin seines Vaters, Dr. Wiewar-noch-gleich-ihr-Name, eine der ersten Frauen, die an der deutschen Universität zugelassen wurden, ihre Leidenschaft für Kant, für alles Deutsche. Hielt bis 1939 die Stellung. Gab den polnischen Juden die Schuld an allem. »Sie haben uns in Verruf gebracht.« Der Junge in Stratford, der nachts wach liegt. Schwer, sich zu erinnern, wie es war. Ein Spiel, oder nicht? Mach dir selbst mit Hexen Angst, mach dir mit Jehova Angst. Ein wohliger Schauer. All die alten Geschichten, wunderbar und schrecklich: die Stimme in der Nacht, die Teilung des Roten Meeres, Hänsel in dem Käfig, die Kinder, die dem Flötenspieler in den Berg folgen. *Hamlet* und *Oedipus Rex* als blasses Echo der albtraumhaften Geschichten seiner Kindheit. Alles steht in Zusammenhang: David, der für Saul Harfe spielt, Samuel, der Junge in Stratford, der Klavier übt, die Cellos und Geigen hinter den geschlossenen Türen. Der Junge, der nach seinem Namen lauscht, der Mann, der auf eine plötzliche Eingebung wartet. Woher kommen deine Ideen? Eine Stimme in der Nacht. Wann hast du beschlossen, Schriftsteller zu werden? Vor dreitausend Jahren, im Tempel von Silo.

1

Und der Herr kam und trat heran und rief wie vormals, Samuel, Samuel. Die Berichterstatter sind sich uneinig über die Bedeutung des Wortes »herantreten«. Einige sagen, der Herr habe vor Samuel körperliche Gestalt angenommen. Andere halten dagegen, der Herr nehme niemals körperliche Gestalt an, und daher sei die Stimme näher an Samuel herangetreten, sodass es schien, als würde in der Dunkelheit eine Person näher an ihn herantreten. In einer Version dieser

Streitfrage hört der Knabe die Stimme und bildet sich ein, neben ihm stehe eine Gestalt. All das kann man, so denkt der Autor, den Interpreten überlassen. Wichtig für uns ist, dass die Stimme des Herrn Samuels Namen ruft. Immerhin hatte Eli gesagt: »Falls er dich ruft.« Denn es war nicht sicher, dass die Stimme, die dreimal gerufen und keine Antwort erhalten hatte, erneut rufen würde. Jetzt hat der Knabe Samuel die Stimme ein viertes Mal gehört und weiß, wer ihn ruft. Er weiß noch nicht, weshalb der Herr ihn ruft, aber er weiß, wie er antworten muss, denn Eli hatte ihm genau gesagt, was er sagen solle: »Rede Herr, denn dein Diener hört zu.« Samuel zögert, die Worte weigern sich herauszukommen, dann sagt er sie laut: »Rede, denn dein Diener hört zu.« Er hört seine Worte deutlich in der Dunkelheit: »Rede, denn dein Diener hört zu.« Es gibt keinen Zweifel: Er sagte »Rede« und nicht »Rede, Herr«, wie man ihn angewiesen hatte. Hatte er solche Angst davor, den heiligen Namen auszusprechen? Er spürt eine Woge von Selbstvorwürfen, bevor er sich zwingt, ruhig zu sein und zuzuhören. Er liegt reglos da, sein ganzer Körper wachsam, entschlossen ruhig. Er dient seit seiner frühen Kindheit im Tempel von Silo, doch nichts hatte ihn auf diesen Augenblick vorbereitet. Er versucht sich nicht vorzustellen, was der Herr ihm sagen wird, doch er bereitet sich darauf vor, sich jedes Wort einzuprägen, in der richtigen Reihenfolge. Eli ist wach, wartet in der Kammer nebenan. Eli wird ihn fragen, was der Herr gesagt hat. Obwohl die Stimme des Herrn kräftig ist, weiß Samuel, dass Eli sie nicht hören kann, und nicht deshalb, weil Eli zu weit weg ist, um sie zu hören. Die Stimme ist nur für ihn. Er weiß das ohne Arroganz. Und er wird sich erinnern. Er hat ein gutes Gedächtnis, er ist stolz auf sein

Gedächtnis, obwohl er auf seinen Stolz achtgibt, sodass er nicht zu Eitelkeit wird. Worte, die ihm vorgelesen werden oder die er hört, bleiben unverändert in ihm. Es war schon immer so. Jetzt redet der Herr, und Samuel hört zu. Es gibt nichts auf der Welt als diese Worte. Die Worte sind hart. Das Haus Eli wird für seine Missetaten bestraft. Elis Söhne sind niederträchtig und Eli hat ihnen keinen Einhalt geboten. Daher wird der Herr all das an Eli verrichten, was er dessen Haus betreffend gesagt hat. Die Söhne Elis werden noch am selben Tag sterben. Das Haus Eli wird ein Ende finden. Als der Herr geht, ist es wie die Ruhe nach einem Sturm. Samuel liegt wach in der Dunkelheit. Es scheint ihm, als wäre die Dunkelheit dunkler geworden, eine solch dunkle Dunkelheit, dass sie wirkte wie die Dunkelheit über der Tiefe, bevor der Herr über dem Wasser schwebte. Die Worte haben ihn aufgerüttelt wie ein Windstoß. Er kann spüren, dass Eli wach in seiner Kammer liegt, darauf wartet, dass Samuel ihm erzählt, was der Herr gesagt hat. Doch Samuel bringt es nicht über sich, sein Bett zu verlassen und in Elis Kammer zu gehen. Wenn Eli fragt, und Eli wird ihn bestimmt fragen, wird er die Wahrheit sagen, doch er will nicht ungefragt die Wahrheit sagen. Samuel liegt eine lange Zeit in der Dunkelheit, lauscht nach der Stimme des Herrn, lauscht nach der Stimme Elis, doch alles ist still. War die Dunkelheit weniger dunkel geworden? Kann Dunkelheit weniger dunkel und trotzdem dunkel sein? Die Dunkelheit wird heller. Bald ist es Zeit, die Tempeltore zu öffnen. Eli wird fragen, was der Herr gesagt hat, und Samuel wird die schrecklichen Worte wiederholen. Samuel wird sich bewusst, dass nichts mehr so sein wird, wie es war. Aber jetzt, wo die Dunkelheit verblasst, noch ohne die Eigenschaft der

Dunkelheit zu verlieren, will er in seinem Bett liegen, als könnte er für immer Kind sein, er will hier liegen, als wäre sein Name in der Nacht nicht gerufen worden.

2

Es ist die vierte Nacht, und mittlerweile weiß der Junge aus Stratford, dass er seinen Namen nie hören wird. Dennoch ist er wach, und für den Fall, dass er sich irrt, lauscht er noch immer, das kann schließlich nicht schaden, obwohl er sich gleichzeitig über sich selbst lustig macht, weil er dort liegt, wartet, und worauf? Seinen Namen? Es ist nur eine Geschichte aus einem Buch. Man könnte ebenso gut wach liegen und darauf warten, dass ein Dschinn aus einer Lampe erscheint. Und selbst wenn es nicht einfach nur eine Geschichte wäre, weshalb sollte der Herr seinen Namen rufen? Samuel war ein Diener des Hohepriesters des Tempels, Samuel stand bereits in der Gunst des Herrn. Der Junge in Stratford besucht sonntags für zwei Stunden das jüdische Gemeindezentrum und lässt den Hebräischunterricht ausfallen. Er macht vor der Holy Name Church kein Kreuzzeichen, aber freut sich auf Weihnachten, als wäre es der tollste Tag des Winters. Keine Kreuze oder Engel an seinem Baum, keine erleuchteten Marienstatuen, die auf dem Rasen vor dem Haus blinken, aber immerhin, Strümpfe, bunter Lichterschmuck, glitzerndes Lametta, hoch aufgetürmte Geschenke. Weihnachten: ein Feiertag, an dem das Ende des Jahres gefeiert wird. Rosch ha-Schana: ein Feiertag, den er nicht aussprechen kann, an dem etwas gefeiert wird, das er vergessen hat. Der Herr, wenn er überhaupt dort oben ist, sollte seinen Namen nicht rufen. Und das ist in Ordnung für ihn. Er will nicht, dass sein Name gerufen wird. Wenn dein Name gerufen wird, ändert sich alles. Es wäre, wie die ganze Woche zur Sonntagsschule zu gehen. Er mag die Dinge so, wie sie sind: im Garten Flyballs und Grounder fangen, in Short Beach über den heißen Sand spazieren, Feuerwerk am 4. Juli, im Winter vor dem Kamin sitzen und ein Buch lesen, während sein Vater an einem Ende des Sofas Hausarbeiten benotet und seine Mutter am anderen Ende liest, Geburtstagspartys, seiner Schwester *Die 500 Hüte des Barthel Löwenspross* vorlesen, mit Grandma Lena Solitär mit zwei Decks spielen, dabei zusehen, wie die Schwarz-Weiß-Bilder auf dem weißen Papier in der Entwicklerschale in der Dunkelkammer seines Vaters auftauchen, in Pleasure Beach langsam im Boot durch die dunklen Tunnel fahren. Er will seine Familie nicht verlassen, will sein Zimmer mit den beiden Fenstern mit Blick auf den Garten nicht verlassen, den großen Plattenspieler im Wohnzimmer, auf dem er und seine Schwester *Peter und der Wolf* hören. Seine Mutter, die ihn eines Tages ansehen, berühren und sagen wird: »Ach, mein Erstgeborener.« Sein Vater, der all seine Fragen mit diesem ernsten Gesichtsausdruck beantwortet, als gäbe es nichts Wichtigeres als diese Fragen. Was passiert, wenn man stirbt? Was ist Gott? Was ist die wichtigste Sache auf der ganzen Welt? Er will das alles nicht wegen des Tempels von Silo aufgeben. In einigen Wochen beginnt die Schule, er hat noch immer viel Sommer übrig, Picknicks am Fluss, Ausflüge nach Bridgeport, der Duft von warmen, gerösteten Nüssen in MORROW'S NUT HOUSE, die Fahrstuhlführer in kastanienbraunen Jacketts und weißen Handschuhen in READ'S KAUFHAUS, die Holzschiffe mit der Takelage im

Schaufenster von BLINN'S. Er ist fertig mit Samuel, fertig mit der Stimme in der Nacht, aber jetzt spürt er, wie der Schlaf ihn übermannt, er hört ein letztes Mal hin, nur für den Fall, spitzt seine Ohren, hält den Atem an, lauscht nach der Stimme, die zu Samuel kam, in dieser alten Geschichte, die nur eine Geschichte ist, aber eine, von der er weiß, dass er sie nie vergessen wird, egal, wie sehr er es auch versucht.

3

Erneut. Genug jetzt. Aber hey, sieh's positiv: vier Uhr morgens, drei Stunden Schlaf statt nur einer. Der lange Spaziergang nach dem Abendessen, in der Hoffnung, die Schlaflosigkeit zu überlisten. Eine Stunde spazieren gehen, um vier aufwachen, zwei Stunden spazieren gehen, um fünf aufwachen. Drei Stunden spazieren gehen, um sechs aufwachen. Vier Stunden spazieren gehen, nach einem Herzinfarkt tot umfallen. Die muskulösen Waden seines wabbelarmigen Vaters. Ging durch ganz Manhattan in seiner Zeit am City College, Ende der 1920er, von Harlem bis zum Battery. Eine sichere Stadt. Der Junge aus Stratford geht die Canaan Road entlang bis zum White Walk Market, geht über die Franklin Avenue und Collins Street und die Straße, die an der Holy Name Church vorbeiführt, zur Schule. Waden so dürr wie Unterarme. Sein Vater, der jeden Morgen anderthalb Kilometer zur Bushaltestelle geht, um den Bus nach Bridgeport zu nehmen, kein Auto, bis der Junge in der zweiten Klasse ist: Stadtmenschen fahren nicht Auto. Kein Fernsehgerät bis zur fünften Klasse: Fernsehen ist für Menschen, die nicht lesen. Die letzten in dem Viertel. Wieder hier aus Manhattan mit einer Zehn-Zoll-Box, ein Air King, aufgestellt auf dem Tisch neben dem Klavier. Das fieberhafte Vergnügen von Schwarz-Weiß-Trickfilmen. Czerny-Übungen und der Farmer Alfalfa. Mozart und Mighty Mouse. Seine Mutter spielt Schumann und lacht mit ihm über *Den fröhlichen Briefträger*. Sein ernster Vater, der sich über das Dagobert-Duck-Comic beugt, das Sprungbrett im Geldspeicher lobt. Der ihm *Tootle, die kleine Lokomotive* vorliest, ihm erzählt, wie gut der erste Satz sei: »Weit, weit im Westen aller Dinge liegt das Dorf Niedergleisweichen.« Weit, weit im Westen aller Dinge. Sein Vater sagte: »Es gibt insgesamt drei großartige Anfänge in der Literatur. Der erste ist: ›Am Anfang schuf Gott Himmel und Erde.‹ Der zweite ist: ›Nennt mich Ismael.‹ Der dritte ist: ›Weit, weit im Westen aller Dinge liegt das Dorf Niedergleisweichen.‹« Ein Vater, der ernst und witzig ist: Man muss sein Gesicht ganz genau ansehen. Das Buch über den Wal: Er weiß, wo im Regal es steht, er hat es schon in Händen gehalten, gedacht, Wenn ich älter bin. Der Wal, Gott: Wenn er älter ist. Bücher, immer Bücher. Zehn Jahre alt: sein Vater, der über Eisenhower herzieht. »Er schlägt kein Buch auf!« Die Reise nach Spanien nach der Columbia, ohne Rückflugticket, zwei Koffer: einer für Kleidung, einer für Bücher. Der Junge in Stratford, der wegen einer Geschichte aus einem Buch nachts wach liegt. Was ist eine Geschichte? Ein Dämon in der Nacht. Er will den Jungen beschützen, ihn warnen, bevor es zu spät ist. Hör nicht auf Geschichten! Sie halten dich nachts wach, saugen dir das Blut aus, hinterlassen Bissspuren auf deiner Haut. Lasst ihn schlafen! Lasst ihn leben! Seine jüdischen New Yorker Eltern im Stratford der Arbeiterklasse, mit ihren Büchern und ihrem Klavier. Der Professor, der nicht mit den Händen arbeitet. Joeys Vater, ein Maschinist in der Hubschrauberfabrik, Mikes Vater, ein Tischler, der auf dem leeren Grundstück auf der anderen Seite der Hecke sein eigenes Haus gebaut hatte. Joey, der sich mit kämpferischer Miene zu ihm umdreht: »Kann dein Vater ein Steuerrad bauen?« Die alten, sonnengebräunten Italiener, die in ihren Gärten arbeiten. Die Weinreben, die Jimmy Stoccatores Zaun völlig überwuchern, die lilafarbenen Trauben, die schwer in der Hand liegen. Der alte Ciccarelli, der Kinder von seinem Grundstück scheucht. Zehn kleine Kinderlein, die tanzten Ringelreih'. Nicht in diesem Haus. Die jüdische Pfadfindergruppe, in der er lernte, einen Trompetenknoten zu knüpfen, aber Giftefeu nie erkennen konnte. Seine Weigerung, in dem Theaterstück in der Sonntagsschule Jesus zu spielen. Die schockierte Überraschung von Mrs. Kraus. »Aber wieso?« »Weil Jesus die Juden verraten hat.« Ihre Verwirrung, Angst. »Das habe ich euch nie beigebracht.« Sein Vater: »Jesus war ein großartiger Lehrer.« Sechzig Jahre später, nachts wach, der Erinnerung ausgeliefert. Rapunzel! Rapunzel! Lass dein Haar herunter! Und der Herr kam und trat heran und rief wie vormals, Samuel, Samuel. Der Junge in Stratford, der lauscht. Danke, alter Mann aus dem Himmel, dass du meinen Namen nicht gerufen hast. Das Beste für alle Beteiligten. Er kann es nicht wirklich geglaubt haben, oder doch? Hat sich selbst in ein vorübergehendes Fieber des Halbglaubens hochgeschaukelt, eine Möglichkeit: ein Gespenst in der Dunkelheit. Besser, wenn er dem Tempel von Silo fernbleibt, besser, in den grünen Gärten Stratfords zu spielen, in einer Welt der Familienausflüge und Bücherregale aufzuwachsen, bis das

Schreibfieber ihn packt und sein Leben lang nicht wieder loslässt. Eine Berufung. Nicht Samuels Berufung, aber eine andere. Nicht so, aber so. Samuel, der Gott dient, sein Lehrervater, der den Generationen dient. Und der Sohn? Was ist mit ihm? Weit, weit im Westen aller Dinge dient er der Muse. Danke, alter Meereszerteiler, dass du mich in Frieden gelassen hast. Jetzt: müde. Bald werden wir alle schlafen.

Edwin Mullhouse
Leben und Tod eines amerikanischen Schriftstellers
1943-1954 von Jeffrey Cartwright
Roman

»Edwin Abraham Mullhouse, dessen tragischer Tod um 01:06 Uhr des 1. August 1954 Amerika seines talentiertesten Schriftstellers beraubte, wurde um 01:06 Uhr am 1. August 1943 im schattigen Städtchen Newfield, Connecticut, geboren.«

Dies ist der Beginn der fiktiven Biografie des Schriftstellers Edwin Mullhouse, der im Alter von zwei Jahren Shakespeare rezitiert und mit zehn seinen von Kritikern hochgelobten Roman verfasst. Mit elf Jahren kommt Edwin auf mysteriöse Weise ums Leben. Jeder Schritt seines kurzen Lebens wurde von Jeffrey Cartwright, selbst ein Kind und Erzähler der Geschichte, dokumentiert. Mit dem Ziel einer perfekten Biografie beschreibt Jeffrey akribisch, fast voyeuristisch, die einzelnen Entwicklungsphasen seines besten Freundes – von den ersten Sprech- Steh- und Gehversuchen über die unglückliche Liebesromanze mit Rose Dorn bis hin zu Edwins Meisterwerk *Cartoons*.

Mit Edwin Mullhouse schrieb Steven Millhauser eine Hommage an das Amerika der 50er-Jahre und ein Stück Literaturgeschichte.

472 Seiten, Hardcover mit Lesebändchen, ISBN: 978-3-902711-32-8

Zaubernacht
Novelle

Im Schein eines magischen Vollmonds entfliehen die rastlosen Träumer und Liebenden einer Kleinstadt in Connecticut ihren friedlichen Häusern. Wir begegnen einem Mann, der auf dem Dachboden seiner Mutter lebt, wo er seit Jahren jede Nacht an seinem Opus Magnum schreibt, einer Mädchenbande, die in Häuser einbricht und die Nachricht »Wir sind eure Töchter« hinterlässt, und einer jungen Frau, die auf der Schaukel in ihrem Garten einen traumhaften Geliebten findet. Eine wunderschöne Schaufensterpuppe steigt aus ihrem Kaufhausschaufenster und die Kinder der Stadt werden von einem Flötenspieler aus ihren Betten gelockt, während auf dem Dachboden ihre längst vergessenen Puppen wie durch Zauberhand lebendig werden.

144 Seiten, Hardcover mit Lesebändchen, ISBN: 978-3-902711-54-0

Beide aus dem Englischen übersetzt von Sabrina Gmeiner.

www.septime-verlag.at